殺しの許可証
アンタッチャブル2

馳星周

毎日文庫

殺しの許可証（ライセンス）

アンタッチャブル2

プロローグ

新宿駅はいつも以上にごった返していた。

「なんだよ、この混雑。今日、なんかあんのか？」

宮澤武は人の波を掻き分けながら呟いた。千紗から連絡があったのは小一時間ほど前のことだ。

「パパの意識が戻ったって、病院から連絡があったの」

「それマジ？」

口に含んでいたお茶で噎せそうになりながら、宮澤は千紗の言葉に耳を傾けた。

千紗の父親――浅田浩介は交通事故の後遺症で長い間植物状態にあった。事故の原因は宮澤である。指名手配中の殺人犯を誤認追跡している最中に事故が起こったのだ。

それが原因で、宮澤は警視庁捜査一課から、公安部外事三課の窓際部署に左遷させられた。

浩介は西新宿にある大学病院に入院していた。宮澤はそこへ向かっていた。

改札を抜けたところで、正面から見覚えのある顔がこちらに向かって歩いてくることに気づいた。

このところ暇なので、面識率を高めることに費やしている。公安の捜査官はいついかなるときでも、瞬時に監視対象者を見極める能力を身につけていなければならない。そのひとつが面識率だ。

極左、極右、カルト――反体制活動やテロを起こしかねない団体のメンバー、シンパ、その他諸々の顔写真や身体的特徴を頭に叩きこむのだ。どれだけの監視対象者が頭に入っているか。その割合を面識率という。

つい最近、写真で見た顔だ。

五十代半ば、白髪染めを施している頭髪は豊かで、きっちり七三に分けている。グレーのスーツは高級ブランドのものだが、決して目立つことはない。高級官僚、もしくは銀行員を思わせる。

「田中前事務次官？」

宮澤は瞬きを繰り返した。

間違いない。田中秀嗣(ひでつぐ)前文部科学事務次官だ。一年ほど前に、文科省の天下り問題で引責辞任したが、ここのところ世間を賑わせている武江学園問題で再び脚光を浴びている。

「そんな人が、不用心にこんなところをひとりで歩いてていいもんかねえ」

宮澤は田中の周囲に視線を走らせた。護衛もマスコミの姿も見当たらない。そもそも、そこを歩いているのが田中だと気づいているのは宮澤だけのようだった。

「ま、おれには関係ないか」

余計なことに関わっている暇はない。千紗の父親に誠心誠意謝罪し、千紗との婚約を報告しなければならないのだ。

「お義父さん、なんて思うだろうなあ」

宮澤は頭を掻いた。その瞬間、視界の隅でなにかが動いた。宮澤の五メートルほど前を歩いていた黒い革ジャンにジーンズの男が急に方向を変え、田中にぶつかった。

田中は尻餅をついたが、男は謝る素振りも見せず、その場を立ち去った。

「だいじょうぶですか」宮澤は駆け寄った。

「謝りもせずに、失礼な男ですね。怪我はありませんか？」

「だいじょうぶです。わざわざありがとうございます」

田中はスーツの裾を払いながら立ち上がった。背丈は宮澤とほぼ同じだった。柔らかな眼差しが宮澤に向けられた。

官僚らしからぬ誠実な目だ。淀み、濁った警察官僚たちの目とは大違いだった。

「それでは、失礼します」

田中は一礼し、歩きだした。

「たいしたことがなくてよかったね」

宮澤はその背中に一瞥(いちべつ)をくれ、先を急いだ。もし、宮澤が到着する前に浩介が再び意識を失いでもしたら、千紗と母親になにを言われるか知れたものではない。

駅の構内を出るとタクシーを拾い、病院に向かわせた。駅の構内同様、道も混んでいる。

「運転手さん、裏道とか知ってる？　できるだけ急いでもらいたいんだけど」

「承知いたしました。ところで、お客さん、駅でなにかあったんですかね？」

運転手は窓の外を気にしていた。

「駅で？」

宮澤は運転手の視線を追った。

「なんだか騒がしいみたいで」

駅構内から走り出てきた男が交番に駆けこんでいく。

「掏摸(すり)か置き引きかなあ……とにかく、急いでるから、お願いね」

宮澤は運転手に念を押した。一刻も早く病院へ——頭を占めているのはそのことだけだった。

＊＊＊

病室は静まり返っていた。おそるおそる中を覗きこむ。千紗と母親——恵子がパイプ椅子に座り、病床の浩介を覗きこんでいる。

「あのお……遅れまして」

声をかけると千紗が振り返った。恵子が宮澤を無視するのは最初からわかっている。

「ダーリン、遅かったじゃない。パパ、疲れて眠ったところなの」

「眠った？　意識は本当に戻ったの？」

「うん。お医者様ももうだいじょうぶでしょうって」

千紗が腰を上げた。

「それはよかった」

「よかったですって？」

地の底から湧いてくるような声を出して恵子が宮澤を睨んだ。

「あ、お義母さん、どうも」

宮澤は反射的に愛想笑いを浮かべた。

「だれのせいでこんなことになったと思ってるのよ」

長い黒髪が乱れ、前髪が右目を隠している。まるでホラー映画のキャラクターだ。

「そ、それはいつも申し上げているように、大変申し訳なく思っておりまして、一生をかけて償っていこうと――」

「もう勘弁してあげて、ママ。パパの意識が戻ったためでたい日なんだから」

千紗が助け船を出してくれた。宮澤は額に滲んだ汗を拭った。恵子は口の中でなにかをぼそぼそと呟きながら宮澤たちから顔を背けた。

「まるで呪文を唱えてるみたいだな」

言ってしまってから、宮澤は慌てて口を閉じた。

「ダーリン、なんて言った？」

「ううん。なんでもない。それより、お義父さん、次はいつ目覚めるのかな？　ちゃんと謝らなきゃ」

「意識が戻ってから、ずっと検査、検査で、かなりくたびれちゃったみたいなの。多分、朝まで眠ってるんじゃないかって」

「あ、朝まで。なるほどね」

「ごめんね。仕事中に駆けつけてくれたのに」

「いや、それはかまわないけど……」

「仕事だろうがなんだろうが、飛んでくるのが当然でしょ」

恵子が言った。

「ママったら」

千紗が頬を膨らませ、宮澤の腕を取った。

「ちょっと出ましょ、ダーリン。ママったら、ほんとに感じが悪いんだから」

「感じ悪いって、お義母さんに向かってなんてことを――」

「いいから」

千紗に押し切られる形で病室を出た。

「ちょっと千紗、まずいよ。ただでさえ、おれ、立場悪いのに」

「いいの」

千紗は宮澤の手を握ってどんどん進んでいく。

「ちょっと、どこ行くの？」

千紗は左右に視線を走らせながら廊下を歩いていく。その先は行き止まりだった。

「ここ」

千紗はそう言って、廊下の一番奥にある病室のドアを開けた。

「なんなの、この病室？」

浩介のと同じ個室だった。

「今朝、ここにいた人が退院したの。急患が入らない限り、今日はここは空いたままって、看護師さんに確認しておいたんだ」

「なんでそんなことを確認したんだよ？」

「こういうところでするのって、興奮しない？」

千紗はそう言って唇を舐めた。目が潤んでいる。発情しているのだ。

「なに言ってんだよ、千紗。ここは病院だよ。それに、お義父さんの意識が戻ったばかりだし――」

千紗が屈んだ。宮澤のジーンズに手をかけ、ジッパーを下ろしていく。

「千紗、だめだよ、こんなところで。シャワーも浴びてないし――」

「もう、びしょびしょなの」

千紗が言った。その声を聞いた瞬間、トランクスの中のものが一気に硬直した。発情した千紗はだれにも止められない。

「ちょっと、千紗――」

ジーンズとトランクスから解放されたものに、いきなり千紗がしゃぶりついてきた。

「だ、だめだって……」

宮澤は形ばかりの抵抗を示しながら、全感覚が千紗の口に含まれているものに集中していくのを止められなかった。

＊　＊　＊

「参ったな……」

宮澤は頭を掻きながら病院の敷地を出た。千紗とのことが終わったあとで病室へ戻ったが、恵子の顔をまともに見ることができず、態度がなっていないと散々詰られた。頼みの綱の千紗はといえば、快楽の余韻に浸っているのか心ここにあらずだったのだ。

「よっぽど興奮したんだろうな、千紗」

激しく乱れた千紗の痴態を思いだし、宮澤は頬を緩めた。

「さて、これからどうしようかな？」

仕事場である資料室に戻ってもやることはない。警視庁公安部外事三課特別事項捜査係という部署名は立派だが、要するに椿と宮澤はハムの厄介者なのだ。飼い殺しにされているも同然なのである。

ハムというのは刑事警察による公安警察の蔑称だ。公安の公の字を分解すればカタカナのハとムになる。ゆえにハム。

宮澤は捜査一課の刑事だった。いまだに、公安を嫌う習性が身に染みついている。

ジーンズの尻ポケットに押しこんでいたスマホが振動した。椿の名と電話番号が表示されている。

「椿さん？　なんだろう？」

椿は昼過ぎに野暮用があると言って出ていったきりだった。

宮澤は電話に出た。

「もしもし？」

「失礼いたします」聞き慣れない声が耳に飛びこんできた。「これは宮君という方の電話でしょうか？」

宮澤のことを宮君と呼ぶのは、椿しかいない。

「そうですが。あの、椿さんになにか？」

「それが、泥酔しておられまして」

宮澤は左手で目を覆った。

「まだ夕方ですよ」

「はい。椿様は二時前にお見えになられまして、それからずっとブランデーを飲み続けておられまして」

三時間は飲み続けているという計算になる。

「ぼくに触るな。触ると、大変なことになるぞ」

電話の向こうから、椿の声が聞こえてきた。泥酔すると必ず口にする台詞だ。

「宮君様が、御同僚だということで、電話をお借りしてかけているところでございますが」

「あの、なんでもいいんですけど、その宮君様というのやめてもらえません？　宮君っていうのはあだ名で、ぼくの名前は宮澤というんです」

「それは失礼をいたしました、宮澤様。てっきり、宮君がお名前だと……」

「今から迎えに行きます。そちらはどこのなんという店ですか？」

「Tホテルのメインバーでございます」

「あちゃー」

東京一、いや、日本一格式の高いホテルのバーで椿は泥酔し、暴れているのだ。考えてみれば、平日の昼間からブランデーを飲める場所など限られている。

「他のお客様のご迷惑にもなりますし、なにとぞ、お急ぎお越しくださいませんか」

「行きます。すぐに行きます」

「こちらとしても、椿様はお得意様でございますから、あまり大事にはしたくないのでございます」

「すぐに行きます。あ、椿さんにはなるべく触れないように。あの人、体に触れられるのを極端に嫌うんです。触られると、本当に暴れだしますから」

「心得ております」

宮澤は電話を切り、タクシーに向かって手を上げた。

ここ一ヶ月ほどは平穏無事に過ぎていたのだが、そんな日々が長く続くはずがないことはわかっていた。

「椿さん、頼みますよ、ほんとにもう」

宮澤は顔をゆがめながら、目の前に停まったタクシーに乗りこんだ。

1

外事三課特別事項捜査係のオフィスは公安部の資料室の一角に設けられている。窓際中の窓際部署だ。

その資料室には椿の吸うパイプの煙が立ちこめていた。警視庁は全館禁煙だが、椿は意に介さない。

ぼくたちは公安のアンタッチャブルだから――それが椿の口癖だ。アンタッチャブルだからなにをどうしようが咎(とが)められることはない。

本当のところは、だれも彼もが触らぬ神に祟りなしと思っているだけなのだが。

「おはようございます」

宮澤は資料室の奥に向けて声をかけた。

「おはよう」

能天気な声が返ってくる。昨日、宮澤に散々迷惑をかけたことなど、これっぽっちも記憶にないのだろう。奥に進んでいくと、椿はパイプをふかしながらパソコンの画面に見入っていた。出勤後、ネットのニュースに目を通すのが日課なのだ。

鼻歌をうたいながらニュースを追う横顔は爽やかだった。あれだけ泥酔しても、二日酔いとは無縁なのだ。

「幸せな人だな……」

宮澤は独りごちた。

「うん？　宮君、今、なにか言った？」

椿が顔を上げた。椿は地獄耳の持ち主でもある。

「いえ。なにも言ってませんけど」

「そうかな。なにか、言ったと思うんだけど」

「なにも言ってませんってば」

冷や汗を掻きながら、宮澤は自分のデスクに腰を落ち着けた。

「昨日はどうでした？　昼過ぎに出ていったきりでしたけど」

かまをかけてみる。

「昨日？　いつもと同じ、どうってことのない一日だったよ。ぼくたち、公安のアンタッチャブルが出張るような案件はなかなかないよね」

椿は澄ました顔で答えた。やはり、昨日、泥酔したことはまったく覚えていないのだ。

「宮君は？」

「実は、千紗のお父さんの意識が戻ったという連絡がありまして……」

「ほんと？」

「ええ。ただ、ぼくが病院に駆けつけたときは、眠っておられて。まだ、ちゃんと話はできてないんです。今日の午後にでも、また病院に行こうとは思ってるんですけど」

「よかったじゃない、宮君。これで、人殺しにならずにすんだね」

「縁起でもないこと言わないでくださいよ」

「千紗ちゃんも喜んでるだろうなあ。いくら宮君に惚れこんでても、自分の父親を殺した男と結婚するのは抵抗あるだろうし」

「だから、縁起でもないこと言わないでって」

「ぼくも一緒に行こうかな、お見舞い」

「結構です。遠慮します」

椿が来れば、なにもないところに混乱が巻き起こる。

「上司としては、一緒に行って謝罪するのが筋だと思うんだけどな」

「それは、千紗のお父さんが落ち着いてからお願いします。今は、長い植物状態から目覚めたばかりですから」

「それもそうだね。コーヒー淹れたけど、飲む？」

「いただきます」

椿が立ち上がった。それだけで資料室がひとまわり狭くなったような錯覚を覚える。

椿は身長で百九十センチ、体重で百キロを軽く超える巨漢だ。

資料を保管しているロッカーの上に据えつけたコーヒーメーカーのサーバーからマグカップにコーヒーを注ぐ椿の姿を視界の隅で捉えながら、宮澤は持参した朝刊を広げた。ネットで記事を読むのは性に合わない。社会の動向は新聞を読んで知るのが一番だ。

「はい、コーヒー」

椿が宮澤のマグカップをデスクに置いた。

「ありがとうございます」

椿にはマメな面もある。コーヒーを啜りながら、新聞を繰っていく。社会面の見出しが目に飛びこんできた。

〈新宿駅構内で突然死〉

「ん？」

宮澤は目をこらして記事を読んだ。

〈昨日、午後四時ごろ、前文部科学事務次官の田中秀嗣氏が新宿駅構内で突然倒れ、そのまま息を引き取った。〉

「ええ？」

〈警察は自然死と見ているが、事故や事件の可能性もあるとして、田中氏の遺体を司法解剖にまわすと発表している。田中氏は、高知県の武江学園問題で、武江学園に獣医学部の新設を進めるよう、官邸から圧力があったと発言し、話題になっていた……〉

「どうしたの、宮君？」

椿の声に、宮澤は新聞から顔を上げた。

「この人、昨日、新宿駅で見かけたんですよ」

「田中さんを？」

「ええ。新宿駅の西口で向こうから歩いてきて。で、男とぶつかったんですよね。男はそのまま歩いていったけど、この人は、その場に尻餅をつくような格好になって」

「それはいつのこと？」

「四時ちょっと前です。そのときはなんともなかったのに、直後に具合が悪くなったんですかね」

宮澤が捕まえたタクシーの運転手が駅でなにかあったのかと訊いてきたのを思いだした。あれは、田中が倒れたことが原因だったのだろうか。

「田中さんにぶつかったっていう男の特徴は？」

「あの、さっきから田中さんって親しげに呼んでますけど、椿さん、面識があるんですか？」

「いいから、ぶつかった男の特徴」

椿の目はいつになく真剣だった。

「後ろ姿しか見てないんですが、黒い革ジャンにジーンズ、野球帽。身長は百七十五センチ、体重は七十キロ。年齢は二十代半ばから三十代前半といったとこですかね」
「顔、確認してないの？　公安の刑事なのに？」

「先を急いでたんですよ。それに、事件でもなんでもないのに、いちいち顔を確認したりはしませんよ」

「甘い、甘い、甘い」

椿が人差し指を左右に振った。

「刑事警察ならいざ知らず、ぼくらは公安だよ。いつどこにどんな反体制分子がいるかわからないんだから。なにかあったら人相確認。それが基本。何度教えたらわかるのかなあ」

「す、すみません……」

「宮君ってやる気あるときは物覚えがいいんだけど、そうじゃないとからっきしなんだよね。もしかして、まだ捜査一課に未練があるの？」

「その未練は捨てました」

宮澤は言った。捜一に戻りたいなら、なにか大手柄を立てるしかない。だが、椿と一緒にいる限り手柄を立てるチャンスが転がりこんでくるはずもない。

「とにかく、その男のことよく思いだして。野球帽かぶってたって言ったね？　髪の毛は帽子から出てた？　出てたとしたら長さは？　髪の色は？」

宮澤はこめかみに指を押し当てた。記憶を探る。田中にぶつかる直前の男の姿が脳裏に浮かんだ。

「髪の毛は短くて、帽子の外には出てません。でも、もみあげが黒かったかな？　革ジャンは裾が少し長めで、艶があった。新品か、それに近いと思います」

「やればできるじゃん、宮君」

椿の表情が緩んで、宮澤は胸を撫で下ろした。

「でも、どうしてそんなことを訊くんですか？　田中前事務次官は突然の病気で亡くなったんじゃ……」

椿が憐（あわ）れむような目を宮澤に向けた。

「田中さんは今、渦中の人物だよ。国会に参考人として呼ばれるかどうかってときに、突然の病死？　なにか裏がありそうって疑うのが公安だよ。それに……」

椿は思わせぶりに口を閉じた。

「それに、なんですか？」

「あの人、子供のときから健康優良児なんだよね。風邪も滅多に引かない。エリート官僚で多忙なのに、週に三日はジムに通ってたし、食事にも気を使っていた。突然死するようなタイプじゃないんだよ」

「やっぱり、面識あるんですね？」

「パパは、能力のある官僚が大好きなんだ」

　椿の父親は外務事務次官にまで上りつめたスーパーエリートだった。今は、民間外交の旗を振り、かつて大使として赴任した国々に赴いては、政府や財界の重鎮たちと会合を持っていると聞いたことがある。

「だから、田中さんもよく家に食事に来てたよ」

「そうなんですか……」

「ちょっとぼく、出かけてくるね」

　椿は鞄に手をかけた。

「出かけるって、どこへ？」

「内緒」

「子供じゃないんだから、そんな言い方ないでしょう」

「ぼくを監視している連中がいるからね。宮君は口を滑らせるかもしれないから、知らない方がいいんだよ」

　椿は口笛を吹きながら資料室を出ていった。宮澤は舌打ちし、再び新聞に目を向けた。だが、新聞の記事ではそれ以上詳しいことがわからない。

　パソコンを立ち上げ、ネットで記事を追いかけてみる。昨日の今日のせいか、新聞以上に詳しい情報は見つからなかった。

だれかがノックもせずに資料室に入ってきた。

「忘れ物ですか？」

椿が戻って来たのだと思い、声をかけた。この部屋に用がある者などいないのだ。

「おれだ、宮澤」

声を聞いた瞬間、宮澤は立ち上がり、敬礼した。

「渡辺管理官、おはようございます」

渡辺は顔をしかめた。

「ここは公安なんだから、そういう堅苦しいのはよせ」

「はい。申し訳ありません」

宮澤は敬礼を解いた。渡辺はノンキャリだ。いわゆる叩き上げで警視の階級に上りつめた。

「椿の旦那だが、やけに上機嫌で廊下を歩いていたが、なにかあったか？」

自分は監視されているというのはあながち椿の妄想ではない。例の事件のあと、左遷された滝山に代わって外事三課の課長となった内村警視正は、なにかと椿の動向を気にしているようなのだ。渡辺はその内村の手足となって動きまわっている。

直属の上司であり、同僚でもある椿のことを報告するのは気が引けるが、渡辺は警視であり、巡査部長にすぎない宮澤がその命令を無視することはできなかった。

「これが気になっているようであります」

宮澤は新聞を渡辺に渡した。田中の記事を指差す。渡辺は記事に目を通し、眉をひそめた。

「これに椿の旦那が？」

「ええ。田中前事務次官を個人的にご存知のようで。突然死するような人じゃないし、この時期にこんな死に方をするなんて、裏があるとかないとか、そんなことを言ってました」

「それで、椿の旦那はどこへ行った？」

「知りません。内緒だそうです。上司ですから、それ以上は聞けませんでした。やっぱりこれ、裏があるんですか？」

「知るか」渡辺は声を荒らげた。「これは捜査一課が担当してるんだ。公安マターじゃない。とにかく、椿の旦那がどこでなにをしてるのか、探りを入れておいてくれ」

渡辺は新聞を小脇に抱えると、宮澤に背を向けた。

「あ、その新聞、自分が買ったものなんですけど……」

「あとで返してやるよ」

渡辺は振り返りもせずに資料室を出ていった。

「なるほど。やっぱり、裏があるのか……」

宮澤は独りごちた。渡辺が居丈高な態度を取るのは隠し事があるときだ。

「脳味噌の回路はおかしなことになってても、椿さんの動物的な嗅覚は空恐ろしいものがあるからなあ……」

宮澤は椿との日課である点検をはじめた。月に一度はどこかに盗聴器が仕掛けられている。

ハムというのはそういう組織なのだ。

2

結局、椿は出ていったきり戻ってこなかった。連絡もないし、こちらから電話をかけても梨の礫(つぶて)だ。

「まったく、なにやってんだかなあ、もう。いくら窓際部署だからって、これじゃあ給料泥棒じゃん」

宮澤は五時になるのを待って、千紗に電話をかけた。

「千紗？　おれ、おれ。これから病院に行ってお父さんにご挨拶しようと思うんだけど、どうかな？」

「ごめんね、ダーリン。パパ、また寝ちゃったの。ずっと寝たきりだったでしょ。筋肉が弱ってて、検査であちこちに移動するとすごく疲れちゃうみたいなの」

「そうなのか……」

「ママなんか、ダーリンに会いたくないからすぐに寝ちゃうんだって、ひどいこと言うのよ」

「もしかすると、それ、本当かもね」

宮澤は言った。長い間、植物状態になるような目に遭わせておきながら、娘と結婚しようというのだ。

「馬鹿言わないの。そんな図々しい男、自分なら会いたくはない。わたしのパパ、そんなにケツの穴の小さい男じゃないんだから」

「ケ、ケツの穴って……」

「ごめん。つい、下品な言葉使っちゃった……」

千紗は消え入るような声で謝った。

「いや、いいんだよ。言いたいことはわかるから」

「あのね、ダーリン」

千紗の声音がまた変わった。ときどき、千紗は多重人格なのではないかと思うことがある。

「うん？」

「昨日、よかったよね」

千紗の声は湿り気を帯びている。

「昨日？」

「わたし、思いだしただけでショーツがぐちょぐちょになっちゃうの」

「ちょ、ちょっと、千紗？」

宮澤は反射的に周囲に視線を走らせた。資料室にはだれもいない。

「今夜もダーリンにいっぱい可愛がってもらいたいの」

「そ、それは問題ないけどね、近くにだれかいたりしないの。こんな会話、万一お義母さんに聞かれでもしたら……」

「だいじょうぶ。ああ、どうしよう。夜まで待てそうにない。トイレでしてきてもいいかな？」

「トイレでって、なにを？」

「ダーリンのあれの代わりに、自分の指で慰めるの」

股間がじんわりと熱くなっていくのを感じた。

「そ、それはさ、夜まで我慢した方がいいよ。その方が燃えると思うんだよ」

「ダーリンのエッチ」

「まあ、それはお互い様ということで」

「わかった。我慢する。その代わり、朝までたっぷり可愛がってくれる？」

「可愛がる、可愛がる。寝不足で朝が辛(つら)くなるぐらい可愛がるから」

「じゃあ、今夜、ダーリンの部屋に行くね。なにか、食べたいものある？」

「特にないよ。千紗の作るものなら、なんでも美味しいし、好きだから」

　千紗の料理の腕はプロ級だった。

「それじゃ、精のつく料理作るね。七時にはそっちに行けると思う」

「楽しみにしてるよ。じゃあ、あとでね」

　宮澤は電話を切った。今日は千紗はどんな下着を身につけているのだろうと妄想した。最近、千紗はエロティックなランジェリーに凝っているのだ。

　スマホに着信が来た。椿からだった。

「どこでなにやってるんすか、もう」

　宮澤は電話に出た。

「宮君、今夜、家に来て」

「はい？」

「家で晩飯食おうよ」

「すみません。せっかくのお誘いですけど、今夜は千紗と約束がありまして」

「キャンセルしなよ」

「そんなことしたら、千紗がどれだけ怒るか、椿さん、知ってるじゃないですか」

「仕事なんだからしょうがないじゃないか。緊急事態」

「椿さんとこの豪邸で飯を食うのがですか？」

「周りに人がいないところで話し合いたいことがあるんだよね」

田中の件と関係があるのだろうか。頭の奥で渡辺管理官の声がよみがえった。

探りを入れておいてくれ——雲の上のような階級の上司の頼みをむげにすることはできない。

「わかりました。後ほど、おうかがいします」

「ぼくの家に来ることはだれにも言わないでね。もちろん、千紗ちゃんにも」

「言っちゃだめなんですか？」

「だめ」

「でも、千紗の機嫌を損ねないためには、本当のことを言っておいた方がいいと思うんですよね」

「それは宮君の事情でしょ。ぼくには関係ないよ」

椿の声はいつもと変わらないが、奥深いところに意地の悪い響きがあるような気がした。

「わかりました。千紗はぼくがなんとかします」

「じゃあ、待ってるからね」

電話が切れた。宮澤は千紗に電話をかけた。電波が届かない場所にいるか、電源が切れている――電話は繋がらなかった。

「まずいよなあ」

宮澤は顔をしかめ、頭を掻いた。

＊　＊　＊

結局、千紗とは連絡がつかないまま、宮澤は椿の家を訪れた。

相変わらず非常識な敷地の広さと偉容を誇る洋館だ。地価だけで数十億、いや、下手をしたら百億にはなるのではないか。正門から玄関まで歩くだけでも気が遠くなりそうになる。

「これは宮澤様。お久しぶりでございます」

いつものように、執事の渡会（わたらい）が出迎えてくれた。

「渡会さん、ご無沙汰です。節子さんはお元気ですか？」

佐藤節子の名前を出した途端、渡会の目が泳ぎはじめた。佐藤節子は人気イラストレーターであり、日本共産党の古参党員であり、渡会のガールフレンドだ。

「み、宮澤様、こ、こ、ここはわたくしの職場でございます。プライバシーに関する会話はご遠慮ください」

「やだなあ、渡会さん。確かにここは職場だろうけど、聞いてる人はだれもいませんよ」

「お坊ちゃまの地獄耳をお忘れですか、宮澤様」

宮澤は渡会に口を塞がれた。

「どんなときでも、お坊ちゃまに気をゆるしてはいけません」

「わかった。わかりましたよ」

宮澤は渡会の手をはねのけた。

「この家の人たちは本当に恐ろしいんです。宮澤様はまだ、お坊ちゃまの本当の恐ろしさをわかっていません」

「はいはい。気をつけます」

「ほら、その態度。宮澤様は高をくくっていらっしゃる」

「椿さんが怖い人なのはわかってますってば。その怖い人を待たせちゃやばいでしょ。さ、案内してください、渡会執事」

わざとらしく名前の下に執事とつけてやる。渡会は顔を背け、舌打ちした。

「あれ？　渡会さん、今、舌打ちしました？　名家の執事が舌打ち？」

「しておりません。宮澤様の聞き間違えでございます。こちらへどうぞ」

「いやあ、舌打ちしたでしょ。聞こえましたよ。ちっていうの」

「お願いします、宮澤様」

渡会が宮澤の右腕を両手で摑んだ。

「お坊ちゃまに聞かれたら、わたくし、殺されてしまいます」

渡会の目には涙が滲んでいた。

「そんなに椿さんが怖いなら、舌打ちなんかしなきゃいいんですよ」

「ですから、しておりません。お願いです」

「もう二度と舌打ちなんかしないでくださいよ」

「はい。二度といたしません」

「じゃあ、行きましょうか」

恨みがましい目を向けてくる渡会を促し、宮澤は長い廊下を進んだ。渡会をいじったせいか、気分がいい。渡会の困った顔を見ると加虐的な気分が押し寄せてくるのだ。

昔の自分はこうではなかった。

椿の近くにいると、知らぬうちに人格がゆがんでいくのかもしれない。あるいは、公安警察という組織自体に問題があるのか。

公安は肌に合わない。捜査一課に戻りたい。

そのためには、やはり大きな手柄を立てるしかないのだ。

「お坊ちゃま、宮澤様がお見えです」

永遠にも思えるほど廊下を歩いたあとで、やっとダイニングルームに辿り着いた。三十畳はありそうな部屋の真ん中には、二十人は座れそうなダイニングテーブルが鎮座している。椿はテーブルの真ん中辺りに座っていた。手にした資料を熱心に読んでいる。

「好きなところに座って」

椿は資料から目を上げずに言った。宮澤は入口の近くの椅子に腰を下ろした。椿が顔を上げた。

「どうしてそんな遠くに座るの？」

「だって、好きなところに座れって言うから」

「そこじゃ話がしづらいじゃないか。こっちへおいで」

椿が手招きした瞬間、背筋を悪寒が駆け抜けた。なにか、いやな予感がする。

「話ってなんなんすか？」

椿の向かいの椅子に座りながら、訊いてみる。

「ほんとに渡会が舌打ちしたの？」

背後で渡会の小さな悲鳴が聞こえた。振り返る。渡会は身悶(みもだ)えしながら涙をこらえていた。

「おゆるしください、お坊ちゃま」

「椿さん、ぼくたちの会話が聞こえたんですか？　ここにいて？」

廊下は延々と長く、ダイニングルームの扉は重厚だ。玄関先での会話がここまで届くはずがない。

「聞こえたよ。いつも言ってるじゃない。ぼくはとても耳がいいんだって」

「よすぎますよ。それじゃ、妖怪じゃないですか」

「渡会。客に舌打ちするなんて、執事失格だよ。パパに知られたらどうなると思う？」

「おゆるしください。どうか、おゆるしください、お坊ちゃま」

「じゃあ、これはひとつ貸しね」

椿が舌なめずりするように笑った。その笑顔を見た宮澤は口に溜まった唾を飲みこんだ。邪悪な笑顔というものがあるとすれば、それは間違いなく今、椿が浮かべた笑みだ。だが、その笑みはすぐに掻き消えた。

「早く食事の用意してよ、渡会。ぼく、腹ぺこなんだ」

「は、はい。ただいま」

渡会は背筋を伸ばした。まだ体は震えている。ダイニングルームを出ていく直前、渡会は振り返って宮澤を睨み、唇を動かした。

お恨みします、宮澤様――渡会の唇は確かにそう動いていた。

＊　＊　＊

アワビのなんとかという前菜が出てきたところで、椿は一枚の資料をテーブルの上に滑らせた。宮澤はそれを受け取った。新聞記事のコピーだ。

「なんすか、これ？」

「とりあえず、読んでみて」

宮澤はアワビを口に放りこみながら記事を目で追った。

「うまっ。なんすか、このアワビ。うまっ」

「アワビはいいから、記事を読みなよ」

「でも、めっちゃ旨いっすよ、これ。人生で一番旨いアワビ」

「宮君」

椿の目の色がすっと変わった。

「あ、はいはい。読みます。今すぐ読みます」

宮澤はアワビを慌てて飲みこんだ。

記事は、二年ほど前に首を吊って自殺した男に関するものだった。

二年前、田部健三内閣総理大臣の腹心と謳われていた文科大臣、白石明夫の収賄疑惑がメディアを賑わした。その疑惑の中心にいた大手ゼネコンの幹部が都内のホテルの一室で首吊り自殺をしているのが発見されたのだ。

自殺したのは森和彦。『ご迷惑をおかけして申し訳ございません』と記されたレターパッドも同時に発見された。

森の死によって、疑惑追及は尻すぼみとなり、白石は大臣の職を辞しただけになった。

「読みました」

宮澤は言い、またアワビを口に放りこんだ。適度な弾力をもったアワビは嚙めば嚙むほど旨味と甘みが口の中に広がっていく。ソースもまた絶品だった。

「だれが作ってるんですか、この料理」

「パパが、気に入った若い料理人を引き抜いてくるんだよ。今は、パリの三つ星レストランで働いてた若いシェフ」

「パリの三つ星から引き抜いてくるんすか？」

「去年までは銀座の三つ星の鮨屋の板前が、毎日鮨を握ってたよ」

「その板前、今はどこでなにをしてるんですか？」

「六本木に自分の店を開いた。もちろん、パパが出資してるんだけどね」

「椿家ってどれぐらい金持ってるんすか？」

「さあ。訊いたことがないからわからない。次はこれ」

また、別の資料がテーブルの上を滑ってきた。先ほどのと同じく、新聞記事のコピーだ。

白石大臣の問題が一段落したころ、今度は農林水産大臣だった室屋豊に対する不正献金疑惑が浮上した。しかし、これもまた、疑惑の渦中にいた人物が心筋梗塞で倒れ死んでしまったことで尻すぼみになった。

「次はこれ」

また別の資料が渡された。

「ちょっと待ってください。次から次へとやられると、せっかくのアワビが……」

「また作らせてあげるから」

「ほんとですか？」

「宮君は本当に食い意地が張ってるなあ。大きな欠点だよ、それ」

椿に言われたくはなかったが、反論して機嫌を損ねるのはよろしくない。

次の資料はネットの記事をプリントアウトしたものだった。武江学園問題が持ち上がる半年ほど前、群馬県の倉橋学園という学校法人が、新しく小学校を開校するために国有地を取得したのだが、地価九億円と試算された土地が一億ちょっとで売却されたことが明らかになり、大問題になった。

倉橋学園の理事長、倉橋義満は、〈古き佳き日本を取り戻す会〉という右翼団体のメンバーである。

田部総理とその側近たちもこの団体のメンバーだったりシンパだったりすることから、国有地の安値売却は、右翼仲間の倉橋のために、総理が口利きをしたのではないかと疑われたのだ。

この問題はまだ終結を見ずに続いているが、倉橋学園の小学校開校の認可を出した群馬県の職員が、交通事故で亡くなっている。

「それで、今回の田中さんだよ」

　椿が言った。

「時間がなくてざっと調べただけだから、これぐらいしかわからなかったけど、もっと死んでるかもしれない」

「もっと死んでる？」

「そう。田部総理周辺のスキャンダル絡みで」

「いやでも、こういうのってよくあるじゃないですか。田部総理だけじゃなく」

「あいつが総理になって四年で四件。偶然で片づけられる数字じゃないよ」

「あれ？　椿さん、総理のことが嫌いなんですか？　あいつ、なんて言っちゃって」

「あの男からは知性の欠片も感じられないからね。好きじゃない」

　椿は顔をしかめた。本気で嫌っている証拠だ。

「へえ……でも、確かに人は死んでますけど、死因はてんでばらばらじゃないですか。自殺に病死に交通事故」

「多分、田中さんも病死ってことで片づけられるだろうからなあ」

「片づけられるって、なにかネタ摑んでるんですか？」

「今日の午前中、武部長官が官邸に呼び出されてるんだ」

「警察庁長官が？」

「それで、武部長官は慌てて警察庁に戻ってきて、三国ちゃんを呼びつけた」

三国武雄警視総監は、椿と宮澤が関わった事件のあと、その地位に就いた。椿の父親の後輩だ。だから、「ちゃん」付けして呼ぶのだ。

「三国ちゃんは刑事部長を呼びつけて、刑事部長は捜査一課長を呼びつけた」

「なんだか伝言ゲームみたいですね」

「伝言ゲームなんだよ、宮君。おそらく、田中さんの件を病死で片づけろっていう指示が上から下に伝わっていったんだ」

「そのネタ、もしかして、警視総監からですか？」

椿は微笑んだだけで答えなかった。もともと椿の情報網はとらえどころがなかった。どこからそんなマル秘情報を摑んでくるのかと驚くこともあれば、明らかなガセネタを摑んできて大騒ぎすることもある。

だが、三国警視総監が警視庁に睨みを利かせるようになってからは、警視庁内のマル秘ネタは椿に筒抜けになっている。

「しかしなあ……」

宮澤は頭を搔いた。

田部内閣は憲法解釈を閣議決定だけで変更するなど、政治の進め方が強引で問題はあると宮澤も見なしている。だが、スキャンダルを揉み消すために人を殺させるというのはあまりにも現実離れしている。

宮澤は椿を盗み見た。アワビを食べるのも忘れて資料を睨んでいる。

危険な兆候だ。

またぞろ、頭の中の妄想と現実の区別がつかなくなっているのかもしれない。

「田部はさ、総理大臣になるのと同時に、内閣情報調査室に部署を新設したんだよね」

椿が言った。

「どんな部署ですか？」

反射的に応じて、宮澤は慌てて口を閉じた。いちいち反応すると、椿の妄想はどんどんエスカレートしていくのだ。

「内閣情報調査室特別事項捜査班」

「うちとほとんど同じじゃないですか。係と班が違うだけ」

宮澤はまた慌てて口を閉じた。だが、時すでに遅しのようだった。椿の目が爛々（らんらん）と輝いている。

「ぼくらは公安のアンタッチャブルだけど、やつらは内調のアンタッチャブルなんだよ」

「やつらって……」

「燃えてくるだろう、宮君？」

「いえ。全然。なにも感じないです」

　宮澤は首を振った。

「またあ。ここはぼくの家だよ。周りを気にする必要はないんだから」

「気にしてません、気にしてません。燃えてもいません。ほんとです」

「宮君は慎重すぎるきらいがあるよね。ま、刑事から公安に来たんだから、それも当然かもしれないけど」

「ぼく、慎重とは無縁の性格です。どちらかといえばおっちょこちょいです。はい」

「とにかく、匂うんだよ。ぷんぷん匂うんだ」

　椿は聞く耳を持っていなかった。こうなったら奥の手を出すほかない。

「椿さん、今夜は奥さんはいらっしゃらないんですか？」

　椿が口を閉じた。目尻と唇の端が少しずつ吊り上がっていく。

　椿は数年前に離婚している。だが、椿はその事実を受け入れることができず、妄想に妄想を重ねて現実を糊塗している。だが、妻の話題になると、糊塗しきれなくなって脳味噌がオーバーヒートを起こすのだ。

「つ、つ、つ、妻は今夜はお稽古事に行ってる」

「ええっと、ピアノを習ってるんでしたっけ？　それとも日本舞踊。あ、フランス語会話でしたっけ」

　椿の体が震えだした。

「バレエでしたよね、バレエ」

宮澤は慌てて言った。これ以上追いつめると、椿はなにをしでかすかわからなくなる。

「バレエ？」

「そう。バレエ。三ヶ月ぐらい前からはじめたって、椿さん、おっしゃってたじゃないですか」

「そうそう。妻は子供のときバレエを習っててね。再開したいって言いだしてさ」

椿の震えが徐々におさまっていく。

「一度は奥さんにお目にかかりたいんですけど、そういうことなら、またの機会に。それじゃあ、ぼく、千紗を待たせてるんで、そろそろ帰らせてもらいます」

「もう帰っちゃう？」

「はい。椿さんもご存知のように、千紗、怒らせると怖いんで」

「そうだよね。千紗ちゃんのことは大事にしてあげなきゃ」

椿の態度からは、内調の特別事項捜査班のことはすっかりぬぐい去られているようだった。

もともと妄想の産物なのだ。生まれるのも早ければ、消えるのも早い。

「それじゃ、失礼します。渡会さんのこと、あんまり苛めちゃだめですよ」

「なんのこと？　ぼく、渡会を叱責はするけど、苛めたことはないよ」

「はいはい。そういうことにしておきます」

宮澤は踵を返し、大股で部屋を出た。椿がろくでもないことを思いだす前にこの家から退却するのだ。

＊＊＊

マンションのエントランスに足を踏みいれようとした直前、背後から声が飛んできた。

「久しぶりだな、宮澤」

宮澤は振り返った。見覚えのある顔が微笑んでいる。

「あれ？　西川さんでしたっけ？　内調の？」

宮澤が内調と口にした途端、西川は顔をしかめた。

「内調がおれになにか用ですか？」

宮澤は相手の神経を逆撫でするように内調という言葉を繰り返した。

「内調、内調と軽々しく口にするな」

西川が言った。部下を叱るような口調だ。宮澤は肩をすくめた。

西川は警察庁から内閣情報調査室へ出向している男だった。宮澤が公安へ異動となった日の夜、六本木のとあるバーで知り合い、椿の人となりを教えてくれたのだ。一杯数千円もするウィスキーをがぶ飲みして。飲み代は宮澤が支払った。

あのときの恨みは骨の髄まで染みこんでいる。

「ちょっと訊きたいことがあるんだが、付き合ってもらえんか」

「お断りします」

宮澤は西川に背を向けた。

「もしかすると、捜一に戻れるかもしれんぞ」

意思とは無関係に足が止まった。

「捜一に？」

「付き合ってくれるか？」

捜一への未練が宮澤の背中を押した。椿は論外だが、公安はやはり虫が好かない。できることなら捜一へ戻りたい。いや、捜一が無理だとしても、刑事警察へ戻れるならどんなことでもするだろう。

「いいですけど、洒落たバーとかは勘弁してくださいよ。前回、おれがいくら払ったと思ってるんですか」

「悪かった、悪かった。あのときは調子に乗って飲みすぎた。今夜はコーヒーでいいだろう」

最寄りの繁華街へ移動し、コーヒーショップに陣取った。コーヒーが運ばれてくる間、宮澤も西川も、周囲に視線を飛ばし、テーブルや椅子の下をさりげなく手で探った。

監視や盗聴をされていないか確認するのは公安関係者の第二の本能だ。

「それで、なんの用です？」

コーヒーを運んできた店員がテーブルから離れるのを待って、宮澤は口を開いた。

「椿さんのことなんだがな……なにをやってる？」

「知りませんよ」宮澤はとぼけた。「椿さんと、おれが捜一に戻れるかもしれないことと、なにか関係があるんですか？」

「内調のことを突っついてまわっているらしい。理由はなんだ？」

「どうやったら捜一に戻れるんすか？」

宮澤は食い下がった。

「椿さんの動きを気にしている警察幹部がいる。その幹部の覚えがめでたくなれば、捜一に戻ることも可能だ。それぐらいの力を持った人だ」

「お言葉を返すようですが、新しい警視総監は椿さんの父上と仲がいいらしいですよ」

西川は宮澤を憐れむような顔をした。

「警視総監はあくまで警視庁のトップ。警察のトップは警察庁長官だ。長官に連なる人脈にいる人間には、警視総監もおいそれとは逆らえない」

西川の言うとおりだった。警察のキャリアたちは入庁したその瞬間から激しい出世レースに身を投じる。頂に立てるのはひとりだけだ。その頂とはすなわち警察庁長官である。

警視総監は、長官の座を最後まで争い、敗れた者が就くポストだとも言われている。

「なんでその幹部は椿さんのすることなんて気にしてるんですか？」

宮澤はかまをかけた。まさか、椿の妄想を警察幹部が気にかけるはずがない。

「それはわからんさ。ただ、あの男が内調のことを調べているってことが気になるんだろう。火のないところに煙を立たせる男だからな」

「その幹部の名前、教えてもらえます？」

西川は無言でコーヒーを啜った。

「せめて、階級でも」

西川はコーヒーカップを乱暴に置いた。

「なにか知ってるんだな？　取り引きしようなんて思わずに、素直に話した方が身のためだぞ」

「仲間を裏切ることになるんですよ。せめて、保証が欲しいじゃないですか」

「仲間？　椿が？」

「一応、同じ釜の飯を食ってますから」

「振りまわされっぱなしだそうじゃないか」

「あれ？　そういうこと、知ってますか？　おれたちのこと、監視してるんですか？」

「噂が耳に入ってくるんだよ。捜一の落ちこぼれでハムに左遷されたやつが、椿に振りまわされっぱなしでもなんとか食らいついて辞めないでいるって。知らないだろうが、おまえ、記録更新中なんだぞ」

「記録？」

「そう。椿さんの部下になった連中は一ヶ月保たないで辞表を書く。おまえ、椿さんの下について何ヶ月だ？」

「半年ですけど」

「変わったやつだってあちこちで評判だ」

西川は鼻を鳴らした。

「はぐらかさないでくださいよ。だれがおれを捜一に戻してくれるんすか？」

「おれを信じろ」

今度は宮澤が鼻を鳴らした。

「信じられるわけないじゃないですか」

「そう言うなよ。嘘でもいいから信じますって言ってみろよ」

西川はだだっ子のように首を振った。

「言えませんよ」

「どうしてもか？」

「どうしてもです」

西川は舌打ちしてスーツの内ポケットからスマホを取りだした。だれかに電話をかけると、宮澤に背を向けて会話を交わした。しばらくすると、振り返った。

「電話に出ろ」

「どなたですか？」

「いいから、出ろ」

宮澤は差しだされたスマホを受け取りながら訊いた。

「もしもし？　宮澤と申しますが、どちら様でしょうか？」

「小野寺だ」

しわがれた声が耳に飛びこんできた。名乗れば、相手には自分が何者かすぐにわかると思っているようだった。

「どちらの小野寺さんでしょう？」

「長官官房の小野寺だ」

宮澤はその場で直立した。かろうじて敬礼だけは思いとどまった。

「し、失礼いたしました、官房長。宮澤巡査部長であります」

警察庁長官官房長の小野寺喜一警視監。長官、次長に次ぐ警察のナンバー3だった。一介の巡査部長にとっては雲の上の存在だ。

「周りに人がいるんだろう。階級を口にしてどうする。馬鹿者め」

「も、申し訳ありません」

額と脇の下に汗が滲んできた。

「西川の言葉はわたしの言葉だと思って聞け。いいな」

「承知しました。ところで、自分が捜一に戻れるという話は——」

宮澤は口を閉じた。電話はとっくに切れていたのだ。

「わかっただろう？」

西川が宮澤の手からスマホを奪い取った。宮澤は口に溜まっていた唾を飲みこんだ。

「相手は官房長だ。おまえを捜一に戻すことぐらい、わけはない」

「ですよね」

「さあ、教えろ。椿さんはなにをやっている？」

「おたくの特別事項捜査班がどうとか言ってましたけど」

「なんだと？」

西川の声のトーンが跳ね上がった。

「なんですか、急に大声出して」

「今、なんと言った？」

「だから、おたくの特別事項捜査班がどうしたこうしたって——」

見る間に西川の顔が青ざめていく。

「どうしたんですか？　顔色が悪いですよ」

西川がテーブルの上に身を乗りだしてきた。

「よく聞け、宮澤。これは正真正銘、おれの本心からの忠告だ。特別事項捜査班のことは忘れろ。なにも聞かなかったことにしろ。その方が身のためだぞ」

「ちょっと、どういうことですか。どうせ、椿さんの――」

宮澤は言葉をのみこんだ。西川が席を立ち、逃げるように店を出ていったのだ。

「なんだよ、あれ……あっ！」

テーブルの上に、伝票が残っていた。

「また飲み逃げかよ、あの野郎」

高級ウィスキーじゃなくてよかった――宮澤は胸を撫で下ろしながら、遠ざかっていく背中を睨んだ。

＊＊＊

部屋にはニンニクの香りが立ちこめていた。宮澤は途端に空腹を覚えた。

「ただいま」

奥に声をかけ、靴を脱ぐ。怒声が返ってくると予想していたが、返事はなかった。

「あれ？　千紗？　いるんだろう。ごめん。ちょっと急な仕事が入っちゃって」

以前なら、約束の時間に遅れると必ずスマホに電話かＬＩＮＥが入ってきた。今は千紗も宮澤の仕事に慣れ、自分を抑えるようになっている。その分、約束をすっぽかされたことへの怒りは増幅されて宮澤にぶつけられることになる。

おそるおそるダイニングキッチンに入っていくと、包丁がまな板を打つリズミカルな音が聞こえてきた。千紗がキャベツを刻んでいる。

「お帰りなさい」

千紗が振り返った。怒っている様子はない。

「ごめんね。ちょっと来るのが遅れちゃって、ご飯、もう少し待って」

「それは全然かまわないけど、なんかあったの？　お義父さん？」

千紗が首を振った。

「目が覚めてはまた寝ての繰り返しで、ちょっと心配だからママと一緒に病室に長くいただけ」

「お義父さん、だいじょうぶなのか？」

「ずっと植物状態だったでしょ？　筋力が落ちて、ちょっと寝返りを打つだけでも重労働なんですって。だから、すぐに疲れちゃうみたい」

「なにごともないならいいけど」

「ダーリン、相変わらず優しいのね」千紗が振り返った。「お帰りのちゅーして」

「ちゅーはいいんだけどさ、包丁握ったままだとどうにも落ち着かないなあ」

「あ、ごめん、ごめん」

千紗は包丁をまな板の上に置き、抱きついてきた。宮澤はその唇を吸った。

「やだ。それ、ちゅーじゃなくてキスでしょ。そんなことされたら、お料理できなくなっちゃう」

キスのあと、千紗が宮澤の胸に顔を埋めた。声が湿り気を帯びている。これは危険だ。

「いやあ、おれもう腹ぺこでさ。なにか胃に入れないと、もう一歩も動けないって感じ」

宮澤は言った。自分でもわざとらしい言い方だと思うが、千紗は気にしない。

「すぐにできるから、もうちょっとだけ待ってて」

「晩飯はなに？」

「ポークソテー。キャベツ刻んで、あとはお肉焼くだけだから」

「いいね、ポークソテー。おれ、豚肉大好き」

宮澤はダイニングテーブルの椅子を引いて腰を下ろした。

「知ってる。だから、献立は豚肉メインなのを多くしているの。そういえば、ダーリンはどうしてこんなに遅くなったの？　仕事は最近暇でしょうがないってぼやいてたのに」

「それがさ、また椿さんが暴走しはじめちゃってさ、大変なんだよ」

宮澤は今日起こったことを手短に話して聞かせた。実際に公安警察官として動く事件の内情は、たとえ相手がフィアンセだとしても話せない。だが、椿の妄想は別だ。

「それでさ、電話に出たら、相手は警察庁長官官房長の小野寺警視監だったんだよ。ぶったまげたなあ。椿さんの妄想を、警察のナンバー3が気にかけるんだぜ。世も末だよ」

ニンニクの焼ける香ばしい匂いが鼻をついて、宮澤は唾を飲みこんだ。腹が鳴っている。

「それで本当にダーリンが捜査一課に戻れるといいんだけど、その電話の相手、本物なの？」

「え？」

「だって、小野寺って自分で名乗っただけなんでしょ？　本物かどうか確かめたわけじゃないじゃない。ダーリン、小野寺さんって人の声、聞いたことあるの？」

宮澤は首を振った。

「ないけど……」

「小野寺さんに電話をかけたのは西川さんだし……西川さんって信用できる？」

「できない」

宮澤は即答した。

「じゃあ、信頼度ゼロじゃない。はい、できました」

焼けた豚肉とキャベツの千切りの載った皿がテーブルに置かれた。あとは、豆腐とワカメの味噌汁と、千紗の手製のぬか漬けだ。このぬか漬けがまた絶品なのだ。

「いただきます」

早速、豚肉を口に運んだ。

「うまっ。めっちゃ旨いよ、千紗」

「ありがとう。ダーリンはいつもわたしの料理を褒めてくれるから好き」

千紗も肉を頬張った。千紗の皿には宮澤の肉の半分も載っていない。

「なんでそれだけしか食べないんだよ？」

「最近、少し太り気味なの。ダイエットしないと、ダーリンに捨てられちゃうかもしれないから」

「ちょっと太ったぐらいじゃ捨てたりしないし、おれはもう少し肉付きのいい千紗が好きだな」

「凄く太ったら捨てちゃうわけ？」

千紗の目が吊り上がった。宮澤は自分の失言に気づき、冷や汗を掻いた。

「こ、言葉の綾だよ、言葉の。おれは千紗の見た目じゃなくて心に惚れてるんだからさ。太ったってなにしたって関係ないよ」

「もう一回言って」

自分の言葉を素早く反芻して千紗の性格と照らし合わせた。

「おれは千紗の見た目じゃなくて心に惚れてるんだ」

「大好き、ダーリン」

千紗の表情が戻った。宮澤はキュウリのぬか漬けを食べ、味噌汁を啜った。せっかくの美味しい晩飯が台無しになるところだった。椿や千紗と会話するときは、常に神経を尖らせていなければならない。

疲れるが、かたや上司で、かたやフィアンセだ。それが自分の人生なのだろう。抗おうとするのはとうの昔に諦めた。

「あ、また、話が逸れちゃった。ごめんね、ダーリン」

「いいんだよ」

「でもさ、電話に出た小野寺って人が偽物だったら、ダーリン、騙されてるってことになるじゃない。椿さんを裏切って、捜査一課にも戻れなくって、ってことになったら最悪よ」

「そりゃそうだけど……」

「わたしは、西川さんと小野寺さんのこと、椿さんに話した方がいいと思うな」

「椿さんに？」

千紗がうなずいた。

「ダーリンは椿さん、頭がおかしい変な人って言うけど、わたしにはそう思えないのよね」

「どういうこと？」

「能ある鷹は爪を隠すっていうか、なにか理由があっておかしいふりをしてるんじゃないかって思うの」

「まさか。考えすぎだよ」

「本当にそう言い切れる？　ダーリン？」

真顔で問われると言葉を濁すほかなかった。

「前の北朝鮮のスパイ事件だって、結局、椿さんに都合のいいように事件が解決したでしょう？　あれって、最初から椿さんの狙いだったんじゃないかな？」

宮澤は豚肉を頬張りながらうなずいた。結局、椿を目の敵にしていた公安幹部たちが左遷され、警視総監も失脚。代わりに警視総監の椅子を射止めたのは椿の父親の後輩だった三国武雄だ。

宮澤も事件の直後は、椿の奇異な言動のすべてが周囲を騙すためのものなのではないかと疑っていた。

だが、あれから半年、日々、椿と接しているうちにそんな疑問も消えていった。

椿はいかれている。本当にいかれている。

「もし、全部が芝居だったら、椿さんって相当怖い人じゃない？」

千紗が言った。

「もしそうなら、めっちゃ怖いよな」

「怒らせない方がいいと思うんだよね、椿さんのこと」

「そ、そう思う？」

「うん」

千紗は力強くうなずいた。

「そ、そうかな？」

「今夜のこと、椿さんに報告した方がいいと思う。その、特別事項なんちゃらのことを西川さんに教えたのは、向こうの懐に飛びこんで情報を得るためだとか言って」

「千紗、おまえ、冴えてるね」

「だって、ダーリンとわたしの未来のためだもの。もし、椿さん怒らせて、ダーリンが警察にいられなくなったりしたら困るでしょ」

記録更新中なんだぞ――西川の言葉が頭の奥によみがえった。

椿の部下はみんな辞めていく。自発的に辞めるのか。あるいは辞めさせられるのか。

時間のあるときに調べておくべきかもしれない。

それに、千紗の言葉を胸に刻むべきだ。自分は警察官としてしか生きられない。警察を辞めたら、ただの無能な人間だ。

「明日、椿さんに話すよ」

「そうした方がいいよ。ダーリン、ファイト！」

千紗が箸を持った右手でガッツポーズを作った。その姿を見た瞬間、堪えがたい愛おしさが溢れた。

「千紗」

宮澤は席を立ち、千紗の背後にまわって抱きしめた。

「ダーリン？」

「愛してるよ、千紗。出会いはひどかったけど、おれは今、全身全霊で千紗を愛してる」

「ダーリン……」

「おれをゆるしてくれただけじゃなく、愛してくれて本当にありがとう、千紗」

「ダーリン……」

千紗の声がとろけていく。宮澤は千紗の胸をそっと揉んだ。千紗の手から箸が転げ落ちた。

3

「宮君にしちゃ、ナイスな判断じゃない」

宮澤が話し終えると、椿が言った。

「宮君にしちゃ、ってのは余計です」

「そうだね、ごめんごめん」

椿は素直に謝った。スマホを取りだし、だれかに電話をかけた。

「もしもし？　ぼく。椿。ちょっと聞きたいことがあるんだけどさ、昨日の小野寺官房長のスケジュールってわかる？」

宮澤は目を丸くした。

「質問に質問で返されるの好きじゃないって知ってるでしょ？　早く答えた方が身のためだよ」

椿は相手の言葉に耳を傾け、小刻みにうなずいた。

「わかった。ありがとう。じゃあ、またね」

「電話の相手、だれなんすか？　官房長のスケジュールを把握してるってことは……」

「官房総務課の男だよ。昔、公安にいてさ、面倒を見てやったから、ぼくに恩義を感じてるんだよ」

「そんなふうには聞こえませんでしたけどね。弱みを握ってて、脅したんじゃないですか？」

椿は答える代わりに笑った。見る者の背筋が凍るような笑みだ。宮澤は密（ひそ）かに「悪魔の笑み」と呼んでいた。

「怖いなあ、もう……それで、なにかわかったんですか？」

「官房長は昨日は午後から官邸にいたらしい」

「官邸ですか？」

宮澤は頭を掻いた。警察のキャリア連中のことを考えるだけで頭が痛くなるのに、政治家、それも政権中枢に居座っている連中のことなど、考えたくもない。

「もしかすると、宮君が電話で話したの、本物の官房長かもよ」

「でも、どうして官房長が官邸なんかに……」

「あいつは、十年ぐらい前に内調に出向してたんだよ。当時の室長。そのときに、与党の上層部とコネができたんだよね」

椿は警察のナンバー3、階級が警視監のキャリアをあいつ呼ばわりして一向に気にかける様子がない。

警察官にとって、組織内の序列や階級は不可侵だ。どんなに理不尽な目に遭ったとしても、相手が自分より上の階級や役職なら唯々諾々と従うしかない。それが警察なのだ。

椿はそうした暗黙のルールすべてを無視する。それでいて、警察を辞めずにすんでいるのは、みなが椿を恐れているからだろう。

千紗の言ったように、本当にいかれているのか、それとも芝居を打っているのか。芝居だとしたら、なんのために？

疑心暗鬼に駆られておいそれと椿に手を出せずにいるのだ。なにしろ、かつては切れ者中の切れ者であり、父親は外務官僚の大物だったのだ。椿の背後には、警察以外の諸官庁のキャリアたちの姿が見え隠れする。

半年前の事件のことを忘れた者はいないだろう。椿が傍若無人に動きまわり、その結果、出世を約束されていたはずの男たちが階段から転げ落ちていったのだ。

触らぬ神に祟りなし——それが公安警察のキャリアたちが椿に対して取れる唯一の態度だった。

「その政権中枢とコネがある官房長が、どうして椿さんの動きを気にするんすかね？」

「ぼくの言ったことが当たってるからさ」

「官邸が自分たちに都合の悪い連中を内調のアンタッチャブルに殺させてるって話ですか？　まさか」

いくらなんでもそれはあり得ない。日本は法治国家だ。

「だけど、向こうのアンタッチャブルがなにか、公にできないことをやってるのは確かだよ。だから、西川が宮君に接触してきたんだ」

「それはそうかもしれませんけど……」

「とにかく、向こうの懐に潜りこもうっていうのはいい考えだったよ。ほんとに宮君が考えたの？」

「き、決まってるじゃないですか」

「千紗ちゃんの入れ知恵だったりして」

冷や汗が背中を流れ落ちた。

「いくら相手が千紗でも、仕事に関することは話しませんよ。ぼくをなんだと思ってるんですか」

「ごめんごめん。ちょっと言葉が過ぎたね」

椿は火を点けていないパイプをくわえた。

「西川にはぼくに関する情報と引き換えに、捜一に戻れるよう手配してもらうってことになってるんだったよね？」

「そうです」

「まさか宮君、まだ捜一に未練があるの？」

「なにを言ってるんですか、椿さん」宮澤は額に浮かんだ汗を拭いながら言った。「ぼくたちは公安のアンタッチャブルじゃないですか。捜一なんて、目じゃない、目じゃない」

「だよね、だよね」

椿は子供のように笑った。

「ですよ」

「じゃあさ、宮君、西川には捜一じゃなくて内調に行きたいって言ってよ」

「内調ですか？」

「そ。それも、特別事項捜査班に入りたいって」

「ぼくが？　内調がＯＫすると思います？」

「だめもとだよ。特別事項捜査班が無理でも、宮君には内調に行ってもらいたいんだ。ぼくは外側から、宮君は内側から連中を炙（あぶ）りだすの」

「のって、簡単に言いますけど、内調の仕事なんて、ぼく、なんにも知らないですよ」

「公安と変わらないよ」

椿は悪魔の笑みを浮かべると、くわえていたパイプに火を点けた。

＊　＊　＊

椿に昼飯を一緒に食おうと誘われたが、所用があると嘘をついて外に出た。一緒に飯を食うとなんだかんだで椿の分も宮澤が支払わされることになる。

あんな豪邸で生まれ育ったお坊ちゃんで、キャリアとしての給料をもらっているくせに、椿はどケチなのだ。

目についたラーメン屋でつけ麺を食べているとスマホに着信があった。見覚えのない電話番号だった。

「もしもし？」

おそるおそる電話に出た。

「おれだ」

電話の主は西川だった。宮澤は反射的に口元を手で覆った。

「昨夜は、コーヒーの伝票、置きっぱにしていただいてどうもありがとうございます」

「コーヒーの伝票？　ああ、すまん。急いでいたもので、失念していた」

「ああいう場合、おれの分も払ってくれるのが普通ですよね」

「だからすまんと言っているだろう。たかがコーヒー一杯でうるさい男だな」

「うるさい？　自分の飲んだコーヒーの代金人に払わせておいて、うるさいって言いました？　西川さんもご存知のように、おれたち下っ端は安月給でこき使われてるんですよ。あんたにはたかがコーヒー一杯かもしれないけど、おれには――」

「わかった、わかった。コーヒー代は今度返す。それでいいか？」

西川の口調は苦々しげだった。

「そんな口調で言われてもですね、はい、それでチャラにしましょうって気持ちにはなれませんよ。だいたい――」

「今度会ったときに、コーヒー代を返してなおかつ、謝罪させてもらう。な、それでいいだろう？」

「まあ、そこまで言われるなら……」

「今、電話、だいじょうぶか？」

「ちょっと待っててください」

今さら電話で話してだいじょうぶかもないだろう──そう思いながら、宮澤はつけ麺の代金をカウンターに置いて店を出た。ひとけの少ない方に歩を進めていく。

「お待たせしました」

「今、どこだ？」

「外を歩いています」

「監視はされていないだろうな？」

「これでも一応公安の捜査員なんで、常に気を配っていますけど」

「ならいい。今日は椿さんはなにをしている？」

「その件なんですけどね、西川さん」

宮澤は猫撫で声を出した。

「な、なんだ？」

「いろいろ考えたんですけど、捜一に戻ったってみんなに白い目で見られるだけだし、どうでしょう？　おれを——ぼくを内調で面倒見てもらうなんてのは？」

「おまえが内調だと？」

「ええ。できれば、特別事項捜査班がいいなあ、なんて。あれでしょ？　名前が似てるぐらいだから、うちと同じで暇な部署なんでしょ？　そこがいいなあ」

「馬鹿を言うな。特別事項捜査班などという部署は内調には存在せん」

西川の声が裏返っていた。

「そうなんですか？　だったらなんで、昨日、おれが特別事項捜査班って口にした途端、慌てて飛びだしていったんですか？」

「そんなこと、おまえが知る必要はない」

「ああ、そうですか。じゃ、ありもしない部署を調べてる椿さんは例によって妄想に取り憑かれてるんですね。おれは必要ないですね。失礼します」

宮澤は電話を切った。すぐに着信音が鳴った。

「勝手に電話を切るな」

電話に出ると、西川が吠えた。

「だって、取り引きが成立しないんだから、西川さんと話しても無駄じゃないですか」

「特別事項捜査班はだめだ。だが、内調に引っ張れというなら、引っ張ってやる。それでどうだ？」

「給料、今より少しばかり上がりませんかね？」

「宮澤、おれをからかってるのか？」

「冗談です、冗談。わかりました。それでお願いします」

「手続きは進めておくから、とりあえず、おまえは今までどおり、椿さんにくっついてその動向を逐一おれに報告しろ。いいな？」

「了解しました」

宮澤は朗らかに言った。

「それで、椿さんの様子はどうだ？」

「親父さんの線から特別事項捜査班について調べるとか言ってましたが」

「親父？　椿源一郎のことか？」

「ええ。内調には外務省からの出向組もいるんでしょう？　そっちからつついてみるとかなんとか。そっちがだめでも、親父さんは各省庁に強いコネ持ってるから、やり方はいくらでもあるって言ってましたかね」

「エリート風を吹かせてるろくでもない連中のことだな……くそが」

キャリアには二種類あると聞いたことがある。立身出世のため、苦労して勉学に励んできた連中。そして、代々キャリアを輩出してきた名門の家に生まれ、頭脳にも恵まれ、自らも労せずしてキャリアになった連中だ。お互いがお互いを忌み嫌っているらしい。椿の父親は後者の代表格だ。

「わかった。また、今夜にでも連絡を入れる。目をかっぽじって椿さんを見張るんだぞ」

「わかりました。目をかっぽじります……って、それ、いつの時代の言い回しですか？」

「やかましい」

電話が切れた。宮澤はスマホを尻ポケットに押しこみ、口笛を吹きながら歩きだした。

＊＊＊

「今の内調の情報官は南野徹っていうんだけど、以前は警察庁警備局の外事情報部長だったんだよね」

椿がパイプをふかしながら言った。

「ちょっと待ってください。情報官ってなんですか？　普通、内調のトップって室長でしょ？」

宮澤は口を挟んだ。椿が憐れむような目を向けてきた。

「それは昔の話。今は内閣情報官っていうんだよ。内調の職員になるっていうのに、そんなことも知らないでどうするつもりかな」

「やだなあ。内調に出向っていうのは表向きのことじゃないですか」

宮澤は頭を掻いた。

「政権交代が起きたとき、警察キャリアの多くも民自党の新政権に尻尾を振ったんだよ。でも、南野は、自由党に忠義を尽くしたんだよね。それで田部の覚えがめでたくて、第二次田部政権が発足したときに、内調のトップに迎えられたんだ。退官したあとは、きっと内閣官房参与あたりの肩書きもらって、さらにそのあとは金回りのいい天下り先を紹介してもらうんだろうね」

椿は顔をしかめた。

「その南野情報官がなにか？」

「公安にいるときは、外事の裏仕事を仕切ってたんだよ」

「裏仕事？」

宮澤の問いかけに、椿はウインクで答えた。

「そろそろ、宮君にもわかってるでしょ？」

宮澤はうなずいた。公安外事の秘匿部隊が、官邸や自由党の意を受けて特定の人物の身辺調査に駆りだされることがあるという噂を耳にしたことがある。

「特別事項捜査班を作らせたのは南野だっていうもっぱらの噂。で、南野のバックには田部がついている」

「総理の肝煎りってわけですか……」

「手を尽くして調べたんだけど、特別事項捜査班の人数もメンバーも霧の中なんだよ。徹底的に隠してる。間違いなくなにかあるよ」

「手を尽くしてって、お父さん絡みでですか？」

宮澤は訊いた。椿に手を貸す人間がいるとは、どうにも信じられない。

「キャリアの世界じゃ、パパにどうしても頭が上がらないっていう人間が多いんだよ」

「なんだか恐ろしいっすね、椿さんのお父さん」

「マジ怖いよ」

椿が言った。真剣な表情だった。

「でも、椿さん、その怖いお父さんを柔道の技で投げ飛ばしたことがあるんでしょ」

言ってから、口を滑らせたことに気づいた。

「ぼくが？　パパを？　そんなことするわけないじゃん。だれからそんなでたらめ聞いたの？」

「え、そうなんですか？　なんだ、渡会さん、嘘ついたのか」

脳裏に浮かぶ渡会は恨めしげな目で宮澤を見つめていた。

「渡会のやつ、そんなことを……執事の仕事をなんだと思ってるんだろう」

「ま、まあ、それはそれとして、今後、どうします？　内調の特別事項捜査班。椿さんが手を尽くしても霧の中だし、ぼくが内調へ出向するのはまだ先の話だし。手詰まりですかね？」

「パパに動いてもらうかなあ……自由党っていっても、一枚岩じゃないんだよ。田部一強って現実に、みんな口を噤(つぐ)んでるけど、心の底じゃ田部とその一党を嫌ってる国会議員も大勢いる。でもって、パパはそういう人たちとなぜか仲がいいんだよね。総理経験者とかの大物にも可愛がってもらってるし」

　スマホの着信音が鳴った。

「椿さん、ちょっとすみません。千紗からです」

　宮澤は席を立ち、部屋の隅に移動した。

「ダーリン、仕事中なのにごめんね」

「かまわないよ。それより、どうした？」

「パパが今起きてるんだけど、どうしてもダーリンに会いたいって言ってるの。時間ができたら、病院に来てくれる？」

「調子よくなってきてるの？」

「うん。今日は凄く調子がいいみたい。だけど、まだ波があるから、もしかしたらダーリンが来るころにはまた寝ちゃってるかもしれないけど」

「いいよ、そんなこと気にしなくて。お義父さんの体調が最優先なんだから」

「ありがとう、ダーリン。大好き」

「おれも」

「おれも、なに？」

「だから、おれも」

「ちゃんと言って」

千紗の声は砂糖をまぶしたかのように甘かった。

「仕事中なんだよ。近くに椿さんもいるし」

「言って。お願い」

宮澤は椿を盗み見た。相変わらずパイプをふかしながら、パソコンのモニタをなにかに取り憑かれたかのように見つめている。

「おれも千紗が大好き」

宮澤は声をひそめて言った。

「ありがとう、ダーリン。嬉しい。じゃあ、あとでね」

「うん、あとで」

電話を切り、スマホをポケットに押しこむ。

「すみません、椿さん。千紗の父親がおれに会いたがってるそうなんで、このあと、ちょっと抜けて見舞いに行ってきてもいいですか？」

「あれだけラブラブな会話聞かされて、だめだって言ったら恨まれるよね」

椿はモニタを見つめたまま答えた。

「ラブラブな会話ってなんすか？」

「おれも千紗が大好き」

椿が宮澤の声を真似た。見事な声帯模写だった。

「聞こえたんすか？」

「そりゃ聞こえるよ」

「椿さんの耳、どうなってるんですか」

「普通の耳だよ」

地獄耳で物真似も玄人はだしだ。椿は尾行監視の名人でもある。頭さえまともなら、スーパー公安警察官だ。

「勘弁してほしいなあ、もう」

「もちろん、見舞いには行っていいよ。そのうち、ぼくも顔を出すようにするから。加害者の上司として、被害者にきちんと謝っておかないとね」

「加害者って、どうしてそういう言い方するんですか」

「面白いから」

椿は悪魔の笑みを浮かべて煙を吐きだした。

＊＊＊

宮澤は雑踏の中で足を止めた。

新宿駅西口地下通路。

あの日、田中を見かけたのと同じ場所だった。

「ここだよな」

呟きながら目を閉じた。あのときの記憶を掘り起こす。

改札を出た直後、この場所で正面からこちらに向かってくる田中に気づいたのだ。

田中はグレーのスーツを着ていた。慣れた足取りで人混みを縫っていた。右手に革の鞄をぶら提げて——そこまで宮澤が見て取ったとき、あの男とぶつかったのだ。

「思いだせ」

宮澤は自分に言った。脳味噌を絞り、記憶を辿っていく。

男とぶつかる直前、田中の目が男を捉えた。避けようとしたが間に合わず、ぶつかった……。

「ええい、もう一回」

宮澤は頭の中の映像を巻き戻した。もう一度、脳裏のスクリーンに再生する。

男とぶつかる直前、田中の目が男を捉えた——。

「そうだ。あのとき、田中さんの目に、一瞬、怯(おび)えの色が走ったんだ」

記憶が確かなら、田中は身の危険を感じていたことになる。だからこそ、恐怖を感じたのだ。

「他には……」

繰り返し記憶を再生する。なんとかして、田中にぶつかった男のはっきりとした特徴を摑まえたかった。

男は直前に歩く方向を変えた。それで田中とぶつかったのだ。

記憶にあるのは男の後ろ姿。まだ真新しそうな黒い革ジャン、色褪せたジーンズ、野球帽。

「帽子は黒かった」宮澤は呟いた。「間違いなく黒かった。じゃあ、靴は？　どんな靴を履いていた？」

帽子をかぶった男の後ろ姿を何度も繰り返し脳裏のスクリーンに映しだしてみた。やがて、答えを得た。

「ハイカットのバスケットシューズだ。間違いない」

宮澤は額に浮いた汗を拭った。極限まで集中したせいで、目がかすんでいる。

「今日はこれぐらいにしておこうか」

宮澤を追い抜いていった中年女性が、露骨に顔をしかめたのを見て、宮澤は歩きだした。確かに、これだけの混雑の中で立ち止まっているのははた迷惑だ。

「面識率の特訓のおかげでおれの記憶力も向上してるのかな——」

違和感を抱いて宮澤は踏みだそうとしていた足を止めた。視界の隅をなにかがよぎったのだ。視線を巡らせ、違和感の正体を探る。

東口へ通じる地下通路の方へ急ぐ男の姿が目に留まった。

真新しそうな革ジャン、色褪せたジーンズ、野球帽、ハイカットのバスケットシューズ。

「あああっ」

あの男だ。間違いない。

宮澤は慌てて男のあとを追った。

なぜあの男がここに？——頭の中で疑問符が明滅する。

ホシは現場を再び訪れるというのは殺人事件での定石と言われている。だが、椿の見立てを信じるなら、あの男は政府に雇われた殺し屋だ。

プロの殺し屋が現場をもう一度訪れるような危険を冒すだろうか。

「そんなはずねえよな」

男は地下通路を東口目指して進んでいる。宮澤は気配を悟られぬよう、気を使いながら尾行を続けた。

「こんなときに椿さんがいてくれたらな……」

椿は尾行の名人だ。あんな巨体でなぜと首を傾(かし)げたくなるほど周囲に溶けこみ、相手に気取られることなく尾行する。

男が忘れ物を思いだしたというような仕種(しぐさ)を見せ、通路を戻りはじめた。

確認行動だ。尾行や監視がついていないか確認するために相手が予期していない行動を取る。インテリジェンスの世界に生きる者たちの常套(じょうとう)手段だった。

「間違いない。確認行動だ」

反射的に立ち止まりたくなるのを意志の力で抑えこみ、宮澤は歩き続けた。ここで立ち止まったり進行方向を変えたりすれば相手の思う壺(つぼ)なのだ。

男との距離が狭まっていく。宮澤はさりげなく男の顔を見た。これといった特徴のない平凡な顔立ちだった。年齢は二十代半ばから三十代前半。ひょろっとした体つきだが、きびきびと歩いている。無駄のない筋肉で体を覆っているはずだ。

見覚えはなかった。

目を逸らし、歩き続けた。男の視線は絶え間なく動いている。自分を尾行、監視している人間がいないか、探っているのだ。

気づかれませんように——心の中で祈りながら、宮澤は男とすれ違った。男の視線が一瞬、宮澤の横顔を舐めた。

それだけだった。男は特別な反応を示すわけでもなく歩き去っていく。

宮澤も同じ歩調で進んだ。振り返って男の行方を確かめたいという激しい衝動をなんとかこらえた。

数分歩き続け、電話がかかってきたというふりをして立ち止まった。スマホを耳に当てながら振り返る。

男の姿はどこにもなかった。

＊＊＊

宮澤は当初の予定より一時間ほど遅れて病院に着いた。

「ごめんね、ダーリン。パパ、三十分ぐらい前に寝ちゃったの」

病室の手前の廊下でばったり出くわした千紗が申し訳なさそうに両手を合わせた。

「しょうがないよ。遅れたおれが悪いんだし」

「何度も見舞いに来てくれるなんて、誠意のある警察官だって、パパも会うのを楽しみにしてるんだけど……」

「あれ？　まだおれと千紗のことは話してないの？」

「それは、ダーリンの口から言った方がいいと思って。だって、ほら、結婚のこともあるし」

宮澤は頭を掻いた。千紗の父親が長く植物状態にいることになった事故のきっかけを作ったのは宮澤だ。そんな男が娘と結婚させてくれと言いだしたら、どんな反応が返ってくるのだろう。

「ダーリン、気乗りしない？」

「そんなことないさ」宮澤は頭を振った。「事情はどうあれ、千紗さんをおれにくださいって自分からお義父さんに頭を下げるのは当然のことだからな」

「もう一回言って」

宮澤を見上げる千紗の目が潤みはじめた。

「へ？」

「言って」

「千紗、ここは病院だぞ。周りに人もいるし――」

「いいから言って」

こうなった千紗を止めることはだれにもできない。

「今の台詞のどの部分だよ？」

千紗が宮澤の脇腹をつねり上げた。

「痛っ！　なにするんだよ、千紗」

「わたしにそんな恥ずかしいこと言わせるつもりなの、ダーリン？」

「そ、そうだよね。おれの言った台詞だもん、おれがちゃんとやらないとね」

宮澤は冷や汗を掻きながら必死で自分が口にした言葉を思い起こした。千紗が気に入ったであろう部分に思い至ると咳払いをした。

「千紗さんをおれにください」

そう口にした瞬間、千紗がかすかに痙攣（けいれん）した。

「千紗？」

「どうしよう。今のダーリンの言葉だけでイッちゃった」

千紗の頬に朱が差していた。

「はい？」

「今すぐ、ダーリンにめちゃくちゃに犯してもらいたい」

宮澤は千紗の口を手で塞いだ。

「だれかに聞かれたらどうするんだよ」

掌が湿った。千紗が濡れた息を漏らしたのだ。千紗の目はどんどん潤んでいく。

「千紗？」

宮澤は手を離した。

「いきなり口を塞ぐなんて……」

千紗は身をよじらせた。宮澤は慌てて周囲に視線を走らせた。だれもが足早に通り過ぎていく。

「どうしよう。騒ぐんじゃないって口を塞がれながらダーリンに犯されるのを想像したら、溢れてくるの……」

「こらえろ、千紗」宮澤は言った。「家に戻ったら、千紗のしてほしいことをなんでもしてやるから、ここではこらえなさい。いいね？」

「……うん。頑張る」

千紗は潤んだ目で宮澤を見上げた。

「とりあえず、病室に行って、お義父さんに挨拶してこよう」

「だめ」

千紗は宮澤の手を引いた。

「だめってなんで？」

「ママにこんな顔見せられない。自分のお腹を痛めて産んだ娘が、こんなにいやらしい女になってたなんて知ったら、ママ、気絶しちゃう」

「はいはい、じゃあ、帰ろう」

宮澤は舌打ちをこらえて言った。しなだれかかってくる千紗を支えながら、病院を出た。おれの人生は本当にこれでいいんだろうか？――頭の奥から湧き出てくる疑問には目をつぶった。

4

宮澤は生欠伸（あくび）を嚙み殺しながらエレベーターを降りた。

明け方近くまで千紗に求められ続けたのだ。腹の奥に溜まった疲労感に、もう若くはないんだぞと告げられているような気がしていた。

椿が自分のデスクでパソコンのモニタと睨めっこをしていた。

「おはようございます」

「おはよう」

顔を上げた椿が宮澤を見て眉をひそめた。

「あれ？　おれの顔になにかついてます？」

「隈ができてるよ、宮君」

「隈ですか？」

「千紗ちゃんとラブラブなのはいいけど、もう若くないんだから気をつけなきゃ」

宮澤は立ち止まり、椿を凝視した。ときどき、椿が自分の部屋に盗聴器かなにかを仕掛けているのではという疑念が頭をよぎる。

「寝不足はここの敵だよ」椿は自分の頭を指差した。「頭の働かない公安警察官なんて、ゴミ以下だからね」

「はいはい。今後気をつけます」

宮澤は自分の席に着いた。

「そういえば、昨日、新宿駅で田中前事務次官にぶつかったやつと似た男を見かけました」

「どうしてそれを先に言わないかなあ、宮君は」

　椿の目つきが変わった。

「いや、だって、椿さんがいきなり目に隈とか言いだすから――」

「その男、宮君の面識率に引っかかった？」

「いえ。見覚えのない男でした」

　宮澤は椿の態度につられて背筋を伸ばした。

「こっちに来て」

　椿が両手でキーボードを叩きはじめた。マシンガンの銃声のような音が響く。宮澤は椿のデスクへ行ってモニタを覗きこんだ。

　いくつもの顔写真が並んでいた。

「この中にいるかな？」

「だれですか、こいつら？」

「元自衛官だよ。レンジャー資格を持っているか、特殊作戦群にいた隊員たち」

「特殊作戦群って、ほとんど情報が公開されてない特殊部隊じゃないですか。なんで椿さんがそこの隊員の情報持ってるんですか？」

　特殊作戦群は二〇〇四年に設立された陸上自衛隊の特殊部隊だ。習志野駐屯地に本部があるということ以外は公にされていない。徹底した守秘が貫かれているのだ。

「そこはほら、防衛省の連中だって官僚なわけだからさ」

「お父さん絡みですか？」

椿は答える代わりに片眼を閉じてみせた。

「キャリアの世界って、なんか怖いなあ、もう」

「云々を『でんでん』って読んじゃったのは致命的だったんだよ。あんなやつの命令で戦地に送られるのは絶対にごめんだっていう自衛隊幹部がいっぱいいるんだから」

「まあ確かに、一国の総理が『でんでん』ですからねえ」

「さ、早く写真を見て」

「はい」

宮澤は椿のマウスの上に右手を置いた。モニタに並ぶ写真の中から、一番左上のものをクリックする。

写真が拡大され、その下に写真の人物の経歴が表示された。

矢印をクリックすると、次の人物の写真が表れる。

七人目の写真が表示されたところで宮澤の手が止まった。

「ん？」

制帽をかぶった精悍な顔つきの男の写真だった。写真を撮ったのは二十代前半のころだろうか。経歴には黒木隆弘と記されている。除隊したのは四年前だ。

「この男？」

椿が訊いてきた。

「この写真より痩せてたし、顔もなまっちろかったんですけど……」

写真の黒木は日焼けしていた。鋭い目つきと相まって、黒豹を思わせる。

「似てる？」

「はい。似てると思います」

「やっぱり黒木か……念のため、他の写真にも目を通してくれる？」

「やっぱりって、当たりがついてたんですか？」

「あとで説明するから、写真見て」

「わかりましたよ」

宮澤は舌打ちをこらえながらモニタに視線を戻した。次々に写真に目を通していく。結局、二十二人の写真を見たが、あの男に似た人物はいなかった。

「やっぱり、この写真の中であいつに一番似てるのは黒木という男だと思います。何者なんですか？」

「特殊作戦群の中でも一、二を争う凄腕と呼ばれていた男だよ。今は多分、内調に雇われてる」

「多分？」

「内調は官邸にべったりだからさ、なかなか情報が取れないんだよね」

椿はパイプに煙草の葉を詰めはじめた。火を点け、煙をゆっくりと吐きだした。

「やっぱり、宮君に内調に潜りこんでもらうしかないかなあ」

「その黒木って男のこと、もっと教えてくださいよ」

「そう言われても、ぼくも詳しいことはよく知らないんだ。特殊作戦群は、その才能を高く買ってて、アメリカ海軍で一年間、シールズに加えて訓練を受けさせたらしいよ」

「シールズってあの？」

Ｎａｖｙ　ＳＥＡＬｓ――世界最強とも言われる特殊部隊だ。最近ではウサマ・ビン・ラディンの殺害作戦を遂行したことで名を馳せた。

「で、田部って一時期防衛庁長官やってたでしょ。そのときに黒木の存在を知って、総理になる前から可愛がってたらしいんだよね。で、田部が総理になるときに、自衛隊を除隊したんだ。そして、官邸のスキャンダルに関わる人間が不自然な死を遂げるようになった。どう？　宮君だってきな臭いものを感じるでしょ？」

「ですが、日本ですよ？　総理大臣ですよ？　暗殺とか、そういうのあり得ないですよ」

「宮君は田部って男のこと知らないからなあ……」

「椿さんは知ってるんですか？」

宮澤は訊いた。

「ほら、田部のお父さんの田部誠一郎って、けっこう長く外務大臣務めてたじゃない？」

宮澤はうなずいた。うろ覚えではあるが、田部外務大臣という名をテレビのニュースで耳にした覚えはある。

「パパ、可愛がってもらってたんだよねえ。公務以外でもゴルフに付き合わされたり、家に呼ばれて食事をご馳走になったり」

椿はパイプを吸いながら話した。甘ったるい香りをまとった紫煙が渦を巻いている。

「そうなんですか」

「だから、田部のことも子供のときから間近で接しててよくわかってるんだよね」

「で、お父さんは総理のことをなんと？」

「これだって」

椿は右手の人差し指を自分の頭に向け、くるくるとまわした。

「ちょっと、現職の総理に対してそんな……」

「だから、ぼくじゃなくてパパが言ってるんだよ。親父さんは与党の重鎮で、忙しくて家にだって滅多に帰ってこない。だから、息子の教育は奥さん任せなんだけど、この奥さんがまた支離滅裂で」

「確か、田部誠一郎の奥方って、木元総理の娘さんでしたよね？」

木元信男は一九五〇年代から六〇年代にかけて総理大臣を務めた。昭和の妖怪などと呼ばれた大物政治家だ。

「そう。奥さん、田部誠一郎は優しすぎて、総理にはなれないって周りに言ってたんだってさ。木元の娘として、総理にもなれない男の嫁になって、こんなに悔しいことはないって。だめな夫の代わりに息子を総理にするんだって、英才教育を施したらしいんだよ」

「へえ……」

「だけどさ、その英才教育ってのは、自分が選んだ学者とかに任せっきりで、自分はもう甘やかす一方だったんだってさ。選んだ学者も右翼がかった連中ばかりで、神国日本とかそんな話？　そういうのを叩きこまれて、一方では甘やかされるだけ甘やかされて、その結果、でんでん坊ちゃんになっちゃったわけ。まともな教育そっちのけで偏った歴史観植えつけられて、自我は肥大するだけ肥大して」

「へえ……」

言葉がなかった。

「でも、勉強は苦手だったから漢字が読めない。母親のご機嫌取ることだけ上達したって、パパは言ってたよ」

「そんなのが総理大臣になれちゃうんですか……」

「日本人の身の丈に合った総理だとは思うけどさ」

「椿さんにしてはまともなこと言いますね」

「にしては？」

椿の目尻が吊り上がっていく。宮澤は慌てて言葉を継いだ。

「それで、このあとはどうします？」

「とりあえず、三国ちゃんに会いに行こう」

「行くって、いきなり警視総監に会いに行くなんて、それはだめでしょう。こっちはたかだか警視と巡査部長ですよ」

「アポは取ってあるんだ」

椿が言った。

「アポって……」

「宮君を内調に潜入させるには、三国ちゃんの力を借りるのが手っ取り早いからさ」

情報収集から次の一手を打つまで、今回の椿はやることなすこと素早い。素早すぎる。

椿がまともなことをするときは、まともではないことが起こる。

確信に近い予感に襲われ、宮澤は身震いした。

＊　＊　＊

「宮澤巡査部長であります」

宮澤は斜め上に視線を向け、直立不動で敬礼した。

警視総監の顔を直視することなど、とてもできることではない。

「楽にしたまえ、巡査部長」

三国警視総監が言った。オペラ歌手だと言っても通じそうなよく通る低い声だった。

「はっ」

宮澤は手を下ろした。だが、楽な姿勢を取ることはできなかった。緊張に体が震えている。

「どう、三国ちゃん？　念願だった警視総監の椅子の座り心地は？」

宮澤の横で、椿が砕けた言葉を警視総監に投げかけた。自分が口にしたわけでもないのに心臓が早鐘を打った。

「なかなか気に入っているよ。これも、椿警視のおかげだ……いちおう、庁内では階級で呼ぶよ。それでいいかい？」

答える警視総監の口調も砕けていた。

「もちろん。宮君、どこ見てるんだよ」

「ど、どこって、壁を……」

「楽にしろと言ったんだぞ、巡査部長」

「し、しかし……」

「宮君は、階級に弱いんだよ、三国ちゃん」

「ま、警察官なら当然だな。だが、いい面構えだ。椿警視が可愛がるのもうなずける」

宮澤の緊張をよそに、警視総監と椿は会話を続けていく。

「前は捜一にいたんだ。ちょっとしくじって、公安にまわされてきたのを、ぼくが拾ってあげたんだよ」

「ちょ、ちょっと待ってください。椿さんがぼくを拾った？　よくそんなことが言えますね。ぼくは――」

横顔に視線を感じた。警視総監が宮澤を見つめていた。宮澤は慌てて言葉をのみこんだ。

「だって、刑事の警察官なんて、公安じゃ使いものにならないんだから。どこも宮君を引き受けたがらないのを、特別事項捜査係が引き取ってあげたんじゃないか」

「まあまあ、椿警視、それぐらいにしてやりなよ。それにしても、仲がいいな、君たちは」

「な、仲がいいって……」

「ぼくの教育が行き届いてるからだよ」

「それで、この巡査部長を内調に出向させたいんだって？」

椿が宮澤の声を遮った。宮澤は椿を睨んだ。

「そうなんだよ。力、貸してもらえないかな」

「お父さんの意向でもあるなら、力を貸さないわけにはいかないな」

「パパだけじゃないよ。パパとその仲間たちの意向」

「怖い人たちの意向だな」

「うまくやらないと官房長が横槍入れてくると思う」

「小野寺が？」

椿がうなずいた。

「官房長は向こうにべったりだから。内調にも強いコネがあるしね」

「わかった。そこはぼくがなんとかしよう」

「ありがとう。恩に着るよ、三国ちゃん。なるべく早くお願いしたいんだけど――」

「わかっている」

警視総監が力強くうなずいた。

「じゃあ、行こうか、宮君」

「は、はい」

椿の言葉に救われた思いで、宮澤はまわれ右をした。踏みだそうとした足が強張ってバランスを崩しそうになった。

「巡査部長、ちょっと話がある。君は残りたまえ」

警視総監の声が響いた。

「え？　自分がでありますか？」

宮澤はたたらを踏んだ。

「この巡査部長がしくじった件だよ。長いこと植物状態だった方の意識が戻ったんだろう？」

椿が首を傾げた。猜疑心の塊のような表情を浮かべている。

「三国ちゃんが宮君になんの用？」

「そうですが……そんなことまで警視総監のお耳に？」

宮澤は言った。

「一応、なんでも報告するようにと命じてあるんだ。椿警視、巡査部長のプライバシーも関わってくるから、君には外してほしいんだ。かまわんだろう？」

「そういうことなら。じゃ、宮君、資料室で待ってるからね」

椿が大股で部屋を出ていった。ドアが閉まると、警視総監が太い溜息を漏らした。

「今の表情、見たか？」

「よくするんです、あの顔つき」

宮澤はうなずきながら答えた。

「昔はああじゃなかった。聡明で朗らかで、国を背負って立つ気概に満ち溢れた青年だったのに……奥さんの件があってから、変わってしまった」

宮澤は警視総監の言葉に黙って耳を傾けた。

「ここに――」警視総監は自分の胸を叩いた。「悪魔が同居するようになってしまったんだな」

「悪魔、ですか……」

「即座に否定しないということは、君にも思い当たる節があるんだろう」

「節、ありまくりであります」

警視総監が笑った。どこか寂しそうな笑みだった。

「公安の方から話は聞いている。あの子はああ言っていたが、あの子のお守りを体よく押しつけられたんだろう」

「は。その通りであります」

「変になってからは好き嫌いが激しいからな、君はよっぽど気に入られているんだろう」

「それはどうでしょう……」

宮澤は頭を掻いた。

「人は変わってしまったが、それでもあの子はぼくにとっては甥っ子みたいなものなんだ。よろしく頼む」

警視総監が頭を下げた。宮澤は慌てて口を開いた。

「自分でよければ精一杯頑張ります。ですから、総監、頭を上げてください。お願いします」

警視総監が頭を上げた。

「君の望みは捜一に戻ることなんだろう？」

「はい」

「すぐにというわけにはいかないが、折を見て、その望みを叶えてやろう。だから、今はあの子のお守りに全力を尽くせ。いいな」

宮澤は踵を鳴らして敬礼した。

「宮澤巡査部長、承知いたしました」

警視総監が満足そうに何度もうなずいた。

＊　＊　＊

三度目で電話が繋がった。

「いやだなあ、西川さん。電話くれるって言ったのに、梨の礫じゃないですか」

宮澤は相手が名乗る前にまくし立てた。

「こっちもいろいろ忙しくてな」

西川の声は歯切れが悪かった。

「それで、ぼくの内調への出向の話、どうなりました？」

「それが、なかなか難しくてな。右から左へというわけにはいかんのだ」

「こっちは目をかっぽじって椿警視を監視してるんですけどね」

宮澤は隣で聞き耳を立てている椿に片眼をつぶってみせた。

「なにか変わった動きはあったか？」

すぐには答えず、間を置いた。

「おい、聞こえてるか？」

「退官した元自衛官を調べてるみたいなんですけどね」

「自衛官だって？」

「レンジャーがどうとか、ぶつぶつ言いながら」

「もしもし？　西川さん、聞こえてます？」

今度は西川が口を閉じた。

「椿さんはなんで元自衛官のことなんかを調べてるんだ？」

「そこまではちょっと……本気で内調に出向させてくれるって言うなら、こっちも本気で調べますけど」

「それはなんとかするから、椿さんがなんのために元自衛官のことを調べてるのか、そのわけを突き止めろ」

「……」

「昨日の電話でも、出向の件は手続きを進めておくって言ってた気がするんですけどねえ」

「宮澤！」

「まさか、今回もただ働きなんてことは……」

「約束は守る。しつこいぞ」

「内調の特別事項捜査班って、自衛官上がりがいたりするんですか？」

十分引きつけたところで不意打ちを食らわせた。返事はなかった。西川が絶句している姿がありありと浮かぶ。

「西川さん？　聞こえてます？」

「ど、どうしてそんなことを訊くんだ？」

「いや、なんとなく。西川さんが元自衛官のことかなり気にしてるみたいだし、特別事項捜査班に関係あるのかなって」

「関係などない。いいか、宮澤。内調に来たいなら、黙っておれの指示に従うんだ。いいな？」

「了解でぇす」

宮澤はわざと語尾を伸ばした。

「貴様――」

西川がなにかを言う前に電話を切った。

「やるね、宮君」

「今頃、西川のやつ、怒髪天を衝く勢いで怒りまくってるでしょうね」

「単純な性格だからね。エスピオナージュの世界には向いてないんだけど、本人、全然気づいてないから。ああいうのが中枢にいるからだめなんだよ、内調は」

椿がパイプの掃除をはじめた。野球のグローブのようなごつい指先を器用に使っている。

「椿さんが元自衛官を調べてるってのが、相当気になるようですね」

「黒木を運営してるのは西川かな？　まさかね」

「でもマジかよ。参ったなあ」

宮澤は頭を掻いた。

「なにが？」

「西川のあの反応、椿さんの推測が当たってるってことじゃないっすか。政府が自分たちに都合の悪い人間を殺しまくってるなんて、今でも信じたくないですよ」

「だから言ったじゃない。田部は――」

椿がまた指を自分の頭に向けてくるくるまわした。

「周りは止めないんですか？」

「ああいうのはさ、似た者同士が集まってくるんだよ」

椿の言葉が終わるのと同時に、宮澤のデスクの電話が鳴った。

「内村だ」

電話に出ると子供のような声が耳に流れこんできた。

「か、課長ですか？」

そう言った途端、椿が近づいてきて宮澤の握る受話器に耳を寄せてきた。

「他に内線で電話をかけてくる内村という人間がいるか」

「そ、そうですね。で、課長、ご用件は？」

「すぐにおれのところに来い。話がある」

「課長がわたしに？」

宮澤の言葉の途中で電話が切れた。

「いよいよ辞令が下るのかな」

受話器を戻すと椿が言った。

「辞令？」

「内調への出向だよ。三国ちゃん、腹が決まるとやることが早いんだ」

「もう、警視総監のことちゃん付けで呼ぶのやめてくれませんか。どきどきしちゃうじゃないですか」

「いいから、これをポケットに入れて、早く内村のところに行っておいでよ。あいつ、部下に待たされるの異常に嫌うからさ」

「課長のことを呼び捨てにするのもやめてください。警視正ですよ、警視正。それに、これはなんですか」

宮澤は手に押しつけられたものを見つめた。電子機器のようだが、親指ほどの大きさしかない。

「盗聴器だよ」

「そんなもの、どうして――」

「いいから早く」

椿に背中を押され、宮澤は外事三課長である内村の席に向かった。盗聴器は上着のポケットに押しこんだ。

「宮澤巡査部長であります」

ドアをノックしながら名乗った。

「入れ」

聞こえてきたのは渡辺管理官の声だった。

「失礼します」

中に入ると、内村課長は執務デスクに座り、その背後に渡辺管理官が立っていた。ふたりとも、眉間に皺を寄せている。

宮澤は反射的に敬礼しそうになる自分の体をなんとか抑えこんだ。公安ではいちいち上司に敬礼する警察官は白い目で見られるのだ。

「ご用件はなんでしょうか？」

執務デスクの前で直立したまま訊ねた。

「なにをやらかした？」

口を開いたのは渡辺管理官だった。

「はい？」

「なにをやらかしたんだと訊いているんだ」

「なにもしてませんが」

「だったらどうして、公安部長から直々ににおまえを内調に出向させろという話が出てくるんだ」

「な、内調ですか？　自分が？」

宮澤はとぼけた。

「内調に出向する人間には二通りある。ひとつは、求められて行く者。もうひとつは、なにかをしくじって左遷させられる者だ」

内村が口を開いた。学者のような風貌と子供のような声のアンバランスがそばにいる者を不安にさせる。

「おまえのような警官を内調が必要とするはずがない。となれば、おまえがなにかをしくじったということじゃないか」

渡辺が言った。

「自分はなにもしておりませんが。ただ、椿警視のお守りをしているだけで」

「椿がなにかやってるんじゃないか？」

内村が睨んできた。

「日がな一日パイプをふかせて、ぼくはアンタッチャブルだから、なんてたわごとを呟いてるだけですが」

「本当にそれだけなのか？」

渡辺が声を張り上げた。

「あの人に、それ以外のなにができるっていうんですか、管理官？　これですよ、これ」

宮澤は自分の頭に人差し指を向けてくるくるまわした。頭に浮かんでいたのは椿ではなく、田部総理の顔だった。

「やめんか。ここをどこだと思っている」

渡辺の声がさらに大きくなった。

「申し訳ありません。でも——」

宮澤は思わせぶりな笑みを浮かべて内村と渡辺を見た。

「みなさんだってそう思ってるんじゃないですか？　だから、特別事項捜査係なんて名前だけの部署作って、そこに椿警視を——」

「もういい」

内村が宮澤を遮った。宮澤は口を閉じた。

「それで、おまえは内調に行く気があるのか?」

「内調って、自分が行ってなにをするんでしょうか? そもそも自分は刑事の人間で、公安の仕事だってまともにできないのに――」

「公安部長から直々に下りてきた案件だ。いやなら断ってやってもいいが、その代わり――」

「行きます。是非、行かせてください」

「しかし、課長。こいつを内調に出向させたら、だれが椿を見張るんですか」

渡辺が言った。

「椿ごときのために、部長の意向に逆らえと言うのか?」

「そうじゃありません。そうじゃありませんが、しかし……課長、こうしませんか?」

内村が渡辺に顔を向けた。

「こいつの出向は内々にということにして、昼間はこれまでどおり、椿の部下として働かせるんです。もし、完全に出向という形を取ると、椿もなにか言ってくるでしょう。なぜだかわかりませんが、こんなやつでも気に入っているみたいですし」

「管理官、いくらなんでも、こんなやつはないでしょう。こんなやつは――」

「おまえは黙っていろ」

渡辺が目を剝いた。宮澤は口を閉じた。

「しかし、そんな異例なことを内調が承諾するか？」

「わたしがなんとかします。内調には同期もおりますので」

「そうか。なら、おまえに任せる。だがなあ……」

内村は渡辺から宮澤に視線を移した。

「部長はなんだってこんなやつを内調に行かせたいんだ？」

「ですから、いくらなんでもこんなやつというのは失礼がすぎませんでしょうか」

「刑事も公安もろくに務まらん半端ものを内調に出向させてどうするつもりだ」

内村は宮澤の言葉をあからさまに無視した。

「部長は警視総監の子飼いですからね。迂闊に探りを入れると火傷を負いかねませんよ、課長」

「まったく、椿が余計なことをしてくれたおかげで仕事がやりにくくてしょうがない」

「この件、官房長の耳に入れておきますか？」

「それがいいだろう」

内村と渡辺は宮澤の存在を忘れたかのように話しはじめた。実際、宮澤のことなど眼中にないのだろう。宮澤は舌打ちをこらえ、ふたりの会話に耳を澄ませた。

今頃、椿もほくそ笑みながら盗聴器から流れてくる会話に耳をそばだてていることだろう。

　ふたりの会話が一段落したところで、宮澤は咳払いをした。

「まだいたのか」

　渡辺が目を丸くした。

「帰っていいんですか？」

「ああ。おまえは内調に出向することになるが、それは極秘だ。日中は外事三課所属の捜査員として出勤し、椿の動向を見張る。いいな？」

「しかし、それじゃ、内調の方の仕事をする時間が――」

「おまえが心配する必要はない。もう行け」

　有無を言わせぬ口調だった。これ以上抗っても無駄だ。

「宮澤巡査部長、失礼いたします」

　宮澤はまわれ右をしてその場を離れた。

「好き放題言いやがって。おまえたちなんか、三国ちゃんに首切られればいいんだ」

　腹立ちがおさまらず、宮澤は毒づいた。

　資料室に戻ると、椿が上機嫌に微笑んでいた。

「全部聞いてたんですよね？」

「うん。宮君が警視総監のことを三国ちゃんって呼んでるところまで聞いてたよ」

「そ、それは、椿さんの言い方が移っちゃって」

「ぼくは古い付き合いだからいいけど、一介の巡査部長が警視総監をちゃん付けして呼ぶのはいかがなものかなあ」

「だから、それは――」

椿がスマホをかざした。太い指でモニタをタップすると音声が流れてきた。

『おまえたちなんか、三国ちゃんに首切られればいいんだ』

「ちょ、ちょっと椿さん、なにやってんすか」

「これ、三国ちゃんに聞かせたらどうなるかなあ」

椿の上機嫌な笑みが、悪意に満ちた笑みに変わっていた。

「冗談になってませんよ、それ」

「ぼく、冗談は口にしない主義なんだ」

椿はまたスマホをタップした。

『ぼくはアンタッチャブルだから、なんてたわごとを呟いてるだけですが』

スマホから宮澤の声が流れてくる。

「た、わ、ご、と?」

椿は一語一語、区切るように言った。

「ですから、それは――」

『あの人に、それ以外のなにができるっていうんですか、管理官？　これですよ、これ』

またスマホから宮澤の声が流れ出た。

「これってなに？」

椿の目は思わず身震いするような冷たい光を孕(はら)んでいた。

「課長と管理官に話を合わせただけじゃないですか」

「宮君の声、めちゃくちゃ嬉しそうだったけどね。これってなに？」

椿のしつこさは折り紙付きだ。適当にごまかそうと思ってもそう簡単にはいかない。

「言ったら、録音したぼくの声、消去してくれます？」

「教えてもらってから考えるよ」

「それは狡(ずる)いっすよ」

「三国ちゃんに聞かせてもいいわけ？」

宮澤は肩を落とした。

「田部総理です」

「ん？」

「だから、これっていうのは田部総理。ほら、椿さんやったじゃないですか。田部総理のこと、こうやって」

自分の頭を指差し、くるくるとまわした。

椿の目が吊り上がった。

「宮君はぼくのことをくるくるぱーだと思ってるのか」

「だから、芝居ですってば、芝居」

「ぼくはショックだよ。宮君とはいいパートナーシップを築けたと思ってたのに、まさか、心の中ではそんなこと思ってたなんて……」

椿は両手で顔を覆い、肩を震わせて泣きはじめた。

「ちょ、ちょ、ちょっと、椿さん、泣くことないじゃないですか」

「刑事から追い出された君をぼくが拾ってやったのに。千紗ちゃんとの仲だってぼくが取り持ってやったのに――」

「それは感謝してます。だから、もう泣くのはやめてください。全部、芝居なんですから。課長と管理官を信用させるためです」

「ならいいよ」

椿が顔を上げた。涙に腫れた目で微笑んでいる。

「ほんとに疲れるなあ」

宮澤は顔を背け、呟いた。

「ん？　宮君、なにか言った？」

「なにも言ってません」

宮澤は激しく首を振った。

＊＊＊

「ダーリン、凄く疲れた顔してるけど、だいじょうぶ？」

千紗が言った。入院棟の待合室で宮澤を待っていたのだ。

「ちょっと、仕事でいろいろあってね」

「少し休んだら？」

千紗は待合室のベンチを指差した。

「いや。ゆっくりしてると、またお義父さん、寝ちゃうかもしれないから。休むのは謝罪と挨拶をすませてからにするよ」

「そうね。その方がいいね」

宮澤は腰に腕をまわしてきた千紗の肩をそっと抱いた。

「お義父さんの様子は？」

「日に日に回復していくのがよくわかるの。起きてる時間もだんだん延びてるのよ」

「それはよかった。じゃあ、いずれ、退院もできるな」

「お医者様も、この調子なら早ければ来月には退院できるかもって」

千紗は満面の笑みを浮かべていた。父親の意識が戻り、再び、普通の暮らしが送れるようになるとは、一ヶ月前までは思ってもいなかっただろう。このまま一生植物状態が続くと言われていたのだ。それだけに、喜びもひとしおなのだ。

「ちょっと待って」

宮澤は病室に入る前に服の乱れを整え、咳払いをした。

「ダーリン、もしかして緊張してる？」

「さすがに、ね」

唇を舐めてから、病室の中に声をかけた。

「失礼します」

千紗に続いて病室に入った。恵子がベッド脇に置いたパイプ椅子に腰掛けているのが目に入った。柔和な笑みをたたえ、ベッドに横たわる千紗の父――浩介と話している。

「パパ、調子はどう？」

千紗がベッドに歩み寄った。宮澤は入口で立ち止まる。

「だいぶいいよ、千紗。長い時間起きていられるようになってきた」

そう話す声はしゃがれていた。長い時間、声帯を使っていなかったためだ。

「お医者様も順調に回復してるって。今日はお客様がいるのよ」

「客？」

浩介が顔を宮澤の方に向けた。宮澤は腰を曲げた。

「宮澤と申します」

「宮澤さんというと、あの？」

浩介は千紗に視線を向け、首を傾げた。

「そう。パパの事故に関わった刑事さん」

「わたしのせいで、浅田さんを大変な目に遭わせてしまい、まことに申し訳ありません」

宮澤はまた深々と腰を曲げた。

「まあ、まあ、宮澤さん。頭を上げてください。なにも、わざと事故を起こそうとしたわけじゃないし、わたしもこうやって意識を回復することができたんですから……」

「そうおっしゃっていただけると助かります」

宮澤は頭を上げた。浩介は穏やかな笑みを浮かべていた。

「浅田さんが眠り続けている間は、本当にどうしたら償えるのか、そればかりを考えていました」

「もうすんだことですから、その話はやめにしましょう。どうぞ、お座りになって」

浩介が、千紗が用意したパイプ椅子を指差した。

「それでは、お言葉に甘えて」

宮澤は椅子に座った。千紗が背後に立って、宮澤の肩に手を置いた。

「しかし、事故からもう半年以上も経っているのに、わざわざお見舞いに来てくれるとはできたお人ですね。千紗に聞いたところによると、わたしの意識がない間もたびたび見舞ってくれたとか」

「浅田さんの意識が戻られたと聞いて、これまでにも何度かお見舞いにうかがったんですが、タイミングが合わなくて」

「わたし、すぐに寝てしまいますからな」

浩介が笑い、宮澤もつられて笑った。いきなり、肩の肉を千紗につねられた。振り返ると、千紗が浩介の方に顎（あご）をしゃくった。

「そ、それで、あの、あのですね、浅田さん、今日は謝罪の他にもうひとつ、お願いがあってうかがったんですが」

浩介の笑いが止まった。その向こうで、恵子が顔をゆがめている。

「なんでしょう？」

口を開こうとして、宮澤は咳きこんだ。自分で思っている以上に緊張している。

「あの、その、ええと……」

前もって用意しておいた言葉が喉の奥でつかえた。千紗がまた肩の肉をつねった。

「お、お、お、お、お義父さん」

「おとうさん？」

浩介はそう言って、口をぽかんと開けた。

「じ、じ、実はですね、ち、ち、千紗さんとの結婚をお、おゆるしいただきたいのですが」

浩介が恵子を見た。恵子は渋々といった感じでうなずいた。

「も、もう一度おっしゃってもらえますか？」

「お義父さん、千紗さんをぼくにください」

今度はつかえずに言うことができた。

「つまり、あれですか？　千紗を嫁に欲しいと？」

「はい。お願いいたします」

宮澤は頭を下げた。

「よ、よ、よくもそんなことが――」

次の瞬間、地獄の底から湧き起こってくるような声がした。

宮澤は顔を上げた。浩介の顔がゆがんでいた。目が血走っていた。鬼の形相だった。

「おまえは、おまえという男は――」

浩介が鬼の形相のまま息を継いだ。

「お、お義父さん？」

「おれを殺しかけただけじゃなく、おれが意識を失っている間、おれの娘とやりまくっていたのかっ！」

「あなた」

「パパ」

「お義父さん」

恵子と千紗と宮澤が同時に声をあげた。

浩介が泡を吹いて気絶したのだ。

＊＊＊

新橋駅近くの喫茶店は閑散としていた。

宮澤は三杯目のコーヒーに口をつけた。

「なあ。コーヒー、飲みすぎじゃないのか」

西川が言った。

「おれのことは放っておいてくださいよ」

宮澤は邪険に答えた。

「今夜は機嫌が悪いみたいだな」

「だから、放っておいてくださいと言ってるでしょう」

コーヒーカップを音を立ててソーサーに置いた。西川が体を震わせ、ソファの背もたれに背中を押しつける。

「そうもいかんだろう。今後は上司と部下になるんだし」

「上司と部下？」

宮澤は西川を睨んだ。西川の目尻が痙攣した。

「あ、明日、正式な辞令が出るはずだ。おまえは内調に出向することになる」

三国警視総監が動いてくれたおかげだが、まるで自分のお膳立てだという口調だった。

「そうですか。それはどうも」

「な、なんだ、その言い方は？　おまえが内調に来たがったんだぞ。それでおれが——」

「この件に関して、あんたがなにもしてないのはわかってる。おれをあまり舐めるなよ」

「宮澤、どうしちゃったんだ、おまえ？　今夜はおかしいぞ」

西川の目に怯えの色がある。

「いろいろあって、むしゃくしゃしてるんでね。あまり人の神経逆撫でしない方がいいですよ、今夜は」

浩介が気絶したあとの光景が脳裏によみがえった。医者と看護師が病室に雪崩れこんできて、なにが起こったのかと千紗と恵子を問いつめた。恵子は「だからわたしはだめだと言ったのよ」と泣きじゃくり、千紗はパニックになって浩介に抱きついて離れなかった。

「おれは、結婚の話はもう少し落ち着いてからって言ったのに……」

「なんだって？」

「なんでもありません」

宮澤はコーヒーを口に含んだ。熱いだけで、なんの味も感じない。

「なんだよ、このコーヒー。よくこんな店に人を呼びだせますね」

「八つ当たりはよくないよ、八つ当たりは。な？」

「それで、おれは内調でなにをすればいいんです」

「なにもしなくていい。適当にやって、給料もらって、それで万々歳。な？」

「特別事項捜査班」

「それはだめだ」

西川が間髪を入れずに答えた。

「特別事項捜査班に入れてくれないと、暴れますよ」

「宮澤――」

「マジ、今夜のおれは超不機嫌なんです」

「わざわざ言わなくてもそれはわかる」

「特別事項捜査班」

西川の目尻がまた痙攣した。

「しかし、それは――」

宮澤は両手で拳を握った。指の関節がばきばきと音を立てた。

「な、なんの真似だ?」

「今宵、おれの拳はだれかを殴りたくてうずうずしている……」

宮澤は歌うように囁いた。

「特別事項捜査班に配属されなければ、それは夜な夜な続くだろう」

「子供みたいな真似はやめろ、宮澤」

西川の声が上ずりはじめた。

「西川——」

宮澤は低く鋭い声を発した。病院でのことを頭に思い描く。それだけで顔つきが凶悪になっていくのがわかった。

「な、なんでしょう?」

「腹を決めろよ。おれを特別事項捜査班に入れるか、それとも——」

「わかった、わかった。なんとかしよう」

「なんとか?」

テーブルの上に身を乗り出す。西川が顔を背けた。

「お、おれが必ずおまえを特別事項捜査班に入れてやる」

「必ずだな?」

「必ずだ」

「約束だな？」

「約束だ。しつこいぞ」

「もし、約束を破ったらどうする？」

「破らん」

「約束を破ったら？」

「煮るなり焼くなり好きにしろ」

「了解」

宮澤は笑みを浮かべながらソファの背もたれに体を預けた。西川がきょとんとした顔をしている。

「後でそんなこと言った覚えはないってのは通らないからな」

上着のポケットからスマホを取りだし、録音していた今の会話を再生させた。

「お、おまえ、これはルール違反だぞ」

「西川さん、口だけってことが多いから、保険ですよ」

椿の真似だが、威力は充分だ。

「おまえという男は……」

西川が怒りに身をわななかせた。

5

翌朝定時に出勤すると、椿が書類に目を通していた。

「そんなに真剣になにを読んでるんですか？」

宮澤は自分のデスクに腰掛けながら訊いた。

「田中さんの検視報告書」

「それって、部外秘じゃないですか。なんで公安の――」

宮澤は途中で口を閉じた。どうせ返ってくる答えは「アンタッチャブルに不可能はない」とかなんとか、その手のものに決まっている。

「それで、なにか薬物は検出されてるんですか？」

質問を変えた。

「ううん。薬物どころか、死因は急性の心不全だって」

「やっぱり、暗殺ってのは椿さんの考えすぎなんじゃないっすか？」

椿はパイプをくわえながら首を振った。

「検視をやった法医学者の藤堂っていうのが曲者（くせもの）でね。田部総理のご学友なんだ。以前は変死体の検視なんてやってなかったんだけど、田部が総理になってからやるようになったんだよ。おかしくない？」

　椿は女子大生のような口調で言った。

「次から次へと出てきますね」

「あの男はお友達が大好きだからね。それはそうと、昨日は大変だったんだって？　千紗ちゃんがＬＩＮＥで愚痴ってたよ」

「千紗とＬＩＮＥするのやめてくださいって言ってるじゃないですか」

　椿と千紗はＬＩＮＥ友達だった。

「だって、千紗ちゃんの方からメッセージ送ってくるんだよ。ぼくじゃなくて千紗ちゃんに言いなよ」

「千紗にも言ってるんです」

　椿は手で口を押さえ、噴き出すように笑った。

「なにがおかしいんですか？」

「おれを殺しかけただけじゃなく、おれが意識を失っている間、おれの娘とやりまくっていたのか――千紗ちゃんのお父さんも言うよね」

「笑い事じゃないっすよ」

　宮澤は顔をしかめた。

「まあ、でも、やりまくってるっていうのは本当だし」

「なんすか、それ？　まさか、家に盗聴器仕掛けてるんじゃないでしょうね？」

「そんなことしないよ。ただ、お日様が高いうちから空いてる病室でやるのはどうかなあ」

「な、な、なんでそんなこと知ってるんすか」

「宮君の上司として、何度か見舞いに行ってるからさ、何人かの看護師と仲良くなったんだよね。彼女たちが教えてくれるんだよ」

「ちょ、ちょ、ちょっと」

　顔が火照り、汗が滲んできた。

「廊下まで千紗ちゃんの声が漏れてたらしいよ。十代の若者じゃないんだから、少しは抑えないと、宮君」

「そ、そ、そんなことより、これから、どうすればいいんですか。内調に出向が決まったのはいいけど、ぼく、内調のことなんかなにも知らないんですよ」

「知らなくてだいじょうぶだよ。あそこの仕事は新聞と雑誌読むことだから」

「はい？」

「内閣情報調査室。その情報収集方法は公然と人的と衛星。わかる？」

　宮澤は首を振った。

「公然情報ってのがさ、英語で言うとオシント。つまり、公の情報、新聞や雑誌、テレビのニュース、インターネットなんかで流れるやつ。人的情報っていうのはヒューミントで、人から情報を得る。衛星情報はイミントだね。文字通り、偵察衛星からの画像情報。で、内調の情報の九十五パーセントは公然から得てるわけ」

「マジすか？」

　宮澤は目を丸くした。

「マジだよ。なにしろ、あそこは職員、二百人ぐらいしかいないんだからね。二百人でなにができる？　情報機関としてはごみくずみたいなものだね」

「なんでそんなもの作ったんですか？」

「本当は日本版ＣＩＡを作るはずだったんだけど、当時の世論がうるさくてね。それに、外務官僚と内務官僚の争いがあって、ま、要するに名前だけの組織をとりあえず作るしかなかったんだよ。当時も今も、日本のインテリジェンスを担ってるのはうちだから」

「そうなんですね」

「だから、問題は特別事項捜査班なんだ。田部が総理になってから新設された部署だし、構成メンバーはうち、防衛省、公安調査庁からの出向組で固められている。それから、名うてのハッカーも雇われてるみたいだし」

「どこからそういう情報仕入れるんですか？」

「ぼくは人的の達人だからね。宮君の性生活だって耳に入ってくるぐらいだから」

椿が自慢げに片眼を閉じてみせた。

「はいはい。わかりました。わかりました。それで、ぼくはなにをすれば？」

宮澤は話題をもとに戻した。

「とりあえず、捜査班のメンバーそれぞれの名前と所属組織を割りだしてほしいんだよね。それから、ハッカーの名前と住所。探ってることがばれないようにね」

「任せてください」

椿が顔をしかめた。

「なんですか？　なんですか、今の反応は？」

「宮君が安請け合いするときはやばいことが起きる前兆なんだよね」

「そんなことないでしょう。前の事件のときだって、ぼくがいなかったら――」

「とにかくっ」

椿がいきなり立ち上がった。

宮澤はのけぞった。ただでさえ人を威圧する巨体がひとまわり大きくなったような錯覚を覚える。

「は、はい」

「慎重に慎重を期すこと。もし、なにかドジを踏んだら……」

椿がスーツの内ポケットからスマホを取りだした。

『おまえたちなんか、三国ちゃんに首切られればいいんだ』

宮澤の声がスマホから流れた。

「だから、それ、消去してくださいって」

「もし迂闊なことをしてドジを踏んだら、これを三国ちゃんに聞かせるからね」

「ドジなんか踏みません。だから、消去してくださいよ」

「だめだね」

椿は冷たく言い放って、パイプをくわえた。

＊＊＊

「内調って内閣府庁舎にあるんじゃないんですか？」

西川と肩を並べて歩きながら、宮澤は訊いた。西川に呼びだされたのはＪＲ新木場駅近くのコンビニだった。そこから高層マンションが建ち並ぶ一画に向かって歩いている。

「特捜は別だ」

西川が答えた。

「特捜って呼んでるんですか？　内調の特捜。なんか格好よくないっすか」

西川が鼻を鳴らした。

「あ、今、おれを馬鹿にしましたね？」

「してない」

「昨日のやりとり、まだスマホに残ってるんですよ」

「だから、馬鹿になんかしてないと言っただろう。なあ、消去しろよ。特捜に配属されることは決まったんだから」

「消してもいいですけど、今度、椿さんに西川さんのどんな弱み握ってるのか訊いちゃおうかなあ」

「弱みなんかない」

西川は立ち止まり、宮澤を睨んだ。頬が赤く染まり、目尻が細かく震えている。相当な弱みを握られているらしい。

「まあ、まあ、そんなに興奮しないで。冗談ですから。ただの冗談。それより、特捜のメンバーってどんな連中なんですか？」

「知らん」

「知らない？」

「特捜は総理の肝煎りで作られた部署でな。なんというか、アンタッチャブルな存在なんだ」

「アンタッチャブル！」

宮澤は声を張り上げた。

「大声を出すな」

「だって、アンタッチャブルって、椿さんの十八番ですよ」

「あの人は自分でそう言ってるだけだが、うちの特捜は本当のアンタッチャブルなんだ。内閣情報官と次長が直接管理運営している」

内調のトップが内閣情報官だ。今の情報官は南野徹。警察庁警備局から出向している。総理の肝煎りで小野寺官房長の子飼いと目されているキャリアだった。

「だから、出向してきたばかりのおまえが特捜に配属されるのは異例中の異例なんだぞ。おれに感謝しろ」

小役人が偉そうに――宮澤は横を向いてベロを出した。三国警視総監が手をまわしてくれたおかげで特捜に配属されることになったのだ。西川は口出しさえしていないだろう。

「ここだ」

西川は高層マンションの前で立ち止まった。

「こんなところに特捜のオフィスが？」

「声が大きいぞ。公安だって、秘匿班用にあちこちに部屋を借りているだろう。それと一緒だ」

「そりゃそうでしょうね」

宮澤はうなずいた。西川がエントランスに歩み寄り、タッチパネルに暗証番号を打ちこんだ。

「入館するにはこのパネルにカードキーをかざすか、暗証番号を打ちこむ。暗証番号は――」

宮澤は西川が口にした四桁の数字を頭に叩きこんだ。

「カードキーはあとで渡す」

肩を並べてマンションに入った。廊下を進んでエレベーターホールに出る。

「三十五階だ。部屋番号は三五〇八」

扉の開いたエレベーターに乗りこむと、宮澤は西川の機先を制して三十五階のボタンを押した。子供のころからエレベーターのボタンを押すのが大好きで、それは今でも変わらない。

「本当に子供じみてるな、おまえは」西川が言った。「だから、椿さんなんかと付き合えるんだろうが」

「こういう会話も録音して椿さんに聞かせちゃおうかなあ」

宮澤は頭の後ろで手を組み、口笛を吹いた。

「そういうところが子供じみてると言ってるんだ」

「だからほら、大きな声出さないで」

宮澤はわざとらしく耳を塞いだ。西川の肩が怒りで震えている。

「こんなことぐらいで怒るなんて、西川さんも子供じみてますよね」

「き、貴様……」

「あ、着いた」

エレベーターが停止し、ドアが開いた。宮澤は逃げるようにエレベーターから降りた。

「えっと、三五〇八号室ね」

西川の先導を待たずに部屋を見つけ、インタフォンを押した。

どれだけ待っても返事はなかった。

「留守ですかね？」

「本当に馬鹿だな、おまえは」

西川はあからさまな侮蔑の表情を浮かべ、もう一度インタフォンを押した。スピーカーに顔を近づける。

「中大兄皇子（なかのおおえのみこ）」

「なんですか、それ？」

「合言葉だよ」

西川が真面目な顔で答えた。

「合言葉？　中大兄皇子？　なんでそんな合言葉なんですか？」

「おれに訊くな」

ドアがわずかに開いた。チェーンロックをかけたままのドアの向こうに鋭い目が見える。

「中大兄皇子」

宮澤はその目に向かって言った。一旦ドアが閉まり、チェーンロックを外す音が響いた。またドアが開く。

「どうぞ」

ドアを開けたのは屈強な体格の男だった。

「どうも」

宮澤は西川を押しのけるようにして中に入った。内部は板張りで、靴を履いたまま出入りするようになっていた。二十畳ほどのスペースに作業机が六つ並べられている。そのうちのふたつはだれも使っていないようだった。

部屋の左手にキッチンがあり、その先の廊下にドアがふたつ並んでいる。おそらく、トイレとバスルームだ。右手の壁にもドアがふたつ。間取りとしては2LDKということになるのだろうが、想像していたより遥かに広い。

部屋にいるのは男がふたり、女がひとりだった。男たちは三十代後半と四十代前半。女は二十代半ばに見える。女だけが浮いている。

「出川、どうも」

西川がスーツ姿の男に声をかけた。

「こいつが昨日話した公安から出向の宮澤だ」

出川と呼ばれた男は宮澤に一瞥をくれた。

「公安のお荷物らしいな」

出川が言った。

「だれがですか？」

宮澤は出川を睨んだ。

「出川は特捜の係長だ。おまえと同じ警視庁公安部からの出向で、階級は警部補だぞ」

西川が言った。

「失礼しました、警部補」

宮澤は頭を下げた。階級に対する自らの反応は矯正しようがない。

「ふん。その態度、刑事上がりだというのも本当のようだな」

「同じ出向組じゃないですか。いがみ合うのはやめましょうよ、出川さん」

宮澤は言った。ここで一方的に主導権を握られるわけにはいかない。

「なんだと？」

「まあまあ、出川、落ち着け。確かに癪に障るやつだが、放っておけばいいんだ。生意気なことを言うだけで、他になにかできるわけじゃない」

「あれ？　西川さん、それっておれのことですか？」

「こっちが馬場だ」

西川は宮澤を無視してパーカを着ている三十代の男を手招きした。

「防衛省からの出向だ」

「よろしく」

宮澤は右手を差しだしたが、馬場は軽くうなずいただけでその場を離れた。

「なんだよ、すかしやがって……」

「そして、特捜の紅一点、綾野だ」

若い女性——綾野を手招きする西川の鼻の下は伸びきっていた。

「はじめまして」

綾野は屈託のない笑顔を浮かべ、宮澤の右手を握った。どこぞのアイドルグループに所属していると言われたら素直に納得してしまいそうな美貌だった。

「どうも、宮澤です。よろしく。で、綾野ちゃんはどこからの出向？」

「わたしはスカウトされたの。だから、出向じゃなくて、内調プロパーかな」

「なるほど、スカウトね」

ということは綾野が椿の言っていた凄腕のハッカーに違いない。

「綾野ちゃん、下の名前はなんていうのかな？」

とたんに綾野の目つきが変わった。目尻が吊り上がり、よく研いだ刃物のような目で宮澤を睨みあげる。

「わたしの名前を知ってどうしようってつもり？」

「いや、他意はないよ、他意は。ただ、仲良くなるためには名前知っておいた方がいいかなと思って」

「仲良く？　下心丸出しってこと？」

「そうじゃなくて。おれにはね嫉妬心の強い怖い婚約者がいるの。実際に事に及ばなくても下心抱いただけで大変な目に遭うんだから」

「婚約者？」

綾野の目がもとに戻った。

「へえ。宮澤さん、婚約者がいるんだ。どんな人？」

「それはまた、おいおいね」

宮澤は愛想笑いを浮かべ、綾野から男たちに視線を移した。出川と馬場の表情が強張っている。

「あれ、どうしました？」

「なんでもない」

出川が言い、ふたりは自分たちのデスクに戻っていった。綾野も電子機器が所狭しと並べられたデスクに座った。

「じゃあ、おれはこれで失礼する。よろしく頼むよ」

西川もぎごちない仕種で部屋を出ていった。

「馬場、すまんがそこの新入りにいろいろ教えてやってくれ」

出川が馬場に言った。

「了解しました」

馬場は腰を上げ、宮澤の方に近づいてきた。

「それじゃあまず、ここのオフィスを案内します。ま、案内が必要なほど広い物件じゃないですが」

馬場の言葉に宮澤はうなずいた。

「とりあえず、空いているあのデスクを使ってください」

馬場は窓際に置かれたデスクを指差した。

「了解」

「こっちの部屋が仮眠室兼更衣室になっています」

馬場が体を向けたドアには〈ＯＵＴ〉と書かれたマグネットシールが貼ってあった。

「これは彼女用です。ＩＮというマグネットが貼ってあるときは、男は立ち入り禁止」

「そりゃそうでしょうね」

馬場がドアを開け、中に入った。宮澤も続く。

「ドア、閉めてください」

「あ、はい」

宮澤はドアを閉めた。馬場が明かりを点けた。八畳ほどの洋室で、二段ベッドとスチール製のロッカーが壁際に並べてある。

「一応、ここは防音されてます」

「防音？」

「ぼくと出川さんで、休日にこっそり防音パネルを貼ったんです」

「休日に？」

話の行き着く先がわからず、宮澤はおうむ返しに答えた。

「だめですよ。綾野にあんなこと教えちゃ」

「あんなことって？」

「婚約者がいるとか、そういう個人情報です」

「個人情報って大袈裟じゃないですか？　名前や住所を教えたわけじゃないし」

「綾野なら簡単に突き止めます。名前も住所も電話番号もメールアドレスも」

「な――」

「彼女はハッキング能力を買われてスカウトされましたけど、基本は犯罪者なんですよ。あんな顔して、やることはえげつないんですから」

「えげつないって、たとえば？」

馬場は首を振り、額に浮いた汗を拭った。

「あんまり長居すると疑われますから、次に行きましょう」

「疑われるって？」

「そのうちわかります」

馬場が部屋を出た。

「こっちが会議室です」

すぐに隣の部屋に移動する。パソコンのモニタと向き合っている綾野がそんな馬場の姿を目で追っていた。

会議室の広さも仮眠室と似たようなものだった。二段ベッドの代わりに部屋の中央に会議用の机が置かれ、東の壁に大型のモニタが設置されていた。

「あとはキッチンとトイレにバスルーム。バスルームも綾野が使用中は男は立ち入り禁止です。キッチンにある冷蔵庫や電子レンジは自由に使って結構。バスルームを使いたいときは風呂道具、持参してください。洗濯も自分で」

「とりあえずは了解しました。それであの、この部屋に入るためのカードキーは？　西川さんがあとで渡すと言っていたんですが」

「綾野、作ってやれ」出川が言った。「ただし、余計なことはするなよ」

「わかってまあす」

綾野がパソコンのキーボードを叩きはじめた。

「余計なことってなんすか？」

宮澤は馬場に耳打ちした。

「知らなくていいですよ」

馬場が言った。馬場の額にはまた汗が浮かんでいた。

＊　＊　＊

「とまあ、初日はそんな感じでして……」

宮澤は話し終えると、ビールを啜った。日本海の海産物を売りにしている割烹の個室だった。場所は銀座のど真ん中。どうしてもこの店に行きたいと言い張る椿に、椿の奢りじゃなきゃ絶対に嫌だと抵抗して、奢ることを了解させた。宮澤に奢ることになったとしても、この店ののどぐろの塩焼きが食べたかったらしい。

「綾野みゆきだね」

お通しを口に運びながら椿が言った。

「知ってるんですか、綾野のこと？」

「うん。黒衣の花嫁。着てるもの黒一色じゃなかった？」

言われてみれば、綾野が着ていたのは黒いカットソーに黒いフリース、黒のスリムジーンズだった。

「黒衣の花嫁ってのはネットでの呼び名っすか？」

「正確にはダークウェブの通り名だね」

「なんなんですか、そのダークウェブってのは？」

「宮君には説明してもわからないだろうなあ……一般人には見ることもできない、ハッカーやら犯罪者やらが集うインターネットのダークサイド。それだとなんとなくわかる？」

「ダークサイドね、ダークサイド。それならわかりますよ」

「本当にわかってるのかなあ」

「心外だなあ。ぼくは『スター・ウォーズ』の大ファンなんですよ。全シリーズ観てるんですから」

椿は肩をすくめ、グラスを傾けた。微発泡の日本酒らしい。

「馬場は綾野のことを犯罪者って言ってましたけど、なにやらかしたんですか？」

「主に恐喝」

「恐喝？　あの顔で？」

「人の秘密や弱みを探り当ててそれをネタに金を脅し取るの。ターゲットはＩＴ企業や投資ファンドの連中がメインだから、脅し取る金額も桁違いだけどね」

「馬場に、綾野に個人情報教えちゃだめだって釘を刺されたんですけど……」

「なに教えたの？」

「婚約者がいるってことだけ……」

「千紗ちゃん、ＴｗｉｔｔｅｒにｆａｃｅｂｏｏｋにＬＩＮＥもやってるよね」

「はい」

「もう手遅れかもしれないけど、全部のアカウント停止した方がいいよ」

「マジで言ってます？」

「大真面目」

「ちょっと失礼します」

宮澤は座敷を出た。廊下で千紗に電話をかけた。

「ダーリン」

電話が繋がるなり、千紗の泣き声が聞こえてきた。

「どうした、千紗？」

「ＬＩＮＥとＦａｃｅｂｏｏｋのアカウントが乗っ取られたの……」

「なんだって？」

「一応、アカウント停止の措置は取ったんだけど、個人情報とか抜かれたかも。ダーリンとのＬＩＮＥのやりとりも見られたかも。恥ずかしすぎて死にそう……」

千紗は蚊の鳴くような声で言った。実際、ＬＩＮＥではかなり際どいやりとりをしている。思いだしただけで顔が赤らむような内容のものもあるのだ。

「乗っ取られたのはいつなんだよ？」

「わかんない。二、三時間前かな？　どうしよう、ダーリン。メッセージの一部でもネットでさらされたら、わたし、生きていけない」

「だいじょうぶ。心配するな。警視庁のサイバー犯罪対策課に頼んで、なにか出てきたらすぐに削除してもらうから」

宮澤は口から出任せをまくし立てた。

「ほんとにそんなことできるの？」

「天下の警視庁だぞ。サイバー犯罪対策課だぞ。そんなもん、お茶の子さいさいだ。それより、ＬＩＮＥもＦａｃｅｂｏｏｋも、メッセージや書きこみ、全部削除しろ。アカウントも削除だ。新しいアカウント作るときは、ログイン認証を二重にするとか、今まで以上に気をつけるんだ。いいな？」

「わかった。ありがとう、ダーリン」

「じゃあ、おれはまだ仕事があるから、切るぞ」

電話を切り、自分のＳＮＳのアカウントを確認した。乗っ取られた形跡はなかった。

「その顔は、やっぱりやられたあとだったんだね」

座敷に戻ると椿が言った。

「ええ。ＬＩＮＥとＦａｃｅｂｏｏｋのアカウントを乗っ取られたみたいです。ぼくのはだいじょうぶみたいなんですけど」

「そりゃ、警察官のアカウントを乗っ取るようなリスクは冒さないよ、あの手の連中はさ」

「そうなんですか？」

椿はうなずく代わりにお猪口に口をつけた。いつの間にか発泡酒の入っていたボトルが徳利に変わっている。

「もう飲んじゃったんですか、最初の酒？」

「うん。美味しくて、つい」

「飲むペース速すぎますよ」

宮澤は言った。椿に泥酔されたら目も当てられない。

「宮君と千紗ちゃんのことだから、ＬＩＮＥのメッセージのやりとりなんてエロ一色なんだろうね」

「な、な、なに言ってんすか。ごくごく普通のメッセージのやりとりですよ」

「むきになるからすぐにばれちゃうんだよね。近いうちに、綾野がなにか言ってくると思うよ」

さ」

「エロエロのやりとりをネットで拡散されたくなかったらあれをしろ、これをしろって

「綾野が？　なにを？」

「なんでそうなるってわかるんですか？」

「彼女はそういうことの常習犯だから」

「でも、まだ彼女が乗っ取りの犯人だと決まったわけじゃないし……椿さん、飲むの速すぎですって」

椿は手酌で注いでは次から次へとお猪口を空にしていく。最初に出てきた料理の皿はとっくに平らげていた。

「彼女に決まってるよ。賭ける？　ここの支払い」

「ギャンブルは違法です。警察官が法を犯してどうするんですか」

「つまんないなあ……」

椿が手を叩いた。腰が抜けそうなほど大きな音が響いた。

「熱燗、お代わり」

「椿さん、飲んでる場合じゃないですって。それより、内調の特捜ですよ」

「出川はもともとうちの外事三課のエキスパートだったんだよ。前の課長に可愛がられてたんだけど、課長が失脚して内調に出向させられたんだね」

「外三（そとさん）の前の課長って滝山さんじゃないですか。椿さんが失脚させたんじゃないですか。なに他人事みたいに言ってるんですか」

「宮君はいちいち細かいなあ。いいじゃないか、そんなこと」

熱燗のお代わりと次の皿が運ばれてきた。刺身の盛り合わせだ。椿はすぐに刺身に箸を伸ばした。黙っていたらすべて平らげてしまうだろう。宮澤も慌てて箸を手に取った。

「エキスパートって言ってもね、キャリアに媚びを売るのが上手なノンキャリアってとこ。だから、出川は心配するには及ばない。よくわからないのは馬場ってやつだね」

椿はマグロの中トロを頬張りながら言った。

「防衛省からの出向ってことは、情報本部所属かなあ」

「情報本部？」

「宮君はほんとになにも知らないんだなあ」

椿は酒を呷（あお）り、空になったお猪口を宮澤に向かって突きだした。態度がぞんざいになってきている。酔いはじめたしるしだ。

「それって、防衛省の諜報機関なんですか？」

宮澤は椿のお猪口を無視した。椿の口がへの字に曲がった。

「それが人にものを頼む人間の態度かなあ？」

「はい？　だれがだれになにを頼みましたっけ？」

「情報本部のこと、知りたいんだろう？」

椿の目が剃刀のように細くなった。ウィスキーならかなり飲めるのに、日本酒はあまり強くないのかもしれない。

「あとでお酒注ぎますから、先に教えてくださいよ」

「しょうがないなあ」

椿は手酌で酒を注いだ。宮澤は顔をしかめた。それでは意味がない。

「防衛省には大小様々なインテリジェンスを担当する部署があるんだけど、情報本部はその中でも一番大きな部署だよ」

椿は自分で注いだ酒を一口で飲み干し、空になったお猪口をまた宮澤に向けて突きだした。

「はい？」

「教えたから、お酒注いで」

「それだけですか？　たったそれだけのことをあれだけもったいぶって？」

「細かく話すときりがないから、とりあえず今日はここまで」

「なに言ってんすか、椿さん。防衛省で一番大きなインテリジェンス部門だなんて、そんなのネットで検索すればすぐにわかることじゃないっすか」

「だからなに？」

椿の声が低くなった。目もさらに細くなっていく。宮澤の頭の奥で警報ベルが鳴りはじめた。

「あ、刺身。早く食べないと乾いちゃいますよ。ぼくはいいですから、椿さん、全部食べちゃってください」

「ほんと？　いいの？　宮君、ちょっとしか食べてないじゃない」

椿が破顔した。まったく、子供と変わらない。

「ダイエット中なんです。千紗にうるさく言われてて。さ、どうぞどうぞ」

「じゃあ、遠慮なく」

椿はマグロや鯛、甘エビを豪快に食べはじめた。

「こんなに美味しいのに、ダイエットで食べられないなんて、宮君、可哀想だね」

「ぼくのことは気にしないでください」

宮澤は口の中に溢れてくる唾を飲みこみながら微笑んだ。

「馬場のことはぼくが調べておくよ」

椿が言った。刺身に夢中で酒のことは忘れている。

「調べるって、そんな簡単に言っていいんですか？　相手は防衛省でしょ。ガード、固いんじゃないんですか？」

椿がにやりと笑った。

「ぼくは警視庁公安部のアンタッチャブルだよ。防衛省のガードなんてないも同然さ」

「ですが――」

刺身を平らげた椿がお猪口に手を伸ばした。

「遅かれ早かれ、ぼくは警察庁長官になる身だよ。そういう人間に恩を売っておこうって考える連中は掃いて捨てるほどいるんだから」

「はい？」

「なにが？」

「今、警察庁長官っておっしゃいました？」

「言ったよ」

「マジですか？」

「椿家はね、先祖代々、優秀な官僚として時の政体を支えてきた家門なんだ。警察庁長官になるのなんて、当たり前のことなんだよ」

またぞろ、椿の妄想が暴走しはじめている。キャリアたちの出世競争は熾烈を極める。椿の歳でただの「警視」では、長官など夢のまた夢だ。

「ぼくが長官になったらさ、宮君を捜査一課の課長にしてあげるよ」

椿がまた、お猪口を突きだしてきた。もう、酒を飲ませない口実は思い浮かばなかった。

宮澤は椿のお猪口に酒を注いだ。

「ありがとうございます。その時はよろしくお願いしますね、椿さん」

触らぬ神に祟りなし。ここは、椿の妄想に付き合っておいた方が賢明だった。

椿が酒を呷った。

「お代わり」

突きだされたお猪口に酒を注ぐ。椿はそれをまた一気に飲み干した。

「お代わり」

「椿さん、もうちょっとゆっくり飲みましょうよ」

宮澤はお猪口を持つ椿の手を押し返した。

「ぼくに触るな」

椿が吠えた。

「ちょっと、椿さん」

「ぼくに触ると、まずいことになるぞ」

椿の目は完全に据わっていた。

「お客様、いかがなさいました？」

襖（ふすま）が開いて、店員が顔を覗かせた。

「酒を持ってこい。じゃんじゃん持ってこい」

店員が宮澤を見た。宮澤はうなずいた。こうなった椿を止める手立てはない。好きなだけ飲ませて酔い潰すのが得策だ。

椿さんには絶対に日本酒を飲ませないこと——頭の中のメモ帳に書きこんで、宮澤は自分の酒を乱暴に飲み干した。

6

宮澤は欠伸をしながら地下鉄を降りた。昨夜はそれほど飲んだわけではないが、酔い潰れた椿をタクシーに押しこんでから帰宅すると、アカウントを乗っ取られたことにショックを受けたままの千紗をなだめなければならなかったのだ。

結局、床についたのは午前二時をまわったあとだった。

寝不足のまま出勤すると、椿がけろっとした顔でパソコンと睨めっこをしていた。例によって昨夜のことは覚えておらず、あれだけ泥酔していたというのに二日酔いとも無縁のようだった。

椿と同じ空気を吸っていると腹立たしさが募る一方なので内調の特捜に顔を出そうと資料室を出てきたのだ。

「おはようございます」

挨拶をしながら部屋に入る。中にいるのは出川だけだった。

「なんだ。こっちに来るのは夕方からだと聞いていたんだがな」

出川が言った。タブレット端末を手にしている。

「向こうにいても特にやることはないんで。馬場君と綾野は？」

宮澤は訊いた。

「おっつけ来るだろうよ」

出川はそう言うと、タブレットに目を落とした。宮澤は自分のデスクに腰を下ろした。

「特捜は今はなにをやってるんですか？」

「特になにも」

「なにも？」

「うちはテロ案件の特殊班だからな。アメリカの大統領が来日するとか、テロが起こりそうな状況のとき以外は暇だ」

「もし大統領が来日したら、なにをするんですか？」

出川がタブレットから顔を上げた。面倒くさそうな様子を隠そうともしない。

「綾野がネットで情報を集める。おれと馬場でその情報を分析する」

「それだけ？」

「それだけだ。内調を公安と一緒だと思ってると拍子抜けするぞ。なんとも平和な機関だ。日本のインテリジェンスを担ってるのはやっぱり公安警察なんだ」

「それにしても、テロの標的になりそうなＶＩＰが来日することなんてそんなにないじゃないですか。特捜なんて名前つけられてるのに、ほんとにそんな仕事しかしてないんですか？」

宮澤は食い下がった。

「うちは情報官の直轄部署だからな。ときどき、仕事を頼まれることはある」

「たとえば？」

出川が宮澤を睨んだ。

「おまえ、新入りに今までやって来た仕事をぺらぺら喋るか？」

「そんなことはないですけど……出川さんって、出向する前は外三だったんですよね？」

宮澤は話題を変えた。

「それがどうした？」

「滝山さんに可愛がられてたって聞いたんですけど」

出川の表情が曇った。

「滝山さんが飛ばされたのって、椿警視のせいじゃないですか」

「おまえはその椿のお守り役だろうが」

「もしかして、ぼくに含むところあります？」

「ない」

出川はきっぱりと言った。

「あのまま外三にいたら、やれ監視だなんだと寝る暇もなく働かされるだけだった。こっちは給料は同じでのんびりできる。女房も子供も喜んでる。どうせ、出世は諦めてるし、楽な方がいい」

「そんなもんですか」

「馬場がどう思ってるかは知らんがな。警察と防衛じゃ、似てるようで違う」

「綾野は？」

「あれには関わらない方がいいぞ」

宮澤は身を乗りだした。

「昨日、馬場君も似たようなことを言ってたんですけど……そう言えば、ぼくの婚約者のSNSのアカウントが昨日、乗っ取られまして。もしかして、綾野ですかね？」

出川の目が泳いだ。

「おまえ、自分のことぺらぺらとあいつに喋ったのか？」

「たいしたことは喋ってないはずなんですが……」

「おれは知らんぞ。なにも知らんからな」

出川はわざとらしくタブレットに目を落とした。

「出川さんも馬場君も、どうして彼女のこと、そんなにびびってるんですか？」

宮澤の言葉が終わるのと同時にドアが開いた。馬場と綾野が入ってくる。

「おはようございます」

馬場が言った。

「おはようございます」

宮澤は挨拶を返した。出川はうなずいただけだ。綾野は挨拶もせずに自分のデスクに直行した。

「今日はなんかある?」

デスクについた綾野が出川に声をかけた。

「ない」

出川が答えた。

「ふぅん。今日も暇なんだ……」

綾野はそう言って、猛烈な勢いでパソコンのキーボードを叩きはじめた。

綾野がいるときといないときではこの部屋の雰囲気がまるで違う。

「なるほどね」

宮澤は腰を上げた。持参したコーヒー豆を持ってキッチンへ足を向けた。電動ミル付きのコーヒーメーカーがあるのは昨日のうちに確認済みだった。

「コーヒー淹れますけど、飲みます?」

宮澤は三人に声をかけた。三人とも手を上げた。

「了解」

ミルに人数分の豆を入れ、スイッチを押した。あとはマシンが勝手にコーヒーを淹れてくれるのを待つだけだ。小さな食器棚に収納されていたマグカップを出し、シンクで丁寧に洗った。

「見かけによらず、マメなんだね」

いつの間にか、綾野が背後に忍び寄っていた。

「なんだよいきなり。びっくりするじゃないか」

「足音を立てないで歩くのが癖なの。ごめんね。いい匂い」

綾野は鼻をひくつかせた。黒いパンプスにスリムなシルエットの黒いパンツ、胸元にフリルのついた黒いブラウス姿だった。黒衣の花嫁は他の色を身にまとうつもりはないらしい。

「見かけによらず、コーヒーにはうるさいんだぜ」

宮澤は洗ったマグカップを乾いた布巾で拭いた。

「そうみたいね。よく、豆買って帰るって婚約者に言ってるもん」

カップを拭く手が止まった。

「やっぱりおまえか――」

「今夜、ダーリンに可愛がってもらうこと想像しただけでじゅんってしちゃう」

綾野が裏声で言った。千紗が宮澤に送ったメッセージにあった文章だ。

「ちょ……やめろよ、おい」

「ほんとにラブラブなんだね。高校生のやりとりみたい」

「なんでアカウントの乗っ取りなんかしたんだよ」

宮澤は声をひそめながら綾野に詰め寄った。

「面白いから」

「え？」

「面白いからやるのよ。それだけ。あんたみたいな人と婚約するなんてどんな馬鹿女かなって興味湧いたんだけど、想像以上に馬鹿女で笑っちゃった」

「今、なんつった？」

宮澤は綾野を睨んだ。

「あ、怒った？」

「当たり前だろう」

「怒ってもいいけど、わたしに触らない方がいいわよ。触ると大変なことになるからね」

椿の台詞が綾野の口から出てきて、宮澤は面食らった。

「なんでおまえがその台詞知ってんの？」

「台詞ってなに？　わけのわかんないこと言わないで。いい？　あんたと馬鹿女の恥ずかしいやりとり、ネットでさらしてもいいのよ」

「おまえ――」

「いい子にしてたら、データはわたしのパソコンの中で静かに眠ったまま。でも、わたしを怒らせたらどうなるかわかんないわよ」

　綾野が身を翻した。

「あ、わたし、ミルクたっぷり、砂糖小さじ二杯でよろしくね」

　わざとらしく声を張り上げ、綾野は自分のデスクに戻っていった。

「とんでもない女狐だな」

　宮澤はまた濡れたマグカップを拭きはじめた。

「それにしても、なんで椿さんの台詞を……」

　わたしに触らない方がいいわよ。触ると大変なことになるからね――言いまわしは微妙に違うが、酔ったときに椿が口にする台詞と同じだ。

「そう言えば、椿さん、黒衣の花嫁のこと詳しかったよな。なんか繋がりがあるわけ？　マジ？」

　宮澤はそっと綾野の様子をうかがった。ヘッドフォンを装着してパソコンに向かっている綾野は機嫌のよさそうな表情を浮かべていた。

ズボンの尻ポケットに押しこんでいたスマホが振動した。椿からの電話だった。

「もしもし?」

「ニュース、見た?」

椿が言った。

「まだですけど」

「武江学園問題で、新たな展開だよ」

「どういうことです?」

宮澤は声をひそめ、三人の様子をうかがった。こちらを気にしている様子はない。

「文科省のある幹部が、官邸からの圧力があったという田中さんの発言に間違いはないと言いだした」

「はい? 今まで、みんなだんまりだったのに?」

「丸山という男なんだけどね、田中さんに可愛がられてて、なおかつ、ぼくのパパの後輩なんだ」

「それって、つまり?」

「ぼくがパパに頼みこんで、囮役になるよう丸山を説得してもらったんだよ」

「囮役って、あの黒木って男を引っ張りだすための?」

「そう。多分、そっちの動き、慌ただしくなると思う。宮君、気を抜かないでしっかり見張っててね」

「わかりましたけど、あの――」

電話が切れた。

「せっかちなんだから、もう……」

宮澤はスマホで最新のニュースを検索した。記事はすぐに見つかった。

椿が言った丸山というのは、丸山孝夫審議官で、今日の朝、某新聞社の取材を受け、「田中前文科事務次官の発言は本当だ。自分も官邸からの圧力を感じていた」と言ったらしい。その発言を受けて、メディアは騒然としている。

宮澤はスマホをポケットに戻した。

「出川さん、馬場君、ミルクと砂糖は？」

ふたりに声をかけた。ふたりとも首を横に振った。

できあがったコーヒーをサーバーからマグカップに注いだ。綾野の分にはたっぷりのミルクとスティックシュガー二本分を入れ、スプーンでよく掻き混ぜる。

「お待たせいたしました。淹れたてのコーヒーですよ」

トレイにカップを載せて三人のデスクに運んだ。綾野はもちろん、出川も馬場もパソコンのモニタを睨んでいる。

「そんな顔してモニタを睨んで、なにかあったんすか？」

出川のデスクにカップを置きながら訊いた。

「毎朝、ネットのニュース記事をチェックするのが日課なんだ。おまえも今後はそうしろ」

「了解です」

出川のデスクを離れ、馬場のデスクにカップを置く。

「馬場君もネットのチェック？」

「そうです」

「なにか面白いニュース、あった？」

馬場は宮澤を一瞥した。

「特になにも」

「そう。我が国は本日も平和なりってわけね」

宮澤は馬場の肩を叩いた。公安で揉まれてきた出川とは違い、馬場は脇が甘い。嘘をついているのは一目瞭然(りようぜん)だった。

綾野に近づき、デスクの縁を指先で叩いた。綾野がヘッドフォンを外した。

「たっぷりのミルクと砂糖入りのコーヒー、お待ちどおさま」

猫撫で声を出しながら綾野にカップを渡した。

「その言い方、キモい」

「申し訳ありません」

宮澤は猫撫で声を続けた。綾野が睨んできた。

「うわあ、怖い」

宮澤は空いたトレイで顔を隠し、芝居がかった仕種で綾野のデスクから離れた。キッチンへ戻ってカップを手にすると、自分のデスクに着いた。

支給品のパソコンを立ち上げ、セッティングをはじめる。コーヒーは香りがよく、味はまろやかでほどよい酸味が心地よい。ときおり、顔を上げ、三人の様子を確認する。三人ともパソコンと睨めっこしたままだ。だれも口を開かず、コーヒーを啜る音とキーボードを叩く音がするだけだった。

「そろそろ昼飯の時間だな」

出川がわざとらしい声をあげた。

「自分はもうちょっとで一区切りつくんで、あとで行きます」

馬場が言った。

「そうか。じゃあ、先に行ってくる」

出川が部屋を出ていった。

五分ほどすると、今度は馬場が腰を上げた。

「じゃあ、ぼくも昼飯行ってきます」

「馬場君、おれも一緒にいい？　まだこの辺りのことわからないからさ、美味しい飯屋教えてよ」

宮澤が言うと、馬場が首を振った。

「ひとりで食うのが好きなんです。すいません」

馬場は宮澤の返事を待たずに出ていった。

「冷たいなあ……綾野は？」

綾野に顔を向ける。

「わたしは一日一食だから」

綾野はキーボードを叩く手を止める様子もなかった。

「じゃあ、しょうがない。ひとりで食ってくるか」

宮澤は席を立った。部屋を出てエレベーターに乗りこみ、一階に下りる。マンションを出ると物陰に身を隠した。

出川は公安の叩き上げだし、馬場もそれなりの訓練を受けているはずだ。だが、綾野は凄腕のハッカーかもしれないが、他のことに関しては素人だ。三人の中では最も尾行しやすいターゲットだった。

「絶対におれをのけ者にして三人でなにかするはずだ」

宮澤は呟いた。出川のわざとらしい口調が元捜一の刑事の神経に引っかかったのだ。

五分も経たないうちに綾野が姿を現した。ヘッドフォンを装着したままで、黒いトートバッグを左肩にぶら下げている。

「なにが一日一食だよ」

宮澤は独りごち、綾野の尾行を開始した。尾行は拍子抜けするほど簡単だった。綾野は背後に注意を払うこともなく駅方面へ向かい、駅の手前にあるファミレスへ入っていった。間違いなく、出川と馬場もこの店にいるはずだ。

「今時、ファミレスで内密の相談事なんかするかねえ」

宮澤は笑った。

「しかし、どうすっかな？」

三人が会っていることは確信していたが、だからといって店内に入っていくわけにはいかない。変装の用意はしていないし、たとえ変装できたとしても、出川の目をごまかすのは難しい。

スマホが振動した。また、椿からの電話だった。

「なにしてるの、宮君？」

電話が繋がるなり、椿が言った。

「なにって……椿さん、どこにいるんすか？」

「後ろ。道路挟んだ向かいだよ」

宮澤はさりげない仕種で道路の向かいに目をやった。通行人に交じって歩いている椿の姿が目に留まった。

「相変わらず、さすがですね」

宮澤だから気づいたのであって、椿は見事に周囲の風景に溶けこんでいた。あれだけの巨体なのに目立つことがない。

「宮君も目の付けどころがよくなってきたね」

「ぼくは綾野を尾けてきて……三人の中じゃ、一番与しやすかったもんで」

「馬場を尾行してたんだよ。宮君は？」

「そうですか？」

褒められているのかからかわれているのか見当がつかない。

「中の様子を確かめるのはちょっと無理ですかね？」

「渡会が中にいるからだいじょうぶ」

「渡会さんが？」

「あいつ、またぼくに貸しを作ったからね」

椿は意地の悪い笑いを漏らした。

「渡会さんも災難だなあ」

「とにかく、中のことは渡会に任せて。宮君はその場を離れてよ。いつ、連中が出てくるかわからないからさ」

「了解しました」

　椿の姿は人混みに紛れて見えなくなっていた。宮澤は駅を通り過ぎた。中華料理屋の看板が見えたのだ。久しぶりに焼きそばが食べたくなっていた。

「それにしても……」

　中華料理屋を目指して歩きながら、宮澤は振り返った。いかにも執事然とした中年の男がファミレスでひとり、食事を取っている光景がどうしても想像できないのだった。

＊＊＊

　ネギチャーシューメンを食べ終わった直後にまた椿から電話がかかってきた。

「連中の会合が終わったよ。渡会がファミレスに居残ってる。すぐに来て」

「ファミレスに行くんですか？」

「だって、連中が戻ってくる可能性は恐ろしく低いでしょ」

　言われてみればそうだった。

「わかりました。すぐに向かいます」

　支払いを済ませ、ファミレスに足を向けた。椿と向かい合わせで座っている渡会の姿を見て呆気にとられた。

ハンチング帽に銀縁の眼鏡、ポロシャツにカーディガンを羽織り、ベージュのスラックスに靴はスリッポンというでたちは遊び人を思わせた。

「渡会さん、なんすか、その格好」

宮澤は席に着くと渡会に声をかけた。

「いえ、まさか、仕事用の黒いスーツを着るわけにもいきませんし……」

「それ、私服なんですか？」

「節子さんの趣味なんだってさ」

椿が言った。佐藤節子の小悪魔のような笑顔が宮澤の脳裏に浮かんだ。

「渡会さん、服の趣味まで節子さんに合わせてるんですか」

「いいじゃないですか、その話は」

渡会は苦虫を噛み潰したような顔をした。

「渡会さんって、ほんと可愛いっすね」

「宮澤様！」

渡会の眦が吊り上がった。

「冗談です、冗談」

渡会の剣幕に、宮澤は冷や汗を掻いた。おそらく、普段から椿にからかわれているのだ。

「それより、連中、なにを話してました？」

「丸山という男のことです」

渡会が言った。宮澤は椿と顔を見合わせた。

「途切れ途切れでしか聞こえなかったのですが……年のせいか、最近は耳が遠くて」

「言い訳はいいから、早く続き」

椿が言った。

「は、はい」

渡会は紙ナプキンで額の汗を拭った。

「情報官がどうとか、監視がどうとか、そんな話をしていました」

「耳が遠いとか言って、よくそこまで聞き取れましたね」

「耳が遠くなったからなんて嘘だからだよ」

椿が言った。容赦のない口調だ。渡会が身震いするのを宮澤は見逃さなかった。

「それで、会話の主導権はだれが握っていた？」

「スーツの男です」

出川だ。

「やっぱり出川か……」

椿が呟いた。

「司令塔は出川。綾野はハッカー。馬場の役目ってなんでしょうね？」

「殺し屋へのパイプ役かなあ。黒木も自衛官上がりだし」

「見たところ、心根の優しそうな男なんですけどね」

「外見で人を判断しちゃいけない。公安のいろはだよ、宮君」

「それはわかってますけど……」

椿が頼んだ料理が運ばれてきた。ミックスグリルとビーフシチューのかかった大盛りのオムライスだ。椿は他のメニューも注文したがったのだが、渡会にたしなめられて渋々諦めたのだった。

「とりあえず、政権にとって都合の悪い人間が現れたら、内調の特別事項捜査班が動き出すってことは確認できたね」

椿はミックスグリルのハンバーグを頬張りながら言った。

「それは言えてますね。情報官直轄の部署ってことは官邸から情報官に指示が出たってことですよね」

椿がうなずいた。

「宮君、食べないの？　ファミレスの割には美味しいよ」

「ネギチャーシューメンを食べてきたばかりなんで遠慮します」

「ネギチャーシューメンも食べたいなあ」

椿はメニューに手を伸ばした。

「お坊ちゃま」

渡会が鋭い声を出す。

「わかったよ。渡会がそばにいると落ち着いてご飯を食べられないな」

椿はメニューに伸ばしかけた手を引っこめた。

「それで、これからどうします？」

宮澤は訊いた。

「連中を監視下に置くに決まってるじゃないか。公安捜査の――」

「いろは、ですよね。わかってます。でも、三人を同時に監視下に置くには人手が足りなすぎるんじゃないですか？」

「ぼくをだれだと思ってるの？」

椿はオムライスを口に運んだ。

「警視庁公安部にその人あり。アンタッチャブルの椿警視であります」

宮澤は芝居がかった口調で言った。

「いいよ。最近の宮君はとてもいい」

どうせ、弱みを握っている公安のだれかを脅して人手を出させるのだろう。

「そう言えばさ、黒衣の花嫁、なんか言ってきた？　宮君と千紗ちゃんのＬＩＮＥの件で」

「やんわりと脅されました。まだ具体的になにかしろと言われてるわけじゃないんですけど。で、ちょっと気になることがあるんですが」

「なに？」

椿はミックスグリルのソーセージにフォークを刺した。

「綾野が言ったんですよ。わたしに触るな。触ると大変なことになるぞ、って」

「なにそれ？」

椿はきょとんとした目で宮澤を見返した。宮澤は唇を嚙んだ。椿は自分が泥酔したときのことをほとんど覚えていないのだ。

「これ、酔ったときに椿さんがよく口にする台詞なんですよ」

「馬鹿言わないでよ。ぼく、どれだけ飲んでも酔わない体質だから」

「そうでしょうけど、とにかく、椿さんがよく口にする台詞なんです。それとまったく同じ台詞を綾野が吐くなんて、なんか変だと思うんですよ」

「だから、ぼくは酔わないから、そんなわけのわからない台詞も口にしないよ」

椿がむきになりはじめていた。このままいけば、駄々をこねる子供と同じ状態になる。

宮澤は溜息を漏らした。

「じゃあ、ぼくの記憶違いかなあ」

「そうだよ。宮君、もしかして若年性健忘症の気味があるんじゃないの」

椿を睨みつけたくなるのを辛うじてこらえた。

「お坊ちゃま、いくらなんでも失礼ですよ」

渡会がまた椿をたしなめる。

「まあでも、黒衣の花嫁のことはぼくに任せてよ。宮君と千紗ちゃんの恥ずかしいやりとりのデータも消去してあげるから」

「どうやるんですか？」

椿がウインクをした。

「ああ、そうですよね。警視庁公安部にその人あり。アンタッチャブルの椿警視にできないことはないですもんね」

「いいよ。最近の宮君は本当にいいよ」

椿は心底嬉しそうに笑ってソーセージを頬張った。

「忘れるところだった」

椿はソーセージを頬張りながらＵＳＢメモリを宮澤に渡した。

「なんですか、これ？」

「ＵＳＢメモリだよ」

小馬鹿にしたような口調にかちんときたが、宮澤は努めて冷静を保った。

「それはわかってますよ。中になにが入ってるんですか？」

「宮君に言ったってわかりっこないよ」

また小馬鹿にした口調だった。宮澤はテーブルの下で拳を握った。

いつか、このとぼけた大男に一発お見舞いしてやる。

「隙を見て、それを黒衣の花嫁のパソコンに挿してほしいんだよね」

「これを？　挿すだけでいいんですか？」

「電源が入ってるときにね。できる？」

「それぐらい、朝飯前です」

「挿して、一分経ったら抜いて。できる？」

「椿さん、もしかして、おれのこと馬鹿にしてます？」

宮澤は声を低めた。我慢の限界がすぐそこまで迫っている。

「ぼくが宮君を馬鹿にするわけがないじゃないか」

椿は甲高い声をあげた。

「宮君はぼくの相棒だよ。パートナーだ」

「本気でそう思ってます？」

「宮君以外の連中は、みんな、半年も保たずに逃げだしたからね」

椿は嬉しそうに言うと、オムライスを口に放りこんだ。

＊＊＊

部屋に戻ると出川と馬場の姿がなかった。

「あれ？　あのふたりは？」

宮澤はキーボードを叩いていた綾野に訊いた。

「ずいぶん長い昼飯ね」

「うまそうな飯屋探して歩きまわったんだよ。みんな冷たくてなんにも教えてくれないから」

「みんなばらばらに好き勝手に食べに行くから。わたしも教えてもらったことないよ」

宮澤は鼻を鳴らした。

「そうなんだ……コーヒー、飲むかい？」

「いらない」

綾野は素っ気なく答えた。

「あ、そ」

宮澤はお気に入りの曲をハミングしながらコーヒーを淹れた。出川と馬場のいない部屋は妙に静かで、綾野のキーボードを叩く音以外はなにも聞こえない。

ふたりは丸山を監視するために出かけていったに違いない。綾野はネットで丸山に関する情報を集めているのだ。

二十四時間の監視態勢を敷き、丸山の行動パターンを把握したところで黒木に殺害の指令を出す。

「いや、待てよ」

宮澤は首を傾げた。たったふたりでひとりの人間を監視するのは無理がある。公安でも二班体制で監視業務に当たるのが普通だ。

「てことは、別働隊でもあるのかな？」

宮澤は口を閉じた。キーボードを叩く音が途絶えたのだ。そっと振り返る。綾野がキッチンの入口に立っていた。

「なんか用？」

「あんた、公安のお荷物なんじゃん」

綾野が言った。

「はい？」

「いろいろ調べたんだけどさ、あんたが所属してる外事の特別事項捜査係って窓際部署でしょ？　上司はイカれた男で、あんたは捜査一課から追い出された半端者。手に入れたネタでなんかさせようと思ってたけど、無能な人間ならお呼びじゃないね」

「表向きはそういうことになってるけどね」

宮澤は思わせぶりに笑った。

「表向き？」

「ここだってそうだろう？　見た目は暇な窓際部署。だけど、実際には……」

「あんた、ここのこと、なんて聞いてんの？」

綾野が腕を組んだ。

「別に。上から出向しろって言われて、ここに配属されただけ。ただ、特別事項捜査班って名前だから、なにか裏があるんだろうなってのはわかる。ここが利くんだよ」

宮澤は自分の鼻を指差した。

「どうだか……」

「凄腕のハッカーなんだろう？　公安の特捜が実際にはどんな部署か、秘密を炙りだしてみろよ」

宮澤はサーバーに落ちたコーヒーをカップに注いだ。淹れたてのコーヒーの香りを嗅ぐ。

「ああ、いい匂い。ほんとに要らない？」

「せっかくだからもらう」

「ミルクたっぷりに砂糖は二杯。承りました」

歌うように言うと、綾野は顔をゆがめて宮澤に背を向けた。

＊＊＊

出川と馬場が戻る気配はない。

宮澤はコンビニで買ってきたスポーツ新聞に目を通しながら部屋の中を細かく観察した。監視カメラと盗聴器が間違いなく設置されている。宮澤の動きを監視するためのものだ。そもそも宮澤のデスクは決められていたのだ。監視カメラや盗聴器をセットするのも簡単だったろう。

「ちょっとコンビニ行ってくる」

綾野が腰を上げた。なんの警戒感もなくこの部屋に宮澤をひとり残していくのは、監視しているという安心感があるからだろう。

「行ってらっしゃい」

「すぐに戻るよ」

綾野は念を押すように言って出ていった。

「コーヒー、お代わりしようかな」

宮澤はわざとらしく言って席を立った。一旦、キッチンへ足を向ける。キッチンにカメラや盗聴器がないのは確認済みだった。

「せっかくセットしたのに、ちょっと間抜けだよね、君たち」

カップにコーヒーを注ぎながら宮澤は独りごちた。念入りに観察したが、確認できたカメラは三台。どれも、宮澤のデスクを狙っている。つまり、出川たちのデスクや部屋の他の場所は死角なのだ。

「脇が甘いのか。それともおれのことをハナから舐めてかかってるのか……両方かね」

宮澤はコーヒーを啜って、キッチンを出た。カメラの画角に入らないよう注意しながら綾野のデスクに近づいた。

パソコンの電源は入ったままだ。モニタには絶え間なく動き続ける幾何学模様が映っていた。

椿から渡されたUSBメモリを綾野のパソコンに挿した。モニタを注視したが、変わった動きはなかった。腕時計できっかり一分経ったのを確認してからメモリを抜いた。

「いったいなんなのかね、これ?」

メモリをポケットに押しこみ、キッチンへ戻る。カップを手にして、自分のデスクに着いた。

「ああ、やっぱりコーヒーは美味しいなあ」

一台のカメラに顔を向け、コーヒーを啜った。再び新聞を広げ、プロ野球の記事に目を通す。

しばらくすると、綾野が戻ってきた。

「わたしのパソコンに触らなかったでしょうね？」

綾野が言った。

「パソコン、苦手なもんで。触れる機会はなるべく減らそうと努力中」

宮澤は愛想笑いを浮かべて答えた。綾野は侮蔑するような一瞥をくれ、席に着くやいなやパソコンを操作しはじめた。時折、探るような視線を宮澤に送ってくる。

宮澤は新聞に目を落とし、気づかないふりをした。おそらく、カメラの映像と盗聴器で拾った音声を確認しているのだ。

出川たちが留守の間に宮澤をひとり、この部屋に残していったのは怪しい動きをしていないかどうか探るためだったのかもしれない。

「出川さんたちはいつ戻るの？」

宮澤は綾野に声をかけた。

「知らない」

素っ気ない答えが返ってくる。

「そっか。で、綾野はなにをやってんの？」

「あんたには関係ないでしょ。邪魔だから口閉じててよ」

「はぁい」

宮澤はコーヒーを啜り、新聞を丁寧に折り畳んだ。公安の特捜も暇だが椿が話し相手になってくれる。ここは退屈極まりない。

「なにもすることがないから、近所の探索にでも行ってくるか」

独り言のように呟いた。綾野のリアクションはなかった。

マンションを出て駅に向かう。遠まわりして確認行動を取ったが尾行してくる者はいなかった。

「さて。出川たちがどこでなにをしてるのか。どうやって調べようかな……」

宮澤は独りごちながら地下鉄の改札へ向から階段を上っていった。

7

綾野がマンションから出てきた。

宮澤は帽子をかぶり直し、尾行を開始した。量販店で調達した帽子と上着、伊達眼鏡で綾野に気づかれることはないはずだ。

「ハッカーとしては凄腕かもしれないけど、実際の捜査に関してはど素人だからね」

宮澤はほくそ笑んだ。

綾野は背後を気にする素振りも、確認行動を取ることもなく地下鉄駅に向かった。途中、コンビニで買いものをしてから地下鉄に乗り、飯田橋で降りた。

早稲田通りを九段下方面に向かい、一階が居酒屋になっている雑居ビルへ入っていった。

「黒衣の花嫁はこんなところになんの用かな？」

すでに日は傾き、辺りは薄暗かった。宮澤は居酒屋に入り、入口に近い席に陣取った。通りに面した壁はガラス張りで外を見張るにはうってつけだった。

「ビールとモツ煮」

店員にそそくさと注文し、帽子と上着を着替えた。量販店で予備を買っておいたのだ。ビールとモツ煮が運ばれてきた。宮澤は店員に料金を払った。なにか動きがあればすぐにでも出られるようにしておかなければならない。

椿に電話をかけた。

「今、黒衣の花嫁を尾行中です。新木場のマンションを出たあと、地下鉄に乗ってまっすぐ飯田橋へ。雑居ビルの中に入っていきました」

「尾行に気づかれてない？」

「相手は素人ですけど、十分に気をつけて尾行しております、はい」

「その雑居ビルって、一階が居酒屋？」

「そうですけど、どうしてわかるんです？」

「内調の秘密アジトだよ、そこ」

「だから、なんでわかるんですか？」

「出川たちもそこにいるのかも。ちょっと待ってて」

　椿は宮澤の質問を無視して電話の向こうでなにかをはじめたようだった。

「まったく、人の質問ぐらい、まともに答えろよ」

「なにか言った？」

「いいえ。なにも申しておりません」

　宮澤は即答した。

「そう？　なにか聞こえたような気がしたけど」

「気のせいです。それより、なにやってるんですか？」

「わかった。丸山審議官の奥さんって弁護士なんだけどさ、その近くに事務所構えてる。多分、その事務所を監視してるんだ」

「なるほど。それはあり得ますね」

「グッジョブじゃない、宮君」

「お褒めにあずかり光栄です」

「あ、そうだ。今のうちに言っておこう。宮君、そっちの特捜のパソコン使うときは気をつけてね。黒衣の花嫁に乗っ取られてるから」

「多分、そんなことなんじゃないかと思って、セッティングはしたけど、ほとんど使ってませんよ」

「いいね。最近の宮君は本当にいいよ。最初からやればできる子だってわかってたんだ、ぼくには」

「そうですか……ありがとうございます」

「ぼくもすぐにそっちへ向かう。あとで合流しよう」

電話が切れた。

「イラッとする」宮澤は電話に向かって呟いた。「あの人に褒められるとマジでイラッとする」

＊＊＊

だれかが向かいの席に座った。宮澤はその人物を認めてのけぞりそうになった。

「椿さん。いつ来たんですか？」

「今だよ」

椿はメニューを手に取った。

「それはわかってますけど、いつこの店に入ってきたんですか？」

それとなく人の出入りには注意を払っていた。だれかが店に入ってきたのは確認したが、それが椿だとは気づかなかった。これだけ目立つ体格なのだから、見逃すはずはない。

「だからたった今」

「ぼく、入口ちゃんと見張ってたんすよ。椿さんが入ってきたら気づかないはずないじゃないですか」

「椿家はね、伊賀の血を引いてるんだ」

　椿が言った。

「はい？」

「忍者の伊賀。わかる？　先祖代々、人をたばかる術を叩きこまれるんだ。ぼくの尾行が天才的なのもそのせいだよ」

　真面目くさった顔つきだ。本気で言っているのか冗談なのか、まったく判断がつかない。

「まだ動きはありません」

　宮澤は言った。

「宮君、その変装、なかなかのものじゃないか」

　椿が言った。宮澤は苛立（いらだ）ちをこらえた。

「それはそうと、特捜のオフィスなんですけど、ぼく用にカメラと盗聴器が設置されてました」

「犯人は黒衣の花嫁だね」

「なんで断言できるんですか？」

「あの子は猜疑心が異常に強いんだよ」

「綾野と知り合いなんですか？」

椿は笑っただけで答えなかった。

「ニラ玉と中華風肉団子と野菜のうま煮、二人前ずつ。急いで持ってきてくれる？　飲みものはウーロン茶でいいや」

注文を取りに来た店員に告げた。

「おれ、もう、自分の分の支払いは済ませてありますからね」

「わかってるよ。自分の食べた分は自分で払う。宮君、いい男なのに、ケチくさいところが欠点だね」

宮澤は自分が貧乏揺すりをしていることに気づいた。苛々が募ると出る癖だ。

「そのうちわかるよ」

「ですから、椿さんはどうして綾野が猜疑心の強い女だって知ってるんですか？」

肉団子と野菜のうま煮が運ばれてきた。あらかじめ調理してあるものを温めるだけだから早いのだろう。椿が旺盛な食欲を示している間に、ニラ玉も運ばれてきた。テーブルは椿の頼んだ品で一杯になった。

「高橋班が応援に来てくれてるよ」

肉団子を頬張りながら椿が言った。高橋班は外事三課の遊撃部隊だ。

「高橋班が？　うちを手伝ってくれるような連中じゃないですよ」

班長の高橋は、椿と宮澤のことを露骨に見下している。

「三国ちゃんの電話一本。警視総監が友達だといろいろ簡単だよね」

「椿さんのお父さんが先輩だとはいえ、警視総監、なんでうちらにそんなに肩入れしてくれるんですか」

「三国ちゃんには三国ちゃんの思惑があるんだよ。上手にぼくらを利用してるのさ。そうじゃなきゃ、警視総監まで上りつめることはできないからね」

「そういうもんですか」

「キャリア官僚を甘く見ちゃいけないよ。あいつらは魑魅魍魎（ちみもうりょう）だからね」

話している間にも椿の食欲は落ちず、ほとんどの皿が空になっていた。

「椿さん――」

宮澤は低く鋭い声を発した。出川がビルから出てきたのだ。

「出川です」

「尾行するよ」

椿が素早い身ごなしで店を出ていった。

「ちょ、椿さん、お勘定――」

声をかけたが、遅かった。椿の背中は闇に紛れて消えていた。

「ちきしょう……最初からそのつもりだったんだ。そうに決まってる」

苛立ちが頂点に達して、宮澤は拳でテーブルを叩いた。

＊＊＊

スマホに地図データが送られてきた。送り主は椿だ。居酒屋からさほど離れていないところにあるコンビニに目印がつけられていた。

「まったくもう……」

周囲に目を配り、歩きだそうとした直前、ビルから馬場が出てくるのに気づいた。咄嗟（とっさ）にスマホに目を落とす。馬場の視界に自分が入りこんでいるのを感じながら、スマホの画面を操作した。

〈馬場がビルから出てきました。尾行します〉

椿にメールを送った。

馬場が歩きだした。宮澤に気づいた気配はない。肺に溜めていた息を吐きだし、宮澤は尾行を開始した。

馬場は確認行動を織り交ぜながら飯田橋駅方面に向かっていく。尾行や監視を見破るためのノウハウは頭に叩きこんであるようだが、やることが板についていなかった。

「さて、まさか帰宅するわけじゃないよね」

宮澤は呟いた。馬場が千歳船橋のマンションに住んでいることは確認済みだった。帰宅するのなら新宿へ出て小田急線に乗り換えることになる。

馬場は駅に入り、総武線の三鷹行きに乗った。宮澤はひとつ隣の車両に乗りこんだ。スマホに電話が入った。

「宮澤です。ただいま、総武線。馬場の行動確認中」

「総武線か。丸山審議官の自宅は三鷹なんだよ。自分の家に帰るのか、それとも三鷹へ行くのか……新宿で降りなかったらもう一度連絡くれる？」

「了解です。出川の方はどうなってます？」

「弁護士事務所を見張ってるよ。連中のターゲットが丸山審議官なのは間違いないね。じゃあ、あとで」

電話が切れた。宮澤は隣の車両に視線を飛ばした。馬場は車両の真ん中辺りで吊り革に摑まり、雑誌の車内吊り広告を眺めている。もうすぐ市ケ谷に到着するが、電車を降りようとする気配はない。

「絶対に後で精算してやる」

宮澤はズボンのポケットに押しこんでいた領収書を取りだした。さっきの居酒屋で払ったものだ。

もう、椿に食い逃げはさせない。自分よりいい給料をもらっているのに、自分よりずっと裕福な家に生まれているのに、あのせこさだけはゆるせない。

馬場の様子に注意しながら、椿への呪詛(じゅそ)を唱え続けた。

電車は市ケ谷から四ツ谷、信濃町と停まっていく。馬場の動きに変化はない。電車が千駄ケ谷を出た直後に、馬場がスマホを取りだして耳に当てた。

出川か、あるいは綾野からの電話だろうか。仕事にはまったく関係のない電話という可能性もあるが、油断はできない。

代々木を過ぎても馬場の電話は終わらなかった。

新宿駅が近づいてきて、電車の速度が落ちた。宮澤は唇を舐めた。馬場が確認行動を取るとしたら、新宿駅しかない。

宮澤ひとりで尾行しているのだ。ふとしたことで気づかれる可能性は高かった。

「よし。腹を決めたぞ」

宮澤は呟いた。新宿で電車を降りるなら、馬場が三鷹へ向かう可能性は低くなる。それならば、馬場がどんな行動を取ろうが、このまま電車に乗り続けるのだ。

電車が停まった。馬場が人の流れに乗って電車から降りた。

やはり、三鷹へは行かないのだ。丸山審議官がターゲットだという椿の読みは外れだ。内調の特捜は関係省庁の落ちこぼれたちの寄せ集めにすぎない。

しかし、出川はなんのためにあそこにいる？　馬場はなぜ確認行動を繰り返した？

そう思った瞬間、ホームを歩いていた馬場がひとつ隔てた車両に飛び乗った。同時にドアが閉まり、電車が動きだす。

宮澤は額の汗を拭った。何気ない素振りで隣の車両に移動する。隣の車両の馬場が確認できた。空いた席に腰を下ろしている。その手にスマホはなかった。

電話をしているように見せかけていただけなのだ。

宮澤は椿に電話をかけた。

「馬場は三鷹に向かっています」

「了解」

電話が切れた。宮澤は領収書を握りしめた。

「この金は絶対に返してもらいますからね」

喉の奥から絞りだすように呟き、唇を嚙んだ。

8

電車が三鷹駅に到着する直前、また、椿から地図データが送られてきた。三鷹駅周辺のものだ。目印がつけられているのは、丸山審議官の自宅だろう。

宮澤は真っ先に電車を降りた。小走りで改札に向かい、馬場を待ち構える。

椿が送ってきたデータによれば、丸山審議官の自宅は駅の南側、太宰治旧宅跡にほど近い建売の一軒家だ。

読みどおり、馬場は南口に向かった。脇目も振らずに下連雀方面に歩いていく。すぐに尾行をはじめた。目的地の予想がついている上、馬場が確認行動を取らないので楽に追跡することができた。

これまでの確認行動から、尾行はついていないと決めこんでしまったのだ。

「甘いね、馬場ちゃん。これがうちだったら、椿さんの雷が落ちるところだよ」

宮澤は笑った。官邸に直結した諜報機関なのだから、さぞや腕利き揃いなのだろうと思っていた分、実際の姿を見ると失笑を禁じ得ない。

椿の言うとおり、日本のインテリジェンスを担っているのは公安警察なのだ。

「あれ？」

馬場の後ろ姿を追いながら、宮澤はスマホを取りだした。椿が送ってきた地図データを開く。

馬場は丸山審議官の自宅へ行くなら曲がるべき道を曲がらず、真っ直ぐ歩いていく。

「どこに行くつもりだよ？　それとも、直行するとまずいからって遠まわり？」

首を傾げる間もなく、馬場は通り沿いに建つマンションの中へ入っていった。単身者用のこぢんまりとしたマンションだ。

椿に電話をかけた。

「馬場は丸山審議官の自宅へは向かいませんでした。目的地は近くのマンションです」

「審議官の自宅からどれぐらい離れてる？」

「徒歩で五分前後かなあ」

「かな？」

「徒歩で五分前後です」

宮澤は言い直した。

「そのマンションに黒木が潜んでいるかもしれないね」

「マジっすか？」

「まだわからないけどさ。同じ防衛省の馬場が黒木の世話を焼いているとぼくは見てるんだ。すぐに渡会をそっちへ行かせるから、宮君は、しばらくそのマンションを監視してて」

「渡会さんをですか？　高橋班の応援は呼べないんですか？」

「高橋班には出川を監視するよう頼んであるんだ。ぼくひとりだと厳しいからね。渡会が行くまでちゃんと監視してるんだよ」

「ガキの使いじゃあるまいし、そんなこと、言われるまでもありませんよ」

「ときどき、ガキの使い以下なこともあるからね」

椿が言った。

「なんすか、その言いぐさ。ぼくだってこれでも——」

宮澤は言葉を切った。電話はとっくに切れていた。

「くそ。絶対に手柄を立てて、捜一に戻ってやる」

ポケットに手を入れ、また、領収書を強く握りしめた。

＊＊＊

一台のプリウスが近くのコインパーキングに入っていった。すぐに渡会がそこから出てきた。

「渡会さん、プリウスですか？」

宮澤は目を丸くした。黒塗りの高級車を運転する渡会しか見たことがなかったのだ。

「高級車は椿家のものです。あれはわたくしの私用車です」

「椿さんに仕事頼まれたのに？」

「黒塗りの高級車じゃ、監視には向かないでしょう」

渡会が小馬鹿にしたような笑みを浮かべた。

「あ。今、おれのこと馬鹿にしましたね？」

「しておりません」

「いやあ、確かに小馬鹿にしたような笑いでしたよ」

「わたくしは椿家の執事です。お坊ちゃまのお友達を笑ったりはいたしません」

渡会が襟を正した。

「お友達？　おれが？　椿さんの？」

「はい。宮君、宮君と、お坊ちゃまが他人のことをあれほどの愛情をこめてお呼びになるのを耳にしたのは初めてです。お坊ちゃまはよほど宮澤様のことを大切に思っているのです」

「勘弁してくださいよ」

宮澤は首を振った。

「宮澤様――」

渡会は言葉を切り、咳払いをした。

「ん？　どうしました、渡会さん？」

「なんとか宮澤様のお力で、お坊ちゃまを昔のお坊ちゃまに戻していただけませんか」

「おれが？　椿さんを？　昔に？」

「今のようになる前のお坊ちゃまは、それはそれは冷たいお方でした。ですが、考えることとやることは常に一貫していたのです。ですから、我々も対処のしようがありました。しかし……奥様が出て行かれてからのお坊ちゃまは、愛嬌(あいきょう)は増えましたがやることなすことでたらめで、でも、冷たいというその一点は変わらず、我々は、本当に本当に苦労が絶えないのですよ」

「我々って？」

「椿家で働く者たちです」

「ああ、なるほど……」

宮澤はうなずいた。

「お願いです、宮澤様。お坊ちゃまをなんとか――」

「無理っすよ」

宮澤は吐き捨てるように言った。渡会がまた口を閉じた。

「椿さんがおれのことを大切に思ってる？　馬鹿馬鹿しい。あの人はね、渡会さん、自分以外のすべての人間を見下してるんですよ。馬鹿のふりしてでたらめやって、それで周りの人間がおろおろするのを見て心の中で笑ってるんだ」

「馬鹿のふり？　宮澤様はあれを嘘だとおっしゃるんですか？」

「本当のところはわからないですけどね……いや、やっぱ、ふりじゃないのかな？　もうほんと、わかんないです、あの人は。とにかく、早く手柄を立てて、一日でも早くあの人にさよならしたいんですよ、おれは」

「宮澤様、そんなことはおっしゃらずにお願いします」

渡会が両手で宮澤の腕を摑んだ。

「な、なにするんですか」

「宮澤様だけが頼りなんです。わたくしの気持ちがわかりますか？　この世で頼りになるのが宮澤様だけなんですよ。どうしてこのわたくしが宮澤様なんかに縋らなきゃならないんですか」

宮澤は渡会の腕を振り払おうとしたが、渡会が手に力をこめた。

「放してくださいよ。今、自分がなにを言ったかわかってます？　おれのこと、とことん馬鹿にしてるじゃないですか」

「そんなことはありません。宮澤様だけなんです。お助けください」

渡会の目が潤んでいた。

「やめてくださいって。今、監視中なんですよ。こんなことやってる場合じゃないんですから。それに——」

宮澤は声をひそめた。

「もしかしたら、渡会さん、盗聴器を仕込まれてるかもしれませんよ」

「は？」

「椿さんって、地獄耳すぎると思いませんか？」

「まさか、いくらなんでも……」

「椿さんですよ？」

渡会はポケットというポケットをまさぐりはじめた。

「なにも見つかりませんが」

「わかりませんよ。スマホに仕込むとか、車のキーに仕込むとか、公安警察のエリートですからね、その辺の知識とテクニックはだれにもひけを取らないですよ」

「わ、わたくしはどうしたらいいんでしょうか？」

「盗聴されてる、見張られてると思って、常に気を緩めないことです」

「宮澤様ぁ、お願いしますぅ。このままではわたくしぃ、おかしくなってしまいますぅ」

「静かに」

宮澤は渡会を制した。マンションから、馬場が男と連れ立って出てくるところだった。男は野球帽を目深にかぶり、上着の襟を立てている。顔の見分けはつかないが、背格好からすると、黒木に思えた。

「渡会さんはあのふたりを尾行してください」

「宮澤様は？」

「あのマンションを探ります」

渡会がうなずき、宮澤に背を向けた。緩んでいた空気が一気に緊張していた。

宮澤は馬場たちの行方を目で追いながら椿に電話をかけた。

「たった今、馬場が黒木と思われる男と一緒にマンションを出ました。渡会さんが追尾しています。自分はこれからマンションを探ります」

「いい判断だよ、宮君。尾行に関しては宮君より渡会の方が上手だからね」

舌打ちをこらえる。

「そっちの様子はどうですか？」

「まだ動きはないね」

「じゃあ、また連絡します」

電話を切り、馬場たちが視界から消えるのを待って道路を渡った。監視カメラの有無を確認する。カメラは見当たらなかった。マンションの内部に入り、郵便受けをチェックした。

五階建てのマンションは一階に二部屋、上の階にはそれぞれ四部屋が入っているようだった。郵便受けには部屋番号と入居者の名字が記されている。

四〇二号室の郵便受けに目が吸い寄せられた。入居者の名は高田になっている。他の郵便受けに記されている文字より新しく、郵便受けに新聞や郵便の類は入っていないようだった。

「ここだな」

宮澤はうなずいた。四〇二号室の〝高田〟が黒木なのだ。

エレベーターが下りてきてドアが開いた。出てきたのは中年の女性だった。

「すみません」

宮澤はバッジを取りだし、女に見せた。

「警視庁の者なんですが、四〇二号室の高田さんってご存知ですか？」

「わたし、隣の部屋ですけど……なにか？」

女は身構えるような仕種を見せた。

「ちょっと確認したいことがありまして。たいしたことじゃありませんよ。それでですね、高田さんというのはどんな方ですか？」

「部屋は隣なんですけど、さっき初めて挨拶したばかりで」

「そのときのことでけっこうですよ」

「三十代半ばの男性です。野球帽を目深にかぶってて顔はよく見えなかったんですけど、挨拶したら、普通に挨拶を返してくれて……変な人には見えなかったんですけど」

「ですから、確認したいことがあっておうかがいしてるだけです。事件とかそういうのじゃありませんから。物音がうるさいとか、そういうことはありませんか？」

女が首を横に振った。

「本当に人が住んでるのかしらと思うぐらい、いつも静かですよ。そういえばいつ引っ越してきたのかしら」

「わかりました。お時間を取っていただいて、感謝します。あ、このことは、高田さんには内密にお願いします。いらぬ心配をかけたくないもので」

「わかりました。じゃあ、わたしはこれで」

女がマンションから出ていった。宮澤はエレベーターに乗りこんだ。五階まで上がり、非常階段を使って四階へ下りた。四〇一号室から四〇五号室のドアが通路沿いに並んでいる。四〇四号室は存在しない。

四〇二号室の前に立って中の様子をうかがった。人の気配はない。ドアの周囲にカメラが設置されている様子もない。

ドアノブに手をかけようとして、宮澤はその手を引っこめた。

頭の奥で警報ベルが鳴り響いている。刑事の勘がこの部屋に無闇に近づいてはだめだと告げている。

宮澤は太い息を吐きだし、額を手で拭った。緊張していたという自覚もないのに、汗が滲んでいる。

「椿さんと相談して出直した方がよさそうだな」

踵を返し、エレベーターで一階に下りた。マンションを出ると、タイミングを見計らったかのようにメッセージが届いた。

〈ふたりは駅前の喫茶店に〉

渡会からのメールには喫茶店の名前も記されていた。

〈すぐにそちらに合流します〉

返信を打って、宮澤は駅に足を向けた。

渡会がドラッグストアの軒先で特売品のコーナーを見ていた。道路を挟んだ向かい側に喫茶店がある。

宮澤はドラッグストアを通り過ぎ、交差点で足を止めた。

〈向かいの喫茶店です。合流者はなし〉

すぐに渡会からメールが届いた。

〈了解。このまま待機〉

返信を打ち、信号が変わるのを待って、交差点を渡った。喫茶店の前を通りながら中の様子を探る。馬場たちは入口に近い四人掛けの席に向かい合って座っていた。そこなら店を出入りする人間を確認できる。馬場の連れは相変わらず野球帽を目深にかぶったままだ。

喫茶店を二十メートルほど通り過ぎたところでスマホに着信があった。

椿からだった。

「馬場と黒木と思われる男は駅前の喫茶店にいます。ぼくと渡会さんで監視中です」

「渡会に変なこと吹きこまないでよ」

椿が言った。

「変なこと？」

「盗聴器がどうとか」

「やっぱり、渡会さんに盗聴器仕込んでるんじゃないですか」

「お遊びだよ、お遊び。渡会をからかうの、楽しいんだから。宮君もなにか言ってたみたいだけど、そこは不問にしておくからさ」

「人が悪いにもほどがありますよ」

「とにかく、渡会には余計なこと言わないで。出川と綾野は新宿方面に向かう電車に乗ってる。あとで合流しよう」

電話が切れたが、宮澤はスマホを耳に押し当てたまま会話を続けるふりをした。周囲に視線を走らせる。喫茶店を監視しているような人物も車両も見当たらない。電車で移動しているとなると、出川たちがあの喫茶店にやって来るにしても三十分はかかるだろう。

宮澤は再び歩きはじめた。ひとつところにじっとしているわけにはいかない。

「やっぱ、人数が足りないよなあ。高橋班をこっちにまわしてくれればいいのに」

すると千紗から電話がかかってきた。

「ダーリン、今夜もお仕事？」

「うん。今夜は遅くなりそう」

「あのね、急に決まった話なんだけど、パパ、明日、転院することになったの」

「うん。リハビリ施設の充実している病院に移るの。ずっと寝たきりだったから、筋肉を鍛え直さないと」

「そうだよな」

「それで、ダーリンに手伝ってもらえたらと思って。ほら、パパをタクシーに乗せるのだって女ふたりじゃ大変でしょ」

「おれはいいけどさ、お義父さんはおれが行くの、嫌がるんじゃないの？」

「ほんと、娘の彼氏に向かって、おれの娘とやりまくってるのかなんて、よく言うわ。恥ずかしいったらなかったもの」

「まあ、それはね」

「でも、わたしとママが説得したからだいじょうぶ。来てくれる？　お昼頃になりそうなんだけど」

「転院先は遠いの？」

「タクシーで二十分ぐらい」

なんだかんだで一時間はかかるだろうか。それぐらいならなんとでもなる。

「わかった。行くよ」

「ありがとう。大好き、ダーリン」

「うん、じゃあ」

「それだけ？」

そそくさと電話を切ろうとしたのだが、千紗に遮られた。

「仕事中だからさ」

「わかってるけど、言って」

宮澤は視線を左右に飛ばした。

「おれも大好きだよ、千紗」

スマホに囁いた。

「嬉しい。じゃあ、お仕事頑張ってね」

電話が切れた。

「まったくもう……」

冷や汗を拭いながら、千紗との会話中に届いたらしいメッセージを開いた。

〈監視対象は新宿で二手に分かれた。男は池袋方面へ。女は渋谷方面へ。現在、男を追尾中。女は高橋班〉

「こっちへは来ないのかよ」

再び道路を渡り、さっきまで渡会がいたドラッグストアに足を向けた。渡会の姿はない。

ドラッグストアの前に来たところで渡会から電話がかかってきた。

「宮澤様。男がひとり、ふたりの席に着きました。だれでしょうか」

「どんな男ですか」

「紺のスーツを着た、いかにも公務員という感じの中年です」

「写真、撮れますかね？」

「お坊ちゃまに仕込まれていますから、お任せください」

「よろしく」

電話を切り、渡会の姿を捜す。眼鏡をかけ、ベレー帽をかぶった渡会が喫茶店の前を通り過ぎようとしていた。

「小道具まで用意してあるとは、渡会さん、やるねえ」

宮澤はもう一度道路を渡った。手にしたスマホに視線を落としながら喫茶店の前を通り過ぎる。馬場の隣に渡会の話していた紺のスーツの男が座っているのが確認できた。

馬場と黒木と思しき男の背筋が伸びている。自衛官か自衛官上がりがそんな態度を取るのは、相手が上官かそれに類する立場の者だということだ。

スーツの男は自衛官には見えなかった。

「ってことは、内調の人間だよな？」

椿からのメッセージが届いた。

〈渡会が送ってくれた写真を確認。吉川信二。内調の参事官〉

「やっぱり。それにしても、椿さんって、警察キャリアの顔と名前、全部覚えてんのかな……」

宮澤は振り返った。吉川と馬場たちがどんな会話を交わしているのか、痛切に知りたいという欲望が湧いていた。

＊　＊　＊

吉川は三十分ほどで席を立った。馬場と黒木と思しき男も喫茶店を出たところで別れた。宮澤は馬場を追い、黒木と思しき男は渡会に任せた。

結局、馬場も黒木と思しき男もねぐらに帰っただけだった。

出川と綾野もそれぞれの自宅に戻り、それ以降、変わった動きはない。

「それで、吉川ってのは、馬場たちとなんの話をしてたんですかね？」

宮澤はフライドポテトをつまみながら言った。駅から少し離れた場所にあるファミレスは閑散としている。

「ぼくは超能力者じゃないんだから、そんなこと訊かれてもわからないよ」

椿は持参したノートパソコンを睨んでいる。宮澤の苛立ちが伝わったのか、渡会が澄ました顔でコーヒーを啜った。

「さっきからパソコンでなにやってんですか？」

「黒衣の花嫁のパソコンの中を覗いてるんだよ」

「へ？」

椿が顔を上げた。

「だって、宮君に頼んで、USBメモリ、綾野のパソコンに挿してもらったじゃないか」

「それだけで綾野のパソコンの中が見られるようになるんですか？」

「あのメモリにはウイルスが仕込んであったからね」

「メモリとかウイルスとか、椿さん、だいじょうぶですか？」

宮澤は腕を伸ばし、掌を椿の額に当てた。

「熱はなさそうですけど」

「お坊ちゃまは物心ついたころからゲームがお好きで、それが高じて中学生になるとパソコンでプログラムを組んでゲームを作ったり、それはもう、コンピューターのことなら隅から隅まで知り尽くしているのですよ、宮澤様」

渡会が自慢げに言った。

「そんなの、初耳ですよ」

「わざわざ教える必要もないし」

椿はまたパソコンの画面に視線を落とした。

「もしかしてあれじゃないですか？　椿さんがあり得ないような情報手に入れてくるの、

これですか？　まさか、警視庁のデータベースをハッキングしてるんですか？」

「声が大きいよ、宮君」

椿が眉をひそめた。

「否定しないんすね？　渡会さん、この人、否定しませんよ。天下の警視庁のデータベースをハッキングしてるんすよ」

「宮澤様、落ち着いてください」

「だって、犯罪じゃないですか。ぼく、犯罪者の相棒じゃないですか」

「ばれないし、手に入れた情報を悪事に使うこともないからだいじょうぶだよ」

「サイバー犯罪対策課が気づいたらどうするんですか？」

「あいつらじゃ、ぼくがデータベースに侵入した形跡ひとつ見つけられないよ」

「なんでそんな平気な顔してるんですか。ぼくら、警察官なんですよ。犯罪を取り締まる側にいる人間なんです。それが、身内をハッキングするなんて……」

「お坊ちゃまは昔からそういうことをなさっておいでなので、罪悪感が希薄なのです、宮澤様」

「渡会さんは黙っててください」

「これは失礼いたしました」

渡会はわざとらしく口を閉じた。

「まったくもう……」

「うちだけじゃないんだけどさ、たいていのネットワークシステムって、外からの攻撃しか念頭にないんだよね。だから、うちのサーバーに侵入するのなんて、お茶の子さいさいだよ」

椿が歌うように言った。

「椿さん――」

「宮君の言うとおり、これはやっちゃいけないことだと思うよ。だけどさ、ぼくたちはほら、アンタッチャブルだから」

「アンタッチャブルならなにをしてもゆるされるってわけじゃないでしょうが」

「宮君は頭が固いなあ。いずれにせよ、ぼくたちは基本、ふたりしかいないんだから、正規の捜査手法をとってたらなにもできないよ。これぐらいのことしなくちゃ。あ、出た」

「なにが出たんですか？」

宮澤はテーブルの向かい側にまわりこみ、パソコンの画面を覗きこんだ。

「丸山審議官の行動パターンを分析したファイルだよ。今日一日でここまで詳しく調べ上げるの、内調には無理だよねえ」

画面に表示された表やグラフは宮澤には理解不能だった。

「内調が無理なら、だれが調べたんですか」

「そんなの決まってるじゃないか」

椿が首を振った。渡会も呆れたというように吐息を漏らした。

「なんなんすか、ふたりとも。もったいぶらないで教えてくださいよ」

「日本でそんなことのできる組織、公安警察しかないじゃないか」

椿の言葉に、宮澤は生唾を飲みこんだ。

「マジですか？」

「どの部署が関わってるかはわからないけど……官邸にごまをすりたがるキャリア、腐るほどいるからなあ」

椿はパソコンを閉じた。

9

宮澤は欠伸を嚙み殺しながら新宿駅を後にした。

昨夜は明け方までファミレスで過ごし、始発で帰宅して軽く睡眠を取った。帰ったときには千紗は眠っており、目覚めたときにはすでに出かけたあとだった。

コーヒーメーカーに濃いめのコーヒーが淹れられており、レンジでチンするだけの朝食が用意されていた。ダイニングテーブルの上には手書きのメモが置いてあった。

〈今日はよろしくね、わたしのダーリン〉

にやけながら朝食を平らげ、コーヒー二杯を胃に流しこんでからシャワーを浴びて、マンションを出たのが午前十一時。

睡眠は不足しているが、千紗の心遣いで気分は晴れていた。

病院に向かって歩いている途中でスマホに着信があった。見慣れぬ番号に首を傾げながら電話に出た。

「どこでなにやってんの？」

鼓膜を震わせたのは綾野の声だった。

「ちょっと野暮用で。夕方から顔出します。ま、どうせ、行ってもなにもすることないんだろうけど」

「ちょっとさ、あんたとサシで話したいことがあるんだよね」

綾野が言った。

「あのお、おれの話、聞いてる？」

「何時ならこっちに来られる？」

「三時かな」

「じゃあ、月島にモスバーガーがあるんだけど、そこで午後三時に」

「いきなりそんなこと言われても――」

電話が切れた。

「なんだよ、もう」

宮澤はスマホを尻ポケットに押しこんだ。千紗とのＬＩＮＥのやりとりを知られたという弱みがある。とりあえず、綾野の言うことには従っておいた方が無難だ。

病院に到着すると、トイレに直行して鏡を見ながら身なりを整えた。ジャケットを羽織ってきたのは、少しでも印象がよくなるようにと期待してのことだ。去年のクリスマスに千紗からプレゼントされたものなので、千紗も喜ぶだろう。

病室に入る前に咳払いをし、気分を落ち着けた。

「失礼します」

頭を下げながら病室に入った。千紗が小ぶりのスーツケースに荷物を詰めている。恵子の姿はなかった。浩介はベッドに横たわって天井を見つめていた。

「お義父さん、おはようございます」

浩介がちらりと宮澤を見た。

「ああ、君か」

そう言うと、また視線を天井に戻した。先日とは違い、精気がない。

「お義父さん、だいじょうぶ？」

宮澤は千紗に近づき、耳打ちした。

「日によって調子が全然違うの。以前とは性格もちょっと変わった感じがして。お医者様は脳がダメージを受けたんだから、よくあることだって。時間と共によくなっていくらしいの」

「ならいいけどさ」

「あら。来てくれたのね。忙しいのに、ありがとうございます」

恵子が病室に戻ってきた。相変わらず、他人行儀な口調だ。

「これぐらい、当然ですから」

宮澤は笑みを浮かべた。

「荷物は詰めた？」

「うん。ちょうど今終わったところ」

「じゃあ、お父さんを車椅子に乗せましょうか。宮澤さん、お願いできます？」

「了解です」

宮澤はベッドに近づいた。

「お義父さん、いいですか？」

背中に腕をまわして浩介の上体を起こす。

「ぼくの首に腕をまわしてください」

右腕で背中を支え、左腕を両脚の下に入れて抱え上げた。千紗が運んできた車椅子にそっと座らせる。

「あら。意外と逞しいのね、宮澤さん」

恵子が目を丸くした。

「警察官はみんな、柔道や剣道で鍛えてるんだから」

千紗が得意げに胸を張る。恵子は千紗の言葉をスルーして、腕時計に目を落とした。

「そろそろタクシーが来る時間よ。急がなきゃ」

どうやらタクシーを予約しているらしい。

恵子がパジャマ姿の浩介にカーディガンを羽織らせ、千紗が膝掛けを下半身にかぶせた。

「パパをお願いできる？」

千紗が言った。

「わたしとママはスーツケースを運んだり、お医者さんや看護師さんたちに挨拶するから、先に一階に下りてて」

「かしこまりました」

宮澤は車椅子の後部にまわり、持ち手を摑んだ。

「じゃ、行きましょうか、お義父さん」

浩介がうなずくのを確認して、車椅子を押した。病室を出て廊下を進む。すれ違った若い看護師に会釈をしたが、看護師は逃げるように通り過ぎていった。

「なんだあれ？」

宮澤は去っていく看護師の後ろ姿を目で追いながら首を傾げた。

「あの子、いい尻してるんだよねえ」

浩介が言った。

「はい？」

「あんまりいい尻なんで、つい触ってしまったら、それ以来、冷たくてねえ」

「ちょ、そりゃだめですよ、いくらなんでも」

「もしかしたら明日死ぬかもしれないんだから、尻ぐらい触らせてくれてもいいじゃないか」

浩介が首を巡らせて宮澤を睨んだ。

「まあ、そうですね」

宮澤は曖昧に笑った。目覚める前に比べると、少し性格が変わったと千紗が言っていたのを思いだす。それに、死という言葉を持ちだされると罪悪感が刺激される。自分は説教などできる立場ではない。

エレベーターホールでエレベーターが来るのを待った。宮澤たちの他に人の姿はない。昼飯どきでざわついているはずなのに、患者はもちろん、看護師や医師の姿も見当たらない。病院全体があからさまに浩介を避けているような錯覚を覚えた。

エレベーターが到着してドアが開いた。看護師が三人、出てくる。三人が三人とも、車椅子に乗っている浩介に気づくと顔をゆがめ、さっきの看護師と同じように逃げるように去っていった。

「あの看護師たちにもなにかしたんですか？」

「さあ。よく覚えてないなあ。まだ記憶障害が残っているらしいんだ」

宮澤は口を閉じた。車椅子を押してエレベーターに乗りこむ。一階のボタンを押すとドアが閉まった。

「ところで宮根君」

浩介が口を開いた。

「宮澤です」

「宮田君は千紗と一緒に暮らしているらしいじゃないか」

「宮澤です。いや、あの、一緒に暮らしているというわけではなく、ただその、千紗さんが週の半分ぐらい、ぼくの家に来て晩飯を作ってくれて、そのまま泊まっていくという……なんていうんですかね？　半同棲ってやつですかね」

宮澤はわざとらしく笑った。

「千紗の具合はどうかね？」

「はい？　元気ですけど」

「そうじゃない。千紗のあそこの具合はどうだと訊いてるんだよ」

宮澤は舌を嚙みそうになって顔をしかめた。

「どうなんだね？」

「お、お義父さん、失礼します」

浩介の額に手を当てる。熱はないようだった。

「なにをするんだ」

「いや、ちょっと、熱でもあるのかと思って……」

「毎晩のように千紗とやりまくっているんだろう。そんなに千紗のあそこは具合がいいのか」

「お義父さん、なにを言ってるんですか。千紗さんは娘さんですよ。それを——」

「手塩にかけて育てた娘がわたしを殺しかけた男と恋仲になって……そんなにおまえはちんこがでかいのか。父の敵を討つのも忘れて快楽に没頭するほどの逸物なのかっ」

「お義父さん、お義父さん、落ち着いて、落ち着いて、落ち着いて。もうすぐ着きますから。だれかに聞かれちゃいますから」

「わたしは口惜しくて口惜しくて夜も眠れんのじゃ」

「言葉遣いまでおかしくなってますから、お義父さん」

階数表示のランプが一階に近づいていく。下降するエレベーターが減速しはじめた。

「こんなことならわたしが千紗のあれを——」

最後まで言わさず、宮澤は浩介の口を手で塞いだ。エレベーターが停まり、ドアが開いた。エレベーターを待っていた人たちが、目を丸くして宮澤たちを見つめた。

「どうも、どうも」

愛想笑いを振りまきながらエレベーターを降り、待合室の隅っこに移動した。

「勘弁してくださいよ、お義父さん。どうしちゃったんですか？」

「なんだかわからんが、やりたくてたまらん。十代のころに戻ったみたいだ」

浩介が言った。千紗から聞く浩介は折り目正しい父親だった。浩介は五十代後半のはずだ。それがこんな破廉恥なエロ親父に変わってしまったのは自分の起こした事故の後遺症だろうか。

それにしても、自分の娘と性交することを夢想するようなことになるとは……。

「お義父さん」

宮澤は浩介の肩に手を置いた。

「乗り越えましょう。一緒に乗り越えましょうね」

自分のせいなら、その責任を取らねばならぬ——宮澤は自分に何度も言い聞かせた。

＊　＊　＊

モスバーガーはすぐに見つかった。ランチタイムを過ぎたせいか、店内は静かだ。注文したコーヒーを受け取り、奥へ進んだ。禁煙席の片隅に座る綾野を見つけた。

「うーっす」

挨拶の言葉を口にして、宮澤は綾野の向かいに腰を下ろした。

「あんたがドラえもんなの？」

綾野が口を開いた。

「へ？」

宮澤は反射的に綾野の熱を測ろうと伸ばしかけた腕を引っこめた。

「だから、あんたがドラえもんなの？」

「綾野、なに言ってんの？」

「わたしのパソコンになにかしたでしょ？」

いきなり核心を突かれて、宮澤は返答に詰まった。

「わかってるのよ。うちのネットワークはわたしが完璧なファイアウォール構築してるんだから、だれも侵入できない。ところが、あんたがやって来た途端、わたしのパソコンがハッキングされた」

「おれ、パソコン音痴だよ？　この年で情弱って笑われてるんだけど」

情報弱者――ＩＴ機器に疎い人間のことを、昨今ではそう呼ぶのだ。

「あんた以外にいないのよ。あんたがドラえもんなんでしょ？」

綾野が目を吊り上げた。

「さっきからドラえもん、ドラえもんって、なに言ってんの？」

「ごまかさないでよ。わたしたちの世界でドラえもんっていったら、伝説の天才ハッカーのことじゃない」

「はい？　伝説の天才ハッカーがドラえもん？」

「そう名乗ってたの。四年ぐらい前にぷっつり姿を消したけど、大勢のハッカーが彼のことを尊敬してたわ」

「そのドラえもんがおれ？」

宮澤は自分を指差した。

「なわけないわよね」

綾野が顔をゆがめて鼻を鳴らした。

「あ、今、おれを露骨に馬鹿にしたね？　したね？」

「ってことは、あんたの周りにいるだれかがドラえもんなのよ。間違いないわ」

綾野は宮澤の言葉を無視した。

「最近、だれかになにか頼まれたでしょ？　だれ？　なにをしたの？」

脳裏に椿の顔が浮かんだ。椿がドラえもん？　冗談にしてもほどがある。だが、綾野のパソコンにUSBメモリを挿すように指示したのは椿なのだ。

椿が天才ハッカー？

眩暈(めまい)がした。

「だれにもなにも頼まれてません。おれ、一匹狼なもんで」

「馬鹿じゃないの」

綾野がまた鼻を鳴らした。

「人のことを馬鹿呼ばわりするけど、おまえだってハッキングした相手、見つけられないんだろう？　偉そうなのは口だけで、だめだめハッカーじゃん」

綾野が宮澤を睨んだ。

「一応、内調は国家機関だぞ。そこの情報がハッキングされてるんだ。大問題だろ。これが表沙汰になったら、おまえ、まずいことになるんじゃないのか？」

宮澤は綾野の視線に怯(ひる)まず、畳みかけた。

「だめだめハッカーを雇い続けるほど優しい組織じゃないだろう」

「だめだめハッカーって言うな」

宮澤を睨む綾野の目が潤んでいた。

「あれ？　泣いてる？」

「うるさい」

綾野が顔を背けた。

「ちょ、ちょっとさ、なにも泣くことないじゃない。お互い大人なんだし」

刑事なのに女性に泣かれるとあたふたしてしまうのは悪い癖だとはわかっている。わかっているが、どうにもならない。

「わたしはだめだめハッカーじゃない」

「うん、うん、そうだね。綾野はだめだめハッカーなんかじゃないよ、うん」

「本気で言ってる？」

「本気も本気。本気と書いてマジと読むってやつ」

「ほんとに宮澤は馬鹿だね」

「なんだよ。人がせっかく慰めてやってるのに」

「ハッキングされたこと、だれにも言わないでくれる？」

「はい？」

「あんたと婚約者の馬鹿みたいなやりとり、どこにもさらさないであげるから、あんたも口を閉じてて」

「それってさ、恐喝もしくは恫喝（どうかつ）ってやつなんだけど、わかってる？」

「わかってるわよ。最初からそのつもりなんだから」

数秒前までは泣き顔だったのに、綾野は勝ち誇ったような顔で宮澤を睨んでいた。

「相当いかれてるな、こりゃ」

宮澤は呟いた。

「なんですって？」

「なんでもないよ。わかった、わかった。この件は黙っててやるよ」

宮澤はコーヒーに口をつけた。コーヒーはすっかり冷めていた。

椿も内調もくそ食らえ。

「早く捜一に戻りたいなあ」

「なんですって？」

綾野が眦を吊り上げた。

「なんでもねえよ」

宮澤は吐き捨て、席を立った。

10

「三鷹の方も動きはないってさ」

電話を終えた椿が口を開いた。

「出川たちもそれぞれまっすぐ帰宅しましたしね」

渡会がティーポットからカップに紅茶を注ぎながら言った。

「それより、なんなんですか、ドラえもんって」

宮澤は喚(わめ)いた。

「若気の至りってやつだからさ、あまり突っこまないでよ」

椿は優雅な手つきで紅茶を啜った。

「本当に椿さんがドラえもんなんですね……」

「昨夜も申しましたように、お坊ちゃまはパソコンをいじるのが大好きでございまして、それが高じて、その筋では高名なハッカーになられたのです」

渡会が空いている椅子に腰を下ろした。椿家のダイニングテーブルは座る場所に事欠かない。

「椿さんがやばいネタをいろいろ拾ってくるのはドラえもんのおかげだったわけだ」

宮澤は棘(とげ)を含んだ声で言った。

「相棒のぼくに内緒にしてるなんて、憤懣(ふんまん)やるかたないってやつですよ」

「これからは気をつけるから、そう怒らないでよ、宮君」

「怒りますよ。椿さんのやってること、犯罪ですよ、犯罪。現役の警察官が犯罪者の真似事やってるんです」

「そこはさ、ほら、ぼくらは――」

「アンタッチャブルでもやっていいことと悪いことがあります」

宮澤はダイニングテーブルを叩き、腰を上げた。

「宮澤様、落ち着いてください」

「渡会さんまでなんですか。本当なら椿さんを止める立場でしょう」

「いえ、まさか、そんな、わたくしなど、ただの使用人です。椿家のかたがたにものを申すなど、とてもとても……」

「使用人とか雇い主とかの問題じゃありません」

「宮澤様、空腹ではございませんか？　いただきものですが、松阪牛のサーロインがあるので、厨房で焼かせてまいりましょうか？」

途端に胃が鳴った。

「ステーキ？」

「はい。椿家特製のガーリックソースをかければ、三つ星レストランも脱帽の絶品ステーキとあいなります」

「いただきます」

宮澤は渡会に向かって敬礼した。渡会は微笑みながら立ち上がり、ダイニングルームを出ていった。

「宮君も食い意地が張ってるねえ」

「あなたに言われたくありません」

「そうかな？　ぼくは体格の割に小食なんだけど」

宮澤は唇を嚙んだ。いつか、このふざけた大男をぎゃふんと言わせてやりたい。

「それで、黒衣の花嫁がドラえもんのことを知りたがってるって？」

「そうなんですよ。ドラえもんはぼくの周りにいるだれかに違いないって。なにか因縁でもあるんですか？」

「ハッカーという人種はね、自分より優秀なハッカーの存在がゆるせないんだよ」

椿の鼻の穴が広がった。優越感にまみれているときに出る癖だ。

「そんなことより、綾野のパソコンをハッキングしたんでしょう？　なにか出てきませんでしたか？」

「ファイルが暗号化されててね、解読するのに時間がかかるんだよ。昔みたいに、起きてから寝るまでパソコンにかかりっきりってわけにはいかないからさ」

「早く解読してくださいよ」

「あれ？　ハッキングは犯罪だって喚いてたの、だれだっけ？」

宮澤はまた唇を嚙んだ。椿の思考や行動の矛盾を突けば暴れられ、そうでなければ言い負かされる。悔しくて腸（はらわた）が煮えくり返る思いだった。

ダイニングルームに人が入ってきた。

「渡会さん、この人になにか言ってくださいよ――」

宮澤は振り返り、口を閉ざした。入ってきたのは恰幅のいいロマンスグレーの男だった。

「お父様」

椿が椅子を倒して立ち上がった。直立不動の姿勢で入ってきた男を見つめている。

「お父様ってことは……」

ロマンスグレーの男は椿の父である椿源一郎のようだった。

「おお、いたのか」

椿源一郎は鷹揚(おうよう)に微笑んだ。

「今夜はなにかの会合があってそれに出席なさると聞いていたのですが」

椿が直立不動の姿勢を崩さず、敬語を使っている。宮澤はまじまじと椿を見つめた。

以前聞いた話では、椿源一郎は酔った椿に投げ飛ばされて大怪我を負ったことがあるはずだ。だが、目の前の親子の関係を見るかぎり、そんなことが起こったとは思えない。椿は父親の前ですっかり萎縮している。

「ああ、それが中止になったんだ。時間ができたから、久しぶりに我が家でくつろごうと思ってな。それで、こちらは？」

椿源一郎が視線を宮澤に向けた。

「はじめまして。自分は椿警視の部下の宮澤巡査部長であります」

宮澤は敬礼した。

「警察官のＯＢでもあるまいし、敬礼はいらんよ」

「し、失礼しました」

「君の話はときどき、耳にしている。ずいぶん気に入られているようだな」

「自分がでありますか？」

「もともと友達ができないタイプの男でね。まあ、人格に問題多々ありだから当たり前なんだが、それでも、息子がまともな人間らしく友達を作ったと聞くと嬉しいもんだよ」

椿源一郎はかかと笑い、ダイニングテーブルの中央の席に腰を下ろした。

「いつまで突っ立ってるんだ。おまえたちも座りなさい」

促されて、宮澤と椿は腰を下ろした。

「腹が減ったな」

椿源一郎が呟くのと同時に、渡会がダイニングルームに戻ってきた。ニンニクの香ばしい匂いが漂ってくる。胃が鳴った。口の中に唾液が溜まってくる。

「おお、ステーキのガーリックソースがけか？　例の松阪牛だな」

「はい。サーロインでございます」

「よこせ」

「かしこまりました」

渡会は宮澤を無視してトレイに載せた皿を椿源一郎の前に置いた。手際よくフォークとナイフ、ナプキンを並べていく。スープとパンも用意されていた。

「あっ。そのステーキはぼくの……」

「宮君」

椿の鋭い声が飛んできた。目をやると、椿が小さく首を振っている。

「ワインはどうした、渡会」

「も、申し訳ございません、旦那様。ただちにご用意いたします」

「まったく、何年執事をやっているんだ」

渡会を叱責し睨みつけるその目は椿とそっくりだった。

渡会が逃げるように部屋を出ていった。

「それで、例の件の捜査はどうなっているんだ？」

椿源一郎が肉にナイフを入れた。ミディアムレアに焼き上がった肉の断面は宮澤がこれまで目にしたどんな肉より美しかった。

宮澤は口に溜まった唾液を飲みこんだ。

「徐々に進めてますよ」

「そんな悠長なことを言っているようじゃ話にならんな。ぐずぐずしてると、丸山が殺されてしまう。国のために人身御供（ひとみごくう）になってくれた立派な男だ。死なせるわけにはいかん」

「わかっていますが、お父様、いかんせん、手駒が限られているのです」

「人手なら、三国に頼めばいいだろう。おまえが言いにくいなら、おれが電話をかけてやろう」

「捜査が大がかりになると、それはそれでまた問題が生じます」

「こちらの動きに気づいて官邸にご注進する輩(やから)が出てくるか……」

椿源一郎が切り分けた肉を口に運んだ。

「本当はおれの肉なのに……」

宮澤は呟いた。

「その辺のところは、三国と相談しよう。ワインはまだか」

「ただいまお持ちいたしました」

渡会が汗まみれで姿を現した。デキャンタした赤ワインとグラスが三脚載ったトレイを手にしている。

「汗なぞ掻きおって、おまえはそれでも椿家の執事か。恥知らずめ」

「申し訳ございません」

「お父様。それぐらいにしておかないと、こいつ、また鬱病にかかっちゃいますよ」

椿が言った。

「まったく。仕事ができんのを叱ると鬱病だのなんだのと……親父が生きていたらおまえなどとっくに馘だ。当主が優しいおれに代わったことを感謝しろ」

「ありがとうございます」

渡会が憐れだった。だが、空腹は限界に近い。宮澤は意を決して口を開いた。

「渡会さん、ぼくのステーキはどうなってます？」

「宮澤様、もう少々お待ちくださいませ」

口調は丁寧だったが、宮澤を睨む渡会の目には殺気がこめられていた。

「なに？　お客様にお出しする食事の用意もできておらんのか」

「そ、それは旦那様が……」

「言い訳は口答え。いつもそう言っておるだろうが」

「も、申し訳ございません。すぐに用意させますので」

「ちょっと失礼します」

渡会はまわれ右して出ていった。

椿が立ち上がった。

「どうした？」

「渡会を慰めてきます。お父様はあいつに厳しすぎますよ」

どの口が言うのか――宮澤は啞然とした。

「すまんね、宮澤君。わたしが忙しくて留守にしがちなもので、あいつも渡会もたるんでいる」

「いえ、渡会さんはよくやっていると思いますよ」

「まあ、本当のことは言えないだろうがね」

椿源一郎は渡会の注いでいったワインに口をつけた。

「君もやるかね。このワイン、なかなかいけるよ」

「では、お相伴にあずかります」

宮澤は椿源一郎の隣に移動し、空のワイングラスを手に取った。椿源一郎がワインを注ぐ。それだけでえもいわれぬ香りが鼻腔をくすぐった。

「めちゃくちゃいい香りですね、このワイン」

「椿家が所有しているワインだ、これぐらい、当たり前だよ」

椿源一郎が自分のグラスを掲げた。宮澤もそれに応じ、グラスに口をつけた。

「ああっ」

ワインを口に含んだ途端、溜息が漏れた。間違いなく人生で一番旨い赤ワインだ。こんなワインが唸るほど眠っているような家に生まれ育ったくせに、どうしてあんなにケチなのか――宮澤は椿の顔を思い描き、もう一度溜息を漏らした。

「ワインの味が少しはわかるようだね」

「とてつもなく美味しいということがわかるだけです」

「もっと飲みたまえ。あいつが戻ってくる前に空にしないと」

「あいつって、椿さんのことですか？」

椿源一郎がうなずいた。

「君も薄々感づいているとは思うが、あいつは酒が入ると人格が変わる」

「それはもう、重々承知しております。あの……」

宮澤は声をひそめた。

「酔った椿さんに投げ飛ばされて大怪我を負われたと聞いたことがあるんですが、本当ですか？」

椿源一郎が顔をしかめた。

「あのときはひどかった。あいつの嫁が出ていったばかりのころでね。配慮が足りなかったのは足りなかったんだが……」

「つまり、閣下は、奥さんが出ていってから椿さんがおかしくなったことはご存知だったと？」

大使経験者はリタイアした後でも閣下と呼ばれることを好むとどこかで耳にしたことがある。椿源一郎がどういうタイプの人間なのかはわからないが、閣下と呼ばれて気を悪くすることはないだろう。

「ああ」

椿源一郎はフォークとナイフを置いた。食欲が失せたようだった。

「財務省でも外務省でも入れたのに、警察庁なんぞ選びおって……それでも、順調にいけばいずれは警察庁長官だ。椿家の名に泥を塗ることもあるまいと思っていたんだが」

「いっそのこと、警察を辞めさせたらどうですか？　椿さんのあの様子なら、お父様の言葉には逆らったりしないように思えるんですけど」

「ああ見えて、かたくななんだよ、あれは。だからこそ警察に入ったんだ」

「辞めさせましょうよ」

宮澤は食い下がった。

「いや、しかし、今回のような場合は、あいつが警察にいてくれたことで助かっている。変人奇人で通っているからな。なにをしようと自由というのはありがたい」

「じゃあ、この事件が片づいたら辞めさせましょうよ」

「宮澤君」

椿源一郎が宮澤を睨んだ。けちな犯罪者顔負けの貫禄だ。

「は、はい」

「君はなにかね。わたしの息子を嫌っておるのか？」

「そうじゃありません。ただ、ぼくはもともと捜査一課の人間なんです。ちょいと訳ありで公安にいるんですが、できるだけ早く一課に戻りたいんですよ。ですが、椿さんがいると、それがなかなか……」

「あれのお守りを任された警官はみんなすぐに辞めてしまうからなあ」

「ですから、椿さんが警察を辞めて、なおかつ、閣下が警察上層部に口利きしてくだされば、すぐにでも一課に戻れると思うんです」

「わたしが口利きをするのか？」

宮澤は立ち上がり、深く腰を曲げた。

「今回の件、必死で働きますのでよろしくお願いします」

「お父様になにを頼んでるんだい？」

ふいに、椿の声が飛んできた。

「た、た、たいしたことじゃありませんよ。いただいたワインがあまりにも美味しいんでお礼を言っていたところです」

「ふぅん」

椿は露骨な不信感を目にたたえたまま席に戻った。すぐに渡会がやってきて、ステーキとスープとパンのセットを宮澤の前に並べた。

「大変お待たせいたしました、宮澤様。温かい内にお召し上がりくださいませ」

「はい。いただきます」

宮澤は再び腰を下ろし、ナイフとフォークを手に取った。椿源一郎に顔を向ける。

「食べたまえ。渡会と違ってうちのシェフは優秀だから美味しいよ」

「旦那様……」

渡会の顔がゆがんだ。椿家の執事というのはサンドバッグと同じなのだ。拳と言葉の違いはあれ、ただ殴られるために存在する。

可哀想に——宮澤は渡会に同情しながら肉にナイフを入れ、口に運んだ。

「んまいっ‼」

口の中に芳醇な味が広がり、渡会への同情は消え去った。

＊　＊　＊

「ただいま」

部屋の奥に声をかけたが返事はなかった。

「あれ？」

明かりは点いているし、人の気配もする。千紗は起きているはずだ。

「千紗、今、帰ったよ」

相変わらず返事がない。不審に思いながら廊下を進み、リビングに入った。千紗がソファに座りこみ、クッションを抱きかかえて顔を埋めていた。

「千紗、どうした？」

おそるおそる声をかけると、千紗が顔を上げた。泣いている。

「どうしたんだよ?」

宮澤は千紗の隣に腰を下ろして肩を抱き寄せた。

「パパが……パパが……」

「お義父さんがどうした? 容体が急変したのか?」

千紗が首を振った。涙を拭い、鼻を啜る。

「泣いてばかりじゃわからないよ。お義父さんがどうしたんだよ?」

「変なの」

嫌な予感がした。

「なにがどう変なわけ?」

「わたしとダーリンのこと、根掘り葉掘り訊くの」

「そりゃだって、娘を持つ父親なら訊くだろう」

「違うの」

千紗がまたクッションに顔を埋めた。

「違うってなにが?」

「ダーリンはどういうふうにやるのかとか、わたしはどうやられるのが好きかとか。目をぎらぎらさせて訊いてくるの。娘にそんなこと訊く? 昔のパパはあんなんじゃなかった」

「あ、ああ、それは普通、訊かないよね」

　宮澤は額に滲んだ汗を拭った。

「それだけじゃないの。ことあるごとにママにやらせろって迫るの。病院なのに」

「お、お義母さんにまで……」

「ママは事故の後遺症に違いないって。ダーリンのせいだって。こんなこと、恥ずかしすぎてお医者様にも相談できないって。ダーリンのこと一生恨んでやるって。結婚なんて冗談じゃないって……」

　千紗は体を震わせ、いっそう激しく泣きはじめた。

「そ、そりゃ、女性からは相談しにくいよね、うん。おれが医者に相談するよ。だから、心配しなくていい。お義父さんはよくなるし、千紗はおれの嫁さんになる」

　千紗の震えが止まった。顔を上げる。潤む目が宮澤を捉えていた。

「もう一回言って」

「心配しなくてもお義父さんはよくなるから」

「違う」

「ええっと、千紗はおれの嫁さんになる？」

「それ」

千紗がクッションを放り投げ、宮澤に抱きついてきた。

「ダーリン、絶対にパパを治してね。パパが治ったら結婚しようね」

「う、うん」

「もう一回言って」

「おれの嫁さん？」

「どうしよう。パパのことで凄く悲しいのに、ダーリンに無茶苦茶にされたくなっちゃった……」

首筋を千紗の舌が這った。

宮澤は目を閉じた。成り行きに任せるのだ。椿も千紗も、抗うだけ無駄だ。成り行きに任せておけば、どうにかなる。

「ダーリン、大好き」

「おれも千紗が好きだよ」

宮澤は千紗を抱きしめ、唇を吸った。

11

椿の目は充血していた。

「徹夜ですか？」

宮澤はパイプの煙を手で追い払いながら資料室の自分の席に着いた。

「うん。明け方までファイルの解読に取り組んでたんだよ」

「で、なにかわかりました？」

椿が首を振った。

「黒衣の花嫁もやるね。特捜のファイルは多分、特殊なデバイスじゃなきゃ読めないようになってるんだ」

「特殊なデバイス？」

「もしかして、理解不能？」

椿が首を傾げた。

「はい」

宮澤も首を傾げてみた。

「頼むよ、宮君」

「そんなこと言われましても……」

「端末のことだよ。スマホとかタブレットとか」

「あ！」

「なんだよ。急に大声あげたりしたらびっくりするじゃないか」

「出川も馬場もタブレット持ってます。ぼくもそのうち支給してもらえることになってるんですけど……」

「それだよ、きっと」

「あれが特殊デバイスってやつですか」

「盗みだせるかい？」

宮澤は首を振った。

「ふたりとも肌身離さずって感じで……早く支給するようつついてみますか？」

今度は椿が首を振った。

「なんだかんだ理由をつけて支給してくれないと思うな。向こうは宮君のこと信用してないんだし」

「ですよねえ。どうします？」

「手を考えよう。そうだ。言い忘れてたけど、朗報があるよ」

「なんですか？」

「朝イチで三国ちゃんから電話があって、所轄の警備課を自由に使っていいって」

「所轄ですか？　ですが、それだとばればれじゃないですかね」

各所轄の警備課は警視庁の公安の管轄下にある。所轄の警備課の動きは筒抜けなのだ。

「世田谷署の警備課課長は三国ちゃんの後輩で、律儀で口が固いことで有名なんだってさ。

三国ちゃんが直に会って頭を下げたって言ってたから、だいじょうぶ。もう、あの三人と三鷹の監視を手配してあるんだ」

「それだとかなり楽になりますね」

「タブレットの入手に専念できるね」

椿はうまそうにパイプの煙を吐きだした。

「あの、別件で相談があるんですが」

宮澤はタイミングを見計らって切りだした。

「なに？」

「実は、千紗の父親のことなんですけど……」

椿に植物状態から目覚めてからのおかしな変化を説明した。

「へえ、そんなことがあるんだ」

「凄く困ってるんですよ。ぼくも千紗もお義母さんも。入院してる病院の医者には恥ずかしくてとても相談できないって」

「顔見知りだと恥ずかしいかもねえ」

「いい医者、知りませんか？」

「椿家のかかりつけの医者を紹介しようか？」

「是非」

椿はスマホに手を伸ばした。

「個人経営の病院だけど、脳外科医もいるから。院長先生の名前と電話番号、メールするよ。院長先生にはぼくから話をしておくから、そのあとで連絡するといいよ」

「ありがとうございます」

宮澤は頭を下げた。

＊＊＊

「あれ？　出川さんと馬場君は？」

オフィスは綾野が叩くキーボードの音がするだけだった。綾野はヘッドフォンを装着している。宮澤の問いには無反応だった。

一時間ほど前に出川と馬場がオフィスを出たと世田谷署警備課の捜査員から知らされていた。ふたりは別々に行動しているらしい。

昨日の日曜は、四人に動きはなかった。

綾野の視界に入って手を振った。綾野は宮澤を一瞥しただけで仕事を続けた。宮澤は肩をすくめ、自分のデスクに向かった。それとなく出川と馬場のデスクに視線を走らせる。

タブレットは見当たらなかった。

頭に浮かんだ曲をハミングしながらキッチンへ行き、コーヒーを淹れた。綾野のマグカップにもコーヒーを注ぐ。

「飲む？」

綾野のところへ戻り、顔の前にマグカップを差しだした。綾野が手を止め、ヘッドフォンを外した。

「さんきゅ」

綾野がカップを受け取った。

「それで、ドラえもんのこと、なにかわかったの？」

「あんたの周りにいる」

「まだそんなこと言ってんのかよ」

「昨日、あんたの周辺を探ろうと思ったら、めっちゃきついセキュリティがかかってた」

「はい？」

「あんたのスマホ。昨日の午前中までは覗き放題だったのに、今は見られない」

宮澤はジーンズの尻ポケットを押さえた。

「そんなことしたって無駄よ。馬鹿」

「うるせえな」

自分でセキュリティを強化した覚えはない。となると、椿が無断でやったのだ。

「あんたにそんな芸当ができるはずないから、ドラえもんがやったのよ。自分の正体を隠すためにね。あいつはあんたのそばにいるの。だれなのよ？」

「だから、見当もつかないって」

「とことんしらを切るつもりね」

綾野の目尻が吊り上がっていた。

「しらを切るもなにも、本当にわからないんだから」

「ま、いいわ。いくらドラえもんでも、ここに入ってるファイルは絶対に解読できないから」

「なんで？」

宮澤は訊いた。

「あんたに説明してもちんぷんかんぷんでしょ」

「そういえばさ、初日に、ここのタブレットを支給するって言われてたんだけど、まだなんだ。綾野、なにか聞いてない？」

綾野の目尻が下がった。

「さあ。出川に訊けば。そんなことよりドラえもんよ」

「綾野からさあ、出川さんせっついてよ」

宮澤は綾野の言葉を無視した。

「なんでわたしが？」

「だって、システムをハッキングされたこと、ばれたらまずいんだろう?」

「わたしを脅す気?」

「まさか。頼んでるんだよ。ほら、このとおり」

宮澤は両手を合わせ、頭を下げた。

「言うだけ言ってみるけど、あんまり期待しないでよ」

「ありがとう。さすが同僚だ」

「それより、ドラえもん」

「なんでそんなにドラえもんにこだわるんだよ? ハッキングはされたけど、ファイルは安全なんだろ? 二度と侵入されないよう手を打ったんだろ? だったら放っておけばいいじゃないか」

「どんな人間なのか知りたいの」

綾野がいつになく真剣な声を出した。

「なんで?」

「ドラえもんはわたしたちの世代の憧れのハッカーなのよ。あんたたちが若いときにアイドルやスポーツ選手に憧れてたみたいに、わたしたちはドラえもんに憧れたの。自分もあんなふうになりたいって思ってたの」

宮澤はコーヒーを啜った。

「必死でスキル磨いて、あちこちで名前売って、いつか、ドラえもんに認めてもらえたら、声をかけてもらえたら、そう思って頑張ってきたのよ」

「まあ、その気持ちはわからなくもないな。うん。おれはさ、小学生んときから柔道やってて――」

「それなのに、ドラえもんは突然いなくなっちゃったの」

綾野の耳に、宮澤の言葉は届いていないようだった。

「さよならもなにも言わずにネットの世界から突然消えたのよ。そのときのわたしたちの気持ち、わかる?」

「いや、だからね、おれもね、柔道をずっとやってて――」

「もうドラえもんには二度と会えないんだ、そう思って打ちひしがれてたの。それが、突然、ドラえもんの影を見つけたのよ」

「ねえ、おれの話、聞いてる?」

「なにがなんでもドラえもんを見つけなくちゃ!」

綾野が掌でデスクを叩き、勢いよく立ち上がった。

「へ、へえ。ドラえもんって、ハッカーにとってはそこまで大きな存在なんだ」

「だから、手伝ってよ。ハッカーだよ、犯罪者だよ。取り締まるのが警察の仕事でしょ」

「ああ、まあ、そういうことなら手伝うのはやぶさかじゃないけど、おれ、情弱だよ。ハッカーのことなんかなにもわからないし」

「あんたの身近にいるのは間違いないのよ。心当たり、思い浮かべて」

「そう言われてもなあ……」

スマホの着信音が鳴った。モニタには非通知と表示されている。

「だれからだろう？　ちょっと失礼」

宮澤は綾野のそばから離れ、電話に出た。

「もしもし？」

「ぼくだよ」

椿の声が耳に飛びこんできた。

「あれ？　非通知って、なんで？」

宮澤は声をひそめた。

「黒衣の花嫁が番号を盗み見るかもしれないから念のため。それより、彼女を手伝ってあげなよ」

「手伝うって、なんで知ってるんすか？」

「宮君のスマホに細工したとき、ついでに魔法をかけておいたんだ」

「細工って、いつやったんですか？」

「一昨日、パパとワイン飲んで、宮君、酔っ払ってただろう」

確かに、ワインを飲んでいい気分にはなったが酔うほどではなかった。いつの間に宮澤のスマホを持ちだし、綾野に見られないよう細工を施したのだろう。

「とにかく、手伝うことにして。あとは適当にごまかしてればいいんだからさ」

「わかりました。そうします」

宮澤は釈然としない気持ちを抑えこみながら電話を切った。振り返る。綾野がじっと見つめていた。

「大学時代の先輩からだった」

宮澤は言った。

「そう」

綾野の返事は素っ気なかった。

「さっきの話、手伝うからさ、おれと彼女のやりとりのデータ、破棄してくんない？」

「ドラえもんが見つかったら破棄してあげる」

「そんなこと言わないでさあ。おれのやる気に関わるんだよね。結局、ドラえもんが見つからなかったら綾野にいいようにされるんだって思うとさあ」

「わかった」

「ほんと？」

「今ここでデータを消去してあげる」

綾野がパソコンのモニタに向き直った。宮澤は綾野の背後にまわった。

「これがそのデータファイルよ」

マウスのポインタがとあるファイルを指していた。

「これがそのデータだってどうやったらわかるわけ？」

「疑り深いわねえ。ほら」

綾野がマウスをクリックすると、データの中身が表れた。

「わかった、わかった。もういい。早く消去して」

数行を読んだだけで顔が熱くなっていく。まったくもう、いい年こいてなにをやってるんだおれたちは――苦々しい思いがこみ上げてきた。

「はい、消した」

綾野がマウスをクリックした。表示されていたアイコンがモニタから消えている。

「それで、おれはなにをすればいい？」

「あんたの知り合いで、ちょっとでもパソコンに詳しい人間をリストアップして」

「けっこうな数になるなあ……明日まで待ってくれる？　リストアップしてくるから」

「なるべく急いでよ」

綾野はヘッドフォンを装着し、再びキーボードを叩きはじめた。もう、宮澤に用はないらしい。

＊＊＊

夕方の六時をまわっても出川と馬場は戻ってこなかった。綾野に行き先を問いただしても曖昧な返事がかえってくるだけだ。

宮澤は綾野を残し、オフィスをあとにした。綾野にも世田谷署の捜査員がついているはずだ。

確認行動を繰り返しながら駅に向かい、椿に電話をかけた。

「出川と馬場はどこでなにをしてるんですか？」

「出川は国会図書館、馬場は都立中央図書館にずっといたよ。ふたりとも、五時に図書館を出て、今は晩飯を食ってる。出川はラーメン屋で、馬場は牛丼屋だって」

「図書館？」

「オシントだよ。新聞や雑誌を読み漁ってたの」

「本当にそんなんで情報収集してるんですね、内調は」

「カムフラージュだと思う」

「はい？」

「わざわざ総理の肝煎りで新設された部署の人間がそんなことする必要ないんだよね。万一なにかが起こって、内調の特捜は普段、なにをしてるんだ?って詰問されたときのためのアリバイ作りじゃないかな。新聞や雑誌に目を通すだけなら図書館じゃなくてもできるでしょ」

「そう言われればそうですね」

「食事が終わったあと、ふたりがどこへ向かうかだね。それよりさ、朗報があるよ。三鷹の例のやつが、一時間ほど前に外出したんだ。近くのコンビニに出かけたんだけどね。世田谷署の捜査員がそいつの顔写真を撮った。遠距離からの望遠レンズ撮影で野球帽かぶってるから鮮明に写ってるわけじゃないけど、今、画像を分析している」

「ちょっと訊きますけど、その画像分析って、椿さんがやってるんですか？」

「そうだけど？」

「もっと早く言ってくださいよ。前の事件のときも、そのスキル使ったら捜査、もっと簡単にすんだんじゃないですか」

被疑者の部屋に不法侵入して盗聴器を仕掛けたり、あれをしたり、これをしたり。椿のハッキング技術があればどれも不必要だったのではないかと思えてきた。

「あれはあれ、これはこれだから」

「意味わかんないっすよ」

「とにかく、宮君は三鷹に向かって。出川と馬場も向かうと思うんだ」

「そう思う根拠は？」

「勘だよ。警視庁公安部のアンタッチャブル、椿警視の勘がそう告げるんだ」

馬鹿馬鹿しくなって、宮澤は断りもせずに電話を切った。

＊＊＊

例の男が潜むマンションを見張れる位置に一台のバンが停まっていた。世田谷署警備課の捜査員が調達した車だった。

宮澤はそれに乗りこんだ。

「本社公安部の宮澤巡査部長です。ご苦労様です」

バンに乗っていた三人の捜査員に頭を下げる。本社というのは警察の隠語で警視庁を指す。所轄は支店という。

「なにか動きはありましたか？」

助手席に座る年輩の捜査員に訊いた。

「なにも。二時間ほど前にコンビニに買いものに出たきりです」

「訪問者もなし、ですね」

「はい……つかぬ事をうかがいますが、監視対象者は何者ですか？」

「すみません。まだ、話せないんです」

宮澤は顔の前で両手を合わせた。

「まあ、わたしらは上から言われた仕事を黙々とこなすだけだから、別にかまわんのですがね」

捜査員は肩をすくめ、ガムを口に放りこんだ。おそらく、この監視チームの指揮官だ。階級は警部補といったところだろうか。宮澤は別の捜査員から渡されたイヤフォンを耳に装着した。

「マルタイが食事を終えた模様」

途端に聞き覚えのない声が耳に流れこんできた。マルタイというのは監視対象者のことだ。

「出川です」

宮澤と言葉を交わした捜査員が囁いた。

「ラーメンですね」宮澤は言った。「場所は？」

「赤坂見附です」

「了解」

宮澤は口を閉じた。捜査員のガムを嚙む音が車内に響く。

「マルタイは丸ノ内線新宿方面行きに乗りこみました」

しばらくすると、また声が聞こえてきた。

「四ツ谷で乗り換えるか、新宿まで行くか……」

捜査員が宮澤に視線を向けた。

「賭けません？」

「はい？」

「だから、マルタイが新宿まで行くか、あるいは四ツ谷で乗り換えるか」

「なんで四ツ谷なんですか？」

「勘です」

捜査員は不敵に笑った。

「じゃあ、ぼくは新宿まで」

「いくら？」

「千円でどうです」

捜査員が顔をしかめた。

「子供じゃないんだから、五千円でいきましょうよ」

「賭け事は法律違反ですよ」

「小難しいことはなし。遊びですよ、ただの遊び」

「わかりました。五千円でいきましょう」

「よっしゃ。賭け、成立」

捜査員が握り拳を宙に突きだした。宮澤も自分の拳をその拳に当てた。

「マルタイ、四ツ谷で地下鉄を降りました。ＪＲに乗り換える模様です」

声が流れてきた。捜査員がにんまりと笑った。

「呆気ない勝負でしたね」

「最初から四ツ谷で乗り換えるって知ってたんじゃないですか」

宮澤は抗議した。

「我々がマルタイを監視するようになったのは今日からですよ。わかるわけないじゃないですか」

捜査員が右手を差しだしてきた。宮澤は唇を嚙み、財布から抜きだした五千円札をその手に押しつけた。

「みんな、今夜の飯代が浮いたぞ。本社の奢りだ」

「ありがとうございます」

捜査員たちがにやにやしながら頭を下げた。

「腹立つなあ、もう」

宮澤が独りごちた次の瞬間、またイヤフォンから声が流れてきた。

「マルタイは総武線新宿方面行きに乗りました。車両に乗りこむ直前に確認行動を取っています」

「気づかれたか？」

捜査員がマイクに向かって言葉を発した。

「田口が離脱しましたが、だいじょうぶです。追尾を続行します」

「了解」捜査員が同僚たちに顔を向けた。「こっちに来るかもしれん。気を抜くな」

「マルタイが徒歩で渋谷方面に移動中。確認行動を繰り返しています」

別の声が耳に流れてきた。おそらく、監視対象者は馬場だろう。

「追尾に気づかれたか？」

「いえ。稚拙な確認行動なので問題はありません」

「自衛官だからな」

捜査員は侮蔑をあらわにして言った。

「こっちのマルタイも三鷹に来るかもしれませんね」

「その可能性はありますね」

宮澤は答えた。

「さてさて、あのお兄ちゃんも動きだすのかな」

捜査員は四つに分割されたモニタを凝視した。

＊　＊　＊

モニタに映っているエレベーターのドアが開いた。あの男が降りてくる。

「動きだしたぞ。各自、追尾態勢に入れ」

捜査員がマイクで部下たちに指示を出した。

「マルタイ、三鷹駅で降りそうです」

出川を尾行している捜査員の声が耳に流れてきた。渋谷駅から山手線に乗った馬場も、新宿駅で総武線に乗り換え、三鷹方面に向かっている。

黒木と思しき男も外出しようとしている。三人がどこかで落ち合うつもりだと考えるのが自然だった。

「綾野はなにやってんのかな？」

宮澤は呟いた。

「もうひとりのマルタイは、新木場から動いていない模様です」

捜査員が言った。もう、ガムは嚙んでいない。

「まだオフィスにいるのか……」

宮澤はスマホを取りだし、椿に電話をかけた。

「例の男が外出しそうです。出川と馬場もこちらに向かってるみたいなんですが、綾野はまだ新木場のオフィスです」

「黒衣の花嫁はパソコンで格闘中かな」

「なに暢気な声出してるんですか。画像分析はどうなりました？」

「あの男は黒木だよ、間違いない。今、鮮明化させた画像を送るから確認してごらん」

電話が切れた。程なくしてLINEに画像が届いた。

コンビニから出てくる男の写真だった。

「やっぱり……」

自衛官時代の写真に比べると、筋肉は落ちている。だが、写真の男が黒木であることに間違いはなかった。

「ってことは、今回も椿さんの見立てが当たってるってこと？」

特捜の動きは怪しいものの、まさか、官邸が自分たちに都合の悪い人間を暗殺してまわっているなど、質の悪い冗談だとしか思っていなかった。

「マルタイがマンションを出ました」

緊迫した声が耳に流れこんできた。車内のだれもが息をのみ、気配を殺している。

モニタに、マンションを出て三鷹駅方面へ歩いていく黒木の後ろ姿が映しだされた。画像のどこかに尾行班も映っているはずだが、判然としない。所轄の捜査員とはいえ、みな、手練れなのだ。

「マルタイ、三鷹駅で下車」

別の声が耳に流れてくる。出川が三鷹に到着したのだ。

「馬場もあと十分ほどで到着だな」

呟くのとスマホに着信が来るのが同時だった。

「もしもし？」

「ね、黒木だよね」

椿の声は妙に明るい。

「間違いないですね。黒木はさっき、マンションを出て駅の方に向かっています。出川も三鷹駅に到着したところで、馬場もおっつけやってくるはずです」

「おかしいなあ」

「なにが？」

「だれも丸山の動きを追ってないじゃないか。連中のターゲットだよ」

「確かにそうですね。内調の他の部署が動きを見張ってるってことはないですか？」

「それは考えにくいね。こうした案件は特捜だけで動いてるはずだから……やっぱり、黒衣の花嫁だなあ」

「綾野がどうしました？」

「丸山のスマホかタブレットをハッキングして、ＧＰＳ情報で動きを把握してるんじゃないかと思うんだよ」

「そんなこと、できるんですか？」

返事の代わりに溜息が聞こえた。

裏口ってなんですか――喉元まで出かかった言葉を宮澤はのみこんだ。また、馬鹿にされるに違いない。

「やっぱり裏口には気づいてないんだ」

「でも、綾野は二度とハッキングされないよう策を講じたみたいなこと言ってましたよ」

椿が言った。宮澤の質問に答える気はなさそうだ。

「黒衣の花嫁のPCを覗いてみるよ」

「椿さん？　呆れてないで、教えてくださいよ」


「いつでも出入りできるよう、抜け穴を作っておいたんだよ。とても小さくて狭い通路なんだけどね。黒衣の花嫁みたいなハッカーは、自分が世界で一番優秀だって自惚れてるからさ、いくつか見つけにくいトラップを仕込んでおくんだ。そのトラップを見つけたら、有頂天になっちゃうんだよね。そこが狙いどころ」

「なるほど。そりゃそうですね」

意味がわからないまま、相づちを打つ。

「じゃあ、ぼくは黒衣の花嫁を探るから」

椿の声が遠のいていく。

「こっちはどうしますか？」

「任せるよ。緊迫した動きはないと思うから」

「そうなんですか？」

「丸山は、明日の国会答弁のために文科大臣のところに行ってるからね。浜田大臣は頭が悪いから、手取り足取り教えてやらなきゃならない。それでも理解できないみたいだから、レクチュアは朝までかかるかも」

「そんな、現職の大臣を馬鹿扱いしちゃだめじゃないですか」

「田部内閣は馬鹿揃いだけど、浜田は馬鹿の中の馬鹿だから。あ、これはパパが言ってたことだけどさ」

含み笑いと共に電話が切れた。

「こちらも駅方面に移動しようと思うんですが……」

電話が終わるのを待っていたのか、捜査員が口を開いた。

「あの、お名前をうかがってもかまいませんか？」

宮澤は訊いた。

「坂口ですが」

「宮澤です。つかぬ事を訊きますけど、坂口さん、マルタイの部屋に潜入なんて手を使ったことは？」

「自分は五年前まで本社にいたんです。公安総務課。カルト専門の部署。当時はよくやりましたよ。マルタイの部屋を捜索し、痕跡を残さず撤退する」

「やってみません？」

宮澤は黒木のマンションの方角に首を傾けた。

「いいんですか？」

「よくはないですよ、法律違反ですから。でも、ぼくら、ほら、公安じゃないですか。国家の安全のためですから」

「支店に来てから、その手の仕事はやらなくなったんでね。勘が戻るかなあ」

言葉とは裏腹に、坂口の顔は嬉しそうだった。

＊＊＊

「宮澤さんは余計なものに触れないでください」

坂口が言った。宮澤はものの数秒で施錠を外した坂口の手並みに舌を巻いている最中だった。

「了解です」

「で、探しものは？」

「これといって具体的なものはないんですが」

「わかりました」

坂口は靴を脱いで部屋に上がった。手にしたマグライトを点け、室内に目をこらす。

部屋の間取りは1DKというやつだった。八畳ほどのダイニングキッチンと六畳の寝室。トイレとバスルームは別になっている。家具と呼べるものは冷蔵庫ぐらいしかない。布団も床の上に直に敷いてあった。

「見るからにアジトって感じですね」

宮澤は囁いた。

「パソコンもないですな。タブレットを持ち歩いてるのかもしれませんね」

坂口がキッチンの戸棚を開けながら言った。食器もプラスチックや紙のものしかない。

「なにかを隠すとしたら、まず、ここだな」

坂口が冷蔵庫を開けた。紙パックやペットボトルの飲料と、コンビニの弁当や総菜が入っているだけだ。冷凍庫も製氷皿があるだけだった。

寝室にも押し入れにもなにもない。坂口は押し入れの天井の板まで調べたが、板はびくともしなかった。

「徹底してなにもないですね」

坂口は溜息を漏らし、バスルームに移動した。石鹸が一個、シャンプーにリンスが一つずつ、歯ブラシに歯磨き粉のチューブ、バスタオルとフェイスタオルが二組だけで、洗面台の鏡の裏の棚は空っぽだった。

「最後はここだな」

坂口はトイレに入った。マグライトを口でくわえ、水洗タンクの蓋を手袋をはめた両手で持ち上げる。

「あった」

宮澤はタンクの中を覗きこんだ。水の中にジップロックが沈んでいた。

「どうします？」

「黒木に気づかれないように中を確かめられますか？」

「もちろん」

坂口は背負っていた小型のザックを下ろし、中から黒いビニール袋を取りだした。それを床の上に広げ、タンクから取りだしたジップロックを置いた。タオルでジップロックについた水を丁寧に拭い、中身を取りだす。

「パスポートに運転免許証。どちらも、佐藤一郎名義、と。偽造にしてはよくできてる。本物に本人の写真と偽名で作ったんでしょうな。公安か内調が手を貸さないと、この手のものは作れない」

「ですよね」

宮澤はパスポートと免許証をスマホで写真におさめた。

「それから、茶封筒がひとつ。中に入っているのは札束だ。帯封がしてあるから、百万ですか。活動資金かな」

宮澤は金も写真に撮った。

「それから、金属製の小さな箱がひとつ。中身は——」

坂口が箱を開けた。宮澤は息をのんだ。

「バイアルが三本」

「バイアルって？」

「注射用の薬の溶液が入ってる小瓶です。ほら、口のところにゴムの栓がしてあって、ここに注射針を刺して、注射器に溶液を吸い上げる。見たことあるでしょう？」

「ええ。でも、バイアルっていうんだとは知らなかったなあ」

バイアルは透明なガラスでできており、中は溶液で満たされている。なんの溶液かはどこにも記されていなかったが、それぞれのゴム栓に黄色と緑、赤の小さなテープが貼られていた。

「これ、少しずつ採取することできませんかね？」

坂口が首を振った。

「さすがにその手のキットは持ち合わせてませんよ。鑑識か科捜研の連中を呼ばないと」

「しかたないか」

宮澤は唇を噛み、バイアルの写真を撮る。

「こんなとこですね。そろそろ撤収しないと」

「そうしましょう」

坂口が慣れた手つきで中身を取りだしたときと寸分違(たが)わぬようにジップロックに戻した。それをタンクに沈め、蓋をする。ビニール袋とタオルを丁寧に折り畳んでザックに戻す。トイレの床には水滴ひとつ、落ちていない。

「プロの手際ですね。惚れ惚れする」

「褒めても、さっきの五千円は返しませんよ」

「そんなつもりじゃないですよ」

「じゃあ、撤収です。念を押しておきますが、なにひとつ触らないように」

「心得てます」

「部屋を出るときは別々に。まず、宮澤さんが先に出てください。エレベーターは使わずに非常階段を下りて。わたしは施錠してから戻ります」

「お願いします」

そっとドアを開け、外の様子をうかがった。人の気配はなかった。すばやく外に出、非常階段に向かった。

「捜一でもこの手が使えたらな」

階段を駆け下りながら呟き、右手で頭を叩いた。

「いかん、いかん。捜査は法律に則(のっと)って。それが原則。ハムの連中は法を犯してるんだぞ」

一階まで下りると、宮澤はなにくわぬ顔で三鷹のマンションをあとにした。

＊＊＊

「まったくもう、どこでなにやってんだか。連絡ぐらいくれてもいいのに」

宮澤はぶつぶつ言いながらマンションのドアを開けた。椿が摑まらない。電話をかけても出ず、資料室にも姿はなく、メモも残されてはいなかった。

黒木の部屋で見つけた品々の写真も送ってあるのだが、そのメッセージへの返信もなかった。

「ただいま」

靴を脱ぎながら奥に声をかけた。人の気配が普段より濃い。千紗が友達でも連れて来たのだろうか。だが、玄関にあるのは宮澤と千紗の靴だけだった。

「お腹ぺこぺこなんだけど、なんか、食べるものある？」

廊下を進み、リビングに入ったところで宮澤は足を止めた。間接照明しかついていない部屋の奥で、千紗がソファに座ってうなだれている。

「な、なにやってんの、こんな暗い部屋で」

宮澤は壁際のスイッチを入れた。部屋が明るくなる。

「ゆるして、ダーリン……」

千紗が俯いたまま口を開いた。今にも死んでしまいそうな声だった。

「なんだ？　風邪か？　熱でもあるのか？」

宮澤はソファに向かい、千紗の額に手を当てた。熱はない。

「そうじゃないの」

千紗は申し訳なさそうな目をベッドルームの方に向けた。ベッドルームのドアは閉じている。

「なんだよ？　ベッドルームがどうか——」

宮澤は口を閉じ、耳を澄ませた。なにかが聞こえる。

「なにあれ？」

「だから、ごめんなさい」

「まさか……」

宮澤はベッドルームのドアを開けた。鼾が耳に飛びこんでくる。ベッドに寝ているのは浩介だった。だらしなく口を開き、盛大な鼾をかいている。

「なんでお義父さんがここに？」

「リハビリの病院を追いだされたの……看護師さんのお尻触ったり、胸を揉んだりして」

「マジ？」

「マジ。ほんとに恥ずかしかったんだから」

「まあ、病院を追いだされたのは置いておくとして、なんでそれでお義父さんがここに？」

「ママが、こんなパパと一緒にいるのは耐えられないって言って、寝こんじゃったの」

「頼みますよ、お義母さん……」

「どこにも連れて行けるところがなくて、しょうがなくここに……すぐに別の病院探すから、しばらく我慢して、ダーリン」

「事情が事情だから我慢はするけど、ベッド占領されちゃって、おれたち、どこで寝るわけ？」

宮澤は千紗の隣に腰を下ろした。千紗が手を握ってくる。

「ダーリンはソファで。わたしは床で寝るから」

「床って、フローリングだぞ。寝にくいし、体が痛くなるじゃないか」

「寝袋とマット買ってきたから」

千紗が部屋の隅に置いてある大きな手提げ袋に目をやった。アウトドア製品で有名なブランドのロゴが描かれている。

「寝袋かよ。まるでキャンプだな」

「ほんとにごめんね、ダーリン」

「いいんだよ。もとはといえば、おれがあんな事故を起こさなきゃこういうことにもなってないんだし」

「ありがとう。ダーリン、優しいから好き」

千紗が宮澤の首に両腕を巻きつけてきた。キスをする。千紗の舌が唇を割って口の中に入ってきた。宮澤はその舌を吸いながら千紗の胸をまさぐった。

千紗の体が急速に火照ってくる。宮澤の股間も猛りはじめた。

「ちょっと待て」

宮澤はキスをやめた。鼾が聞こえない。

ソファを下り、足音を殺してベッドルームに近づく。ドア越しに耳を澄ませてみたが、やはり、鼾は止まっていた。

ドアを開けた。

さっきまでだらしなく寝ていた浩介が半身を起こし、両手を集音器のように耳に当てがっていた。

「なにしてるんですか、お義父さん」

「あ、こ、これは、お帰りなさい、武君」

「お帰りなさいじゃないでしょう。おれたちのこと、盗み聞きしてたじゃないですか」

「そんなことはしとらんよ。なんだか急に目が覚めて、耳の調子がよくないなと思って……」

「聞き耳立ててただけじゃなく、狸寝入りまでしてたんですね」

「違う、違う。それは誤解だ」

浩介が顔の前で手を振った。

「パパ、本当なの？」

千紗がやって来た。

「いや、だから違うんだ、千紗。おまえたちの睦言を盗み聞きしようなんて、そんなことは断じてない」

宮澤は千紗と目を合わせた。千紗が力なく首を振った。

「ダーリン、お腹減ってるのよね？　チャーハンでよかったら作る」

「チャーハンで充分だよ」

「腕によりをかけるからね。急ぐから待ってて」

千紗は腕まくりをしながらキッチンへ移動していった。

「飯食ったら、おれらも寝ますから、お義父さんも早く寝てくださいよ」

「た、武君――」

ドアを閉めようとしたところで、浩介が押し殺した声をかけてきた。

「なんですか？」

「ちょっとこっちへ」

浩介は手招きをした。

「なんなんですか、もう」

邪険にもできず、宮澤はベッドに近づいた。

「ものは相談なんだが、君、千紗と結婚したいんだろう？」

「ええ、はい」

「だが、恵子は乗り気じゃないらしい。安月給の警察官の嫁なんて、とんでもないと思ってるぞ」

「そのあたりはなんとなく察しがついてますが」

「ただの安月給の警察官じゃない。おれを殺しかけた安月給の警察官だ」

「そこ、強調しなくてもいいですよ」

「おれが恵子を説得してやろう。君と千紗が結婚できるよう」

「本当ですか？」宮澤は床に正座した。「よろしくお願いします、お義父さん」

「慌てるな。ただし、頼みがあるんだ」

「なんでしょう？」

「見せてくれ」

「なにを？」

浩介は咳払いをした。

「君の誠意だ」

「具体的には？」

「君と千紗がその……あれをしているところが見たい」

「お義父さん――」

宮澤は正座を崩した。

「一度でいいんだ。一度だけ。頼む」

「どこの世界に娘のそんな姿を見たがる父親がいるんですか」

「こ、ここにいるじゃないか」

浩介は自分を指差した。

「おれのせいで、すみません」

宮澤は頭を下げた。

「なんの話だ？　君がなにをした？」

「昔のお義父さんはこんな人じゃなかったと聞きました。千紗さんからも、お義母さんからも。おれのせいで、こんなことになっちゃって……」

「なにを言うか、なにを言うか、おれはどこもおかしくないぞ。筋肉が弱って自分で歩けないだけだ。病院でリハビリをすればちゃんと昔どおりになる」

「その病院で看護師の胸やお尻を触りまくって追いだされたんじゃないですか。考えてくださいよ。事故に遭う前のお義父さんはそんな人でしたか？」

「だってだな、白衣に包まれた若い娘さんのぷりっぷりの尻が目の前にあるんだぞ。触りたくなるのが人情ってものじゃないか」

宮澤は溜息を漏らした。

「君だって触ってみたくなるだろう」

「それはそうですけど、実際に触ったりはしませんよ」

「それは自分をごまかしているだけじゃないのかね、ん？」

宮澤は腰を上げた。話にならない。浩介は事故の後遺症でなにかがおかしくなってしまったのだ。

脳神経科だかなんだかわからないが、早くいい医者を見つけて診てもらう必要がある。

「なんだ？　行くのか？　千紗と結婚できなくてもいいのか？」

「できればご両親のゆるしを得たいですが、それが無理でも、ぼくは千紗さんと結婚します。あしからず。おやすみなさい」

宮澤は丁寧に頭を下げて、浩介に背中を向けた。

喚き続けている浩介には耳を貸さず、ベッドルームのドアを閉めた。

チャーハンを作っているはずの千紗がリビングの中央に立っていた。

「もしかして、全部聞いてた？」

千紗がうなずいた。

「お義父さんさ、きっと、事故の後遺症で脳の神経がおかしくなってるんだよ。おれ、椿さんに頼んでいい医者紹介してもらうよう話つけてあるから。椿さんもほら、おかしいだろう？　きっと、その手の医者、知ってるんじゃないかと思うんだ」

「ダーリン……」

千紗が抱きついてきた。

「だいじょうぶだから、心配するなって。お義父さん、ちゃんと昔のお義父さんに戻るから」

「もう一回言って」

「はい？」

「さっきの台詞、もう一回言って」

宮澤は頭の中で時間を巻き戻した。浩介に向けた言葉で、千紗が気に入りそうなものはなにか……。

「できればご両親のゆるしを得たいですが、それが無理でも、ぼくは千紗さんと結婚します」

宮澤は言った。千紗が熱い吐息を漏らした。

「大好き、ダーリン」

「いや、だから、千紗、お義父さんに聞かれちゃうし」

千紗が首筋に舌を這わせ、股間をまさぐってくる。

「だって、したいの」

「我慢しなさい」

「したくてしたくてたまらないの」

「だから――」

千紗の目が潤んでいる。発情した千紗は止まらない。

「ちょっと、ドライブ行こうか？」

「行く」

「じゃあ、行こう」

宮澤は千紗と手を繋いで玄関に向かった。

カーセックスなんていつ以来だろう――思いだせなかった。

12

「昨日はどこでなにしてたんですか。何度も連絡入れたんですよ」

暢気にパイプをふかしている椿に、宮澤はまくし立てた。

「言ったじゃない。黒衣の花嫁のパソコンを調べるって」

「それは聞いてましたけど、返事ぐらいくれたっていいじゃないですか」

「痕跡を残さずに侵入するには、細心の注意が必要なんだよ。余計なことで集中を邪魔されたくないから、昨日は自分の部屋にひとりでこもってたんだ」

「それで、なにかわかったんですか？」

宮澤の質問に、椿は満面の笑みを浮かべた。

「やっぱり、黒衣の花嫁は丸山のスマホをハッキングしてたよ。ＧＰＳデータを盗んで、行動を監視してるんだ」

「行動パターンの分析がすんだら、黒木の出番ってわけですかね」

「その可能性が高いね」

宮澤は腕を組んだ。

「そうなる前に逮捕しちゃいます？」

椿が首を振った。

「状況証拠しかないし、丸山に関することだけだからね。逮捕はできないよ。もししようとしても、横槍が入るだろうし」

「そうですよね。他の件に関してはまったくなにもわかってないし……現行犯逮捕しかないのかな」

「パパはこの件は公にしたくないみたいなんだよ」

「お父上が？」

「もし公になったら大問題になるしね。パパたち、反官邸派の官僚たちは、官邸の弱みを握って退陣させたいんだ。波風立てずにさ」

「だけど、それじゃあ――」

「そう。ぼくたち警察はなんのためにあるのかってことだよ。特に、ぼくたちアンタッチャブルの存在意義に関わる」

「じゃあ、椿さんはお父上の意向に逆らうつもりなんですか？」

「なにかうまい手はないかと思案を巡らせてるんだけどね」

椿はパイプの煙を盛大に吐き出した。

「妙案が浮かぶまでは特捜への潜入と連中の監視を続けるしかないってことですね」

「こっちが動くにしても、もう少しいい手札が欲しいしね」

「話は変わりますが、ちょっと相談に乗ってもらいたいことがあるんですけど……」

「なに？」

「昨日話したじゃないですか、千紗の父親のこと」

宮澤は声をひそめた。

「覚えてるよ」

「症状がひどくなる一方なんですよ。早く医者を紹介してくださいよ」

「今、忙しいんだ。その手の医者のことなら、パパに訊くといいよ」

「お父上にですか？」

「うん。なんだか知らないけど、一時期その手の医者のこと調べてたから、詳しいと思うよ」

「一時期って？」

反射的に口にしてから、宮澤は続けようと思っていた言葉をのみこんだ。

おかしくなった椿を診察させるために医者を探していたに違いない。

「いつぐらいだったかな……とにかく、パパなら詳しいよ。用件伝えておくから、宮君、直接連絡してみなよ」

「でも、電話番号もメアドも知りませんよ」

「渡会に電話すればいいんだよ」

「あ、そうか」

「宮君、口を開く前に、まず脳味噌を使った方がいいよ」

「ああ、そうですね」

「あれ？　もしかして、今、カチンと来た？」

「いいえ」

宮澤は首を振った。

「むっとしたでしょ？　上司であるぼくにむかっ腹立てたでしょ？　それで棘のある声で返事したんだよね？」

椿の目が据わってきた。よくない兆しだった。

「そんなんじゃないですってば」

「そんなことあるよ。最近、宮君、調子に乗ってるよね？　ぼくのこと、よく馬鹿にするよね？」

「しません、しません。どうして尊敬する上司のことを馬鹿になんかしますか」

「本当かなあ……」

「本当です。誓って、椿さんを馬鹿にしたことなどありません」

「じゃあさ、今後は、ぼくの指示に素直に従ってくれる？」

「いつも従ってるじゃないですか」

「くれる？」

椿の目は据わったままだった。

「従います」

「いやなこと命じられても、にこにこ笑って従ってくれる？」

「従います」

「理由がわからなくても、とにかくぼくの指示に従ってくれる？」

「従います」

「ならいいよ」

椿が破顔した。目つきももとに戻った。宮澤は肩から力を抜いた。

「じゃあ、パパに話通しておくから、後で渡会に電話するといいよ」

「ありがとうございます。ぼくは特捜に顔出してきます」

「行ってらっしゃい」

満面の笑みを浮かべる椿に背を向け、宮澤は資料室をあとにした。

「芝居だったんじゃないのか、あれ……おれ、もしかして言質取られた？」

振り返り、資料室のドアを凝視する。

本当にいかれているのか、計算ずくなのか、いくら考えても答えが出ないのはいつものことだった。

＊　＊　＊

オフィスに出川の姿はなかった。綾野は例によってパソコンを操作し、馬場は朝刊に目を通している。

ある。

「本部に行ってるそうですよ」

「外出？」

「今日は終日外出だそうですよ」

宮澤は馬場に声をかけた。

「出川さんは？」

本部というのは内閣情報調査室のオフィスのことだろう。たしか、内閣府庁舎の六階にある。

「へえ……コーヒー、淹れますけど？」

「いただきます」

馬場は新聞から顔を上げ、微笑んだ。

宮澤はキッチンで淹れたコーヒーを馬場と綾野のマグカップに注いで運んだ。

マグカップを目の前に突きだすと、綾野がヘッドフォンを外した。

「サンキュー」

綾野がカップを受け取った。

「あれはどうなってるんだよ？」

宮澤は訊いた。

「あれって？」

「おれのタブレット」

「ああ、あれは特注品だから、できあがってくるまでに時間がかかるんだって。もう少し待たされると思うよ」

「特注品か……」

宮澤はうなずいた。やはり、特捜のタブレットには特殊な仕掛けが施されているのだ。椿の推理は当たっていそうだった。

「リストはどうなってるのよ？」

綾野が言った。

「ああ、あれね。もうちょっと待って。意外と時間がかかるんだよね、リストアップって」

自分のデスクに座り、コーヒーを啜った。綾野は再びヘッドフォンを装着してパソコンの操作に熱中している。馬場は朝刊を閉じて週刊誌に手を伸ばしていた。

「オシントねえ……」

新聞や週刊誌を読み漁ることがどう諜報活動に繋がるのか、頭をひねるしかない。

「馬場君は今日、なにをやるんですか？　おれ、付き合いますよ。暇でしょうがなくて」

宮澤は声を張り上げた。

「ぼくもこのあと外出しますけど、情報提供者と会うので、ひとりで」

「エスと会うのか。そりゃ、ひとりで行かないとまずいよね……今日もやることなしか」

「そのうち、出川さんが仕事をまわしてくれますよ」

馬場は屈託のない笑顔を浮かべた。

「じゃあ、今のうちに暇を楽しんでおこうかね。ちょっと出てくるわ」

宮澤はまだ熱いコーヒーを飲み干し、席を立った。特捜の三人と黒木には世田谷署の捜査員が張りついている。なにか動きがあれば連絡が入るだろう。

マンションを出たところで渡会に電話をかけた。

「おはようございます、宮澤様」

渡会はすぐに電話に出た。

「おはようございます。渡会さん、椿さんからなにか聞いてます？」

「千紗様のお父様の件でしょうか？」

「それです、それです。椿さんのお父さんにいい医者を紹介してもらえないかと」

「お坊ちゃまがああなったときに、旦那様はありとあらゆるツテを頼って医師を探しておりましたから」

「紹介してもらえそうですかね？」

「お坊ちゃまから話を聞いたあとで、おれに任せろとおっしゃっていましたよ」

宮澤はほっと息を吐きだした。

「それは助かります。すぐにでも紹介してもらいたいぐらいなんですよ」

「少々お待ちくださいませ」

宮澤は駅に向かって歩きながら渡会が電話に戻るのを待った。

「お待たせいたしました。これから、こちらへいらっしゃることはできますか？」

「今からですか？」

「はい。旦那様は午後二時に人と会われる予定が入っているのですが、それまでは時間があるからと」

「行きます。すぐに行きます」

「では、お待ちしております」

電話が切れた。

＊＊＊

渡会に案内されたのは書斎だった。

「渡会さん、書斎って言いましたよね？」

「はい。それがなにか？」

「ここ、図書館じゃないですか」

どれぐらいの広さがあるのか、見当もつかない。天井は高く、三方の壁には作りつけの書棚があり、上の方の棚には梯子がなければ手が届きそうになかった。すべての棚は本で埋め尽くされている。宮澤が見たこともない言語で記された本もある。

「確かに、非常識ではあるかもしれませんが、ここは旦那様の書斎でございます」

「この本、全部読んだんですかね」

「はい。旦那様は日に二、三冊の読書を欠かしませんので」

「椿さんも読んでるんですかね？」

「お坊ちゃまの書斎は別にあります」

「ほんっとに非常識な家だな」

宮澤は腕を組み、奥の壁を睨んだ。この書斎だけで、宮澤の住む部屋の数倍、いや、十倍以上のスペースがある。

世の中というものは、とことん不公平にできているのだ。

「少々お待ちください。旦那様をお呼びしてまいります」

渡会は部屋の真ん中近くにある応接セットに宮澤を誘った。

革張りのソファは座り心地も最高だった。

「すげえな、このソファ。いくらぐらいするんですかね」

「知らぬが仏です」

渡会は澄ました笑顔を浮かべて書斎を出ていった。

「広すぎると落ち着かないよなあ」

宮澤は腰を上げた。応接セットの少し奥に、立派な机が置かれている。椿源一郎が座って本を読んだりするのだろう。材質は赤みがかった木材だ。マホガニーだろう。ぴかぴかに磨き上げられた机は、宮澤に触れられることを拒否しているように思えた。

きっと、この机と応接セットを合わせると、宮澤の年収を軽く超える値がつくに違いない。

「これだけの屋敷と財産があるなら、働く必要ないじゃないか。とっとと辞めりゃいいんだよな。そしたら、おれも捜一に戻れるのに……」

宮澤は机に背を向け、本棚に目を転じた。なにか読んでみようかと思ったのだが、どの本も大きく分厚く、おいそれと手を伸ばせそうにない。

「こんなのを何万冊も読むなんて、頭の中、どうなってんのかね……」

「君と変わらんよ」

よく響く声と共にドアが開き、椿源一郎が姿を現した。

「あ、これはどうも、失礼なことを……」

宮澤は冷や汗を掻きながら一礼した。

「待たせたね」

椿源一郎は足音も立てずにやって来て、応接セットのソファに腰を下ろした。

「君も座りたまえ」

「失礼します」

「今、渡会が茶と菓子を持ってくるから」

「お忙しいのに、恐縮です」

宮澤は椿源一郎の向かいに腰を下ろした。

「息子から話は聞いたが、婚約者のお父上の様子がおかしいんだってね」

「はい――」

宮澤はこれまでの経緯を話して聞かせた。

「なるほど。不可抗力とはいえ、事故の原因は君で、せっかく植物状態から目覚めたというのにお父上は発情した猿のようになっているというわけか」

「いいお医者さん、ご存知ありませんか。椿さんのことがありますから、もしかして、お詳しいんじゃないかと思って」

「君はどう思う?」

「はい?」

「息子のことだよ。あれはほんとうにここの――」椿源一郎は自分の頭を指差した。「ネジが緩んでしまっていると思うか?」

宮澤は咳払いをし、前後左右に視線を走らせた。

「閣下は疑問をお持ちなんですか？」

「正直、わからんのだ」

「ぼくも普段はネジが緩んでいるって方に賭けますけど、ときどき、頭をひねっちゃうこともあるんですよね」

「そうだろう、そうだろう。ときどき、昔のあれに戻っていると感じることがあるんだ」

「ですけどね、閣下。ネジが緩んでるふりをして、椿さんにどんなメリットがあると思います？　警察でのキャリアはおしまいですよ。もう、みんな、触らぬ神に祟りなしみたいな扱いだし、椿さんがなにをしようが見て見ぬふりですけど、本音は早く辞めてほしいってところですし」

「だが、あれのおかげで三国は警視総監になれた。今後、三国の後輩たちが警察内部の権力を握れば、あれのキャリアも終わったとばかりは言えんだろう」

「それなら、椿さん自身が自らの力で出世の階段を駆け上ればいいじゃないですか。本来なら、それぐらいの人なんですよね？」

　椿源一郎は腕を組んで唸った。

「やっぱり、本当に緩んじゃってるんですよ。認めましょう、閣下。認めて、治療のために椿さんを辞めさせましょうよ」

「それができるぐらいならとうにやっておる」

「閣下でも辞めさせられないんですか？」

「警察を辞めないかという話をすると、暴れだすんだよ」

「暴れる……」

「そう。見境なく暴れはじめる。まるで泥酔したときのようにな」

「それはやばいですね」

「うん。それこそ、触らぬ神に祟りなしだ」

「困った人だなあ」

「困った息子だ」

宮澤と椿源一郎は同時に溜息を漏らした。

「お待たせいたしました」

ドアが開き、トレイを手にした渡会が入ってきた。

「おや？　おふたりとも溜息など漏らして、どうなさいました？」

「椿さんのことを話していたんですよ」

宮澤は答えた。

「それは溜息が出るのもいたしかたありません」

渡会はソファの前のテーブルにティーセットを並べはじめた。紅茶のお供はなにかのパイだった。

「わたくしなど、お坊ちゃまに物心がついてこの方、溜息の出ない日はありません」

「それはおまえがいつもなにかしでかすからだ」

椿源一郎が言った。

「お言葉ですが、旦那様、わたくしがしくじろうがしくじるまいが、お坊ちゃまは難癖をつけてくるのです」

「まあまあ、喧嘩はやめて」

宮澤はふたりの間に割って入った。

「今、ふと頭に浮かんだんですけど、ひとりひとりじゃ椿さんにかなわなくても、力を合わせたらどうなんでしょう。ほら、三人寄れば文殊(もんじゅ)の知恵って言うじゃないですか」

「三人で力を合わせて、あれを懲らしめようとでも言うのか？」

「懲らしめるというか、ぎゃふんと言わせるというか……いつもやられっぱなしじゃ悔しいじゃないですか」

「宮澤様、それはいい考えかもしれません」

「それで、具体的にはどうしようというんだね？」

椿源一郎が身を乗りだしてきた。渡会はポットの紅茶を注ぐことも忘れている。

「ですから、ふと頭に浮かんだだけで……三人の中で一番頭がいいのは閣下ですから、閣下が作戦を立ててくださいよ」

「わ、わたしがか？」

「他にだれがいるんです。だいたい、閣下はあの人の父親じゃないですか。責任取ってください、責任」

宮澤はひるむ椿源一郎を睨みつけた。渡会も唇を嚙んで椿源一郎の次の言葉を待っている。

「わかった。そこまで言うなら、考えてみよう」

「椿さんをぎゃふんと言わせるんです」

「お坊ちゃまを見返してやりましょう」

三人は一斉にうなずいた。

＊＊＊

椿家を出るのと同時にＬＩＮＥのメッセージが届いた。椿からだった。

冷や汗が滲んでくる。

「まさか、さっきの会話、盗聴してたなんてことないよな？」

呟きながらメッセージを開いた。

〈黒木に動きあり。部屋を出て、中央線で新宿方面に移動中〉

メッセージに目を通すと、汗が引いた。

〈了解。とりあえず、新宿へ向かいます〉

返信を送り、ちょうどやってきた流しのタクシーに乗りこんだ。

「田園調布……ああっ！」

運転手が振り返った。

「どうしました？」

「いや、なんでも。ちょっと思いだしたことがあって……田園調布の駅まで」

「かしこまりました」

宮澤は頭を掻いた。

「医者、紹介してもらうの忘れちまったよ。なにやってんだ、おれ」

渡会に電話をかけた。

「宮澤様、いかがなさいました？」

渡会はすぐに電話に出た。

「話に夢中になりすぎて、肝心の用件のこと、すっかり忘れてました。申し訳ないんですけど……」

「お医者様の件ですね。わたくしが旦那様にうかがって、宮澤様にメールでお送りします。それでよろしいですか？」

「お手数ですが、お願いします」

含み笑いが聞こえた。

「相変わらず、おっちょこちょいですね」

電話が切れた。

「渡会さんのことも、いつかぎゃふんと言わせてやる」

宮澤は憤慨しながらスマホをポケットに押しこんだ。

渡会を懲らしめるのは簡単だ。椿にあることないこと囁くか、佐藤節子をダシにすればいい。

だが、椿はどうすればいいのか。

父親である椿源一郎ならば、妙案をひねりだすに違いない。

「楽しみだなあ……」

駅前でタクシーを降り、電車に乗った。電車が動きだすのと同時に、椿からのメッセージが届いた。

〈黒木は多分、霞が関に向かってる〉

宮澤は了解と書いた返事を送った。

「中目黒で日比谷線に乗り換えるか……」

スマホを尻ポケットに押しこもうとして、宮澤は動きを止めた。視界の隅で、だれかが不自然な動きをした。

確かめようとそちらに顔を向けたが、変わったことはなかった。車両はほどほどに混んでいる。座席に座る者、吊り革に摑まる者、ドアにもたれ、スマホを覗きこんでいる者。普段と変わらない電車内の光景だ。

だが、違和感は残ったままだ。だれかが自分を見ていた。間違いない。

自由が丘駅が近づいてきて、電車が減速をはじめた。宮澤はスマホをポケットにしまい、吊り広告に視線を移した。

電車が停まり、ドアが開く。乗降する客はそれほど多くはなかった。一呼吸置いてから電車を降りた。電車の進行方向に向かってホームを歩く。発車を知らせるベルが鳴った瞬間、大きな声を出した。

「あ、ここじゃねえや」

開いているドアから車両に駆けこんだ。なにげない表情のまま、ホームに目を向ける。

地味なスーツを着た男が唇を嚙んで、動きはじめた電車を睨んでいた。

「マジかよ」

宮澤は周囲に視線を走らせた。相手がひとりということはあり得ない。だれかを尾行、監視するのは複数でチームを組むのが定石なのだ。

車両内にそれらしき人物は見当たらなかった。

だが、尾行者がひとりだけということは絶対にあり得ない。

「おれを監視するなんて、いったい、どこの連中だよ？」

宮澤は首を傾げた。

＊＊＊

霞が関に着くまで、確認行動を繰り返し、ふたりの尾行者を見つけ、離脱させた。

三人とも尾行、監視のノウハウは身につけているが、手練れというわけではない。その証拠に、簡単な確認行動だけで馬脚をあらわした。

「ハムの連中じゃないよな」

三人目の尾行者を発見したところで宮澤は呟いた。少なくとも警視庁公安部の者ではない。

「だとすると、他に考えられるのは内調？　マジ？」

首を傾げながら電車を降り、用心しながら椿との待ち合わせ場所に急いだ。

尾行者を見つけようとしている間も、椿からのメッセージは頻繁に届いていたのだ。

椿は霞が関コモンゲートアネックスの中の喫茶店でスマホを覗きこんでいた。

「黒木はどうなりました？」

宮澤は椿の向かいの椅子に腰を下ろした。

「この近くのパスタ屋で明太子スパゲティを食べてる最中だよ。監視は世田谷署に任せてる」

「文科省の近くまで来たってことは、丸山審議官に接近するためですかね」

「どうだろう。すぐには事は起こさないと思うんだけどね。下見に来ただけかもしれない」

「本当なんですかねえ」

宮澤は溜息を漏らした。

「なにが？」

「政府がですよ、自分たちに都合の悪い人間を殺してまわるなんて、そんなこと、ゆるされるんですか？」

「ゆるされないよ。だから、ぼくたちアンタッチャブルがこうして極秘裏に捜査を進めてるんじゃないか」

椿が嬉しそうに笑った。極秘裏の捜査という言葉に陶酔しているのだ。

「そういえば、ここに来る間、ぼく、尾行されてました」

「宮君に気づかれるような無様な尾行ってことは、相手は素人？」

宮澤は表情がゆがみそうになるのを辛うじてこらえた。

「基本的なことは教わっているようですが、手練れではない。そんな感じです。尾行者は三人でした」

「どこで尾行に気づいたの？」

「東横線の電車の中です。田園調布から乗って、すぐに気づきました」

「田園調布っていうと……」

「はい。お父上に医者を紹介してもらうために行ってきたんです」

「ってことは、連中はぼくの家を監視してたってことも考えられるね」

椿が言った。

「そっちの方が可能性高いかもしれないですね」

宮澤は近くを通りかかった店員にコーヒーを注文した。

「尾行が下手くそな監視要員か……考えられるのは内調か公安調査庁ぐらいかなあ」

「公安調査庁ですか？」

「まあ、可能性は低いけどね。あるいは、ぼくのあらを探そうとしてる警察幹部が、公安以外の捜査員を使ってるか……」

「そこまでしますか？」

宮澤は露骨に眉をひそめた。椿がいかれていることはだれもが知っている。知っていて手出しができないのだ。そんな相手をわざわざ監視するとは思えない。

「アンタッチャブルには敵が多いんだよ」

椿は不敵に微笑んだ。

「そうですね」

宮澤は気乗りしなさそうに答えた。

「医者のことだけど、厚労省の上の方はパパの後輩が多いから、リクエスト出せば出すほど名医のリストが増えていくよ」

「どんだけなんですか、東大法学部閥って」

「ただ東大法学部ってだけじゃだめなんだよね。どっちかっていうと、最終学歴より家柄が決め手かな。馬鹿馬鹿しいと思うけど」

「庶民はどんだけ頑張って東大に入っても相手にしてもらえないんですね」

「そうだね。三代続けて東大に入って高級官僚になって、やっと認めてもらえるかな」

「なんだか腹が立ってきました」

「ちょっと待って――」

椿が右耳に手を当てた。イヤフォンが差しこまれている。

「黒木が飯を食べ終えて外に出た。文科省の出入口を見渡せるところで、スマホをいじっているって」

「やっぱり、目当ては丸山審議官ですかね」

コーヒーが運ばれてきた。

「ぼくたちも行こうか」

「ちょっと待ってください。コーヒー来たばかりなんですから」

「宮君は後で合流すればいいよ」

椿は腰を上げ、店を出ていった。

「どうせまた、おれにコーヒー代払わせようって魂胆なのはお見通しだよ」

宮澤は遠ざかっていく背中に毒づいた。伝票を手に取って、口に含んだコーヒーを噴きだしそうになった。

伝票に記されているのはレモンティ、スパゲティミートソース、ピザマルゲリータ、アメリカンクラブハウスサンドイッチ、そして、宮澤の頼んだコーヒーだった。

「よ、四千八百円？」

熱いコーヒーを慌てて飲み下した。

「昼飯にどんだけ食ってんだよ」

後ろ姿を探したが、椿はすでに店を出たあとだった。

「汚(きたね)ぇ。ほんっとに汚ぇ」

宮澤はもう一度伝票に目を落とし、溜息を漏らした。

＊　＊　＊

「ただいま……」

くたびれた声を発して、宮澤はドアを閉めた。

結局、黒木は文科省から出てきた丸山を見送っただけで三鷹へ戻った。

顔立ちや背格好を確認しに来たのだろう——というのは椿の見立てだが、それにしても、なにか起こるかもしれないと神経を尖らせていただけに拍子抜けもはなはだしい。

おまけに、尾行がついている可能性を考え、帰宅する際にも念には念を入れて確認行動を繰り返した。

尾行はなかったが、帰宅すればしたで、浩介の問題と向き合わなければならない。疲れるなというのが無理な注文だった。

「おかえりなさい、ダーリン」

エプロン姿の千紗が弾けんばかりの笑みを浮かべて廊下に出てきた。

「ご機嫌じゃん。なんかあったの？」

宮澤は声をひそめ、浩介の気配をうかがった。

「パパならだいじょうぶよ」

千紗が抱きついてきた。目を閉じてキスをせがんでくる。

「だいじょうぶって、どういうこと？」

「ママの睡眠導入剤をもらってきたの。パパの事故のあと、ママ、不眠症みたいになっちゃって、一時期薬を処方してもらってたのよ。そのときの薬が少し余ってて、それをパパに飲ませたの。すっかり夢の中よ」

「ほんとに？」

「ほんとだってば」

自分の目で確かめなければ信じられない。宮澤は千紗を廊下に残して浩介が寝ている部屋を覗きこんだ。

暗い部屋の奥で鼾が聞こえる。

「お義父さん」

鼾に向かって声をかける。しばらく待ってみたが、反応はない。リズミカルな鼾の音が続くだけだ。

「寝てる」

「だから言ったでしょ」

いつの間にか近くに来ていた千紗が背後から体を押しつけてきた。ノーブラなのがそれでわかった。千紗の乳首が硬く尖っている。

「これで心置きなく可愛がってもらえるわ、ダーリン。先にする？　それともご飯食べてから？」

「ご飯食べてから」宮澤は言った。「それから風呂入って、千紗に背中流してもらおうかな」

「一緒に入るの？　やだ、ダーリンったら、いやらしい」

千紗は宮澤の背中を叩いた。

「お腹ぺこぺこなんだよ。とにかく、腹ごしらえをしてからじゃなきゃ、なんにもできない」

「今夜は麻婆豆腐とワンタンスープよ」

「千紗の麻婆豆腐、絶品なんだよな」

宮澤は千紗の腰に手をまわした。頬にキスして、リビングに移動した。キッチンから花椒（ホワジャオ）のスパイシーな香りが漂ってくる。

「支度はすぐにできるから、座って待ってて」

千紗に言われるままダイニングテーブルに陣取った。スマホを手にし、渡会からのメッセージを開く。

「今日の午前中に、椿さんのお父さんに会ってきたんだよ。いい医者紹介してもらおうと思って」

「医者って、パパのための？」

「そう」

渡会からのメールに記されていたのは虎ノ門にあるクリニックと医院長の名前だった。

ネットで調べると、脳神経科の名医らしいことがわかった。

「虎ノ門の病院の、赤西優先生。脳神経科の権威らしいよ。さっき電話してみたんだけど、椿さんのお父さんの紹介なら、いつでも診察してくれるって」

「本当？　ありがとう、ダーリン。本当に頼りになるわ」

「明日、お義父さん、連れていこうか？　こういうことって、早けりゃ早いほどいいだろう」

「そうよね。パパには早く治って、実家に戻ってもらわないと。ここはわたしとダーリンの愛の巣なのに、パパがいるとしたいこともできないもの」

千紗は麻婆豆腐の入った器を運んできた。

「旨そう……」

宮澤の胃が鳴った。

「スープとご飯、すぐに持ってくるから」

「待てないよ」

レンゲで麻婆豆腐を口に運んだ。唐辛子の辛味と花椒の辛味が口の中でハーモニーを奏でる。塩気も絶妙で、何杯でもご飯を食べられそうだった。

「旨い」

「明日連れていくのはいいけど、ダーリン、お仕事はいいの？」

「午前中だけ、休みもらうよ」

「本当に助かるわ。ありがとうね、ダーリン。はい、お待たせ」

白飯とスープ、それに切り干し大根を中華風に味つけした漬けものが並んだ。

「千紗のこれ、大好物なんだよな」

切り干し大根は醤油やゴマ油に八角と花椒で味つけしてある。

「ダーリンがいつも美味しい美味しいって食べてくれるから、多めに作っちゃった」

千紗が向かいの席に座った。

「いただきます」

「いただきます」

宮澤と千紗は手を合わせ、食べはじめた。

「病院に行くんなら、車手配した方がいいかしら?」

「タクシーでいいよ。おれは多分、診察が終わったら仕事に直行することになると思うし」

「じゃあ、タクシーね」

「なんか、おれたち、普通の夫婦みたいだな」

宮澤は麻婆豆腐と白飯を頰張りながら言った。

「え?」

「ほら、こうやって千紗の作った晩飯食いながら、お義父さんの診察の話するとかさ、これって、夫婦の晩飯に夫婦の会話だろう」

　千紗の箸を持つ手が止まった。

「あ、千紗、そういう意味じゃなくてさ、普通にその、なんて言ったらいいの？　だからさ、感激したり発情したりしなくていいから。おれ、腹ぺこなの。ご飯食べたいの」

　宮澤は慌てて言った。

「早く本当の夫婦になりたい」

　千紗が言った。

「なれるさ。赤西先生に診てもらえば、お義父さんだって昔のお義父さんに戻るから。そしたら、おれたちの結婚もゆるしてもらえる。結婚式はハワイでやりたいって言ってただろう。ハワイでやろう。おれはタキシード着て、千紗は純白のウェディングドレス。綺麗だろうなあ」

「お願いがあるの、ダーリン」

　千紗が生真面目な顔で言った。

「なに？」

「昔からの夢を叶えて」

「夢？」

「ウェディングドレスを着たまま、教会のどこかひとけのないところで犯してもらいたいの」

「なんて罰当たりな……」

宮澤は箸を置いた。

千紗は浩介の娘だ。それだけは間違いない。

13

「おれはどこも悪くないぞ。ずっと寝てたから、筋肉が落ちてるだけだ。リハビリを続ければ、もとに戻る」

診察を待つ間、浩介は不平を漏らし続けていた。ここへ来るのにも、自分の足で歩くと言い張り、宮澤は大変な苦労を強いられた。

「まあまあ、念のための診察ですから」

宮澤は浩介をなだめようと愛想笑いを浮かべた。

「病院はもううんざりなんだよ」

「子供みたいに駄々をこねないの」

千紗が浩介を睨んだ。浩介は咳払いをして目を逸らした。

「浅田様、浅田浩介様」

診察室のドアが開き、看護師が浩介の名を呼んだ。

「お義父さん、行きましょう」

「行きたくない」

浩介が蚊の鳴くような声で言った。

「そんなこと言ってると、千紗の目がますます吊り上がっていきますよ」

「医者はいやだが、千紗はもっと怖い」

浩介は首を振った。宮澤は浩介が腰を上げるのに手を貸した。

「浅田浩介様はもうしばらくお待ちください。まずはお話をおうかがいしたいので、ご家族のかたから」

「はい。それならわたしが……浅田浩介の娘です」

千紗が腰を浮かせると、看護師が手で制した。

「ご予約をお取りになられたのは宮澤武様ですよね？　宮澤様、こちらへ」

「へ？　おれ？」

宮澤は自分の顔を指差した。

「宮澤様、どうぞ」

看護師が力強くうなずいた。宮澤は千紗と視線を合わせた。千紗がうなずく。

「じゃあ、行ってくる。お義父さん、もう少し待っててください」

「おれは帰る」

駄々をこねる浩介を叱りつける千紗を横目で見ながら、宮澤は診察室に入った。スキンヘッドに白衣の男がパソコンの大きなモニタを覗きこんでいた。

「先生、宮澤様です」

看護師が男に声をかけた。

「ああ、これはどうも。院長の赤西です。宮澤さんは、椿さんのご紹介でしたね」

男——赤西が宮澤に顔を向けた。

「いや、受診したいのはぼくじゃなくて……」

「わかってます。受診されるのは浅田浩介さん。その前に、ちょっと話をおうかがいしたくて」

「浅田さんは交通事故で——」

「そうじゃなくて」

赤西は宮澤の言葉を乱暴に遮った。

「わたしが訊きたいのは、椿家の跡取りのことだよ」

「ああ、椿さんのことですか」

「最近の彼の様子はどうだね？」

「どうして椿さんのことが知りたいんですか？」

宮澤は訊き返した。

「一度だけ彼を診察したことがあるんだが、とても興味深い症例でね。忘れられないんだ。聞かせてもらえないかな」

「聞かせてって言われても……自分は特別な存在なんだと信じこんでいてですね、その妄想と現実の乖離（かいり）は強引な理論で乗り越えてます。ただ、ときどききれっきれのことがあって、そんなときは、この人、本当にいかれてるんだろうかと首をひねることもありますね」

「わたしが診たときと変わっていないようだなあ……君、彼をここに連れてくることはできんかね」

赤西の頭頂部が赤くなってきた。それと比例するように言葉遣いも乱暴になっていく。

「椿さんをですか？」

「そう。もし、彼を診察させてくれたら、浅田浩介さんの診察料はただにしよう。どうだ？」

「マジすか？」

「マジだよ、マジ。連れてきてくれるか？」

宮澤は腕を組んだ。

「病院に行きましょうと言って素直にうなずくような人じゃないし、連れてくるには作戦が必要ですね」

「そこはうまくやってよ」

「考えます。その代わり、浅田さんの診察は――」

「任せなさい」赤西は自分の胸を叩いた。「こう見えてもわたしは名医なんだよ、名医」

「自分で言うかよ……」

宮澤は眉をひそめて呟いた。

スマホにメールが届いた。出川からだった。

〈本日午後一時に緊急会議。全員出席のこと〉

「緊急会議？　すみません、先生。ぼく、行かないと。椿さんのことはなんとかしますから、浅田さんのこと、よろしくお願いします」

「うん。この名医に任せなさい」

宮澤は赤西に頭を下げて診察室を出た。

「千紗、ごめん。午後一で緊急会議って連絡が来てさ。今から向かわないと、昼飯食う時間もなくなっちゃいそうだから」

「わたしたちならだいじょうぶだから、行ってきて」

千紗がうなずいた。

「貴様、自分だけ敵前逃亡するつもりか」

浩介が喚いた。

「敵前逃亡もなにも、診察してもらうのはお義父さんなんですから」

宮澤は溜息を押し殺し、浅田父娘に背を向けた。

病院を出ると、椿からＬＩＮＥのメッセージが届いた。

〈三鷹、また行動開始〉

返信する代わりに電話をかけた。電話はすぐに繋がった。

「また文科省に行くつもりですかね？」

「わからないけど、そうかもね」

「さっき出川から午後一で緊急会議をやるって連絡があって、ぼくはそっちに出ないとならないんですけど」

「緊急会議？」

「そうなんです。匂うでしょ？」

「宮君を交えて重要事項を話し合うとは思えないんだけどなあ」

言葉の後に、欠伸を嚙み殺すような音が聞こえた。

「それはそうですけど……」

「まあ、黒木に変わった動きがあったら連絡するけど、宮君は会議、頑張って」

「そうします」

宮澤は電話を切り、駅に向かった。

＊＊＊

デスクの上に真新しいタブレットが置かれていた。

「おっ。これ、おれのタブレットですか？」

宮澤はそれを手に取り、出川に声をかけた。

「ああ、そうだ」

出川は自分のタブレットを覗きこんでいる。

「セッティングとかやらなきゃだめっすよね」

「綾野がやってくれてるはずだ」

「綾野？」

宮澤は綾野に声をかけた。会議の時間が迫っているせいか、綾野はヘッドフォンを外していた。

「必要最低限のセッティングはしてあるよ。宮澤、そういうの苦手そうだから」

「よくわかってるねえ、おれのこと。お礼にコーヒーでも淹れちゃおうかな」

綾野がうなずいたのを確認して、宮澤はキッチンへ移動した。お湯を沸かす間、タブレットの電源を入れてあれこれ触ってみた。

基本はスマホと変わらない。画面が大きいというだけだ。

「リストはどうなってるわけ？」

背後からいきなり声をかけられ、宮澤はタブレットを落としそうになった。

「なんだよいきなり。びっくりするじゃないか」

「リスト」

綾野は両手を腰に当て、宮澤を睨み上げた。

「ああ、リストね。今さ、プライベートがごたついててさ、そのうち書いて渡すから――」

「今すぐ書いて」

「今すぐって、これから会議だろう？」

「会議っていっても、出川が今後のうちの予定をべらべら喋るだけだから。その間にリスト書いて。書かないと、ただじゃすまないわよ」

「会議ってそれだけなの？　緊急って――」

「緊急会議を翻訳すると、出川が急に思い立った会議っていう意味」

「なんだよ、それ……」

「とにかく、会議が終わるまでにリスト書いて提出。忘れないでよ」

「わかったよ」

綾野が自分の席に戻っていった。宮澤は唇を嚙み、コーヒーを淹れる準備をはじめた。リストを書けと言われても、宮澤の周囲にパソコンに詳しい人間は椿しかいなかった。

「ま、適当に書けばいいんだよ、適当に」

コーヒーが入ったところで、出川の声が聞こえてきた。

「よし。会議はじめるぞ」

宮澤はトレイにコーヒーサーバーとそれぞれのマグカップを載せてキッチンをあとにした。

会議といっても会議室でやるわけではなく、各自がデスクに着いたまま出川の話に耳を傾ける形式だった。

綾野の言ったとおり、出川が今後の予定を一方的に話していく。結局は、デスクで新聞や雑誌に目を通し、それで間に合わない場合は図書館に行こうというような内容だ。まるで中学や高校の部活みたいで、一国の諜報を担う部署の会議とはとても思えない。

「こんなんで、ほんとに暗殺を請け負ってる部署なのかよ……」

宮澤は独りごちた。綾野の視線を感じ、慌てて手元に置いたノートに名前を書き連ねていく。

会議は十五分ほどで終わった。

宮澤は書き終えたリストを綾野に渡した。公安や捜一の関係者の名前を列記しただけのものだ。

「たったこれだけ？」

リストを受け取った綾野が目を吊り上げた。

「情弱の知り合いは情弱ばかりなの」

「ま、いいわ。絶対にこの中にドラえもんがいるはずよ」

「そんなことはないと思うんだけどなあ……」

宮澤は自分のデスクに戻り、コーヒーを啜った。スマホに椿からＬＩＮＥのメッセージが入った。

黒木はやはり、文科省まで足を運んだようだ。

「なにをしたいのかな……」

首をひねりながら腰を上げる。

「出川さん、おれ、ちょっと出てきます」

「戻りは？」

「未定です。多分、直帰することになるかも」

「わかった」

出川がうなずくのを確認して、宮澤はオフィスを出た。

「にしてもさ、なんの仕事もない新米が勝手に出かけてもなにもお咎めなしってどういうこと？」

エレベーターで一階に下りた。

「ま、でも、椿さんにこのタブレット見てもらわないとならないしな」

マンションを出ると左右に視線を走らせた。世田谷署の捜査員を乗せた車両が目に留まった。

電力会社の作業車を装っている。

「よくやるね。ご苦労さん」

宮澤は首を振り、車両に背中を向けた。

＊　＊　＊

「だめだね」

椿がタブレットから顔を上げた。

「だめってどういうことですか？」

「これじゃ、綾野のパソコンから抜きだしたファイルは読めない」

「でも、これ、特捜から支給されたタブレットですよ。あ、他の三人のやつとは仕様が違うとか」

「そういうことだろうね。黒衣の花嫁がいろいろと仕込んでたから、全部外しておいたからね」

「仕込んでたって、スパイウェアとか、そういうやつですか？」

「スパイウェアなんて言葉、知ってるんだ」

椿は心底驚いたというように目を見開いた。

「それぐらい、常識じゃないですか」

宮澤は椿の目に爪楊枝を突き立ててやりたいという衝動をこらえながら言った。

「宮君は警視庁公安部からの出向って形だし、完全な部外者扱いなのはしょうがないかな」

椿は自分のノートパソコンの位置をずらした。宮澤にもモニタが見えるようになった。

「あれ？　これって……」

モニタに映っているのは特捜のオフィスだった。出川と馬場と綾野が熱心に話しこんでいる。

「宮君のパソコンの内蔵カメラを遠隔操作できるようにしたんだ」

椿が言った。

「そんなことできるんですか？」

「黒衣の花嫁に気づかれないようにするのは手間だったけどね」

「こんなことやってるから、ぼくの外出も簡単にＯＫ出したんだな、出川の野郎。これ、音は拾えないんですか？」

「いずれできるようにするつもりだけど、今は画像だけ」

「なんの話してるのかなあ」

宮澤は首を傾げた。

「三人ともタブレットを手にしてるでしょう？」

椿の言うとおりだった。

「さっき、馬場のタブレットの画面がちらっと見えたんだけど、地図が表示されてたんだよね」

「地図ですか……」

「たとえば、丸山審議官の行動パターンを黒衣の花嫁が分析して、襲撃場所を相談し合っているとかね」

「黒木も活動を活発化させてますし、そのときは近いって感じですかね」

新宿駅で遭遇した田中の顔が鮮やかに脳裏に浮かびあがった。

「なんとしてでも阻止しなきゃ」

宮澤は唇を嚙んだ。

「そこなんだけどさ、宮君。相談があるんだ」

「なんですか？」

「パパたちはどうも、丸山が死んでもかまわないって思ってるみたいなんだよね」

「はい？」

丸山を死なせるわけにはいかんと言っていた椿源一郎の姿が脳裏に浮かんだ。あれは一体なんだったのだろう。

「大事なのは、官邸にとどめの一撃を加えることであって、丸山審議官暗殺阻止じゃないってこと」

「なに言ってるんすか、椿さん？　ぼくら、警察官ですよ。人が殺されるの、黙って見てろって言ってるのと同じじゃないですか」

「宮君がそう言うだろうってのはわかってたんだけどねえ」

椿が首を振った。

「椿さん」

「もしだよ、黒木が丸山を殺す直前に阻止して逮捕したとする。でも、証拠を隠滅されたら本当に暗殺しようとしていたかを立証するのも困難になるし、黒木が口を割らなかったら田部まで辿り着けないじゃないか」

「それなら、丸山審議官が殺されたって同じじゃないですか。証拠は隠滅されるかもしれないし、黒木は口を割らないかもしれない」

「丸山の死因が田中さんと同じだったら、いろいろと問題になるじゃない。野党もメディアも騒ぎはじめるだろうし、なにより、ひとり殺したのとふたり殺したのじゃ、黒木の量刑も変わってくる。二十五年が死刑になるかも。だったら、黒木も口を割る可能性が高くなる」

「だからって、狙われてるってわかってる人を放っておけないじゃないですか。丸山審議官だって、政権打倒のためにわざと囮になってるんですよ」

「パパたちみたいな昔気質のエリートって、人を駒としか考えられないとこがあるんだよねえ」

「なにを他人事みたいに言ってるんですか。椿さんは椿さんじゃないですか。お父さんとは違う。椿さんはどうしたいんですか？」

「ぼく？」

椿が目を丸くした。

「そう。椿警視はどう考えてるんですか？」

「やっぱり、丸山には死んでもらった方がいいかなあ」

椿の目が剃刀のように細くなった。吊り上がった唇とその目が邪悪ななにかを思わせる。

「椿さん！」

「冗談だよ、冗談」

椿が破顔した。手品のように邪悪さが掻き消える。

「宮君ってば、すぐ本気にするんだから」

「全然笑えないですよ、その冗談」

「特捜の方を切り崩していけば、丸山の暗殺を阻止しても官邸まで辿り着けるはずだよ。ただ、データだのファイルだのって話をしても、頭の固い年寄り連中には通じないんだよね」

宮澤は額に浮いた汗を拭った。

「宮君のタブレット、だれかがいじったことは黒衣の花嫁にはすぐばれるはずだ。こうなったら、ぼくが黒衣の花嫁と対峙するしかないかな」

「綾野に会うんですか?」

椿がうなずいた。

「実は、彼女のパソコン経由でサーバーに侵入しようとしたんだけど跳ね返されちゃったんだよ。ちょっと彼女のこと舐めすぎてたかな。とにかく、次の手を打たないとね」

椿は思わせぶりに微笑んだ。

＊　＊　＊

黒木の乗ったタクシーを、世田谷署捜査員が乗った車両が追いかけていく。

黒木は丸山審議官を尾行しているのだ。

そのときが近づいている——宮澤は生唾を飲みこんだ。

椿は用ができたといって姿を消した。黒木の監視は世田谷署に任せておけばいいし、今宮澤にするべきことはなにもない。

「さて、と。お義父さんはどうなったかな？」

スマホを取りだし、千紗に電話をかけた。

「今日はごめんな。途中で抜けだすことになっちゃって」

電話はすぐに繋がった。

「しょうがないわよ。お仕事なんだから」

千紗の声は心なしか明るく聞こえた。

「診察、どうだった？」

「今日は問診とＣＴを撮っただけ。後日、わたしとダーリンで診断結果を聞きに来てくれって」

「なんだよ、それだけ？」

「問診が凄く長かったの。一時間ぐらいかかったかな？　先生、凄く熱心にやってくれたって印象。ダーリン、いいお医者さん見つけてくれて、本当にありがとう」

「ま、それはいいんだけど、いつ行こうか？」

「明後日以降ならいつでもいいって」

「善は急げっていうから、明後日、一緒に行こうか」

「うん」

「じゃあ、予約取っておくよ。またあとで電話する」

「待ってるね、ダーリン」

昼を鳴らす音がして電話が切れた。赤西の病院に電話をかける前に着信があった。綾野からの電話だった。

「もしもし？」

「ドラえもんに会ったわね」

綾野が断定的な口調で言った。

「はい？」

「わかってるのよ。タブレットをドラえもんに渡したでしょ」

「ちょっと、意味がわからないんだけど」

「わかんなくたっていいのよ。どうせ説明したって理解できないんだし」

「今、おれのこと露骨に馬鹿にした？　したよね？」

「いいから、だれに会ってだれにタブレットを渡したのか言いなさいよ」

「もしもし？　もしもーし？　あれ？　電波が届いてないかな？」

宮澤はわざとらしく言って電話を切った。すぐに椿に電話をかけた。

「たった今、綾野から電話があって、ドラえもんはだれだってしつこいんです」

「じゃあ、会わせてやるって言ってやりなよ」

「いいんですか?」

「うん。今夜九時、六本木の例のバーで会おう」

「例のバーって、例のバーですか?」

いやな記憶がよみがえった。公安に左遷され、椿に初めて連れて行かれた芋洗坂を下ったところの雑居ビルに入っているバーだ。客の大半は外国人で、椿が言うところのスパイ天国だ。

「うん。あそこで。じゃあ、あとでね」

電話が切れ、電話がかかってきた。

「どうして途中で電話を切るのよ」

綾野の金切り声が耳に飛びこんできた。

「わたしを舐めるのもいい加減にしなさいよ。本気になったら、あんたを破滅させるのなんか簡単なんだから」

「ドラえもんが会うって」

「え?」

綾野の声が急に小さくなった。

「だから、ドラえもんが綾野に会うって」

「それ、ほんと？」

小さくなった綾野の声が湿り気を帯びはじめた。

「嘘なんかつかないよ」

「ほんとにドラえもんがわたしに会いたいって言ったの？」

「恋する乙女かよ」

宮澤はスマホを顔から離して吐き捨てた。

「なんか言った？」

「くしゃみしただけ」

「いつ？　いつドラえもんに会えるの？」

「今夜九時、六本木。十分ぐらい前にアマンドの前で落ち合おうか」

「今日の九時？」

綾野の声が裏返った。

「うん。ドラえもんはそう言ってた」

「今日はだめなんだ。予定が入ってる。明日以降は――」

「今日の九時。それがだめなら会えない。ドラえもんはそう言ってた」

宮澤は嘘をついた。

「ちょっと待って、ちょっと待って、ちょっと待って——」

「待つ必要ないだろう。来るのか来ないのか。ドラえもんに会いたいんだろう？　それ以上に重要なことなんてあるのか？」

はったりをかます。しばらく返事はなかった。ただ、綾野の激しい息遣いが聞こえてくるだけだった。

「わかった。九時十分前にアマンドの前だね。行く。予定はキャンセルするから」

「了解。じゃあ、あとで」

宮澤は電話を切った。おそらく、今夜の予定というのは特捜の仕事だろう。黒木の動きが活発になっている。宮澤を抜かした三人で、丸山審議官の動きを夜通し追うつもりなのかもしれない。

仕事を放りだしてでもドラえもんに会いたいという綾野の気持ちがまったく理解できなかった。

「オタクの世界ってのはわけがわかんないな」

宮澤は肩をすくめ、スマホをジーンズの尻ポケットに押しこんだ。

「さて、と。九時までどうしようかな……」

椿の示した反応が頭に引っかかっていた。

丸山審議官が死んだ方がやりやすい——椿はすぐに冗談だと否定したが、あの目つきと吊り上がった唇は見過ごせなかった。

またろくでもないことを考えているのかもしれない。

あんな表情を浮かべたときの椿に気をゆるしてはいけないのだ。だが、だからといって、具体的になにをすべきなのかがわからない。

「ああ、やだやだ。早くあんな人とは別れたい。早く手柄を立てて捜一に戻らなきゃ」

宮澤はうなだれながら溜息を漏らした。

14

綾野が先に到着していた。一旦帰宅したのか、オフィスで見たのとは違う服を着ている。黒が基調なのは変わらないが、フリルのついた白いブラウスを身につけている。下はニーハイの黒いソックスにミニスカートだった。

いわゆるゴスロリというファッションなのだろう。

「お待たせ」

宮澤は手を上げて綾野に近づいた。

「あれ？　もしかして、化粧までしてる？」

普段の綾野に化粧っけはない。だが、今夜は薄化粧を施しているようだった。

「あんたには関係ないでしょう？」

　綾野は宮澤から視線を逸らした。

「いつからここにいるんだよ？」

　宮澤は訊いた。

「三十分ぐらい前」

「そんなにドラえもんに会いたいもんかねえ」

「伝説のハッカーだよ。みんなの憧れなんだ。会いたいに決まってるじゃない」

「それで、ミニスカに化粧か。綾野も可愛いところあるじゃんか」

「うるさい。早くドラえもんのところに連れてけ」

「はいはい。じゃあ、行きましょうかね」

　宮澤は芋洗坂を下りはじめた。綾野があとをついて来る。

「ドラえもんってどんな人？」

「会えばわかるよ」

「男だよね？」

「だから、会えばわかるって」

「それはそうだけど……年齢は？　ドラえもんが大活躍してたところから逆算すると、四十歳ぐらいかなと思うんだけど」

「だから、会えばわかるって」

宮澤はぴしゃりと言った。

綾野は口を噤み、宮澤のあとについてきた。

バーの入っている雑居ビルのエレベーターに乗ると、綾野がまた口を開いた。

「ハッカーの溜まり場がこんなところにあるなんて聞いたことない」

「じゃあ、なんの溜まり場じゃないし」

「じゃあ、なんの溜まり場？」

訊き返されて、宮澤は言葉に詰まった。スパイの溜まり場だとは口が裂けても言えない。

「なんの溜まり場なのよ？」

「普通のバーだよ。バー。強いて言えば、外国人の溜まり場」

エレベーターが停まり、宮澤たちは廊下を進んだ。バーのドアを開けると、喧噪と、葉巻やパイプの煙と匂いが襲いかかってきた。飛び交っているのは様々な言語だ。

「ほんとに外国人の溜まり場なんだ」

綾野が毒気を抜かれたというように呟いた。

「ああ、あそこにいるよ、ドラえもん」

宮澤は一番奥のボックス席に座っている椿を見つけた。

「どこ？」

「一番奥の席に座ってる漫画みたいにでかい人」

綾野が立ち止まった。胸の前で両手を組み、感極まったような表情を浮かべている。

「あの人が？」

「そう。あの人がドラえもん。さあ、行こうぜ」

「ちょっと待って。心の準備が……」

「ガキじゃあるまいし、なに言ってるんだよ。ほら、ドラえもんがこっちに向かって手を振ってる」

「あんな大きな手でどうやってキーボード打つんだろう」

綾野が溜息交じりに言った。

「あの怪獣みたいな指で、信じられないぐらいの速さで打ってるよ、いつも。スマホもあり得ないぐらい速い。手品みたいなんだよな」

宮澤は綾野の背中を押した。

「ほんとにドラえもんと話ができるんだ……ドラえもんと」

綾野は譫言（うわごと）のように呟きながら歩きはじめた。

「はじめまして。君が黒衣の花嫁だね？」

椿が綾野に右手を差しだした。

「ドラえもんさんですか？」

綾野が椿の手を握った。椿のそれに比べると、綾野の手は赤ん坊のようだ。

「そう。ぼくがドラえもん。もう、長いことその名前は使ってないけどね」

「伝説のハッカーに会えるなんて光栄です」

綾野の目は夢見る乙女のそれだった。

「ぼくも黒衣の花嫁に会えて光栄だよ。さ、座って」

椿は優雅な身ごなしで自分の向かいの席に手を向けた。

「あ、ありがとうございます」

綾野が慌てて腰を下ろした。宮澤はその隣の席に座った。椿は紅茶を飲んでいるらしかった。酒ではないことに、宮澤はほっと胸を撫で下ろした。

「なに飲む？」

綾野に訊いた。

「コーヒー」

「綾野はアルコールだめなの？」

「だめってわけじゃないけど、弱いし、好きじゃない」

つっけんどんな物言いだった。明らかに宮澤を邪魔者扱いしている。

宮澤は舌打ちをこらえながら手を上げて、ウェイターの注意を引いた。

「コーヒー、ふたつ」

やってきたウェイターに告げる。

「ぼくはビールを」

椿が言った。

「椿さん、飲むんですか？」

「だって、黒衣の花嫁との初めての対面なんだよ。祝杯をあげなきゃ」

「じゃあ、わたしもビールを」

綾野がおずおずと手を上げた。

「じゃあ、コーヒーは取り消して、生ビールを三つ」

宮澤は頬を膨らませてウェイターに告げた。

「椿さんっていうんですね」

ウェイターが去るのを待って、綾野が口を開いた。

「うん」

「宮澤とはどういう関係なんですか？」

「呼び捨てかよ」

「上司だよ」

「上司って……ドラえもんさん、まさか、あの……」

綾野は手で口を押さえて言葉をのみこんだ。おそらく、イカれた男と言いかけたのだろう。

「そう。ぼくは警視庁公安部の警視だよ」

「まさか、ドラえもんが警官だなんて……」

「君だって内調の嘱託じゃないか」

椿が微笑んだ。いつもとは違う慈愛に満ちた笑顔が宮澤には嘘くさく見えるが、綾野は違う感じ方をしているようだ。

憧れていた伝説のハッカーが、自分を認め、優しく接してくれている。

綾野は天にも昇る気持ちなのだろう。

「訊きたいことがあるの」

綾野が言った。その目は椿の一挙手一投足を見逃すまいとしているかのようだった。

「なに？」

「十年以上前の話になるけど、ＦＢＩのサーバーにハッキングしたの、あなたでしょ？」

「どうだったかな？」

椿は思わせぶりに微笑んだ。

ビールが運ばれてきた。

「マルゲリータのピザ、イタリアン・ハムの盛り合わせ、シーザーサラダに、ローストビーフ」

ビールを運んできたウェイターに椿が告げた。

「ぼくは自分の飲み食いした分しか出しませんからね」

宮澤は言った。

「当然じゃないか」

椿がいけしゃあしゃあと応じた。宮澤は思わず唇を嚙んだ。

「宮澤ってケチくさい」

綾野が侮蔑をあらわにした表情を浮かべた。

「なんにも知らないくせに」

宮澤は綾野を睨んだ。

「なによ。ガキみたいに」

「宮君は精神的に幼いところがあるんだよ」

「宮君？」

綾野が目を丸くした。

「なんだよ？」

「その顔で宮君？」

「前から思ってたけど失礼なやつだな、おまえは」

「ダーリンで宮君。その顔で」

るのだ。

「これ以上からかわれたくなかったら、しばらく口を閉じてて。わたしはドラえもんさんと大切な話があるの」

宮澤は顔をしかめてビールを飲んだ。

「ね、どうやってFBIのサーバーに潜りこんだの？　ハッカー仲間と話し合ったりもしたんだけど、だれも謎を解けないのよ」

「それを話したら、ぼくは引き替えになにをもらえるのかな？」

「取り引き？」

「ハッカーにとって手のうちをさらすのは自分の首を絞めるようなものじゃないか。ただで教えてくれって言われても考えちゃうよね」

「なにが知りたいの？」

「ぼく、しばらくハッキングから遠ざかってるから、最新の情報に疎いんだよね。その辺のところを教えてもらえると助かるな」

「そんなことでいいならお安いご用。なんでも教えてあげる。さ、話して。ここで聞いたことはだれにも話さないから。約束する」

「うるさいな」

顔が熱くなっていくのを感じた。綾野には千紗とのメッセージのやりとりを見られていサラダが運ばれてきた。椿は宮澤や綾野に勧めることもなく、サラダを独占して食べはじめた。

「あれはさ、トロイの木馬の変形バージョンなんだ。まあ、変形といっても、かなりこみ入った手法を駆使したんだけどね」

椿と綾野は会話に没入していった。宮澤にはふたりの話す言葉の半分以上が理解できなかった。

＊＊＊

宮澤は三杯目のビールに口をつけた。椿は長ったらしい名前のカクテルを飲んでいる。綾野のジョッキには、最初のビールが三分の一以上残っていた。

それだけでも綾野には許容量に近いのだろう。表情が緩み、目尻が下がっている。憧れのドラえもんと一緒にいるという心のたかぶりがなければ、寝入ってしまってもおかしくはなかった。

「ええ、嘘。ロラえもんのくせに、そんなことも知らないの？」

綾野が声を張り上げた。呂律（ろれつ）が回っていない。

「だから言ったじゃないか。最新の情報やギアには疎いんだって」

椿は最後のローストビーフを口に放りこんだ。これで、頼んだものは完食だ。ここからは、食い逃げされないよう警戒しなければならない。

「ちょっとトイレ……」

綾野が腰を上げた。ふらつきながらトイレに向かって歩いていく。

「だいぶ酔ってきましたね、あの女」

「本当に酒に弱いんだよ」

椿は手を上げてウェイターを呼んだ。

「同じカクテルのお代わりふたつと、フライドチキン」

「まだ食べるんですか？」

「支払いはぼくがするから、心配しなくていいよ」

宮澤は鼻を鳴らした。椿の言葉にはこれっぽっちの信用も置けない。

「それで、どうするんです。綾野のこと？」

「もうちょっとだけ酔わせたいんだよね」

「酩酊（めいてい）させてなにか仕込むんですか？」

椿がウインクをした。

「なに気障（きざ）なことを……」

「彼女にとっては憧れのハッカーだからね。これぐらいしておかないと」

ウェイターがカクテルグラスをふたつ、持ってきた。

「このカクテル、見た目よりきついんだよ。これを二口ぐらい飲んだら、彼女、ノックダウンだと思う。なんとか飲ませるように持っていくから、宮君、協力よろしくね」

「はい。じゃあ、ぼくもビールじゃなくて、同じカクテルにしようかな」

空いたグラスと皿を片づけているウェイターに、カクテルをもうひとつ注文した。

そのカクテルが運ばれてくるのと綾野がトイレから戻ってくるのはほとんど同時だった。

「カクテル？　わたしの分も？　ごめんなさい。わたし、もう飲めない」

綾野が席に着いた。

「乾杯しようと思って頼んだんだ。ドラえもんと黒衣の花嫁、新旧二大ハッカーの出会いを記念して。口をつけるだけで飲まなくてもいいよ」

「それなら……」

綾野はカクテルグラスを手に取った。

「乾杯」

声を合わせ、グラスをぶつけ合う。宮澤はカクテルを口に含んで目を丸くした。ほどよい甘みと酸味のバランスが抜群で口当たりがいい。気をつけなければぐいぐい飲んでしまいそうだった。

「美味しい、これ」

綾野が目を細めてそれを飲んだ。口をつけるだけと言っていたのに、喉を鳴らしている。

「けっこう強いから、あんまり飲みすぎるとやばいぜ、綾野」

宮澤は綾野を制した。

「これぐらいだいじょうぶ。なによ、保護者面して」

「そんなつもりじゃないけどさ」

宮澤は唇を噛んだ。綾野は宮澤に見せつけるようにグラスの中身を半分近く飲んだ。赤かった頬がさらに赤くなり、目尻が下がっていく。

「どうしよう。眠くなってきちゃった」

「寝ていいよ。送っていくから」

「ありがとう、ドラえもん……」

綾野が目を閉じた。すぐに寝息を立てはじめる。

「綾野、こんなとこで寝るなよ。綾野？」

声をかけたが反応はない。

「熟睡してますね。はやっ」

綾野の顔の前で手を振ってみた。やはり、反応はない。綾野は椅子の背もたれに体を預け、首を左の方に傾げて眠っている。

「彼女のバッグをこっちに」

椿が言った。宮澤はバッグを椿に渡した。

「若い女の子だっていうのに、ＩＴ機器ばかりだよ」

椿はバッグの中を覗きこみ、スマホとタブレットをテーブルに置いた。

「目を覚まさないかちゃんと見張ってて」

椿は自分の鞄から取りだしたタブレットと綾野のタブレットをコードで繋いだ。

「早くすませてくださいよ」

「わかってる。五分で終わるよ」

「あとでこいつに気づかれませんかね？」

椿が笑った。ぞっとするような冷たい笑みだ。

「ぼくはドラえもんだよ」

「だから、今の笑いかたとその通り名、全然似合ってませんから」

「よし」

椿は目にも留まらぬ指捌きでタブレットを操作すると、コードを綾野のタブレットからスマホに繋ぎ替えた。

「この子は自分の腕に自信を持ってる。そういうハッカーこそ見落とすような穴を開けてるんだ。まあ、言っても宮君にはわからないだろうけどね」

「すみませんね。おっしゃるとおり、まったくのちんぷんかんぷんでございますよ」

宮澤は口をへの字に曲げた。綾野の頭が動き、寝息が途切れた。

めた。

「椿さん——」

警告を発したが、椿はかまわずタブレットの操作を続けた。綾野がまた寝息を立てはじめた。

「まったく肝を冷やすわ」

宮澤は額に浮いた汗を拭った。

「よし。これで終了」

椿がコードを抜き、タブレットとスマホを綾野のバッグに戻した。

「ちょっとトイレ行ってきます。緊張が解けたら、なんだか催しちゃって」

宮澤は腰を上げた。ビールのせいか、膀胱がぱんぱんに膨らんでいる。

「急げ、急げ」

トイレに駆けこみ、用を足す。自分でも驚くほど大量の尿が迸(ほとばし)った。

放尿をすませると、手を洗って席へ戻った。

椿の姿がなかった。

「まさか……」

宮澤はウェイターを呼んだ。

「うちの連れは？」

「急用ができたとおっしゃって、お帰りになられました」

「支払いは？」

「まだです」

「やることが素速すぎるっ」

宮澤は食いしばった歯の隙間から言葉を押しだした。ウェイターがひるんだ。

「な、なんですか？」

「確信犯だ。最初からそのつもりなんだ、いつもいつも」

「で、ですから、お客様、なにが？」

宮澤は表情を緩めた。

「ツケはできる？」

「ツケは勘弁してください」

「明日、支払いに来るから。ね？」

「だめです」

「あのね、おれ、こういう者なの」

宮澤はウェイターの肩を抱き、バッジを見せた。

「警察の威信にかけても、明日、必ず支払いに来るから。ね？」

なにがなんでも椿に支払わせるのだ――決意を胸に、ウェイターに迫った。

「だめです」

「こんなに頼んでるのに」

「ここ、メディア関係者もよく来るんです。彼らに、警官が食い逃げしたって話しましょうか、宮澤武巡査部長。名前と階級、ちゃんと覚えましたから」

バッジを見せたのは間違いだった。

「くそぉ」

宮澤は半泣きになって、財布から抜き取ったクレジットカードをウェイターに渡した。

「少々お待ちください」

ウェイターが立ち去った。伝票は見ていないが、椿があれだけ食べたのだ。一万円は軽く超える支払いになるだろう。

「おい、綾野、起きろ。帰るぞ」

だらしなく眠りこけている綾野の体を揺すった。起きる気配はない。

「綾野、起きろってば」

頬をつねっても軽く叩いても、綾野は起きなかった。

「お待たせいたしました。サインをお願いします」

ウェイターが戻ってきた。

「あのさ、この女、起きないんだけど、置いていくから面倒見てくれる?」

ウェイターが首を振った。

「後で起きたら帰れって言うだけでいいからさ」

「お客様のお連れ様のことは、お客様が責任をお持ちください」

「連れて帰れって言うの？　こんなに爆睡してるのに？」

「お酒に弱い女性にこんなになるまで飲ませたのはお客様では？　なんなら、マスコミに話しましょうか？　宮澤武巡査部長が、若い女性に酩酊するまで酒を飲ませて――」

「わかった。連れて帰る。連れて帰ればいいんだろう？」

「ありがとうございます」

ウェイターは丁寧に頭を下げ、去っていった。

「二度と来るか、こんな店」

宮澤は遠ざかっていくウェイターの背中を見つめながら吐き捨てるように言った。ついで、視線を綾野に移す。

「さて、どうすっかな、この酔っぱらいのお嬢ちゃん」

綾野は幸せそうに眠りこけていた。

＊　＊　＊

特捜のオフィスは無人だった。宮澤は綾野をおぶったまま仮眠室のドアを開けた。

「よいしょ、と」

綾野をベッドに横たえた。目を覚ます気配は微塵もない。

「しょうがねえなあ」

綾野が寝返りを打った。ミニスカートの裾がまくれ、下着が見えそうになっている。

「まったく、年頃の女がなにやってんだか」

膝掛けを綾野にかけてやる。ベッドから離れようとした瞬間、左の手首を摑まれた。

「おっと、起きた？　六本木からオフィスまで、意識のないおまえを運んでやったんだぞ。感謝しろよ」

「ドラえもん……」

若い女とは思えない強い力で引っ張られ、宮澤は綾野の上に倒れこんだ。

「なにするんだよ、ちょっと——」

抱きすくめられた。

「綾野、おい」

「大好き、ドラえもん……」

「寝言かよ……おい、綾野、起きろ。おれだ。ドラえもんじゃないぞ」

離れようともがいたが、綾野の両腕は宮澤の首に、両脚が胴にきつく巻きついている。まるで柔道の寝技のようだ。しかも、綾野は想像以上に腕っぷしが強かった。

「綾野、起きろよ」

綾野の脚を外そうと手を伸ばした。だが、指先にストッキングが触れた瞬間、その手を引っこめた。

非常事態とはいえ、若い女性の脚に触れるのはためらわれる。

「ドラえもん……」

綾野は寝言を口にしながら宮澤の首に舌を這わせてきた。

「綾野、起きろ。おれはドラえもんじゃない。なにをするんだ、こら」

寝技から抜け出そうともがけばもがくほど、綾野の四肢に力がこめられる。

「マジかよ……」

首筋を這う舌の感触が遠のいたと思ったら、綾野が鼾をかきはじめた。

「また寝ちゃったの？」

綾野の鼾は止まらない。四肢の力が緩むこともない。

「マジかよ……」

宮澤はもがくのをやめた。じっとしていれば、そのうち綾野の力が抜けるかもしれない。

「おれってなんなの？　呪われた星の下に生まれてきたの？」

酔っ払った綾野に抱きすくめられたまま、宮澤は己の不運を呪った。

＊　＊　＊

「なにしてんのよ！」

金切り声で目が覚めた。体が落下する感覚を覚え、次の瞬間、衝撃を覚えた。綾野に突き飛ばされ、ベッドから床に落ちたのだ。

「それはこっちの台詞だ、馬鹿野郎」

宮澤は跳ね起きた。一晩中、綾野に抱きすくめられていたせいで、体の節々が痛んだ。

「酔って正体のなくなった女を弄ぶなんて、最低」

「だれがおまえを弄ぶかよ。酔ったおまえがドラえもんと間違えて抱きついて離さなかったんじゃないか」

「わたしがそんなことするわけないじゃない。責任取りなさいよ」

宮澤は殴りかかってきた綾野の両腕を摑んだ。

「おえっ」

綾野の口からおぞましいものが迸り、宮澤はそれをまともに浴びた。

＊＊＊

「まいったよなあ。とんだ散財だよ」

宮澤は肩を落としながらタクシーを降りた。半乾きのジーンズの感触が不快だ。オフィスでシャワーを浴び、綾野の嘔吐物で汚れた服を洗った。コンビニで下着とTシャツを買ったのだが、ズボンまでは用意できなかったのだ。

「ただいま」

部屋に入ると力のない声を発した。疲れていて、眠い。

「おかえりなさい……どうしたの？　その格好。上着は？」

「質の悪い酔っぱらいにゲロかけられてさ。上着は使いものにならないから捨ててきた」

宮澤は千紗に手にしていたコンビニのレジ袋をかざした。中に、財布やバッジを入れてある。

「悪いけどさ、ジーンズ、洗ってくれる？　一応、おれもシャワー浴びながら洗ったんだけど、なんだか気持ち悪くて」

「いいけど、シャワーってどこで浴びたの？」

千紗の目が心なしか細くなった。

「どこって、オフィス」

「警視庁にシャワールームなんてあるの？」

「そうじゃなくて、内調の——」

そこまで言って、宮澤は口を閉じた。千紗には今の仕事の詳細は伝えていない。

「内装？」

細くなった千紗の目が吊り上がりはじめた。明らかに宮澤の言動を疑っている。

「仕事で、内閣情報調査室ってところに出向してるの。おれが出向してる部署のオフィスはマンションの一室で、シャワールームもあるんだよ」

「質の悪い酔っぱらいにゲロかけられたって言ってた。オフィスで宴会でもしてたわけ？」

「なんなんだよ、その言い方は」

宮澤は声を荒らげた。途端に、千紗の目が潤んだ。鼻を啜り、泣きはじめる。

「泣くことはないだろう」

「パパのせいで、わたしのことも嫌いになったのね」

「だから——」

「浮気して、服に相手の女の匂いがついたんでしょ。ゲロをかけられたなんて嘘までついて……」

「嘘じゃないんだってば」

「シャワーまで浴びて、証拠隠滅を図るなんて……」

「千紗」

宮澤は千紗の両肩を摑んだ。

「おれが今までおまえに嘘をついたことがあるか？」

「わたしのこと好きなら嘘はつかないと思う。だけど嫌いになったら」

「嫌いになんかならない。これまでもこれからも、おまえはおれの女だ」

吊り上がっていた千紗の目尻が下がった。

「もう一回言って」

「これまでもこれからも、おまえはおれの女だ。いいな？」

千紗の口から吐息が漏れた。

「抱いて、ダーリン。馬鹿な千紗をめちゃくちゃにして」

「ちょっと待て」

宮澤はその場を離れた。溜息を漏らし、額に浮いた汗を拭いながらそっとベッドルームに近づく。

いきなりドアを開けた。浩介が床に膝をつき、手を耳に当てがっていた。

「なにをしてるんですか、お義父さん」

「あ、いや、痴話喧嘩がはじまったみたいだから、これはいかんと思ってだな。喧嘩がひどくなったら仲裁しようと……」

「お義父さん」

宮澤は腕を組み、浩介を睨みつけた。

「パパの馬鹿！」

千紗が叫んだ。

「喧嘩もおさまったみたいだし、わたしは寝るよ、うん」

浩介はそそくさとベッドに戻っていった。宮澤はドアを閉めた。

「まったく、困ったもんだな……」

「わたし、呪われてるのかしら」

千紗が呟いた。

呪われてるのはおれの方だよ——宮澤は喉元まで出かかった言葉をのみこんだ。

15

「おはよう」

「おはようございますっ」

宮澤は爽やかな笑顔を浮かべた椿の目の前に、領収書を突きつけた。

「なにこれ？」

「昨日の店の領収書。払ってください」

「ぼくが？　どうして？」

「だって、食べてたの椿さんだけじゃないですか」

「宮君だってビールやカクテル飲んでたでしょ？」

「ぼくが飲んだ分は払いますよ。でも、他は椿さんが出してください」

「困ったなあ」

椿は頭を掻いた。

「なにが困るんですか？」

「現金、持ち歩かないことにしてるんだよね。今はほら、スマホで支払いからなにからすんじゃうから」

「ほらじゃありません。なんでもいいから払ってください」

「今度、一緒にご飯食べたときにぼくが払うよ。それでいいでしょ？」

「もう騙されませんよ。前にも似たような台詞聞かされましたけど、一度も払ってくれたことないじゃないですか」

宮澤は椿を睨んだ。

「払わなかったわけじゃなくて、払う機会がなかっただけだよ」

「いいでしょう。それはそれってことにしてあげます。ただし、これは払ってもらいます。今すぐ」

宮澤は領収書をもう一度、椿の眼前に突きつけた。

「まったく、宮君もしつこいなあ」

椿はスマホを手にした。だれかに電話をかける。

「ああ、渡会、今、どこ？　……悪いんだけど、すぐに来てくれるかな。うん、アンタッチャブルのオフィスにいるよ」

椿は電話を切ると宮澤を見つめた。

「渡会がお金、持ってくるから」

「渡会さんに払わせるつもりですか？」

「現金を持ってないんだからしょうがないじゃないか。そもそも、渡会の金は椿家の金も同然なんだから」

宮澤は椿から顔を背け、呟いた。

「鬼だ、鬼」

「なにか言った？」

「いいえ、なにも」

宮澤は首を振った。椿だろうが渡会だろうがかまわない。立て替えた分を出してもらえればいいのだ。

「それで、なにか出てきましたか？」

「昨日、大変だったね。黒衣の花嫁、吐いちゃったでしょ？」

「なんで知ってるんですか？　あ、ハッキング？」

「彼女のスマホのあるところから半径数メートルの音を拾えるようにしてあるんだ」

椿はノートパソコンのキーボードを操作し、最後にエンターキーを押した。

『おはようございます』

パソコンのスピーカーから馬場の声が流れてきた。

『あれ？　綾野、泊まりだったのかよ』

『大きな声出さないで。頭が痛いんだから』

『二日酔い？　飲めないって言ってたのに飲んだわけ？』

『だから静かにしてってば――』

綾野の声が遠ざかっていく。トイレにでも向かったのだろう。

「これって、綾野に気づかれません？」

訊ねると、椿は不敵に笑った。

「ぼくは伝説のドラえもんだよ」

「表情と台詞に、ドラえもんって名前、全然合ってませんから」

「まあとにかく、当分の間は気づかないと思うよ。腕によりをかけて作ったウイルスを仕込んであるからね」

「ファイルは読めるようになったんですか？」

「こっちは難敵だ。まず、アルゴリズムを解読して――」

「ストップ。難しいことを説明されてもわからないんで……とにかく、まだ解読はできてないってことですね？」

「あと数日はかかりそうかな」

ドアをノックする音が響いて、椿が口を閉じた。

「渡会でございます」

声に続いてドアが開いた。

「早いっすね、渡会さん。椿さんが電話してから十分も経ってないですよ」

宮澤は目を丸くした。

「旦那様のお使いで近くまで来ていたものですから……それで、お坊ちゃま、ご用というのは？」

「宮君がうるさいから払ってやって」

「は？」

渡会が口をあんぐり開いた。

「なんですか、その言い方。まるでぼくが――」

「昨日、宮君と軽く飲み食いしたんだけど、ぼく、急用ができて帰っちゃったんだよね。で、宮君が立て替えてくれたんだけど、今日中に払えってしつこいんだよ。払ってやって」

「だから、その言い方――」

「わ、わたくしがお坊ちゃまの飲食した分の代金を支払うのでございますかっ」

宮澤は椿と渡会の視界から完全に消えているようだった。

「渡会も知ってるだろう？　ぼくが普段現金を持ち歩かないの」

「だからといって、どうしてわたくしが——」

「後で返すからさ」

「旦那様やお坊ちゃまにそう言われてお金が返ってきたためしがありません」

「金に汚いのは遺伝なのか……」

宮澤は呟いた。

「宮君、なにか言った？」

「いいえ。椿さんだろうが渡会さんだろうが、こっちは払ってもらえればそれでいいんで。さ、渡会さん、これ、領収書です。お金ください」

「み、宮澤様までそんなことを——」

「あとで椿さんに返してもらえばいいじゃないですか。さあ、早く」

「ご存知のくせに、椿家のかたがたがどんな人間かご存知のくせに」

「なんのことだろう？　ぼくには全然わからないなあ」

宮澤は掌を上に向けて、その手を渡会に突きだした。

「渡会、早く金を渡して帰るんだ」

椿が緊迫した口調で言った。パソコンを見つめている。

『よし、あの馬鹿はまだしばらく来そうにないな。とっととミーティングをはじめよう』

スピーカーから流れてきたのは出川の声だった。

「あの馬鹿って、もしかしておれのこと？」

声に気を取られた瞬間、渡会が踵を返した。

「あ、ちょっと渡会さん、お金——」

渡会は加速装置でもついているかのようなスピードで資料室を出ていった。

「宮君、お金の件はあとまわし。こっちが重要だよ」

「あ、はい。そうっすね」

宮澤は椿の背後にまわった。

『綾野、ターゲットの行動分析はどうなってる？』

出川の声はいつも耳にするのとは違って、どこか張りつめていた。

『ほぼ終わってる。もう数日行動確認を継続すれば完璧な分析ができると思う』

綾野の声にも張りがある。

『馬場、ソードの方はどんな様子だ？』

『まだ多少ナーバスなところはありますが、前回のミッション終了時に比べればだいぶ落ち着いていています』

馬場の声も緊張感に満ちていた。

「ソード？」

「剣だよ」宮澤の呟きに椿が応じた。「黒木のことだろうな。相手を斬り、突き刺す剣。安直なコードネームだけど」

「ナーバスになってるってことは、自分がやってる仕事に罪悪感を抱いてるんですかね？」

「自衛官時代の黒木のことを少し調べたんだけど、愚直な男らしいよ。必要悪だと考えていたとしても、殺人を簡単に受け入れるような狂信者じゃないと思うんだ」

「そんなことまで調べたんですか？　同僚やなんかに訊かなきゃわからないことじゃないですか。いったいどうやって……」

椿が唇に人差し指を当てた。

『次のミッション遂行まで、あまり時間がない。各人、これまで以上に気を引き締めてかかるように。それから、言うまでもないが、あの馬鹿にはなにも漏らすなよ』

「出川の野郎、人のことを馬鹿呼ばわりしやがって」

宮澤は唇を嚙んだ。

「それだけ宮君の偽装工作がうまくいってるってことじゃないか」

椿が言った。

「潜入捜査官にとって、相手に馬鹿にされるってのは自慢してもいいぐらいのことだからね」

「ありがとうございます」

「そうだよ。宮君も一人前の公安捜査官になったなって感心してたところだよ」

「そうですか？」

「はいっ」

宮澤は相好を崩した。多々問題があるとはいえ、椿は超がつくほど優秀な公安の捜査員だ。その椿に褒められれば自尊心がくすぐられる。

「お褒めにあずかって光栄です。でも、それとお金は別ですからね」

「渡会を逃がしたのは宮君じゃないか」

「飲み食いしたのは渡会さんじゃなくて椿さんです」

『ああ、気持ち悪い』

パソコンのスピーカーから綾野の声が流れてきた。

『綾野、ターゲットの行動分析のファイル、メールで送ってくれないか。すぐに。このあと、本部に行かなきゃならないんだ』

出川の声に、椿が微笑んだ。

「よし」

「綾野がメールを送ったら、椿さんが仕込んだウイルスに出川のタブレットやスマホも感染するってことですね？」

『了解』

気怠そうな綾野の声が響く。椿が凄まじい速さでパソコンのキーボードを叩きはじめた。

「完了。さすが、黒衣の花嫁はやることが手早いね」

話しながらも、椿の指は動き続けていた。

「おっと……出川は黒衣の花嫁が送ったファイルをすぐに転送したよ。転送先は南野徹と大津富士雄だ」

南野は内閣情報官、大津はその右腕である次長だった。

「そのふたりのパソコンかスマホも感染したってことですよね？」

「うん。どっちかが内閣のだれかと連絡を取れば、だれが暗殺の黒幕なのかもすぐに割れると思うよ」

椿はキーボードの操作をやめると、底意地の悪そうな笑みを浮かべた。

＊　＊　＊

オフィスを出た出川は電車を乗り継いでまっすぐ内閣府庁舎に向かっているようだった。世田谷署の監視要員からの報告もそれを裏付けている。

出川のことは椿に任せ、宮澤は特捜のオフィスに向かった。

馬場が新聞に目を通している。綾野の姿はなかった。

「おはようございます。今日は馬場君だけ？」

宮澤は馬場に声をかけた。

「出川さんは外出。綾野は――」

馬場は仮眠室に視線を向けた。仮眠室からは微かな鼾が聞こえてくる。

「綾野が寝てるの？　珍しい」

宮澤は声をひそめた。

「ひどい二日酔いらしいですよ。確かに、彼女にしては珍しい。っていうか、飲めない体質だって聞いてるんだけど」

「飲めない酒をだれと飲んでたのかね？　もしかして、これとか？」

宮澤は右手の親指を突き立てた。

「さあ。浮いた話は聞いたことがないから……。プライベートなことは、お互いに話さないですしね」

「馬場君は独身だよね。彼女は？」

馬場は首を振った。

「仕事が忙しくて、出会いがなかなか」

「忙しいって、こんなに暇な部署なのに？」

一瞬、馬場の目が泳いだのを宮澤は見逃さなかった。

「活字を読むのが遅いんで、こういう仕事でも時間がかかるから」

「ふぅん。コーヒー飲む？」

「いただきます」

宮澤はコーヒーを淹れる支度をしながらキッチンのゴミ箱を確認した。綾野の嘔吐物を処理したペーパータオルやティッシュは見当たらなかった。出川や馬場がやったとは思えないから、綾野が二日酔いをこらえながら片づけたのだろう。

傍若無人とはいえまだ若い女だ。自分が吐いたことを他人に知られたくないのはよくわかる。

「お待たせ」

馬場のデスクまでコーヒーを運び、そのまま仮眠室に足を向けた。

「起こさない方がいいですよ。凄く機嫌が悪いから」

「だいじょうぶ、だいじょうぶ」

馬場の忠告を聞き流し、宮澤は仮眠室のドアを開けた。綾野はベッドに横たわって寝ている。

「おい、だいじょうぶか？」

綾野の体を乱暴に揺さぶった。

「やめて……頭が割れそうに痛いの」

「これ飲めよ。二日酔いには効くぞ」

コンビニで買っておいた二日酔いに効くと謳っている栄養ドリンクのボトルを綾野に握らせた。

「こんなの、本当に効くの？」

「二日酔いのときはいつもお世話になってる」

綾野は怠そうに体を起こすと、ドリンクを一気に飲み干した。

「昨日はごめん」

神妙な面持ちで頭を下げる。

「後始末、大変だったでしょ？」

「覚えてるだけたいしたもんだよ」

「ドラえもんには話した？」

「話してないよ。あれから会ってないし」

宮澤は嘘をついた。

「絶対に言わないで」

「可愛いとこあるねえ、綾野にも」

「約束してよ」

「わかった、わかった。約束するよ」

宮澤が言うと、綾野は安堵の溜息を漏らした。

「あんたにゲロかけたのは覚えてるけど、他の記憶は途切れ途切れなんだ。ドラえもんに変なこと言ったりやったりしてないかな？」

「問題ないから心配すんな」

「また会ってくれるかな？」

「おれに訊かずに、自分でなんとかしろよ」

綾野が首を振った。

「わたしの方から連絡なんかしたら、ウザい女って思われるかもしれないし……。でも、ドラえもんはわたしのメアド知ってるはず。だって、ここのサーバーに侵入しようとしたんだから……」

「じゃあなにか？　ドラえもんから連絡が来るのをしおらしく待ってるつもり？」

宮澤は茶化すように言った。綾野が恨みがましい目で睨んでくる。

「とにかく、今日は寝てろ。二日酔いにはそれが一番だ」

宮澤は綾野に背を向け、仮眠室を出た。馬場が目を丸くしていた。

「綾野となにかあったんですか？」

「別に。どうして？」

「おれ、訊きたいことがあって、さっき、綾野を起こそうとしたらえらい剣幕で怒鳴られたんですよ。それなのに、宮澤さんには怒らないじゃないですか」

「二日酔いに効く栄養ドリンクが冷蔵庫にあったの思いだして渡してやったからだよ」

宮澤は笑った。自分のデスクに着き、コーヒーを啜る。タブレットの電源を入れたが、メールもＬＩＮＥのメッセージもない。

「そろそろ仕事やらせてくれないもんかねえ。出川さん、なんか言ってなかった？」

「別に。ああ、そうだ。ぼく、これから出かけるんで、代わりにここにある新聞に目を通しておいてくれます？」

「目を通すだけでいいのかい？」

「北朝鮮、中国、ロシア関連で気になる記事があったら、チェックしておいてください。あとでぼくがデータ入力するんで」

「了解。行ってらっしゃい」

馬場はホワイトボードに〈直帰〉と書き記してオフィスを出ていった。

宮澤はキッチンへ移動して、外で待機している世田谷署の監視要員に電話をかけた。

「馬場が外出。繰り返す。馬場が外出」

「了解」

簡潔な返事があって電話が切れる。すぐに、椿にＬＩＮＥのメッセージを送った。

〈ぼくを監視するためのカメラとか、一時的にオフにできます？〉

〈ぼくはドラえもんだよ〉

返事はすぐに来た。

〈向こうに警戒されないよう、フェイク動画も用意してあるんだ。三十分ぐらいなら、好きにしていいよ。黒衣の花嫁は？〉

宮澤は耳を澄ませた。仮眠室からまた小さな鼾が聞こえてくる。

〈爆睡中〉

メッセージを送ると、宮澤は出川のデスクに移動した。

抽斗を順番に開けていく。めぼしいものは見つからなかった。この手の仕事を束ねる係長クラスとしては、書類が少なすぎる。

馬場や綾野のデスクも似たようなものだった。

紙はなるべく使わず、メールやメッセージのやりとりですませているのだろう。

「経費の決裁とか、どうやってるわけ？　それもデジタルデータ？　そんなわけあるかよ」

宮澤は呟いた。

「官房機密費かな……」

特捜が必要とする経費を出すのは内調ではない。内調なら、書類が必要だからだ。書類なしで金が出てくるとなれば、内閣の金庫しかないではないか。

「まったくどうなってるんだかね、ここは――」

宮澤は動きを止めた。仮眠室からの鼾が途絶えたのだ。しばらく様子をうかがっていると、寝言が聞こえてきた。

「ドラえもん……」

鼾が続く。

宮澤は肩から力を抜いた。

「まったく、幸せな女だな。こんなのがほんとうに内閣の関わってる暗殺チームの一員なのかよ」

天井を見上げ、鼻から息を吐いた。

ここにいても意味はない。

「頭のよくないやつは、体動かしてなんぼだろ」

宮澤は自分に言い聞かせるように独りごち、オフィスを出た。

＊＊＊

地下鉄の駅に向かって歩いている途中で馬場を見つけた。

宮澤は監視要員に電話をかけた。

「馬場を発見。オフィスを出てからなにをしてましたか？」

「郵便局とコンビニに立ち寄りました」

「了解。自分も追尾します」

電話を切り、尾行モードに頭を切り換えた。おそらく三鷹に向かうのだろうが、予断は禁物だ。

馬場は新木場駅で京葉線に乗り、東京駅で中央線に乗り換えた。尾行を気にしている気配はなく、確認行動を取ることもない。

「いいのかなあ、そんなことで？」

宮澤は隣の車両で馬場を監視した。

電車が御茶ノ水駅で停止する直前、ホームの方を眺めていた馬場の視線が微妙な動きを見せた。

吊り革を摑む手に思わず力が入った。

電車が停まり、客が乗降する。馬場は動かない。

ドアが閉まったところで宮澤は手の力を抜いた。隣の車両に乗ってきた客にざっと視線を這わせる。乗ってきたのは十人ほど。学生風にサラリーマン風。全員、男だった。

馬場はスマホを覗きこんでいる。

「さっきの微妙な目の動きはなんだったの、馬場ちゃん？」

宮澤は呟いた。電車が動きだした。四ツ谷まで動きはないはずだ。

椿からＬＩＮＥのメッセージが届いた。

〈馬場を追尾中だって？　そんなの、世田谷署の連中に任せておけばいいのに〉

〈ついでです、ついで〉

宮澤は返事を送った。

〈ちなみに、今は中央線。御茶ノ水駅で馬場が気になる仕種を見せたので、このまま追尾します。そっちはどうですか？〉

〈出川は内閣府庁舎。大津次長と会ってる〉

〈ふたりのスマホからなにか出ました？〉

〈さすがに、内調のトップとナンバー2だよ。スマホにやばいものは入ってない。ふたりともうちからの出向だしね〉

〈ちょっと待ってください。あとで連絡します〉

宮澤はスマホを握り直した。馬場の乗っている車両のさらに向こうの車両から、スーツ姿の男が歩いてくる。馬場の車両に移動するつもりのようだった。

中肉中背の四十代で地味な目立たない顔立ちだった。

電車が減速しはじめた。もうすぐ四ツ谷駅に停車する。

男が馬場の車両に入ってきた。足を止めて窓の外に視線をやった。馬場のことは見ようともしない。

電車がホームに入ると再び歩きだし、馬場の背後を通過した。男の右手と馬場の右手が交差するのを宮澤は見逃さなかった。

ふたりともなにくわぬ顔をしているが、男がなにかを渡したのは確かだ。

スマホが振動した。宮澤は電話に出た。

「たった今、何者かがマルタイと接触しました」

聞いたことのない声が耳に流れこんでくる。世田谷署の捜査員だ。

「おれも見た。スーツの男を追う。監視要員を何人か割けますか？」

「ふたりなら」

「よろしくお願いします。残りはそのまま馬場を監視してください」

「了解」

電話が切れるのと同時に電車が停止した。スーツの男が電車を降りる。

宮澤は一呼吸おいてからホームに降り立った。スーツの男は他の客たちに交じってエスカレーターのある方向に向かっていた。エスカレーターに乗る直前、向きを変えた。近くの自販機まで行き、首を傾げる。飲みたいものがなかったという風情だが、確認行動に間違いない。

馬場とは違い、手慣れている。

男は何度も確認行動を繰り返しながら改札を抜け、四ツ谷口を出てタクシーに乗った。

宮澤もタクシーを捕まえた。

「あのタクシーを追いかけて。気づかれないように」

運転手に告げると、先ほどかかってきた番号に電話をかけた。

「タクシーに乗った」

「わかっています。我々も車で追尾中。気づかれそうだと思ったら、すぐに離脱してください」

「了解」

宮澤は電話を切った。

運転手が訊いてくる。

「警察のかた？」

「そう。向こうも尾行に気をつけてるから、できるだけ慎重にお願い」

「任せてください。こういうの好きなんですよ」

運転手は嬉しそうに言った。五十代の小太りで、運転はスムーズだった。

「また電話一本かけるから。何度も言うけど、慎重にね」

椿に電話をかける。

「もう連絡入ってるかとは思うんですけど、馬場が電車内で不審人物と接触しました。なにかを受け取ったみたいです。馬場の尾行は切り上げて、その男を追尾してます」

「どんな男？」

椿の声には緊張感の欠片もなかった。

「中肉中背、地味なスーツを着た目立たない男です。年齢は四十代ってとこかな？」

「今、どこを走ってるの？」

宮澤は窓の外に目を凝らした。

「外堀通りを赤坂見附方面に向かってます」

「多分、そいつの行き先はアメリカ大使館だね」

「はい？」

「アメリカ大使館」

「なんでわかるんですか？」

「電車を降りてから駅を出るまでの間に、何度も確認行動を繰り返してたんでしょ？　ＣＩＡのエージェントだよ。間違いない。似たような外見の男がいることも知ってるし」

「ＣＩＡ？」

「だからアメリカ大使館」

「マジすか？」

「マジだよ。尾行を続けても、タクシー料金の無駄だよ」

電話が切れた。

16

椿の予言は当たった。男の乗ったタクシーはあり得ないような経路を通って遠まわりした挙げ句、溜池の交差点で停まった。

タクシーを降りた男はしつこいぐらいに確認行動を繰り返し、結局はアメリカ大使館の中に消えていったのだ。

「どういうことですか？」

警視庁の資料室に戻った宮澤は椿を問いつめた。

「電話で言ったじゃないか。馬場と接触した男と人相風体が似てるやつを知ってるって」

椿はパイプをふかしながら答えた。

「それがＣＩＡのエージェント？」

「イーサン・ニシオカっていう日系アメリカ人。いくつもの偽名を使い分けてるけど、とにかく、ばりばりの工作員だよ」

「そんなやつがどうして馬場と接触するんですか？」

「薬の出所が謎だったんだよね」

「薬って？」

「田中さんを殺すのに使った薬だよ。あの手の薬は、アメリカかロシア製っていうのが普通なんだよ。ＣＩＡが調達してたんだね」

「ちょっと待ってください」

宮澤は親指で右のこめかみを押さえた。訳がわからなすぎて頭痛がしてくる。

「なんでＣＩＡがそんなことをするんです？」

「アメリカにとって、田部は与しやすい男だからだよ。アメリカの意向に一切逆らわないんだから。歴代の総理の中でも、売国奴指数はナンバーワンだね」

「えっと、言うことをよく聞くいいぼくちゃんだから、ぼくちゃんにとって邪魔なやつを暗殺する手助けをアメリカがしてるってことですか？」

「よくわかってるじゃない」椿は機嫌よさそうに煙を吐いた。「アメリカに褒められると嬉しいから、ぼくちゃんはますますアメリカのために頑張るんだよ」

「そんなのって……なんなんすか、この国は？」

「ひどい政権を持つひどい国だけどね、ぼくたちは公僕だからさ、それでも職務を遂行しないとね」

「椿さん、自分が公僕だって意識、本当にあるんですか？」

「もちろん。だって、椿家は代々、優秀な公僕を生んできた家系だよ。ぼくは、物心ついたときから国のために生きろって教えられてきたんだから」

「あのお父上に？　マジで言ってます？」

「マジだよ」

椿は盛大に煙を吐いた。

＊＊＊

エレベーターを待っていると廊下の奥の方から渡辺がこちらに向かってくるのが見えた。椿に見つからないよう警戒しているのか、目の動きが不自然だった。

「下に行くのか、宮澤？」

渡辺は宮澤の左横に立った。

「はい、渡辺管理官。宮澤巡査部長は下に行くであります」

「用事でもあるのか？」

「ちょいと野暮用が」

「キャンセルしろ。官房長がお呼びだ」

「小野寺官房長が？」

「声がでかい」

「椿さん絡みですか？」

「おれはなにも知らん」

エレベーターのドアが開いた。宮澤と渡辺が乗りこむと、他の人間たちはみな、エレベーターを降りた。

「管理官と一緒にエレベーターに乗っちゃだめだって規則でもあるんですかね」

「みんな、おれのことを煙たがってるからな」

宮澤はうなずいた。中央合同庁舎第二号館に移動し、またエレベーターに乗った。渡辺が官房長のオフィスがあるフロアのボタンを押した。

「ここから先は黙ってろ。官房長のおゆるしがあるときだけ口を開いていい。わかったな？」

宮澤は口を閉じ、うなずいた。

エレベーターが停まった。ふたりで廊下を進み、官房長のオフィスの前で立ち止まる。

渡辺がドアをノックした。

「入りたまえ」

電話で聞いたことのある声が響いた。

「失礼いたします」

渡辺が一礼して部屋に入った。宮澤もそれに倣った。

「宮澤巡査部長を連れてまいりました」

「ご苦労。君はもういい」

「は？」

小野寺の言葉に渡辺は目を丸くした。

「聞こえなかったのか？」

「いえ。それでは――」

渡辺はまわれ右をして出ていった。

「座れ」

小野寺が応接セットに視線を走らせた。

「それでは、遠慮なく」

宮澤はソファに腰を下ろした。小野寺は自分の執務デスクに座ったまま、ぎょろりとした目で宮澤を見つめている。

「それで、官房長が一介の巡査部長にどんなご用で？」

「世田谷署の警備課を使って、椿君はなにをしているんだ？」

「世田谷署ですか？　自分は今、内調に出向中の身なので初耳ですが」

宮澤はとぼけた。

「毎朝、椿君と顔を合わせたあとで内調に出勤しているのは知っているんだぞ」

小野寺の口調は平坦だった。

「出向が終わったあとは戻って来るわけですし、椿さんは上司ですし」

「捜査一課に戻りたいんだろう」

「もちろんです」

宮澤は即答した。

「なら、椿君がなにをしているのか教えてくれ。教えてくれたら、捜一に戻れるよう、わたしがなんとかしよう」

「あのう、お言葉なんですが……」宮澤は愛想笑いを浮かべ、揉み手をした。「誓約書みたいなものを書いていただけませんかね」

「誓約書？」

小野寺の目が吊り上がった。

「いや、あの、公安に配属されてから、キャリアのかたがたとお話しする機会も多くなりまして、それでですね、キャリアは叩き上げのことなんて屁とも思ってないってことが身に染みまして」

「我々キャリアは口先だけだと言いたいのか」

「そこまでは言いませんけど、まあ、遠からずというかなんというか」

「よくもぬけぬけと……教えんつもりなら、こっちにも考えがある。離島の駐在にでも飛ばしてやろうか」

「それでしたら、自分、椿警視に小野寺官房長がこれこれこういうことを知りたがっていましたよと耳打ちして、辞表を書きます」

宮澤はしれっとした顔で言った。小野寺ははったりをかましているのだ。椿の動向がどうしても知りたいから、こうやってたかが巡査部長の宮澤を呼びだしている。

小野寺が舌打ちした。

「誓約書を書けばいいんだな？」

「そうしてもらえると助かります、はい」

「口の減らん男め」

小野寺はペンを手に取り、紙になにかをしたためはじめた。

「これでいいか？」

書き終えると、宮澤に声をかけた。

宮澤は立ち上がり、紙を受け取った。宮澤が捜一に戻れるよう手を尽くすという旨の文章が書かれている。

「印鑑なんかは……」

「調子に乗るのもいい加減にしろ」

「そ、そうですよね。ダメ元で訊いちゃいました」

「刑事部長の近藤は後輩だ。わたしの頼み事に首を横に振ることはない」

「官房長のお言葉とこの誓約書で十分です。で、なにをお知りになりたいんでしたっけ？」

「椿君のことだ」

「ああ、椿さんのことですね。みんな、椿さんのこと馬鹿にしてるくせに、椿さんがなにをしてるか知りたがるんですよね」

小野寺が不機嫌そうに鼻を鳴らした。

「話を聞いたあとで、馬鹿馬鹿しいとか言いだしたりしないでくださいよ。誓約書は無効だとか、そういうのはなしで」

「早く話さんか」

「話します、話します。あのですね、椿さんによると、田部政権は自分たちに都合の悪い人間を暗殺させてるって言うんですよ」

宮澤は言葉を切った。小野寺の顔にはなんの感情も宿っていなかった。

「それで？」

「自分が出向してる内調の特別事項捜査班、通称特捜っていう組織、田部総理の肝煎りで作られたんですよね？　だから、そこが怪しいと」

小野寺は顎先に指を押し当てた。

「それで警視総監を動かして、自分を内調に送りこみ、世田谷署の警備課を動かす許可を得たというわけです。警視総監は椿さんの父上の後輩ですし」

「椿君の読みは当たっているのか？」

小野寺が言った。宮澤は目を丸くした。

「まさか。いつもの妄想ですよ。いくらなんでも現職の総理が暗殺指令なんて出すわけないじゃないですか。ここはロシアじゃないんですよ。日本です、日本」

「君の言うとおりだ。馬鹿馬鹿しいにもほどがある」

小野寺は眼鏡を外し、レンズを布で拭きはじめた。

「しかし、警視庁の警視が総理にそんな疑いをかけて勝手に捜査を行っているということが官邸に知られたら面倒なことになるな」

「自分は止めたんですよ。でも、あの人の妄想が炸裂するとだれにも止められなくなるんです」

「あの男を馘にする理由をこしらえられんかな」

小野寺は眼鏡をかけ直した。

「できるものならとっくにやっているんじゃないでしょうか」

「そうなんだが、しかし、あの男は警察にとって百害あって一利無しの存在だ。そうは思わんかね？」

「それはまあ、おっしゃるとおりだと思いますが」

「わたしに力を貸してくれたら、捜一に戻るどころか、警部補に昇進させて強行犯係の主任にしてやることもできる」

「主任ですか……」

宮澤は腕を組んだ。

「悪い話だとは思わんがな。椿君の臑の傷――違法行為でもなんでもいいが、それをひとつ、わたしに耳打ちするだけでいいんだ」

「困ったなあ。あの人、とち狂ってはいますけど、遵法精神には富んでるんですよ」

「だったら、法を犯すように仕向けてやるというのはどうだ？　官邸、引いては総理の犯罪を暴こうとしてるつもりなんだろう？　まともな捜査ではいずれ壁にぶち当たる。まあ、そもそもそんな犯罪など存在しないんだが……とにかく、そのときに、あの男の耳になにか囁いてやればいいんだ。法を犯してでも総理の罪を暴くべきだとかなんとか」

「でも、上司をはめるっていうのは気が引けるなあ」

「警部補で捜一の主任だぞ」

「麻薬的な響きがありますねえ、そのフレーズ」

「あの男にはなんの義理もないだろう。どうだ、やってみないか」

「わかりました」

宮澤は勢いよく立ち上がった。足を揃え、敬礼する。

「宮澤巡査部長、小野寺官房長に忠誠を尽くします」

「昔の軍隊じゃないんだぞ」

小野寺は首を振ったが満更でもなさそうだった。

「交渉成立ならそれでいい。なんとしてでもあの男を警察から追いだすんだ」

「はい。それでは、これを――」

宮澤は誓約書を小野寺の執務デスクの上に置いた。

「いらんのか？」

「いえ。警部補で捜一の主任と書き直してください」

小野寺はやれやれというように首を振り、再びペンを手に取った。

＊　＊　＊

「聞いてました？」

宮澤は椿の向かいに腰を下ろしながら言った。新橋の喫茶店だ。あらかじめＬＩＮＥで店の住所と名前は知らされてあった。

「うん。聞いてたよ」

「やっぱり、ぼくのスマホにもなんか仕込んでるんだ」

「最初からわかってたくせに、宮君も役者だね」

椿は嬉しそうに微笑んだ。

「この件がすんだら、スパイウェアだかなんだか知りませんけど、ぼくのスマホから外してくださいよ」

「どうしようかなあ」

「椿さん！」

「わかった、わかった。あとで宮君のスマホ、綺麗に掃除してあげるよ」

「まったく、油断も隙もあったもんじゃないんだから」

宮澤はコーヒーを注文した。

「それで、官房長のこと、どう思います？」

「長官派は官邸とべったりだってことがはっきりしたね。なんとしてでも暗殺の件は握り潰すつもりだよ」

「ですよね、あの感じ」

「だけど、宮君、君のこと見直したよ」

「はい？」

「だって、警部補に昇進した上に捜一の主任だよ。凄く美味しい餌だと思うけど、正義のためにそれを蹴ったんだ」

「それはまあ、自分は警察官ですから。正義を守るために刑事になったんですから」

宮澤は頭を掻いた。本当のところは、警察庁長官と警視総監を天秤にかけただけなのだ。椿が正しければ、事件解決のあかつきには長官派は一掃されるだろう。そのとき、警察権力のトップに立つのは警視総監だ。総監の覚えがめでたければ捜一に戻ることも昇進することも夢ではない。

逆に椿がしくじれば、このまま官房長にすり寄ればいい。

いずれにせよ、宮澤は捜一に戻り、警部補として強行犯係のチームを率いることになる。

「我ながらナイスな状況判断だよなあ」

宮澤は呟いた。

「なにか言った?」

椿が宮澤を凝視していた。

「なんでもないです。それで、今後はどうします?」

「とりあえずはこれまでどおり捜査を続けるよ」

「それだけですか?」

「小野寺が動きはじめたということは、敵が餌をのみこもうとしてるってこと。針が相手の口の中にしっかり食いこむまでは、じっと我慢の子でいるのが得策なんだよ」

「それはわかりますけど……」

「急いては事をし損じるだよ、宮君」

コーヒーが運ばれてきた。宮澤はカップを手にして一口啜った。

「それ、とっとと飲んじゃって、昼飯食べに行こうよ」

椿が言った。

「あ、ぼく、朝食遅めだったんで、まだ腹減ってないんです。椿さん、おひとりでどうぞ」

「そうなの？　ひとりで食べるご飯は味気ないんだよね」

「でも、お腹減ってないんで。申し訳ありません」

椿は恨めしそうな表情を浮かべた。

「じゃあ、ぼくは特捜の方に顔を出してきます。美味しいランチ、食べちゃってください」

おひとりで――最後の言葉はのみこんで、宮澤は椿に背を向けた。

「ああ、そうだ。パパから連絡があって、虎ノ門病院の赤西先生が、宮君と至急話したいことがあるって」

「赤西先生が？　なんで千紗じゃなくてぼくに連絡してくるんですかね」

宮澤は椿に向き直った。

「さあ」椿は首を傾げた。「家族には言いにくいこともあるかもしれないよ」

「口調はいたって普通だったけど。電話してみたら？」

「そうですね」

「病院の番号じゃなく、直接赤西先生のスマホに電話が欲しいって」

椿は続けて十一桁の数字を口にした。暗記力は抜群なのだ。

宮澤は再び椿に背を向けて電話をかけた。

「赤西ですが」

電話はすぐに繋がった。

「先日おうかがいした宮澤ですが」

「ああ、宮澤さんね」赤西の声が低くなる。「もしかして、そばにあの人はいるのかな？」

「ええ、そうです」

「なんとかあの人をわたしのところに連れてきてくれないかなあ」

「それは鋭意努力しますが、今日はなんのご用でしょう？　連絡するように言われたんですが」

「君が連れてきた患者のことで話があるんだがね、家族には言いにくい話だと言われたとか、ひとりじゃ心細いから一緒に来てくれだとか、そんな理由をつけて彼を連れてこられないものかね」

「やばい感じでした？」

宮澤は背後の椿を盗み見た。不機嫌な表情でパイプをふかしている。パソコンは見ていないし、スマホもタブレットも手にしてはいない。つまり、赤西との会話は盗聴されていないということだった。

「やるだけやってみますが、あまり期待しないでくださいよ」

「頼むよ。患者の件で君に話があるというのは本当なんだ。できるだけ早く来てくれ」

「わかりました」

宮澤は電話を切った。千紗には病院の都合で予約が先延ばしになったとメッセージを入れておこう。

「なんか、やばい感じです」

椿に告げた。

「そうなの？」

「千紗たちには話しづらいことだから、まずはぼくにって。なんだか不安になってくるなあ。椿さん、一緒に病院まで行ってくれません？」

「ぼくが？　どうして？」

椿は目を丸くして煙を吐きだした。

「だから、ひとりだと不安なんです。もし、不治の病だったりしたら……原因はぼくなんだし」

「だいじょうぶだよ。ぴんぴんしてるんでしょ？」

「見た目はそうですけど、脳のことはほんとうのところどうなのかわからないじゃないですか」

「ぼくが一緒に行っても診断結果は変わらないと思うけど」

「そばにいてくれるだけでいいんです」

「昼ご飯、奢ってくれるなら行ってあげてもいいけど」

「ここで昼飯の話、出します？」

椿は顔の前で突き立てた人差し指を左右に振り、舌を鳴らした。

「宮君、ぼくをだれだと思ってるんだよ？　警視庁公安部のアンタッチャブル、椿警視だよ」

「意味がわかりませんよ、それ」

「で、昼ご飯奢ってくれるの？」

「奢りますよ、奢ればいいんでしょ」

病院に椿を連れていけば、浩介の診察料はただにすると赤西は言っていた。昼飯代ぐらい、安いものだ。

「今日のランチは飲茶をしたいと思ってたんだ。美味しい点心を出す店、知ってるんだよ。そこに行こう」

「飲茶？　点心？　普通のサービスランチやってる定食屋じゃだめなんですか？」

「今日は飲茶の日なんだ。行くよ、宮澤巡査部長」

椿は軽やかに身を翻して資料室を出ていった。

「こんなときだけ階級で呼びやがって」

宮澤は歯噛みしながら椿のあとを追った。

17

腹をさすりながら欠伸をする椿を横目で見つつ、宮澤は唇を噛んだ。

蒸し海老餃子、小籠包（ショーロンポー）、蟹肉焼売、大根餅、ニラ饅頭、スペアリブのなんちゃら、叉焼包（チャーシューバオ）、そして締めにXO醤を使った海鮮炒飯。

そのほとんどを、椿ひとりで平らげたのだ。

手持ちの現金では到底足りず、クレジットカードで支払った。

今月もまた、台所は火の車だ。

「ちょっとトイレに行ってくるね」

椿が腰を上げた。

「給料の半分近くが上司の胃袋に消えていくって、どういうことだよ」

椿の大きな背中を睨みながら、宮澤は愚痴をこぼした。

「宮澤様、診察室へどうぞ」

椿がトイレに姿を消すのとほとんど同時に、受付の女性が声をあげた。

「連れがトイレに行ってるんで、出てきたら診察室に来るよう言ってくれますか？」

受付の女性にそう頼み、宮澤は診察室に足を向けた。

「どうも、宮澤です」

「おお、よく来てくれたね。で、彼は？」

「一緒ですよ。今、トイレです。昼飯しこたま食ったせいですよ。あのね、先生、あの人をここに連れてくるのに、昼飯奢らなきゃならなかったんですよ。たかが飲茶なのに、一万円近く。超高級中華。食べた金、先生、なんとかしてくれません？」

「それは君の事情じゃないか。わたしはただ、彼をここへ連れてきてくれと頼んだだけだよ。そうしたら、診察代はただにするとは言ったけど、昼飯代は話が違うだろう」

赤西の答えはにべもなかった。

金持ちはケチだ――宮澤は恨めしげに赤西を睨みながら、頭にそう刻みこんだ。

「じゃあ、彼が来る前に、診察の結果を話しておこうかな」

「浅田さんのですか？」

「他にだれがいると言うんだね？」

「それはまあそうですけど」

「結論から言うと、あれは詐病だね」

「詐病？　仮病みたいなもんですか？」

赤西がうなずき、宮澤は目を丸くした。

「これまでは抑圧してきた性的衝動や欲望を、脳に負ったダメージのせいにして解放しているんだよ」

「いやいやいやいや、ちょっと待ってください。つまり、こういうことですか？　看護師さんの胸やお尻に触るのも、娘の夜の営みを覗こうとするのも、ただただ本人がそうしたいからしてる？　事故のせいにして？」

「そういうことだ。CTで撮った脳の写真を見ても、おかしなところはまったくない。脳は回復してるんだよ。それでもそういう行為を続けるということは、間違いなく本人の意思だね」

「あのクソじじい……」

「本人は調子に乗っているんだろうから、なかなかやめないと思うな。やめさせたいなら、脳神経科じゃなくて、心療内科か精神科の診察が必要になるかもしれない」

「話し合いでやめさせます」

これ以上、無駄な金を使いたくはなかった。

「しかしあれだろう？　君には負い目があるんだろう？　話し合いをするにしても、向こうが怪我のせいだと言い張ったらひるんじゃうんじゃないかね？」

「千紗は——患者の娘はああ見えてめちゃくちゃ強い女なんですよ。本当のことを知ったら、怒髪天を衝く勢いで怒りますよ。そうなったら、お義父さんも縮みあがっちゃうに決まってる。そうだそうだ、千紗になんとかしてもらおう」

ドアがノックされ、宮澤は口を閉じた。

「宮君、話はもう終わった？」

ドアが開き、椿が部屋に入ってきた。

「おお、椿さんのところのお坊ちゃまじゃないですか」

赤西がわざとらしい口ぶりで言った。

「ご無沙汰ですね、赤西先生」

椿が頭を下げた。

「どうぞどうぞ、座ってください。宮澤さんの上司があなただったなんて、まったく知らなかったなあ」

赤西の大根役者ぶりを見ていられず、宮澤は顔を背けた。

「婚約者の父君の診察結果をひとりで聞くのは不安が大きいというんで付き添って来たんです。まったく、子供じゃあるまいし」

椿は普段とは違い、傲慢なエリート官僚臭を放っていた。

「まったくだね。たいした話じゃないのに上司を連れてくるなんて、非常識もはなはだしい」

宮澤は肩をすくめた。とんだ茶番だ。付き合っていられない。

「それでいかがですか、調子の方は？」

「なんの問題もありませんよ。どうしてそんなことを訊くんですか？」

「世間話ですよ。深い意味なんてありません。そうですか。問題なしですか」

赤西は手元のパソコンのモニタに目を走らせた。宮澤と椿の位置からはなにも見えない。もしかすると、椿のカルテが表示されているのかもしれなかった。

「椿閣下の方はどうですか？」

「父もいたって元気ですよ。引退したら張り合いがなくなって老けこむんじゃないかと心配していたんですが、杞憂でした」

「そうでしたか。椿閣下にも長らくお会いしていない。久しぶりにゴルフでも誘おうかなと思っていたんですが」

「引退後はゴルフは一切やりません。道具も全部売り払ったんじゃないかな。仕事上、仕方なくやっていただけで、もともとそんなに好きじゃなかったと言っていますよ」

「あんなにお上手だったのに」

「自分の足で歩くのが嫌いなんですよ」

「なるほど。そういうところはあるかもしれませんな、あのお方は」

「宮君――」椿が宮澤に顔を向けた。「君の方の話はもう終わったのかな？」

「それは――」

「それはこれから話そうと思っていたところで」

宮澤の声は、赤西の声に掻き消された。

「なにぶん、脳は一筋縄でいかないものでして、どこから話そうかと悩んでいましてね」

「なにか問題でもあるんですか？」

赤西の目が光ったのを宮澤は見逃さなかった。

「奥様はお元気ですか？」

赤西が言った。

「あ、それ、禁句」

宮澤は赤西を制しながら、椿を見た。

椿の目が吊り上がっていた。

「つ、椿さん、落ち着いて」

宮澤は椿の肩に手を置いた。

「ぼくに触るな。触ると大変なことになるぞ」

椿の体が震えはじめた。

「あ、はい。すみません。もう触りませんから、ね？　落ち着いてください」

「こ、これはどういうことだ？」

赤西は戸惑いながらも椿を冷静に観察していた。

「だから禁句なんです」

「禁句って、奥さんのことかね？」

「あ、だからだめだって――」

椿が立ち上がり、猛獣のように吠えた。

椿の目尻が痙攣し、こめかみに太い血管が浮かびでている。

「つ、椿さん……」

椿が患者用の椅子を持ち上げた。

宮澤は目をつぶった。椿は椅子を赤西に投げつけるつもりなのだ。惨劇は避けられない。

「警察庁長官」

赤西の声が鼓膜を震わせた。

「へ？」

宮澤は目を開けた。椿が椅子を頭上に掲げたまま、彫像のように固まっている。

「お坊ちゃまが長官になる日も、そう遠くはないという噂を小耳に挟みましたよ」

赤西が言った。

椿は椅子を下ろし、なにごともなかったかのように腰を下ろした。

「それはどうかな。ぼくの能力を妬んで足を引っ張ろうとする輩が大勢いるから」

「いやいや、お坊ちゃまなら、敵が何人いようと関係ないでしょう。なんといっても、椿家の御曹司なんですから」

「どうなんでしょうね」

椿は柄にもない照れ笑いを浮かべ、頭を掻いた。

宮澤はふたりのやりとりを呆然と見つめた。

＊　＊　＊

「なんなんですか、さっきの？」

椿が診察室を出ていくと、宮澤は赤西に言葉をぶつけた。

「昔はね、離婚という言葉が禁句だったんだよ。今は、奥さんなんだね。実に興味深い」

「どういうことですか？」

宮澤は診察室の外の様子をうかがいながら訊いた。椿の気配は完全に消えている。

「多分、心の傷を癒やすために、離婚したという事実そのものを記憶から消したんだろう。ただ、奥さんとか妻とかいう言葉が、自分で作り上げた記憶と現実の乖離を喚起させるから、感情がコントロールできなくなって暴発する」

　赤西は喋りながらパソコンのキーボードを叩いた。椿のカルテになにかを書きこんでいる。

「でも、警察庁長官って言葉に反応していつもの椿さんに戻りましたよ」

「前回、診察中に大暴れされてね、制御しなきゃまずいと思って、暗示をかけたんだ」

「暗示？」

「軽い催眠術みたいなものだよ。警察庁長官という言葉を耳にしたら、自分を取り戻すようにってね」

「そんなことできるんですか？」

「部屋中のものを投げつけられて、最後には柔道の技で投げられそうになったんだ。こっちも必死だよ。畳の上でもないのに、あんな大男に投げ飛ばされたら、下手をしたら死ぬからね」

「まあ、そうですよね」

　宮澤は微笑んだ。いいことを聞いた。これからは、やばい状況になったら椿の耳元で「警察庁長官」という言葉を口にすればいいのだ。

「それにしても、病状は深く静かに進行しているな。椿家の人間だから、もともと頭は切れる。それで、現実を切り貼りして自分の都合のいいように作り上げてもそう簡単には破綻しない」

「椿さんの父上も相当困っているみたいですよ。なんとかしてやってくださいよ」

「なんとかなればいいんだが、本人に治療を受ける意思がないとね。それはそうと、君の方の用件だが、詐病ということで、あの患者は治療する必要はないからね」

「そうでした、そうでした。あのエロじじい、きついお灸(きゅう)を据えてやらないと」

「約束通り、診察費はいらないよ」

「ありがとうございます」

宮澤は赤西に頭を下げた。

＊　＊　＊

特捜、三鷹共に動きなし——椿からＬＩＮＥで流れてきたメッセージにはそう記されていた。

「じゃあ、今日は向こうには顔出さなくてもいいかな」

宮澤は呟き、千紗にメールを送った。

〈お義父さんのことで話がある。いつものカフェで一時間後に〉

〈了解〉

返事はすぐに来た。宮澤は電車に乗り、池袋へ向かった。千紗とよく利用するカフェは池袋駅の東口にある。イケセイ——池袋西武デパートの大ファンである千紗が見つけた居心地のいいカフェだ。

カプチーノを飲み終えるころに、千紗がやってきた。

「ごめん、ダーリン。だいぶ待った？」

「早く着いたんだ。まだ、約束の時間になってないよ」

「よかった。お昼ご飯まだなの。食べていい？」

思わず財布を入れたポケットを押さえそうになって、宮澤は自身の置かれた状況を呪った。

「いいよいいよ。なんでも食べな」

千紗はランチセットを注文した。

「それでパパの話ってなに？」

「実は、さっき、虎ノ門の病院に行ってきたんだ」

「予約は先延ばしになったんじゃないの？　どうして？」

「赤西先生が、まず、おれに話したいって言うからさ。千紗やお義母さんには話しにくいことだったんだよ」

「パパの病気、ひどいの？」

千紗の顔が青ざめていく。

「逆だよ、逆」

「え？」

「赤西先生の診断によると、お義父さんのあれは詐病だってさ」

「さびょう？」

千紗が首を傾げた。

「仮病みたいなもんだよ。頭を打っておかしくなってるってことにして、やりたい放題やってるんだ。看護師の体を触ったり、おれたちのエッチを覗こうとしたり」

「嘘」

「先生に言われてはたと思ったんだ。いくらなんでも、あれはないよなって。これまで抑えこんできた欲望を、病気にかこつけて発散してるんだってさ」

「だって、わたしは娘よ。娘のエッチしてるとこ見たいなんて、どんな父親よ」

千紗の声のトーンが上がった。

「声が大きいよ、千紗」

宮澤がたしなめると、千紗は手で口を押さえた。

「でも、それって本当なの？」

「赤西先生は間違いないって言ってた」

「ゆるせないわ」千紗の頬が膨らんだ。「ママに恥ずかしい思いさせて、わたしとダーリンの大切な時間まで奪って。懲らしめてやらなきゃ」

「でも、長い間植物状態であったことは事実なんだし、懲らしめるにしてもお手柔らかに……」

「ダーリンはパパの件に関しては黙ってて。これは家族の問題だから。ママと相談してどうするか決めるわ」

宮澤はほくそ笑んだ。思惑通り、浩介を擁護すると、千紗の怒りは募っていくのだ。

「怒るのはわかるけど、実害はないようなもんだし……」

「黙ってててって言ったでしょ」

「はい。すみません」

宮澤は口を閉じた。

ランチセットが運ばれてきた。千紗は怒りに目をぎらつかせながら、肉食動物のような勢いでそれを食べた。

その様を眺めていると、スマホに電話がかかってきた。渡会からだった。

「もしもし?」

宮澤は電話に出た。

「宮澤様、これからお時間はありますでしょうか?」

「今からですか? まあ、あると言えばありますけど」

「旦那様が、至急お目にかかりたいとおっしゃっているのですが」

「閣下が？」

「はい。いかがでしょう？」

「わかりました。すぐにうかがいます」

宮澤は電話を切った。

「ごめん、千紗。急用が入った。すぐに行かなきゃ」

「行ってらっしゃい」

千紗の声は背筋が震えそうなほど冷たかった。

「じゃ、じゃあ、行ってくるよ。また、あとでね」

宮澤は逃げるように席を立った。カフェを出る直前、振り返る。

「まったく、男って生き物は――」

千紗が男を罵りながら、荒れた仕種で紅茶をごくごくと飲んでいた。

＊＊＊

「わざわざ足を運んでもらってすまんね」

渡会を露払いのようにして、椿源一郎が食堂に入ってきた。

「いえ、閣下に呼ばれたなら飛んでこないと」

宮澤は椿源一郎におもねった。椿源一郎は宮澤の向かいの席に腰を下ろすと、渡会にスマホを渡した。渡会はスマホを手に、食堂を出ていった。

宮澤のスマホも電源を切って渡会に渡してある。盗聴やハッキングで椿に話の内容を知られないようにするためらしい。

「今日、赤西君のところへあれを連れていったそうだな」

椿源一郎が口を開いた。

「ええ、そうなんです」

「診察室で暴れたとか？」

「赤西先生がそう言ったんですか？　それはちょっと大袈裟ですよ。暴れそうになったところを、赤西先生が止めたんです」

「止まったのか？」

椿源一郎は目を丸くした。

「ええ。見事に」

「赤西君はどんな魔法を使ったんだね？」

「警察庁長官」

宮澤はもったいをつけて言った。

「なんだって？」

「昔、椿さんを診察したときに危うく殺されかけて、暗示をかけたんだそうです。おとなしくなるように。そのキーワードが警察庁長官というわけです」

「本当にそんな言葉で切れたあれがおとなしくなったのか？」

「ぼくもこの目で見たのに信じられませんでしたけどね――」

宮澤は立ち上がり、椅子を持って振りかぶる真似をした。

「こんな感じで、手にした椅子を赤西先生に投げつけようとしてたんですよ。そのとき、赤西先生が『警察庁長官』って一言、口にしたんです。そうしたら、ぱっといつもの椿さんに戻って。もう、驚いたのなんのって」

「暗示か……」

「簡単な催眠術みたいなものだって赤西先生はおっしゃってましたが」

「使えそうだな」

椿源一郎が嬉しそうに微笑んだ。

「使えると言いますと？」

「あれを懲らしめようと言ったじゃないか」

「おお、なにかいいアイディアでも浮かびましたか、閣下？」

「考えていることがあるんだが、すべては今の件が片づいてからだ」

「もったいぶらないで教えてくださいよ、閣下」

「そうです」

食堂のドアが開き、渡会が飛ぶような足取りで入ってきた。

「早く教えてください、旦那様。お坊ちゃまをぎゃふんと言わせるなんて、わたくし、考えただけでも喜びが止まりません」

渡会は今にも椿源一郎の脇でひざまずきそうな勢いだった。

「渡会！」

椿源一郎が渡会を睨んだ。その瞬間、渡会は動きをぴたりと止めた。瞬間冷凍されたかのようだ。

「調子に乗るなよ」

「し、失礼いたしました」

渡会の顔が見る間に汗で濡れていく。

「宮澤君、失礼するよ。興がさめた」

椿源一郎は大股で食堂を出ていった。

「だいじょうぶですか、渡会さん？　汗でびっしょりですよ」

「どうしましょう。わたくしはどうしたらいいんでしょう」

渡会が宮澤にしがみついてきた。

「なんなんですか？」

「旦那様を怒らせてしまいました。どんなお仕置きが待っているのかと考えると、心臓が止まりそうです。ほら――」

渡会は宮澤の手を自分の胸に押し当てた。心臓が不規則に脈打っている。

「これって、不整脈なんじゃないですか？　病院へ行った方が――」

「だめです。職務を放棄して病院などへ行ったら、わたくしは旦那様に殺されてしまいます」

「なにを言ってるんですか。死んだら元も子もないじゃないですか」

「だいじょうぶです。不整脈はいつものことなのです。極端な恐怖や不安に襲われると……ですが、しばらくすればもとに戻りますので」

渡会は手近にあった椅子に腰を下ろした。

「椿さんや閣下に叱られるたびに不整脈が起きるんですか？」

「はい」

「もう職業病じゃないですか、それ」

「かれこれ二十五年になりますかね、この心臓との付き合いも……最初に症状が出たのは、お坊ちゃまが中学生の頃でしたでしょうか。それまでは旦那様にだけ対処していればよかったのに、お坊ちゃままで……それで、わたくしの心臓が悲鳴を上げたのです」

「なんとなくわかりますけど……」

「宮澤様、お坊ちゃまをぎゃふんと言わせたら、次は旦那様をぎゃふんと、というわけにはまいりませんでしょうか。そうなったら、わたくしの溜飲も下がると思うのですが」

「閣下をですか？　それはどうかなあ……椿さんはともかく、閣下には恨みはないし」

「そんな、自分がよければ他人はどうなってもかまわないとおっしゃるのですか？　宮澤様はそれでも警察官ですか」

渡会は恨みがましい目を宮澤に向けた。

「そんなに嫌なら、執事なんかとっとと辞めちゃえばいいじゃないですか」

「それはわたくしだって何度も考えました。けれど、わたくしは生まれながらの執事なのです。執事以外の仕事には就けないのです」

宮澤は肩をすくめた。

「なら、我慢して執事を続けるしかないじゃないですか。付き合いきれないな、もう」

「なんとつれないことをおっしゃるのですか。宮澤様は仲間だと思っていたのに……」

渡会は両手で顔を覆い、さめざめと泣きはじめた。宮澤は溜息を漏らした。

「もう行きます。スマホ、返してください」

渡会は汗と涙で濡れた顔で宮澤を睨むと、椿源一郎と同じように大股で出ていき、宮澤のスマホを手にして戻ってきた。

「とっととお帰りください」

「言われなくても帰りますよ」

宮澤はスマホを奪うようにして渡会に背を向けた。

18

「ただいま……」

宮澤は口にした言葉を途中でのみこんだ。千紗の母——恵子の怒気を孕んだ声が聞こえてきたのだ。千紗の声がそれに続いた。浩介の声は聞こえない。

「やってるやってる」

宮澤はほくそ笑みながら靴を脱ぎ、足音を殺して廊下を進んだ。声は居間から聞こえてくる。

「ほんとに情けないったらありゃしないわ」

「ママとわたしに恥をかかせてなんとも思わないわけ?」

母娘の剣幕は凄まじかった。ふたりを目の前にして、浩介は縮み上がっているのだろう。

宮澤は足を止めた。居間には入らず、中の様子をうかがう。

「人が本気で心配してたのに仮病だなんて」

「ママ、仮病じゃなくて、詐病っていうんですって」

「そんなのどっちでもいいでしょう。宮澤さんだって、本当に心を痛めてたのに、そういう人の気持ちを逆手にとるなんて、あなたはどういう人間なの」

「そうよ。ダーリンがどれほど罪悪感に苦しめられてたか、パパにはわからないの？」

「いい気味だ——」

笑いだしそうになって、宮澤は慌てて手で口を押さえた。

「病気のふりして、看護師さんの胸やお尻触りまくるなんて……」

「さ、触りまくるというのは言いすぎじゃないか」

やっと浩介の声が聞こえた。

「黙りなさい。あの病院はわたしのかかりつけでもあったのよ。恥ずかしすぎて、もう二度と行けないじゃないの」

「わたしもダーリンに会わせる顔がないわ。全部パパのせいよ」

「悪かった。ちょっとした悪戯のつもりが、みんな、脳に負ったダメージのせいだと勝手に思いこんでくれたんで、つい調子に乗って」

「それが若い看護師に触ったり、自分の娘のセックスを盗み見しようとした理由になると思ってるの？」

「いや、そ、そういうわけじゃ——」

「今度という今度は堪忍袋の緒が切れたわ。あなた、わたしと別れてください」

「へ？」

「え？」

「ん？」

浩介と千紗と宮澤の声が重なった。

「ママ、それ、どういうこと？」

「け、恵子、待ってくれ」

「いいえ、待ちません。離婚です。慰謝料として、あの家はわたしがもらいます。それから、あなたの預金の半分も」

「ママ、待ってよ。いくらなんでも離婚だなんて、話が飛躍しすぎるわ」

「おまえは娘だからわからないだろうけど、結婚して以来、わたしはずっと我慢してきたの。もう限界よ。別れるわ。慰謝料ふんだくって離婚よ」

喋れば喋るほど、恵子の声のトーンが上がっていく。

「恵子、ゆるしてくれ」

「その不潔な手でわたしに触らないでちょうだい。さあ、離婚の書類も持ってきたから、サインして判子押して」

「は、判子は家にあるだろう。ここにはない」

「ちゃんと持ってきました。朱肉も一緒に。さあ、サインして、判子押しなさい」

「ちょっと待ってよ、ママ――」

「千紗はお黙り。これはわたしとパパの問題なの。さ、早くサインして判子押しなさい。やらないなら、無理矢理書かせるわよ」

「あ、恵子、な、なにをする。乱暴はやめなさい」

「ママ、パパの腕が折れちゃうわ」

千紗が悲鳴に似た声をあげた。

「これはまずいか？」

宮澤は居間に飛びこんだ。

「ちょっと待った！」

三人が動きを止めて宮澤に顔を向けた。恵子が浩介の腕をねじ上げ、千紗がそれを止めようと恵子の腰に抱きついている。まるでコントの一場面のようだった。

「ダーリン？　いつ帰ってきたの？」

「さっき……ちょっと家族会議が紛糾してるみたいだったから、入るに入れなくて。そんなことより、お義母さん、腕ずくはだめですよ、腕ずくは。ちゃんと話し合わなきゃ」

「そ、そうだ、武君の言うとおりだ。無理矢理サインさせるなんて、言語道断だ」

「お黙り！」

恵子の甲高い声に、宮澤は思わず耳を塞いだ。

「そもそも、あなたが事故を起こすからこんなことになったんじゃないの。浅田家の問題に口を突っこまないで」

「その言い方はひどいわ、ママ」

千紗が唇を尖らせ、さらに食ってかかろうとしていた。宮澤は千紗を制し、恵子の前で正座した。

「お義母さんのおっしゃるとおり、すべての原因はぼくです、申し訳ありません」

床に手を突き、頭を下げた。

「ダーリン、そんなことしなくていいのよ」

「そして――」顔を上げ、恵子の目を見つめた。「確かにぼくは浅田家の人間じゃありません。まだ、今のところは。しかし、できるだけ早いうちに、千紗さんと籍を入れたいと思っています。そうなったら、ぼくだって浅田家の人間ですよ。ぼくにも口を挟む権利はあるはずです」

恵子と浩介は瞬きを繰り返していた。

「ダーリン……」

千紗が感極まったような声を出した。

「わたしは千紗とあなたの結婚なんて認めません」

恵子が目を剥いた。

「たとえお義母さんがゆるしてくれなくても、ぼくたちは結婚します。千紗さんを愛しているんです」

「ダーリン……」

千紗の声は濡れていた。

「ゆ、ゆるす。おれは君と千紗の結婚をゆるすぞ。どうか千紗をしあわせにしてやってくれ」

「あなたは黙りなさい」

恵子が浩介の顔をひっぱたいた。浩介は顔を押さえてうずくまった。

「な、殴るなんてひどい」

「それ以上口を開いたら、もう一発お見舞いしますよ」

浩介が口を閉じた。

「お願いです、お義母さん、ここはぼくに免じて。お義父さんのことをゆるせないのはわかります。ただ、離婚は考え直してください。そんなことになったら、ぼくの大切な千紗さんが傷つきます」

「ダーリン……」

千紗の声は今にも消え入りそうだった。

「お願いします、お義母さん」

宮澤はもう一度、頭を下げた。

「わかったわ。今日のところはこれで帰ります」

「じゃ、じゃあ、おれも一緒に帰ろう」

「いいえ。離婚は一応棚上げにしておきますけど、あなたと同じ屋根の下で暮らすことには耐えられません。別居です。あなたはしばらく、ここで千紗と暮らして」

「はい？」

宮澤は顔を上げた。思っていたのとは違う展開になっている。

「ちょ、ちょっと待ってください、お義母さん。ここはほら、お互いの誤解を解くためにも、一緒に帰って、腹を割って話し合わなきゃ」

「あなたの面子を立てて、今日のところは書類にサインさせるのは諦めると言っただけ。離婚したいという気持ちに変わりはないのよ。さ、わたしは帰ります」

恵子が腰を上げた。

「お義母さん、待って――」

「ありがとう、武君、助かったよ」

廊下に出た恵子を追おうとしたが、浩介がしがみついてきた。

「お義父さん、放してください。千紗、お義母さんを止めてくれよ。まだ、話が終わったわけじゃ――」

「無駄よ、ダーリン。ママは一度こうと決めたらてこでも動かない人なの。そんなことより、さっきのダーリン、すごく素敵だった」

千紗は胸の前で手を組み、潤んだ瞳で宮澤を見つめた。

玄関のドアが閉まる音がした。恵子が出ていったのだ。

「いつまでしがみついてるんですか、お義父さん」

宮澤は足にしがみついたままの浩介を振りほどいた。

「す、すまん。感激してしまって我を忘れた。まさか、君がおれを庇ってくれるなんて」

「悪いのはお義父さんだと思いますが、事故を起こしたぼくの責任もありますし、それに、いきなり離婚だなんて……」

宮澤は言葉を濁した。まだしばらくは浩介と同居することになる。そう考えただけで眩暈がしそうだった。

「千紗、ちょっといい？」

「なあに、ダーリン？」

まだ目を潤ませたままの千紗を促して、ベッドルームに移動した。

「ダーリン、どうしよう。わたし、もうぐしょぐしょ」

千紗が抱きついてきた。

「お義父さんがいるだろう。我慢しなきゃ」

「そうね。ママ、パパを連れて帰ってくれればよかったのに」

「だろ？　どうするんだよ。このままじゃ、当分の間はお義父さんと同居だぞ」

「それは困る。本当に困る。このままじゃ、安心してダーリンとエッチできない」

千紗が真顔で言った。

「なんとかしてお義母さんを説得しなきゃ」

「わかった。今日はまだ興奮したままだと思うから、明日、会って説得してくるわ。意地っ張りだけど、わたしの涙には弱いの」

「頼む」

宮澤は千紗の額に唇を押し当てた。

「どうしよう、ダーリン。したいわ。したくてたまらないわ」

「ちょっと待て」

宮澤は唇に人差し指を当てた。足音を殺してドアに近づき、一気に開けた。

浩介がドアの前で耳に手を当てていた。

「なにをしてるんですか？」

「いや、これはその――」

浩介の目が泳いだ。

「まだ懲りてないんですか？」

「そ、そうじゃなくて、お茶でも飲まないかと声をかけようかと思って」

「下手な嘘をつかないでください。心から反省しないと、本当に離婚されちゃいますよ」

「それはそれで悪くないかな。ここで君たちと暮らせばいいんだし――」

「お義父さん！」

宮澤は声を荒らげた。

「あ、冗談だよ、冗談。反省してるから。本当に心から反省してるんだよ」

スマホの着信音が鳴った。椿からの電話だった。宮澤は浩介に背を向けた。

「もしもし。どうしたんですか、こんな時間に？」

「大変なことになってるときに悪いんだけど、三鷹に動きがあった」

「大変なことって……三鷹に動き？」

今までのごたごたは椿に筒抜けだったのだ。恥ずかしさに顔が赤くなる。同時に、刑事の本能が鎌首をもたげた。

「五分ほど前に、馬場が三鷹で電車を降りた。黒木のところに向かってる」

「こんな時間に？」

「昨日連中が話してただろう？　次のミッションまであまり時間がないって」

「そうでしたね」

「ぼくは今、三鷹に向かってる。宮君は霞が関に向かってくれないかな」

「ってことは、丸山審議官はまだ？」

「省内にいる。世田谷署の捜査員と合流して、丸山を監視していてほしいんだ」

「了解しました」

宮澤は電話を切った。

「千紗、ごめん、仕事だ」

「はい。行ってらっしゃい」

「こんな時間に仕事か？」

「警察の仕事に昼も夜もないのよ」

父娘のやりとりを背中で聞きながら、宮澤は玄関に向かった。

＊＊＊

ワンボックスカーに乗りこむと、捜査員たちが挨拶代わりにうなずいた。

「状況は？」

「丸山審議官はもうすぐ省を出て帰宅の途につく模様です」

「車かな？」

「はい。公用車です」

「三鷹の方はどうなってる？」

「内調の馬場が、ソードの部屋に入ったようです」

内調が使っているコードネームを世田谷署の捜査員たちも拝借しているらしい。

宮澤は渡されたイヤフォンを耳に差しこんだ。すぐに緊迫した声が流れてきた。

「丸山審議官、公用車に乗りこみました」

その声と同時に運転手がエンジンをかけた。

「監視態勢はどうなってるんですか？」

「車三台で追尾します」

宮澤はうなずいた。ワンボックスカーが静かに発進した。適度な距離を置いて丸山の乗った公用車を追いかけていく。

スマホに着信があった。

「椿さん？　今、丸山審議官が公用車に乗ったところです。おそらく、帰宅するんじゃないかと」

「まっすぐ帰宅はしないと思うよ」

「はい？」

「黒衣の花嫁が作った丸山の行動分析によると、木曜の夜は、ほとんど必ず、三鷹駅近くの焼き鳥屋で一杯やるのが習慣になってるらしいんだ」

「木曜って今日じゃないですか。馬場たちはそれを狙ってるんですかね？」

「その可能性は大いにあるね。公用車で省から自宅までドアツードアだったら襲うチャンスがないけど、焼き鳥屋なら、いくらでもやりようがある」

「それじゃあ、丸山審議官にまっすぐ帰宅するよう言ってみたらどうですか？」

「それはそうですけど……」

連中の尻尾を掴めないじゃないか」

「焼き鳥屋の情報、送っておくから、捜査員たちと共有しておいて。ぼくは先に焼き鳥屋に行ってるよ」

電話が切れた。すぐにＬＩＮＥが届く。丸山の行きつけの焼き鳥屋は、駅南口から徒歩数分のところに立地している。

「公用車の目的地はここのようです」

宮澤は捜査員たちに椿から送られてきたメッセージを見せた。公用車を追尾している他の二台に無線が飛ぶ。

宮澤はシートに深く座り直した。

焼き鳥屋――嫌な予感がする。

「財布を家に置いてくれればよかった」

宮澤は溜息を漏らした。

19

焼き鳥屋の人の出入りを把握できる場所に、ワンボックスカーは静かに停車した。丸山は駅前で公用車を降り、徒歩で焼き鳥屋に向かっている。

椿にＬＩＮＥを送った。

〈焼き鳥屋前に到着。丸山審議官は間もなく入店〉

〈了解。そのまま待機していて〉

素っ気ない返事が来た。

〈馬場と黒木はどうなってます？〉

〈黒木はもう店内にいるよ。カウンターの端っこで、ウーロン茶飲みながら焼き鳥を食べてる〉

やはり、連中は今夜、丸山審議官を暗殺するつもりなのだろうか。

〈馬場は？〉

〈三鷹駅で丸山の到着を待ってたみたいだけど、今は丸山を追尾しながらこっちに向かってるところかな？　監視、気づかれないようにね〉

「丸山審議官が現れました」

捜査員の緊張した声が響いた。

車内に設置されたモニタに、しっかりとした足取りの丸山が映っていた。

「馬場が丸山審議官を尾行しているはずなんですが……」

「確認済みです。丸山審議官の後方、約十メートル」

「不審な動きは？」

「今のところありません」

丸山が焼き鳥屋の店内に入っていった。椿からのＬＩＮＥが届いた。

〈丸山、到着。カウンター席に陣取る。いつもの席なのかな？　黒木とは間に四人の客を挟んでいる〉

〈椿さんひとりでだいじょうぶですか？〉

〈ぼくをだれだと思ってるわけ？〉

〈椿さんが有能なのはわかってますが……〉

〈そんなに心配なら、五分後に入店しておいでよ。人を待っているふりをしているからちょうどいい〉

〈了解〉

返信を送ってから、宮澤は天を仰いだ。

「しまった。つい……」

「どうしました？」

捜査員に声をかけられ、宮澤は慌てて首を振った。

「なんでもありません。あ、そうだ。これ、預かっててもらえません？」

宮澤は捜査員の手に財布を押しつけた。

「財布をですか？」

「ちょっとわけがあってですね、金を持ってあの店に入りたくないんです」

「はあ」

捜査員は首を傾げたが、財布を受け取った。

「よし。これで後顧の憂い無しで捜査に専念できるぞ」

宮澤は車を降りた。時間を見計らい、焼き鳥屋の戸を開ける。

カウンターにテーブル席が五つほどのこぢんまりとした店だった。

カウンターは満席。四人掛けのテーブルがひとつ空いている他はみんな埋まっている。

「あれ？」

宮澤は瞬きをした。こんな狭い店にあの巨漢がいれば目立ってしょうがないはずなのだが、椿の姿を見つけられなかったのだ。

「あ、いた」

丸山が座っているカウンターのすぐ後ろのテーブルだ。不思議なことに、椿は店内の光景に埋没していた。

「どういう手品なんだよ？」

宮澤は首を傾げながら椿の向かいの椅子に腰を下ろした。

「お待たせしました」

「遅かったね」

椿はウーロン茶を啜った。目の前の皿にはレバーとハツの串が並んでいる。串入れには、二十本近い串が入れてあった。

「こんなに食べたんですか？」

財布を預けてきてよかった——宮澤は胸を撫で下ろした。

「ここは焼き鳥屋だからね」

椿はハツを食べながら言った。

「まあ、なにも注文しないわけにはいかないでしょうけど、それにしたって食べすぎじゃないですか？」

「こんなのまだ序の口だよ」

「前もって言っておきますけど、ぼく、財布持ってきてませんから」

椿の眉が吊り上がった。宮澤は口笛を吹きながら店員に向かって手を上げた。

「ウーロン茶、ひとつ」

店員に微笑みかけながら、黒木の様子を盗み見た。目の前にウーロン茶の入ったグラスと焼き鳥の載った皿がある。ウーロン茶はほとんど減っておらず、焼き鳥にも手をつけた様子はなかった。

「財布を忘れてくるなんて、珍しいじゃない」

「椿さんのせいで、毎月緊縮財政ですから。ただでさえ給料安いのに」

「金遣いが荒いのを人のせいにするのはよくないよ、宮君」

どの口が言う――宮澤は椿をひと睨みして、丸山に視線を移した。丸山は店の大将と談笑しながら上品に焼き鳥を食べている。飲んでいるのはサワー系だ。

椿がこのテーブルに座った理由がよくわかった。黒木が丸山に対してなにかをしようと動きだしても、この席ならすぐに対処できる。

ウーロン茶が運ばれてきた。

「とりあえず、ここの支払いはぼくがするけど、あとでちゃんと精算してもらうよ」

椿が言った。宮澤は目を剝いた。

「なに言ってるんすか？　いつもはぼくだけが払ってるじゃないですか。こういうときぐらい、椿さんが奢ってくださいよ。ぼく、ウーロン茶しか飲んでないんだし」

「椿家の――」

「家訓はわかってますけど、ウーロン茶ぐらい奢ってくれたっていいじゃないですか」

「もしぼくが奢ったとして、それがパパに知られたら大変なことになるんだよ。わかってくれないかな、宮君」

宮澤は唇を噛んだ。椿はなにがなんでも奢らないつもりなのだ。ケチや吝嗇（りんしょく）という言葉では形容しきれない。もう、病気の域だ。

「宮君——」

椿が口を開いた。鋭い視線が宮澤の背後に飛んでいる。宮澤は振り返りそうになるのを辛うじてこらえた。椅子を引く音がした。黒木が席を離れようとしている。

店を出るのか、あるいは事を起こすつもりなのか。後者なら、トイレに行くふりをして丸山の背後を通るだろう。

どうします？——口だけを動かして椿に訊いた。

椿が小さく首を振った——動くな、なにもするなという意味だ。

だけど——もう一度口を動かすと、椿はさっきより強く首を振った。

まさか、丸山が殺されるのを黙って見ているつもりではないのか。

宮澤は生唾を飲みこんだ。椿は丸山が殺された方が都合がいいと語っていた。あのときは冗談なのか本気なのか判然としなかったが、椿なら本気で言ったとしてもおかしくはない。

黒木がこちらに向かってくるのが気配でわかった。

どうする？　宮澤は自問した。丸山を死なせるわけにはいかない。

椿が別の串に手を伸ばした。黒木の動きには素知らぬ顔でレバーを頬張る。

宮澤は首を振った。椿の肝が据わっていることだけは認めざるをえない。

鼻歌が聞こえた。十年ほど前に流行(はや)った歌だ。黒木がハミングしている。音程がずれていた。

調子っぱずれの鼻歌が近づいてきた。

どうするんだ、椿さん。このままなにもしないのか？

耐えきれずに腰を上げようとした瞬間、椿が声を張り上げた。

「すみません、ぼんじりってありますか？」

店中の視線が椿に集まった。これでは黒木もなにもできない。

「ああ、ぼんじりは今日はもうおしまいなんです、すみません」

大将が椿に応じている間に、黒木は丸山の背後を通り過ぎていった。

「そうかあ、残念だなあ。じゃあ、軟骨とつくねを二本ずつ」

「了解」

威勢のいい声が響くのと同時に、黒木がトイレに消えた。

「冷や冷やしましたよ」

宮澤は額の汗を拭った。

「まだ油断は禁物だよ。戻って来るからね」

「そうですね……」

宮澤は喉の渇きを覚え、ウーロン茶を啜った。

「それじゃ、お勘定を」

丸山の声が響いた。もう店を出るらしい。

「早いですね」

「ちゃっちゃと食べてちゃっちゃと帰る主義らしいよ。どんな店でもね。官僚としちゃ正しいと思う」

「そんなもんですか……」

椿がスマホを取りだして操作した。その間に勘定をすませた丸山が店を出ていく。黒木はトイレに入ったままだった。

「丸山は世田谷署が追尾するから心配はいらない」

椿が言った。

「馬場はただいまだれかと電話中。多分、黒木だね」

宮澤はトイレの気配をうかがった。隣のテーブルの客が腰を上げ、トイレのドアをノックしたが返事がなく、ドアノブに手をかけた。

「入ってます」

中から黒木の声が聞こえた。

「まだ丸山が帰ったことには気づいてないんですかね？」

宮澤は囁いた。椿が首を振った。

「馬場が店を出た丸山の尾行をはじめたって連絡が今入った。黒木にも伝わってるはずだよ」

椿がテーブルの上に一万円札を二枚置いた。

「ぼくは先に出る。支払いは宮君に任せるよ」

椿は席を立つと、なにごともなかったかのように店を出ていった。椿に注意を払う者はひとりもいなかった。

「マジか……」

宮澤は札を手に取った。椿の部下になって以来、飲食店で椿が金を出したのはこれが二度目だった。やっと、椿に支払わせることに成功したのだ。感慨深い。

「すいません、お勘定をお願いします」

カウンターに声をかける。

「軟骨とつくね、もうすぐ焼けますけど」

大将が言った。

「あ、そっか。それ、食べていきますけど、お勘定、先にすませてください」

「かしこまりました」

大将の言葉が終わる前にトイレから黒木が出てきた。椿が座っていた席に一瞥をくれ、カウンターに戻る。宮澤には興味がないようだった。

「仕事の邪魔をしたやつの面を拝もうとしたわけか……さすが、椿さん、そこんとこは心得てるからとっとと退散したのか」

黒木はウーロン茶を傾け、焼き鳥を頬張っている。

「冷めちゃってるだろうに、やけ食いってとこかな……」

「軟骨とつくね、お待ちどおさまです。それから、お会計は――」

店員が金額を書き記した小さな紙をテーブルに置いた。一万円と少々。八千円近いお釣りが出る。店員に二万円を渡し、軟骨に手を伸ばした。

「領収書、お願い。上様です」

「少々お待ちください」

店員が威勢のいい声をあげて背中を向けた。

「お釣りももらっておいていいよね？　それ以上払わされてるもんね、おれ」

軟骨を噛み砕きながら微笑んだ。なんだか今日は気分がいい。

「こっちもお勘定」

黒木が声をあげた。

「もう？　マジ？」

宮澤は慌てて残りの焼き鳥を口に運んだ。つくねが喉につかえそうになり、ウーロン茶で無理矢理流しこんだ。ここで咳きこんだりしたら、黒木の注意を引いてしまう。目に涙を滲ませながら、胸を叩いた。

店員が釣りと領収書を持ってきた。引ったくるように受け取ると、残りの軟骨とつくねを口に放りこんだ。

食べている間に黒木が勘定をすませ、腰を上げた。

「ご馳走様でした」

店を出る直前、黒木が立ち止まった。振り返り、店内に視線を走らせる。

宮澤は素知らぬ顔でその視線をやり過ごした。

一分後、椿からＬＩＮＥのメッセージが入った。

〈黒木は馬場と合流。アジトには戻らず、駅に向かっている〉

〈ぼくも駅に向かいます〉

返信を打って、宮澤は店を出た。

＊　＊　＊

馬場と黒木は新宿方面行きの電車に乗りこんだ。

ふたりは駅舎に入ってから電車に乗る間に、頻繁に確認行動を繰り返した。どこへ向かおうとしているのかはわからないが、尾行がついていないか念入りに確認する必要があるということだろう。

「だれかに会いに行くのかよ？」

宮澤は左手で吊り革を握りながら独りごちた。椿もどこかでふたりを監視しているはずだが、姿は確認できない。相変わらずの忍者ぶりだった。

〈丸山審議官は無事、帰宅〉

世田谷署の捜査員からスマホに連絡が入る。今夜のところは、丸山に危険が及ぶことはなさそうだった。

ふたりは新宿で電車を降りると、西口のホテルへ入っていった。フロントには寄らず、まっすぐエレベーターホールへ向かう。

宮澤はスマホに気を取られたふりをして足を止めた。ベースボールキャップと眼鏡で変装をしているとはいえ、馬場に顔を見られればすぐに見破られてしまう。

椿だけではなく、世田谷署の捜査員も二名、ふたりを追尾しているはずだった。馬場たちの行き先の把握は彼らに任せるほかなかった。

フロントに視線を向けて、宮澤は目を丸くした。椿がフロントのスタッフに声をかけている。ほんの数秒前までは影も形もなかったのだ。

馬場たちはエレベーターを待っている。黒木は階数表示のランプを見上げているようだったが、馬場はロビーのあちこちに視線を走らせていた。

迂闊には動けない。

ＬＩＮＥで椿にメッセージを送った。

〈フロントでなにやってるんですか？〉

返事はすぐに来た。椿のスマホを操作するスピードは凄まじく速い。

〈世田谷署のふたりは尾行に気づかれそうになって離脱。馬場たちと同じエレベーターに乗るわけにはいかないから、プランＢを実行中〉

「プランＢ？」

宮澤は首を傾げた。視界の隅で、馬場と黒木がエレベーターに乗りこんでいく。エレベーターのドアが閉まるのを確認して、宮澤はエレベーターホールに駆けつけた。

ふたりが乗りこんだのは右端のエレベーターだ。無駄だと思いながら、階数表示のランプを目で追った。エレベーターには馬場たち以外の客も乗っている。ふたりがどの階で降りたか確認するのは不可能だった。

椿がフロントを離れ、こちらに向かってくる。

「どうします？　どの階で降りたか、まったくわかりませんよ」

「二十五階」

「はい？」

「ふたりが向かったのは二五〇五号室だよ」

「どうしてわかるんです？」

　宮澤は目を剝いたまま訊いた。

「このホテル、南野の定宿なんだよ」

「南野って、内調の情報官の？」

「うん。愛人との逢い引きで、最低でも週に一回はここを使ってる」

「内調トップのプライベートを調べてたんですか？」

「当たり前じゃないか。ぼくらは公安警察の捜査員だし、ぼくは公安の——」

「アンタッチャブルですもんね。それはわかりますけど、今夜泊まっている部屋はどうやって突き止めたんです？　毎回同じ部屋を使うわけじゃないでしょう？」

「このホテルの大株主が——」

「まさか、閣下の後輩とか？」

「ひとの台詞、途中で遮るのは悪い癖だよ、宮君」

「すいません」

　宮澤は頭を下げた。中央のエレベーターのドアがタイミングよく開いた。椿と一緒に乗りこんだ。

「後輩じゃなくて同期」

　椿が二十五階のボタンを押した。

「昔からぼくのこと可愛がってくれててね、お願いしたら、南野が宿泊してる部屋番号を教えるようにフロントのスタッフに言ってくれた」

「それってまずいんじゃないですか？　ホテルとしても、警察としても」

「でも、世の中ってのはえてしてそういうものだよね」

　椿は下卑た笑みを浮かべた。

「まあ、教えてもらえなかったとしても、このホテルのサーバーに侵入すればすぐにわかることだけどね」

「どっちにしても違法捜査じゃないですか」

「アンタッチャブルの前では法律なんて、軽々と跳び越えるべき障壁にすぎないんだよ、宮君」

「いやでも、アンタッチャブルってのは警察内でのアンタッチャブルであって、法律を犯していいってことにはならないと思うんですけど」

「手柄を立てたくないの、宮君？」

　痛いところを突かれ、宮澤は口を閉じた。

「大手柄を立てて、警部補にでもなれば、千紗ちゃんが喜ぶのは当然として、千紗ちゃんもよ」

のお母さんも宮君のこと見直すんじゃないかなあ。そうなったら、離婚の件も考え直すか

「もう、その話はやめてくださいよ」

「どうするの？　法律違反がまずいからって引き返す？　それとも、手柄を立てる？」

「手柄でいきます」

宮澤は答えた。

「それでこそ宮君だよ」

椿に背中を叩かれ、宮澤はエレベーターのドアに派手に額をぶつけた。

「もう、ただでさえ馬鹿力なのに、背中、思いきりどやさないでくださいよ」

「あれぐらい踏ん張れないなんて、宮君がやわすぎるんだよ」

椿が嬉しそうに笑った。宮澤は額を押さえながら舌打ちをこらえた。

エレベーターが二十五階で停止した。ふたりで廊下に出る。

「どうするつもりです？　部屋がわかっても中の様子はうかがえないし……」

椿がジャケットのポケットからなにかを取りだした。

「カードキーじゃないですか？」

「そう。大株主の力は凄いね」

椿は自宅にいるかのような足取りで廊下を進み、二五〇四号室の前で立ち止まった。も

ちろん、隣は二五〇五号室だ。

カードキーをドアノブ近くのセンサーに近づけると、解錠された。椿に続いて部屋の中に入った。

ベッドがふたつにゆったりとしたスペース――いわゆる、デラックスツインという部屋だった。

宮澤は二五〇五号室と接する壁に耳を押し当ててみた。

「なにも聞こえませんね。安ホテルとは違って造りがしっかりしてる」

「そんなことする必要はないよ」

椿はベッドの端に腰掛け、スマホを手にした。ディスプレイに指を走らせると、やがて、スマホから音声が流れてきた。

「あ、情報官のスマホも、椿さんのウイルスに感染してるんでしたっけ」

スマホから流れてくる声のいくつかに聞き覚えがあった。出川と馬場だ。声の主は他にひとり。それが南野だろうか。黒木は黙りこくっているようだった。

『この手の任務に失敗はつきものなんです』

出川の声だった。

『二の矢三の矢を放って、最終的に成功すればいいんじゃないですか』

これは馬場の声だ。

『そういう理屈が通じるような連中じゃない』

聞き慣れない甲高い声がおそらく南野だ。

『自分の思いどおりにいかなければ、ヒステリックになるお方だ。今夜のミッションが失敗したと報告してみろ。とばっちりを受けるのは火を見るより明らかだ』

『ですが、丸山はもう帰宅しているはずです。今夜中にミッションを成功させるのは無理ですよ』

出川の声には苛立ちが感じられる。

『だから、そういう当たり前の理屈は通じないんだよ』

南野の声はどこか自嘲的だ。

『ぼくがやれっていったことをどうしてやらないんですか？　あれですか？　君たちはぼくのことを舐めているんですか？』

南野の口調が急に変わった。どうやら、田部総理の声色を真似たらしい。驚くほど似ていたが、だれも笑わなかった。

『でも、無理なものは無理じゃないですか』

馬場が言った。

『無理とだれが決めたんですか？　君ですか？　君は何者ですか？　たかだか役人じゃないですか。ぼくは総理大臣ですよ。この国のトップなんです。そのぼくがやれと言ったら、無理を通すのが役人の義務じゃないですか』

　南野の物真似が続く。そのあとに聞こえてきた溜息は出川のものか馬場のものか判然としない。

『まあ、今夜のところはわたしがなんとか説得するが、早く事をすませないと、怒りが爆発するぞ。瞬間湯沸かし器なんだ。あれでよく総理になれたもんだと呆れるよ。しかし、総理は総理だ。本当に怒らせたらわたしの首なんて簡単に飛ぶし、そうなったら君たちのキャリアもおしまいだ』

　南野が物真似をやめた。

『それは承知しています』

　出川が答えた。

『君たちが誠意を持って仕事に取り組んでいることはわたしも理解している。こんなクソみたいな仕事に巻きこんですまないとも思っている。だから、わたしの力の及ぶかぎり、君たちを守りたいとは思っているんだ』

『ありがとうございます』

　今度は馬場の声だった。

『ところで、警視庁公安部の困ったちゃんが、君たちのことを内密に調べはじめたという情報が入った。なにか聞いているかね？』

『困ったちゃんというと、例のあの男のことですか？』

出川が言った。

宮澤は椿の横顔に視線を走らせた。自分のことが話題になっているというのに、椿の表情にはなんの変化も見られない。

『最近、公安から出向してきた男がいますが、ただの馬鹿なので適当にあしらってますが』

「ば、馬鹿？　それも、ただの馬鹿？」

宮澤は思わず声を出した。椿に睨まれて、慌てて口を閉じた。

『無能なふりをしながら内情を探っているという可能性は？』

『ありません。本当の馬鹿ですから』

馬場が言った。

「出川も馬場もゆるさん」

宮澤は呟き、両手で強く拳を握った。爪が掌に食いこんだが、怒りが痛みを押し潰した。

『困ったちゃんも気にする必要はないと思うんだが、父親が父親なだけに、政府内で気にする人間がいる。これまで以上に、周辺に気を配ってくれ』

『わかりました』

出川と馬場が声を揃えた。

『では、下がってよろしい』

『失礼します』

三人が出ていく音がして、宮澤は肺に溜めていた息を吐きだした。

「あいつら、ふざけやがって……」

「困ったちゃんって、だれだろうね？　ぼくの広い情報網には、ぼく以外の公安の人間が動いているって話は引っかかってこないんだけど」

椿が言った。

「だからそれは――」

椿さんのことに決まってるじゃないですか――宮澤はその言葉をのみこんだ。ここで妄想に齟齬（そご）が生じると、椿は必ず暴れだす。それだけは避けたかった。

「それは？」

「いや、だれのことなんでしょうかねえ？」

「南野は困ったちゃんの父親のことを言ってたよね。政権が気にする人物ってことは、与党内の敵対派かな？　野党はだらしなさすぎるからね。代議士が父親の公安警察官なんていたかなあ？」

椿は首をひねった。

「どうなんでしょうねえ……それより、出川たち、追尾しておいた方がよくありません？

せっつかれてるし、なにか動きがあるかもしれませんよ」

宮澤は話題を変えた。

「世田谷署に任せておけばだいじょうぶだよ。ぼくらは、南野の次の面会相手を押さえよう」

「次の面会相手？」

「南野がここを定宿にしてるのは、愛人との逢い引きのためだって言ったじゃないか」

「ああ、そうでした、そうでした」

「ぼくはふたりの睦言を録音するから、宮君は外で待機して、これからやって来る愛人の顔写真を押さえてほしいんだ」

「でも、カメラ持ってきてませんけど」

椿がわざとらしい溜息を漏らしながら、スーツの内ポケットから眼鏡ケースを取りだした。

「これ持っていっていいよ」

「ぼく、目はいいんですけど」

宮澤はケースを開けた。中に入っているのは安っぽい眼鏡だ。

「眼鏡型のカメラだよ。制止画だけじゃなく動画も撮れる。ブリッジの中央にレンズが仕込まれてるんだ。左のつるの内側に電源ボタンとシャッターボタンがある。中国製だけど、性能はいいよ」

「なんでこんなもん持ち歩いてるんですか？」

椿の顔が綻んだ。

「ああ、いいです、いいです。なにも言わないでください。訊いたぼくが馬鹿でした」

宮澤は眼鏡をかけた。

「少し出っ張ってるのが電源ボタンで、長押しすると電源が入るんだ。シャッターボタンを短く押すと静止画が撮れて、長押しすると動画モードになる。ピントは自動調節だよ」

宮澤は電源を入れ、シャッターボタンを短く押した。微かな音がしただけだ。これがカメラだとはだれも気づかないだろう。

「じゃあ、ぼくは外で待機してます」

宮澤は眼鏡型のカメラを装着したまま部屋を出た。廊下を左に進み、角を曲がったところで足を止める。

壁に背を押しつけ、天井を見上げる。

「眼鏡型カメラね……なんだか、スパイじみてるな」

そこまで言って、首を振った。

「ハムってのは要するに防諜組織だもんな。スパイを監視するスパイってわけか。早く捜一に戻りたいよなあ」

宮澤は頭を掻きむしった。

＊＊＊

エレベーターが停まり、ドアが開く音がした。宮澤は電源ボタンを長押しし、エレベーターに向かって歩きだした。

エレベーターから女が降りてくる。

スーツを着た四十代くらいの女性だった。髪の毛はセミロングで、メイクは控えめだった。

「外れか……」

宮澤は呟き、女とすれ違った。愛人というからには相手は二十代、いって三十代前半だろう。すれ違った女は薹（とう）が立ちすぎている。

振り返りたいという衝動をこらえてエレベーターに乗った。ひとつ上の階のボタンを押した。すぐに戻って来なければならないからだ。

エレベーターのドアが閉まるのと同時に椿からＬＩＮＥのメッセージが届いた。

〈女が到着。部屋に入った〉

「ええっ？」

ということは、さっきの女が南野の愛人ということになる。

「まあまあ綺麗ではあったけど、あの年で愛人？」

他にあの階の廊下に女性の姿はなかった。

「驚くね、しかし」

エレベーターが停止すると素早く外に出、階段を使って元の階へ戻った。椿のいる部屋のドアをノックする。ドアはすぐに開いた。

「写真、撮れた？」

「動画ですけど、ばっちりだと思います」

眼鏡型カメラを椿に渡した。椿はカメラを自分のスマホに繋いだ。

スマホからは南野がだれかと電話で話しているらしい声が流れている。

「女の声がしませんね」

「シャワーを浴びてるみたい。あんまり時間がないのかもね」

椿はスマホの画面に食い入っている。

「これはこれは……」

「あの女に見覚えがあるんですか？」

「宮君、本気で言ってる？　公安の捜査員が笠井由紀子を知らないわけ？」

名前を言われてピンと来た。

与党の衆議院議員、法務省政務官の笠井由紀子だ。国会議員としてはひよっこに等しい四十代前半だが、田部総理に気に入られて政務官に抜擢されて脚光を浴びたのは半年ほど前のことだ。

いつもタイトスカートのスーツを着こなし、ルックスもそこそこなことから、国会議員たちのアイドルとも呼ばれている。

「思いだしました、思いだしました。笠井政務官です」

「頼むよ、本当に」

「で、でも、どうして政務官が？」

宮澤は椿のスマホを覗きこんだ。眼鏡型のカメラが捉えた笠井の顔が映っている。

「男と女の仲のことは、理屈が通じないって言うじゃないか。片や法務省の政務官、片や内調の情報官。どこかで接点があっても不思議じゃないよ」

「でも、笠井政務官って結婚してませんでしたっけ？」

「旦那は弁護士だよ」

「つまり、ダブル不倫？」

「そうなるね」

椿の唇の端が吊り上がった。悪魔を思わせる笑みだ。

『お待たせ』

椿のスマホから、艶っぽい女の声が流れてきた。笠井がシャワーを浴び終えたのだ。

『もう待ちきれないよ』

南野の声が続き、やがて、あられもない男女の営みがはじまった。

20

宮澤のタクシーが停止すると、厳めしい門扉が音もなく開いた。どうするかと目で問うてきた運転手に、宮澤はうなずいた。ここでタクシーを降りたら、玄関まではかなり歩かなければならない。

「凄いお屋敷ですね。どんな人が住んでるんですか？」

運転手が敷地の広さに気圧されたように言った。

「知らない方が身のためだよ」

宮澤は押し殺した声で答えた。運転手が口を閉じた。今の時代、こんな豪邸に暮らす人間とは関わり合いにならない方がいいと悟ったらしい。

宮澤が下車すると、タクシーは逃げるように走り去っていった。

重々しくドアが開き、渡会が恭しく頭を下げた。昼間のことは一切表情に出さず、椿家の執事として振る舞っている。

「いらっしゃいませ、宮澤様」

「こんな時間に閣下を煩わせて申し訳ありません。椿さんは？」

「まだお戻りではありません」

「どこへ行ったんだろう……」

南野と笠井の逢瀬をしばらく盗み聞きしたあとで、椿は急用ができたと言って部屋から出ていった。

宮澤はその態度を訝しみ、急遽、渡会と連絡を取ったのだ。

「旦那様はご自分の書斎でお待ちでございます。ご案内いたします。それから、これはお坊ちゃまには内緒なのですが、旦那様がツテを使って業者を呼び、邸内に仕掛けを施したそうでございます」

「仕掛け？」

「はい。その仕掛けのおかげで、スマホやらなんやらを通してお坊ちゃまに盗み聞きされることがなくなるとか」

「椿さんが盗聴できないことに気づいたら、その仕掛けなんてあっという間に解除されちゃうんじゃないですか？」

渡会が顔をしかめた。

「そのことは旦那様には話さないでくださいませ。機嫌を損ねます。とりあえず、今夜のところは盗聴を気にせずに話ができるということで」

「了解しました」

渡会のあとに続いて長い廊下を進み、階段を上った。さらに廊下が続く。次第に渡会の息が荒くなっていく。

「閣下も自分の足で歩いていくんですか？」

宮澤は訊いた。

「はい。椿家の人間は代々、健脚で知られているのです」

「椿さんも健脚ですもんね」

「ものには限度というものがあるとは思いますが」

「渡会さん、いくら盗み聞きされる恐れがないとはいえ、言いすぎじゃないですか？」

「以後、気をつけます」

渡会はまじめくさった口調で言ったあと、いひっと笑った。

「まったくもう……」

「こちらでございます」

渡会がドアの前で足を止めた。宮澤は腕時計を覗きこんだ。玄関から五分近く歩いている。

「確かに限度ものだよなあ」

「旦那様、宮澤様がお見えでございます」

渡会がドアをノックした。

「通せ」

椿源一郎の張りのある声が聞こえてきた。

「失礼します」

渡会の開けたドアから中に入り、姿勢を正して一礼する。

「よく来たな」

椿源一郎はガウン姿だった。右手には葉巻、左手にブランデーグラスを持っていた。アンティークなデスクセットに置かれたパソコンのモニタを睨んでいる。

「遅い時間にお邪魔して申し訳ありません」

「法務省の笠井政務官が内調の情報官と乳繰りあっていたというのは本当かね?」

「はい。驚きましたけど、事実です」

「あの南野が色仕掛けにはまったか……」

「情報官をご存知なんですか?」

「高級官僚同士の情報網というやつだよ。かけたまえ」

椿源一郎はそばにある応接セットに向けて顎をしゃくった。テーブルにはブランデーのボトルと、軽食の盛られた皿が置かれていた。

「あのぉ、これってもしかしてキャビアってやつですか?」

整然と並べられたクラッカーの横に、小瓶に入った黒い魚卵があった。

「そうだ。キャビアだ。食べるかね？」

「いただきますっ！」

本物のキャビアなど、食べたことがない。椿源一郎が用意させたものなら、最高級のキャビアだろう。

「渡会、宮澤君に、キャビアに合う飲みものを」

「かしこまりました」

渡会が一礼して出ていった。

「キャリアをなによりも大事にする警察官僚が、どうしてまたあんな愚かなことに手を染めているのかと訝しんでいたんだが、女絡みだとはな」

椿源一郎は首を振りながら葉巻の煙を盛大に吐き出した。

「どういうことなんでしょうか？」

「笠井という女は、国会のホステスだ。権力を握った男たちに媚びを売って出世しようとする。今は田部にべったりだろう。田部のためならなんでもする女だ」

「しかし――」

「それより、あれの動きが不穏だという話だが？」

「笠井政務官と南野情報官の関係を知った途端、急用ができたとかいって姿をくらませてしまったんですよ。いつもならほくそ笑んで悪だくみを巡らせるのに、ちょっとおかしいと思いませんか、閣下?」

「大いに怪しい」

椿源一郎はブランデーを口に含んだ。

「人の弱みを握ったあれが取る態度とは思えんな。なにか裏がありそうだ」

「でしょう? その裏を探りたいんですけど、いかんせん、ぼくひとりじゃできることが限られてくる。そこで、閣下のお力を借りられないかと」

「わたしはなにをすればいい?」

「警視総監に頼みこんで、今、椿さんとぼくが使っている世田谷署の捜査員の一部を椿さんの監視にまわすよう言ってもらえませんか」

「所轄の捜査員より、元CIAの方がよくはないか?」

「CIAですか?」

椿源一郎がにやりと笑った。

「わたしは元外務省のキャリアだぞ。アメリカ大使館には強いコネがある。CIAの工作員だった人間を使えるということだ」

「さすが、閣下ですねえ」

「アメリカだけじゃない。ロシアや中国だってスパイ大国だ。引退して日本で暮らしている元工作員はごまんといる」

「閣下はロシアや中国とも強いコネを持ってらっしゃるんですか？」

「わたしをだれだと思っている」

宮澤は唇を噛んだ。椿とそっくりの口調だ。やはり、血は争えない。

「失礼いたしました」

「君はなにも心配せず、わたしに任せておけばいいんだ」

「はい。そうします」

椿源一郎は葉巻をふかした。

「あれが君を気に入った理由がわかるような気がするな」

「椿さんがぼくを気に入っている？　そうかなあ。いつも馬鹿にされっぱなしですよ」

「反りの合わん人間とは口も利かん。困った男だ。そんなだから、嫁にも愛想を尽かされる――」

椿源一郎は途中で言葉をのみ、口を手で押さえた。

「盗聴対策はしてあるんだからだいじょうぶですよ」

宮澤は言った。

「うっかり口を滑らすところだった。盗聴される恐れはないとはいえ、油断は禁物だ。あれに隙を見せると……」

椿源一郎は体を震わせた。おぞましい記憶がよみがえったらしい。

「そうだ、閣下」宮澤は話題を変えた。「椿さんをぎゃふんと言わせるってやつ、なにかいいアイディア浮かびましたか？」

椿源一郎が顔をしかめた。

「考えている最中だ。さあ、元ＣＩＡに連絡をするから、今日のところはもう帰りなさい」

「いえ、あの、まだキャビアいただいてないもんで」

宮澤は揉み手をした。

「食べる時間はいくらでもあっただろう」

「渡会さんが飲みものを持ってきてくれるのを待っていたもので」

「そういえば、あいつはなにをやっている」

椿源一郎の目が吊り上がった。親子揃って、渡会には鬼のように厳しいのだ。

「お待たせいたしました。よく冷えたシャンパンをお持ちいたしましたよ、宮澤様」

「遅い！」

椿源一郎の怒声が渡会の柔らかい声を掻き消した。

「ひっ」

渡会の顔が恐怖に青ざめていく。

「わたしの客をどれだけ待たせるつもりだ」

「も、申し訳ございません。途中、料理長から来週のパーティメニューについて相談を受けていたもので」

「言い訳は口答え」

「も、も、申し訳ございません」

「宮澤君は帰るところだ。おまえのせいで、キャビアを食べ損ね、シャンパンも飲み損ねたぞ」

「え、ちょっと待ってください、閣下。せめて一口、ね？　それぐらいいいじゃありませんか」

「急用ができたんだ。お引き取り願おう」

有無を言わせぬ口調だった。宮澤は物欲しげな一瞥をキャビアにくれた。胃が鳴り、口の中に涎(よだれ)が溢れた。

「いつまで物欲しそうな顔をしてそこにいるつもりだ」

椿源一郎に言われ、渋々、キャビアに背を向けた。渡会と共に書斎をあとにする。

「恨みますよ、渡会さん。おれのキャビアが……」

「旦那様は最初から宮澤様にキャビアを差し上げるつもりはなかったのでございますよ」

「へ？」

「吝嗇家でございますから。あのような最高級の、世界でもセレブ中のセレブでなければ食べられないようなキャビアを、失礼ですが、宮澤様に食べさせるわけがないと最初からそう思っておりました」

「そこまでですか？」

「お坊ちゃまの父君ですよ。わたくしが飲みものを取りに厨房へ行けば、料理長と話しこむことも織りこみ済みだったはずです。キャビアを食べる暇も与えず話し続け、わたくしが戻って来る頃合いを見計らって帰るように促す。旦那様の得意技でございます」

「ひ、ひどすぎる……」

宮澤は書斎のドアを睨んだ。

「椿家の人間には、関わり合いにならない方が無難なのですよ、宮澤様」

「好きで関わり合いになったわけじゃないですよ」

宮澤は叫ぶように言った。

＊＊＊

部屋は静かだった。千紗も浩介も床についているのだろう。足音を殺して廊下を進み、居間に入ったところで明かりを点けた。

浩介がうなだれてソファに座っていた。

「びっくりしたなあ、もう。お義父さん、なにやってるんすか、真っ暗な中で」

「ああ、お帰り。遅くまで大変だな、君も」

浩介が顔を上げた。やつれて、目の下に隈ができていた。

「千紗さんは？」

「向こうで寝てるよ」

浩介は寝室の方に顎をしゃくった。

「でも、寝室はお義父さんの――」

宮澤は途中で言葉をのみこんだ。浩介の詐病に怒った千紗の顔が脳裏によみがえった。

「今日から居間で寝ろと言われた。確かに悪いことはしたが、まだ病人同然なのに……」

浩介は両手で顔を押さえ、さめざめと泣きはじめた。

「お義父さん、なにも泣くことはないじゃないですか」

宮澤はソファに歩み寄り、浩介の肩をそっと叩いた。

「妻にも娘にも愛想を尽かされて、これからどうすればいいんだね、武君」

浩介が顔を上げた。

「時間が経てばゆるしてもらえますよ」

「本気で言っているのか？　あの妻にあの娘だぞ。あのふたりの性格はよく知っている。一度愛想を尽かされたら、二度と振り向いてはもらえないんだ」

「君が好きなときに好きなだけ千紗と乳繰りあえるのは、おれを殺しかけたからじゃないか」

「頼むって言われても……」

「頼む、武君。あのふたりが機嫌を直してくれるよう、力を貸してくれんか」

「そんな大袈裟な……」


「父親が言うのもなんだが、千紗はできた娘だ。惚れた男には徹底的に尽くす。あれを嫁にする男は果報者だ。そうじゃないか？」

「ち、乳繰りあうって――」

「ええ、まあ……」

果報者は言いすぎじゃないかと思いながら、宮澤は頭を掻いた。

「そういういい女を手に入れることができたのはおれのおかげだ。そうじゃないか？」

「まあ、そういう言い方もできるとは思いますが」

「恩返しをすると思って、な、武君」

「なんとかしてあげたいとは思うんですが、家族の問題にぼくが首を突っこむのもどうなんですかねえ」

「父親を殺しかけた男が、その娘にあれをしゃぶらせてるんだぞ。それぐらいしてくれてもいいじゃないか」

「お義父さん、その言い方はないじゃないですか。それに、声が大きいですって。千紗に聞かれたら、ゆるしてもらうどころじゃないですよ」

浩介が慌てて口を押さえ、寝室の様子をうかがった。千紗はぐっすり眠っているようだった。

「すまん。興奮すると我を忘れるのがぼくの悪い癖」

「だれの物真似ですか？　まあ、千紗も似たようなところがありますよ。血は争えないんですねえ」

「だろう、だろう。あれは可愛い可愛い娘なんだ。未来の夫として嫁の父のために一肌脱いでくれ。頼む、武君」

「参ったなあ」

宮澤は自業自得じゃないですかという言葉をのみこんだ。

浩介がこんなことになってしまった遠因のひとつは、間違いなく自分なのだ。

「力を貸してくれるなら、君と千紗がめでたく結婚できるよう、今度はこっちが一肌脱ごう、妻はこの結婚を快く思っていないんだしな」

「それはわかってますけど。お義父さんが説得してもお義母さんが耳を傾けるとはどうしても思えないんですけどねえ」

「ば、馬鹿を言うな。こう見えても浅田家は代々亭主関白の家系なんだ。妻は夫に黙って従う。これが家訓だ」

「どの口が言うのかね……」

宮澤は呟いた。

「ん？　今、なにか言ったかね？」

浩介の眉が吊り上がった。

「いえ。なにも言ってませんよ、なにも」

宮澤はかぶりを振った。

「なにか聞こえたような気がしたんだが……」

「空耳ですよ、空耳。それより、明日、千紗と話してみますから、今夜のところは眠りましょう。ね？　ぼく、明日も仕事で早いんです」

「頼むよ、武君。遅くまですまなかったね。ただ、愛する妻子に見捨てられるのかと思うと……」

「だいじょうぶです。ぼくがなんとかしますから。さ、寝ましょう。おやすみなさい」

宮澤は逃げるようにバスルームへ飛びこんだ。

「おれの人生ってなんなんだろう？」

洗面台の鏡に映る自分に向かって嘆き、歯を磨く。

「愚痴ってたって状況が好転するわけじゃない。日々、精一杯生きるんだ、宮澤武。そうやってりゃ、いつか運も回ってくる」

　歯磨きと洗顔を終えると、バスルームを出た。シャワーを浴びるのは明日の朝でいいだろう。今日はもうくたびれた。

　居間の明かりは消え、浩介の鼾が聞こえた。

「もう寝てやがる。いい気なもんだよな」

　スマホを懐中電灯代わりにして、居間を横切り、そっと寝室に入った。

「パパ、もう寝た？」

　明かりが点り、千紗がベッドで上体を起こした。

「なんだよ、起きてたの？　じゃあ、お義父さんとの会話……」

「全部聞こえてたわよ」

「だったら助け船出しに来てくれればいいのに、人が悪いなあ」

「パパを懲らしめてる最中なのに、パパに泣かれたら心がぐらつきそうだから寝たふりしてたの」

「おかげでおれは大変だったよ」

「ダーリンは優しいから、ダーリンに任せておけばだいじょうぶかなって。でも、その通りだった。来て」

　千紗が両腕を広げた。宮澤はベッドに上がり、千紗を抱きしめた。千紗が目を閉じて、物欲しげに唇をすぼめた。

キスをし、舌を貪る。

「あ、だめだ、だめだ。したくなっちゃう。まだお義父さんがいるんだから、我慢しなくちゃ」

「声出さないで我慢するから」

千紗の声は湿っていた。

「だけど……」

「さっきパパが、娘にあれをしゃぶらせてるって言ったでしょ？　それを聞いたら、わたし、じゅんってしちゃって。いけない千紗にお仕置きして、ダーリン」

千紗がジーンズのベルトを緩め、下着の中に手を入れてきた。

「おれ、まだシャワー浴びてないんだよ」

「いいの。ダーリンのあれなら、汚れてても臭くても平気」

千紗は妖艶な笑みを浮かべた。

こうなった千紗はだれにも止められない。宮澤は抵抗をやめ、快楽に身を委ねた。

空が白みはじめている。

長い一日はまだ終わらない。

21

寝惚け眼をこすりながら出勤したが、椿の姿は見当たらなかった。

「直行？　遅刻？　どっちにしても珍しいなあ」

宮澤は自分のデスクに突っ伏した。気がついたときには一時間が経過していた。椿の姿はまだなかった。

「なにやってんだろう？」

スマホには着信履歴もＬＩＮＥのメッセージもなかった。

ＬＩＮＥを送った。

〈椿さん、どこでなにやってるんですか？〉

しばらく待ってみたが既読にはならず、当然ながら返信もなかった。

世田谷署の捜査員を束ねている警部補に電話をかけた。

「もしもし、園田警部補ですか？　宮澤巡査部長ですが」

「宮澤巡査部長、この監視態勢はいつまで続きそうかね？　そろそろ捜査員たちの体力や集中力も限界に近づいているんだが」

「ですよね、ですよね。少数精鋭で日夜頑張っていただいてるんですもんね。警部補、もう少しの辛抱だと思いますんで、なんとか頑張ってください」

舌打ちが聞こえた。

「それより、うちの椿からなにか連絡はありませんでしたか？」

「夜遅くに連絡があって、国会議員の笠井由紀子を監視対象下におけって。もう、こっちはいっぱいいっぱいだって抗議したんだけど、聞く耳持ってくれなくてね。あの人、怒らせたら怖いんだろう？」

「もうそれは恐ろしい人で……逆らわない方が身のためです」

「なんだか疫病神に魅入られたような気分だよ。最初のうちはみんな喜び勇んでいたんだけどなあ」

「もうしばらくの辛抱ですから。ところで、マルタイたちの動きは？」

「変わった動きはないが、逐一椿警視に報告を入れているよ」

「椿警視のスマホに？」

「もちろん。じゃあ、これで失礼しますよ。とにかく人手が足りないんで、無駄話をしている時間も惜しいんだ、こっちは」

電話が切れた。

「おれのメッセージはスルーかよ！」

宮澤は椿のデスクに蹴りを入れた。

「ほんとにふざけやがって……いつか、絶対にぎゃふんと言わせてやるからな。覚えておけよ」

　捨て台詞を吐いて、資料室をあとにした。

＊　＊　＊

「おはようございます」

　明るい声を発しながらオフィスに入った。返事はなかった。出川や馬場の姿は見えない。綾野は例によってヘッドフォンを装着したままパソコンを操作していた。

　宮澤は綾野のデスクの正面にまわった。手を振って注意を促す。綾野がパソコンのモニタから目を上げたが、すぐに逸らした。

「あれ？　なに、今の反応？」

　宮澤は呟いた。

「なんの用？」

　綾野がヘッドフォンを外し、迷惑そうに顔をしかめた。その仕種もいつもと違ってわざとらしく見える。

「いや、朝の挨拶」

「ばっかじゃないの」

　綾野は再びヘッドフォンを装着しようとした。

「さっき、おれから目を逸らしただろう？」

宮澤は綾野の動きを制した。

「はぁ？」

綾野が睨んできたが、目の力にも言葉尻にもいつもの強さがない。

「それだけじゃないぞ。なにかごまかそうとしてるだろう？」

「ごまかす？　なに言ってんの？」

「服が昨日と同じだ」

宮澤はかまをかけた。途端に、綾野の頬に朱が差した。

「昨日は忙しくて仮眠室に泊まったんだよ。文句ある？」

「ふーん」

宮澤は腕を組み、目を細めた。

「なによ、そのふーんって」

「綾野も女なんだなあと思ってさ」

「セクハラだよ、その発言」

「これは申し訳ない」

宮澤はにやにや笑いながら頭を下げた。

「出川さんたちは？」

「朝イチで来て、すぐに出かけてった」

「そう。コーヒー、飲む？」

「コーヒー淹れるぐらいしか能がないだけあって、あんたのコーヒーは美味しいよね。飲む」

「まったく、いつも一言多いんだから。待ってろ。すぐに淹れてくるから」

宮澤はキッチンへ移動した。コーヒーを淹れる支度をしながら思案を巡らせた。

綾野が昨日の夜、男と一緒だったことは間違いない。あの反応がすべてを物語っている。

問題は、相手の男がだれかということだ。綾野の交友関係をほとんど知らない宮澤に対してああいう反応を見せるということは、対象はひとりに絞られる。

椿だ。

「でも、マジ？」

確信を抱きながら、それでも首を傾げてしまう。

椿はあらゆる面で破天荒な男だが、こと異性関係だけはおとなしい。というより、宮澤が知るかぎり皆無だった。

妄想世界では椿の結婚生活は安定している。だから、女には見向きもしないのだと思っていた。

コーヒーを自分と綾野のマグカップに注ぎ、トレイに載せた。

「お待たせいたしました」

カフェの店員よろしく綾野のデスクにカップを置く。

「ありがと」

綾野はヘッドフォンを装着したまま言った。

宮澤は綾野のヘッドフォンを無造作に外した。

「で、ドラえもんと寝たの？」

耳元で囁いた。

「な――」

綾野の手が動き、デスクの端のカップを薙ぎ払った。

「ああ、もったいない。淹れたてなのに」

宮澤は綾野のデスクにあったティッシュを大量に使ってこぼれたコーヒーを始末した。

「あんた、なに言ってんのよ」

「だって、寝たでしょ、ドラえもんと」

「馬鹿なこと言わないでよ」

綾野の顔が紅潮していく。

「顔が赤くなった。やっぱり、図星なんだ」

「あ、暑いからよ。言ったでしょう、わたしは昨日は――」

「別に言いふらしたりはしないから、隠さなくていいよ。ドラえもんってさ、独り身なんだよ。だれか素敵な女性と巡り会えたらいいなってずっと思ってたから、おれ、ちょっと嬉しいんだ」

「え？」

「綾野は性格にちょっと問題あるけど、根はいい子だもんな。ドラえもんとお似合いだよ」

「そ、そう？」

「うん。そう思う。ちょっと待ってて」

宮澤はコーヒーを吸ったティッシュをゴミ箱に捨て、キッチンから雑巾を取ってきた。

「やっぱ、綾野と寝たんだ」

独りごち、綾野のデスクへ飛んで帰る。

「で、どうよ？」

雑巾で濡れた床を拭きながら綾野に訊いた。

「どうって、なにが？」

「彼氏としてのドラえもんさ」

綾野の頰がさらに赤くなった。

「べ、別に。昨日はたまたまだし、付き合ってるわけじゃないし」

「ふーん」

「ちょっと、本当にだれにも言わないでよ。ここでもネットでも、わたしはクールビューティで通ってるんだから」

「そりゃあねえ、クールビューティの黒衣の花嫁がドラえもんにやられちゃったなんて話が広まったら困るわなあ」

「宮澤！」

　綾野がデスクを叩いて立ち上がった。

「ドラえもんは独身だよ。おれが知ってるかぎり、付き合ってる女もいない」

　宮澤は綾野の剣幕を無視して言葉を続けた。

「だって、結婚指輪してるじゃない」

「あれはただのカムフラージュだよ」

「本当なの？」

「本当。嘘はつかない」

「そうなんだ。わたし、てっきり……」

「妻子がいるかもしれないって思ってても、抱かれたかったんだ」

「うるさい」

「おお、怖っ」

宮澤は綾野に背を向け、キッチンに戻った。シンクで汚れた雑巾を洗っていると、スマホに着信が来た。椿からの電話だった。

「おはようございます」

宮澤は朗らかに電話に出た。

「宮君、いい加減にしなよ。ぼくの計画が狂うじゃないか」

椿が言った。

「ぼくのメッセージをスルーするからですよ」

「彼女をこれ以上刺激しないように。いいね」

椿は一方的に言って電話を切った。

宮澤は舌打ちした。洗った雑巾をシンクの縁にかけて干し、自分のデスクに向かった。

綾野は先ほどまでの会話などなかったかのように、ヘッドフォンをセットしてパソコンの操作に没入していた。

「ちぇっ」

「綾野をからかえないとなると、暇だなあ」

欠伸をし、コーヒーを啜る。園田からＬＩＮＥのグループメッセージが入った。

〈出川、馬場ともに永田町。別々に待機。ターゲットの出入りを見張っている模様〉

すぐに椿のメッセージが続いた。

〈黒木は？〉

〈電車で移動中。方向的には永田町を目指している可能性が高い〉

〈ぼくも永田町へ向かう。宮君はそのまま待機〉

「なんだよ」

宮澤は椿のメッセージを読みながら唇を尖らせた。

公安の仕事は肌に合わない。だが、ことが動きだすとそんなことも言っていられなくなる。事件の渦中に飛びこみたくて体が疼くのだ。

「宮澤」

綾野の声が耳に飛びこんできた。綾野が手招きしている。

「なに？　なんか用？」

宮澤は手揉みしながら綾野のデスクに向かった。

「これ、ドラえもんに渡して」

ＵＳＢメモリを渡された。

「なに、これ？」

「あんたに言ったって理解できないでしょ。黙って渡してきなさいよ」

「ま、そりゃ理解できないだろうけど、なんでいきなり？」

宮澤は食い下がった。

「さっき、彼からメッセージが来たの。すぐにあんたに渡せって」

「彼、ねえ」

だから、待機しろと言ってきたのだ。

「別に他意はないわよっ。ドラえもんって言い続けるのも変でしょ」

綾野が血相を変えた。

「はいはい。変ですよね、変。じゃ、確かに受け取りました」

宮澤はUSBメモリを上着の内ポケットに押しこみ、綾野に背を向けた。

「彼によろしく伝えておくからね」

「うるさい」

なにかが飛んでくる前に、オフィスをあとにした。

＊　＊　＊

椿は六本木通りに駐車しているプリウスの車内にいた。

丸山が内閣府に出向いており、出川と馬場も内閣府周辺にいるという連絡が入ったのは二十分ほど前だ。

プリウスは内閣府の出入りを確認できる場所に停まっていた。

「こんな小さな車で張りこみですか」

宮澤は助手席に乗りこみながら言った。

「なりは小さいけど、運転席は快適だよ。早かったね」

「超特急で駆けつけましたから。これ、黒衣の花嫁からドラえもんへのプレゼント」

ＵＳＢメモリを目の前に掲げた。

「ありがとう」

「ちょっと待ってください。渡す前に話を聞かせてくださいよ。まさか、椿さんが綾野と寝るなんて、想像もしてませんでしたよ」

「諜報の世界ではよくあることだよ」

椿はこともなげに答えた。

「でも、椿さんですよ。奥さんもいるのに」

宮澤の言葉に、椿のこめかみが痙攣した。

「つ、妻もぼくの仕事のことは理解してくれてるんだ。国を守るためだからね。多少の犠牲はつきものだから」

話しているうちに、つかえがちだった言葉にも淀みがなくなっていく。

「そうですよね。ぼくたちは公安のアンタッチャブルですし」

宮澤は額に浮いた汗を拭った。面白半分で妻のことを持ちだしたが、この狭い車内で暴れだされたらことだった。

「そうだよ。ジェイムズ・ボンドだって仕事のためならいくらでも女と寝る。ぼくだってそうだ」

　椿はそう言うと、見得を切るように目尻を吊り上げた。

「そりゃそうですよね。ジェイムズ・ボンドか椿警視かってぐらい、この世界ではぬきんでてるおふたりですもん」

「本当にそう思ってる、宮君？」

　椿の目尻が下がった。

「もちのろんってやつですよ」

「やっぱり、宮君はぼくの最大の理解者だなあ。嬉しいよ。君のような男を部下に持てて。これから、宮君のことはイリヤと呼ぼう」

「なんですか、それ？」

「知らないの？『０011ナポレオン・ソロ』で、主役のナポレオン・ソロの相棒役の名前だよ。イリヤ・ニコビッチ・クリヤキン」

「そういえばありましたね、そういうテレビドラマ」

「ソロは優秀かつ華麗なスパイだけれど、女に弱いのが玉に瑕。対するイリヤは冷静沈着な男だよ。ぼくたちみたいだろう？」

「そ、そうですね」

宮澤は愛想笑いを浮かべ、俯いた。

「なにが、ぼくたちみたいだろう？　だよ」

声にならない声で呟く。

「なにか言った？」

すぐに椿が反応した。

「なにも言ってませんよ。ソロとイリヤっていいなあと思って」

「だよね、だよね。警視庁公安部のアンタッチャブル、ソロとイリヤ。うん、ぼくたちにぴったりだ」

「うん、本当だ。ぼくたちにぴったりだ」

宮澤は台詞を棒読みするように言った。椿は意に介する様子も見せなかった。

「ところで、これにはなにが入ってるんですか？」

ＵＳＢメモリを椿に渡しながら訊いた。

「宮君に教えたところで理解できないと思うよ」

椿が綾野と似た台詞を口にした。

「理解できるかどうか、聞いてみなきゃわからないじゃないですか」

椿はあからさまに侮蔑をこめた笑みを浮かべた。

「わかるよ。だって、宮君だもの」

「ぼくはイリヤでしょ？　冷静沈着なイケメンスパイ」

「やっぱりちょっと違うかな」

「なに言ってんですか。さっきはあんなに盛りあがってたのに」

「ぼくがソロなのはいいんだけど、宮君がイリヤはやっぱりミスキャストだよ」

「いやいやいやいや、それを言うなら椿さんのナポレオン・ソロの方がミスキャストでしょ」

「そうだよね、ぼくはソロよりボンドが似合う男なんだ」

「好きにしてください、もう」

「おっと、丸山が出てきたみたいだよ」

スマホに目を落とした椿が言った。世田谷署の捜査員から連絡が入ったのだろう。ほどなくして、公用車が六本木通りに姿を現した。後部座席に丸山の姿が見える。

「どうせ文科省に戻るだけなんだろうけど……」

椿がプリウスのエンジンをかけた。宮澤は素知らぬ顔で背後に目を向けた。世田谷署の追尾班の車が二台、公用車を追いかけていく。他に不審な動きをする車はなかった。

「はて……」

宮澤は首を傾げた。椿源一郎が言っていた元ＣＩＡのエージェントとやらは、まだ椿の監視の任についていないのだろうか。

欠伸が出た。

「寝不足？」

椿が訊いてきた。

「昨日はいろいろあったもんで……椿さんも寝不足でしょうけど」

「ジェイムズ・ボンドは一日、二日徹夜したところでどうということもないんだよ。宮君もボンドを目指すならもっと精進しなきゃね」

だれがボンドだよ——喉元まで出かかった言葉をのみこみ、宮澤は両目をこすった。

＊＊＊

「尾行されてる」

突然、椿が口を開いた。目の前に霞が関二丁目の交差点があった。

「尾行？」

宮澤はルームミラーに目をやった。不審な車はない。

「五十メートル後方の日産キャラバンだよ」

「五十メートル？　本当に尾行車なんですか？　いくらなんでも距離が開きすぎですよ。尾行なら単独ってこともないだろうし……不審車は見当たりませんよ」

「間違いないよ。このプリウスを追ってる」

「そうだとしても、なんでぼくたちを……」

椿が交差点を通り過ぎたところで車を路肩に停めた。

「宮君、悪いけど、ぼくはここで降りるよ。あいつの身元を洗う」

「ぼくはどうすれば？」

「そのまま丸山を監視。黒木も永田町に来てるって連絡があったから、気づかれないようにね」

椿が車を降りた。

「ちょっと、椿さん」

宮澤が慌てて車を降りたときには、椿の巨体は人混みに紛れて消えていた。

「相変わらず素早いし、身を隠すのが天才的に上手いよなあ」

宮澤は運転席に移動した。ルームミラーで後方を確認する。

キャラバンは交差点の手前で停止していた。

「あれがＣＩＡ？」

宮澤は呟いてから慌てて口を閉じた。椿が調達した車だ。どんな仕掛けがあるか知れたものではない。

信号が変わってもキャラバンは同じ場所に停まったままだった。

スマホにＬＩＮＥのメッセージが入った。世田谷署の園田警部補からだった。

〈黒木と出川が合流〉

キャラバンの動静を探っている暇はない。

「ええい、もう」

宮澤はプリウスを発進させた。

＊＊＊

「え？　合流したあと、ここを離れたんですか？」

宮澤は素っ頓狂な声を張り上げた。車内にいた捜査員たちが露骨に顔をしかめた。

世田谷署が手配した監視用のワンボックスカーの中だ。

「ええ。今は日比谷公園をふたりで散策しています」

答えたのは園田だった。

「馬場は？」

「コモンゲートの中の喫茶店でコーヒーを啜っています。なんていうか、こっちが言うのもなんだけど、ちょっと緊張感が足りない感じなんだよな」

宮澤は園田の言葉に首を傾げた。出川たちは昨夜、発破をかけられたばかりだ。今日にでも丸山暗殺を実行してもおかしくはないのに、今のところその気配はない。

「このまま監視を続けてください」

宮澤は園田に告げて、プリウスに戻った。運転席から椿に電話をかけたが、繋がらなかった。

「またスルーかよ」

舌打ちしながらＬＩＮＥでメッセージを送った。

〈今のところなにも起きそうにありませんけど〉

しばらく待ったが既読はつかなかった。

「腹立つなあ、もう」

スマホを助手席に放り投げ、座席の背もたれに体重を預けた。

途端に眠気が襲ってくる。

「ちょっとだけ、ね」

宮澤は目を閉じた。すぐにスマホの着信音が鳴って目を開けた。

「なんだよ。少しだけでも寝たいと思ってたのに」

電話に出た。

「勤務中に一時間も昼寝するなんて、宮君も神経が太いね」

椿が言った。

「一時間って、ちょっと目を閉じただけですよ。大袈裟だなあ」

宮澤はダッシュボードのデジタル時計を見て、目を剝いた。いつの間にか、時間が進んてしまったのだ。

でいる。ほんの数秒目を閉じていただけのつもりが、椿の言うように一時間近く眠り呆けてしまったのだ。

「なんで寝てたってわかるんですか？」

「ドライブレコーダーがついてるでしょ？」

「ええ」

宮澤は不機嫌に答えた。

「それ、実は向きを逆にしてあるんだよ。レンズは車内に向けられてるの」

「それじゃドライブレコーダーの意味がないじゃないですか」

「上司として、宮君が仕事をさぼらないかどうか、見張っておかなきゃね」

「録画した映像、椿さんのパソコンかスマホに転送されてるんですか……」

「そういうこと。それより、事件に進展があったよ」

宮澤はシートに座り直した。

「なにがあったんです？」

「十分ぐらい前に、出川と黒木が別れたんだけど、少ししてから出川が倒れたんだ」

「なんですって」

「出川は今、救急車で病院に搬送中。監視していた世田谷署の捜査員の話からすると、黒木が毒物を使ったみたいだね」

「どうして黒木が出川に？」

「詳細は不明。ぼくは黒木を追っているんだ。宮君は出川の病院に向かって」

「了解です」

椿との電話を切り、世田谷署の園田に電話をかけた。

「救急車の行き先、わかりますか？」

園田が日比谷公園近くの大学病院の名を口にした。

「自分もそっちへ向かいます」

スマホを助手席へ放り投げ、宮澤は車を発進させた。

＊＊＊

「それじゃあ、言い争ってたり、揉めてたりってことはなかったんですね」

病院の待合室の隅で、宮澤は園田に詰め寄った。

「ああ。うちの署員の話じゃ、ふたりで日比谷公園の中を歩きまわって、別れた。それだけだ。歩いている間、なにやら話し合ってはいたようだが、内容は不明、不穏な空気が流れていたわけでもないということだ」

「ふたりの間になにがあったんですかねえ」

宮澤は首を傾げた。

出川は病院に運ばれてきたときにはすでに心肺停止の状態で、医師たちが蘇生を試みたがそのまま還らぬ人となったのだ。

「さあ。死因が特定されないことにはなんとも言えないな」

医師たちがとりあえず下した死因は心不全。

一報を受けた椿が、三国警視総監に司法解剖にまわすよう進言したが、出川が内調への出向職員だということもあって、内調側との調整に手間取っているということだった。

「やっぱ、内調は病死でいきたいんだろうし……」

世田谷署の監視要員によると、黒木は別れ際、出川のうなじに触れたという。そのとき、出川に毒を刺した可能性が高い。

「ちょっと失礼」

宮澤は目配せをして園田のそばを離れた。馬場の姿が目に留まったのだ。

馬場は息を切らしながら病院に入ってきた。

「馬場君」

宮澤は馬場に声をかけた。

「み、宮澤さん？　どうしてここに？」

馬場が目を丸くした。

「それが、警視庁の同期が知らせてくれたんだよ。内調の職員が救急車で運ばれたみたいだぞって。名前聞いたら出川さんだっていうから、慌てて飛んできたところなんだよ」

「そ、そうですか……」

馬場が言葉を濁した。

「出川さんだいじょうぶなのかな？　馬場君、なにか聞いてる？」

「ぼくはなにも……」

「じゃあ、受付に行こうよ、受付に」

宮澤は馬場の背中を押した。受付で出川の名前を出し、同僚であることを告げる。

「少々お待ちください」

出川の名を耳にした受付スタッフの顔色が変わった。

「なんか、やばそうな雰囲気だよね」

宮澤は馬場の耳元で囁いた。馬場は聞こえないふりをした。どうやら、出川が死んだことは耳に入っているらしい。目に落ち着きがないのは狼狽えている証拠だった。

狼狽の原因は出川の死か、あるいは予期せぬ宮澤の出現か。

「すぐに担当の医師が参りますので、こちらでもう少々お待ちください」

電話を終えた受付スタッフが言った。

「出川さんはだいじょうぶなんですか？」

宮澤はスタッフに詰め寄った。椿がいたら、下手な小芝居はやめろと言われただろう。

「すべて担当医師がご報告いたしますので」

「でも――」

「宮澤さん」

馬場に制されて、宮澤は口を閉じた。

「とにかく、医者が来るのを待ちましょう」

「うん、そうだね。そうしよう」

宮澤と馬場は、受付から少し離れたところへ移動した。

「出川さん、どうしちゃったのかなあ？　なんか持病あるのか、知ってる？」

「知りません」

馬場が首を振った。

「たいしたことないといいんだけど、重体だったりしたら……馬場君、出川さん、家族いるっていってたよね？　連絡しなくちゃ」

「少し落ち着いてくださいよ」

馬場が声を荒らげた。苛立ちを隠しきれないでいる。ここに宮澤がいることは想定外だったのだ。

「これが落ち着いてられるかよ」

「お待たせいたしました」

低い声がして、宮澤と馬場はそちらに顔を向けた。白衣を着た中年の医師が神妙な顔つきをしていた。

「出川さんを担当しました石井と申します」

「出川の同僚の馬場です」

馬場が言った。

「担当しましたって言いました？　しましたって？　ってことは、出川さんは……」

「宮澤さん」

馬場にたしなめられ、宮澤は顔をしかめた。

「出川さんは、当院に搬送された時点ですでに心肺停止の状態にありました。蘇生を試みたんですが、残念ながら……」

「そ、そんな……」

「そうですか」

宮澤と馬場は同時に言葉を発した。

「死因はなんなんですか？」

宮澤は訊いた。

「現段階では心不全としか……」

「解剖してくださいよ、先生。出川さん、ばりっばりに元気だったんです。今日だっていつもと変わりなく。だろ？」

馬場に同意を求めた。

「まあ、そうですけど」

「ぽっくり逝くようなタイプの人じゃないんですよ。なにか、原因があるはずです。調べてください、先生」

「そう言われましても、わたしは法医学者ではありませんし、解剖となると、警察との絡みもあります。死因に不審な点があると思うのなら、警察に司法解剖をするよう言ってみたらどうですか」

「そうしようよ、馬場君」

宮澤は馬場に向き直った。

「いえ、あの、出川さんは臓器提供とかそういうのは死んでも嫌だとおっしゃってましたから、解剖なんて喜ばないと思います」

「死んでも嫌だって、もう死んでるんだよ」

「とにかく、本人の意思を尊重しないと」

「本当の死因がわからなくてもいいって言うのかよ」

「そうじゃありませんけど、でも、本人の意思が……」

「家族に連絡しようよ。本人の意思はもう確認できないんだから、家族に決めてもらうんだ」

「宮澤さん、ちょっと」

馬場は石井に会釈し、宮澤の肩に腕をまわした。石井から遠ざかりながら耳打ちする。

「まずいんですよ、解剖は」

「なんで？」

「室内でいろいろありまして」

「内調がめんどくさい組織だってのはわかるよ。警視庁も似たようなもんだからさ。でも、人が死んでるんだよ、馬場君」

「解剖するにしても、後ほど。今はまずいんです」

「もしこれが他殺なら、死因の特定は早ければ早いほどいい。元捜一の刑事の経験則だけどさ」

馬場が目を見開いた。

「み、宮澤さん、出川さんがだれかに殺されたと思ってるんですか？」

「そういうわけじゃないけど、突然死だからさ、いろんな可能性を探ってみないと。これも刑事の悪い癖？」

「ふざけてる場合じゃないでしょう」

「ふざけてなんかいないよ。とにかく、本当の死因がわからないかぎり、これは不審死扱いになるし、警察が出張ってくる。死んだのは内調の職員だし、解剖は必ずされるよ。だったら早い方が――」

「上司の指示を仰いできます。宮澤さんはここに残って、もし、警察が来た場合、できるだけ解剖を遅らせるようにしてください」

「言葉で言うのは簡単だけど、どうやって――」

馬場は宮澤に背を向け、病院を出ていった。

「相当動揺してるなあ。出川の死は想定外だったんだ。ってことは、黒木の暴走？」

宮澤は呟きながらスマホを手に取った。椿に電話をかける。

「病院に馬場が来ました」

電話が繋がると同時に口を開いた。

「知ってるよ」

椿が答えた。綾野経由で仕込んだウイルスで、馬場のスマホは椿の盗聴装置と化している。

「なら、話は早いや。相当動揺してますよ。ただ、解剖をあれほど拒むってことは、黒木に殺されたってことはわかってるみたいですね」

「内調の動きも慌ただしいよ。南野が官邸に向かってるところ」

「いったい、なにがあったんですかね？　黒木の暴走ですか？」

「さて、どうなんだろうね」

椿の声には熱がなかった。

「なに他人事みたいに言ってるんですか。黒木はどこでなにをしてるんですか？」

「それがさ、見失っちゃったんだよ」

「はい？」

「ぼくも、世田谷署の捜査員も、見事にまかれちゃった」

「世田谷署はともかく、椿さんがマルタイにしてやられるなんて、信じられませんよ」

「ぼくも信じられない」

椿の声音がおかしいのは、ショックを受けたせいなのかもしれない。

「椿さん、しっかりしてください。黒木に監視されてると教えたやつがいるんですよ。もしかすると、そいつが出川を殺すよう指示を出したのかも」

「ぼくや内調を出し抜くなんて、どこのだれ？」

「それはこれから調べるんじゃないですか。まずは、黒木の居所を見つけなきゃ。黒木のスマホもウイルスに感染してるんですよね」

「電源が落ちたままなんだ」

「とりあえず、アジトに向かいますか？」

「出川を殺したんだ。あのアジトも放棄したと考える方が自然だよ」

「でも、念には念を入れないと」

「もう、世田谷署の捜査員を向かわせてるよ」

「先に言ってくださいよ、それ。じゃあ、ぼくらはどうします？」

「官邸においでよ」

「はい？」

「忘れたの？　南野のスマホもぼくのウイルスの餌食になってるからね」

「ってことは、総理や官房長官と南野の会話を盗み聞きできるってことですか？」

「ぼくらはアンタッチャブルだよ？」

椿の含み笑いと共に、電話が切れた。

「マジかよ」

宮澤は呟きながら電話を切った。公安の刑事が官邸で交わされる会話を盗聴するなど聞いたこともない。

「でも、椿さんだからなあ……」

病院を出て、駐車場の車に乗りこむ。ドライブレコーダーの電源を落とした。車を運転しながら思案し、腹を決めた。

渡会にメールを送った。

〈椿さんのことで至急相談したいことあり。閣下に、絶対盗聴されない電話番号をぼく宛

に送るように言ってください〉

送信して車を走らせていると、今時は見つけるのも難しい電話ボックスが目に留まった。電話ボックスのそばに車を停めると、渡会からの返信が来た。

〈閣下は電話のすぐ近くで待機しておられるそうです〉

文章のあとに電話番号が記されていた。公衆電話からその番号にかけた。

「相談があると聞いたが」

椿源一郎は挨拶も抜きで切りだしてきた。

「実は……」

宮澤は先ほどの椿とのやりとりを伝えた。

「なんと、官邸の会話を盗み聞きするつもりか？」

「のようです」

「そうか、そうか、官邸か……」椿源一郎の声は上ずっていた。「これであの馬鹿総理もおしまいだな」

「ですが、椿さんですからね。なにかろくでもないことを企んでるんじゃないかと気が気じゃなくて」

「確かに、あれを一〇〇パーセント信じるのは危険だ」

「どうしましょうか？」

「わたしに任せなさい」

「閣下にですか？」

「ゆうべ話しただろう。元ＣＩＡ。すでに、あれを見張っている。そいつなら、なにか打つ手を思いつくはずだ」

「そんないい加減な……」

「なんだと？　わたしを愚弄するつもりか？」

「そんなつもりはありませんけど、結局は人任せじゃないですか。それに、相手は椿さんですよ。頭はあれでも、やることなすこと全部超一流なんです。気を引き締めてかからないと、手痛いしっぺ返しを食らいますよ」

「わたしの言葉を聞いていなかったのか？　わたしが雇っているのは元ＣＩＡだぞ、ＣＩＡ」

宮澤は受話器を耳から離した。

「やっぱり血筋だな」

頭を掻く。今の椿源一郎の話し方は椿とそっくりだった。

かたやアンタッチャブル、かたやＣＩＡ。

その名を口にすれば、だれもが恐れおののいてひれ伏すと固く信じているのだ。

「今に見ておれ。君もあれも、わたしの恐ろしさを思い知ることになるだろう」

「わかりました。じゃあ、元ＣＩＡにお任せします」

宮澤は電話を切り、車に飛び乗った。

「まったくもう……一刻も早く椿家とは縁を切らなきゃな」

エンジンをかけ、ギアをドライブに入れる。スマホに渡会からのメールが届いたが、無視して車を発進させた。

＊　＊　＊

椿は山王パークタワー地下一階の喫茶店の片隅にいた。ＬＩＮＥのメッセージであらかじめそこで待っていると伝えられていたのに、椿を見つけるには時間を要した。

「どうやったらあのがたいで目立たずに周囲に溶けこめるのかなあ」

宮澤は首を振りながら椿の向かいに腰を下ろした。

「お待たせしました」

椿は宮澤の言葉にうなずいただけで、手にしたタブレットから視線を外そうとはしなかった。

「どうなってます？」

「南野が待たされてる。相当苛ついてるのか、貧乏揺すりが凄いよ」

「総理が南野に会うんですか？」

「芳賀（はが）も一緒」

椿は官房長官の名を口にした。

「官房長官まで……」

「あのふたりはいわゆる刎頸（ふんけい）の友だからね。なにをやるにしても一蓮托生ってわけさ」

「官邸が自分たちに都合の悪い連中を殺してまわるなんて、この国はどうなっちゃってるんでしょうね」

「あれ？　宮君、まさか、これが初めてだって思ってるわけじゃないよね？　戦前、戦後、この手のきな臭い話がごろごろ転がってるの、知ってるよね？」

椿が目を剝いた。

「も、もちろんですよ。なにを言ってるんすか、椿さん。いやだなあ、もう」

宮澤は笑ってごまかした。

「ならいいけど」

「そう言えば、あの日産キャラバン、どうでした？　やっぱり尾行でしたか？」

宮澤は咄嗟に話題を変えた。

「それが、イマイチ確信が持てないんだよ」

「ええ？　椿さんが、尾行の有無を確認できないんですか？　そんな馬鹿な」

「八割方、ぼくの勘違いだとは思ってるんだけど、絶対に尾行されていないとも言えないんだよね」

「もし尾行されてるとしたら、相手はめちゃくちゃ凄腕ってことじゃないですか」

「うん。日本にはぼくに気づかれずに尾行する技術を持った人間なんていないから、もし、尾行者がいるとしたら、アメリカかロシアか中国、北朝鮮、あるいはイスラエル。でも、あの連中がぼくに目をつける理由がないしね」

「そうですか？　椿家の跡取りだし、いずれ警察庁長官になる方だし、目をつけられてもおかしくないんじゃないですか？」

「宮君もそう思う？」

椿が身を乗りだしてきた。

「えっと、どの部分でしょうか？」

「いずれなんとかって」

「ああ、警察庁長官ね。椿さんなら間違いないですよ。警視庁一の切れ者で、なんてったって――」

宮澤は言葉を切った。

「アンタッチャブルだからね」

椿が嬉しそうに言った。

「そんな椿さんを尾行するとしたら、やっぱりロシアや中国あたりが匂いますかね」

かな？」

「どうだろう。そもそも、本当に尾行されているかどうかも怪しいからね。おや？　来た

椿が視線をタブレットに向けた。タブレットからは音が流れてこない。見れば、椿の両耳には無線のイヤフォンが装着されていた。

「ぼくにも聞かせてくださいよ」

「はい」

椿のと同じイヤフォンを渡された。

「ブルートゥースだから、線を繋ぐ必要はないよ」

「それぐらいわかってますよ」

舌打ちをこらえてイヤフォンを両耳に押しこんだ。

『どういうことだよ、南野君？』

子供じみた甲高い声はテレビなどで聞き馴染んだ田部総理のものだった。

『詳細は調査中です』

南野が答えた。

『すべてわたしにお任せくださいと言ったのは君じゃないか』

『申し訳ありません』

『総理、そういきり立たないで。まずは、南野君の説明を聞きましょう』

これまたテレビでお馴染みの声だ。官房長官の芳賀だろう。田部とは違って落ち着いたバリトンの声だ。田部総理の保護者役というのが芳賀に貼られたレッテルだが、案外、的を射ているのだろう。

『う、うん。芳賀ちゃんがそう言うなら』

田部の声のトーンが下がった。

『それでは、状況を最初から説明させてもらいます』

南野が、出川殺害の顚末を話しはじめた。宮澤はそれとなく周囲に視線を走らせた。メールで、椿とこの店で落ち合うことになったと渡会には知らせてある。どこかに元ＣＩＡのエージェントがいるはずだ。だが、それらしい人物は見当たらなかった。

『つ、つ、つまり、その男が暴走したってことか？』

田部の甲高い声が鼓膜に突き刺さった。

『どうして、どうして？　ちゃんと金払ってたんだろう？　住むところも与えてやったんだろう？　それがなんで、こんなことになっちゃうわけ？』

喋り方も語彙も子供そのものだ。

『総理、落ち着いて。南野、なぜこんなことになったんだ？』

芳賀が田部をたしなめ、南野を詰問した。

『ただいま、調査中です』

『ぶ、部下のひとりもコントロールできないのか、君は?』

　田部がまた叫んだ。

『申し訳ありません。内調が全力を挙げて行方を追っていますので、いずれ、身柄を確保し――』

『こんな不始末をやらかした内調を信用しろって言うの?　警視庁を使った方がいいんじゃない?』

『言語道断』

　田部の考えを、芳賀が切り捨てた。

『警視庁には石橋派の息がかかっている人間も大勢いるんですよ。そういう連中に今回のことが耳に入ったら、総理もわたしもおしまいです』

『だけど――』

『ここはわたしに任せて。あなたは普段通り、なにもしなければいいんです』

『だけど――』

　田部は煮えきらない態度を続けているようだった。

『あなたは何者ですか?』

　芳賀が口調をあらためた。これまでは出来損ないの息子を叱る父親のようだったが、今度は出来損ないの生徒に自信を与えようとする教師のようだ。

『ぼくは内閣総理大臣だよ』

田部が答えた。

『その通り。あなたは総理だ。細かいことはわたしたちに任せて、国の行く末に思いを巡らせていればいいんです』

『わかった。芳賀ちゃんに全部任せるよ』

『それでいいんです』

『芳賀ちゃんに任せておけば、総理総裁三選も確実だよね』

『確実です』

『信じてるからね、芳賀ちゃん』

田部の気配が遠ざかっていく。どうやら、部屋を出ていくらしい。

「まじでこれがぼくたちの国の総理大臣なんですか？」

宮澤はとてつもない疲労感を抱えながら言った。

「漢字もろくに読めない男だよ」

椿が唇の端を吊り上げた。冷笑しているのだ。

『これでまともな話ができる』

イヤフォンから芳賀の声が流れてきた。

『そうですね。総理がいらっしゃると、話がこじれる一方で……』

『君が不始末をやらかすからだ』

『申し訳ありません』

『とりあえず、関係者に箝口令(かんこうれい)を敷け。関連する書類やメールなどはすべて破棄すること』

『はい』

『あの男はどうしますか？』

『発見次第始末するんだ。それから、最近、警視庁から出向してきた男がいるんだって？』

『ええ』

『その男は信用できるのか？』

間が空いた。宮澤の脳裏に首を横に振っている南野の姿がありありと浮かんだ。

『ならば、その男も始末しなければならんな』

芳賀が言った。

「おれ？」

宮澤は自分を指差した。

「他に誰がいるっていうのさ」

椿がのんびりした口調で応じる。

「だって、あいつら、ぼくを始末するって……」

「静かに」

椿が人差し指を口に当てた。宮澤は慌てて口を閉じた。

『しかし、警視庁の人間を始末するのは問題があります』

『警察を怒らせることを心配しているのか？　聞いたところじゃ、その警官、警視庁の落ちこぼれの嫌われ者だそうじゃないか』

芳賀が吐き捨てるように言った。

『確かに、下からの報告でもろくに仕事もできない出来損ないだということですが』

宮澤は両手で拳を握った。

「腹立つなあ、こいつら」

「気にしない、気にしない。宮君のカムフラージュが上手くいってるっていう証拠だよ。能ある鷹は爪を隠す。アンタッチャブルは――」

「無能なふりをする」

宮澤は椿の台詞を引き取った。

「そういうこと」

椿は無邪気な子供のような笑みを浮かべた。

「まあ、いいですけどね」

宮澤は頭を掻いた。本当に間抜けのふりをしていたのなら椿の言うとおりだ。だが、宮澤にはそんな自覚はなかった。普段どおり、自分らしく振る舞っていたら出来損ないと陰口を叩かれたのだ。

腹立たしい。まったくもって腹立たしい。

『万が一、警視庁の方でことを荒立てようという動きがあったら、わたしのところで押さえる。気にせず、動け』

『はい。承知しました』

『人はいるのか？』

『外部の人間ですが、腕の立つ男がおりますので』

『こっちの方は？』

『プロ中のプロです。その男から情報が漏洩（ろうえい）することはありません』

『なら、任せた』

『失礼します』

少しの間を置いて、ドアを開閉する音が続いた。

「南野が部屋を出たみたいですね」

宮澤は口を開いたが、椿の反応はなかった。タブレットのモニタをじっと見つめている。

『わたしだ』

なんの前触れもなく、南野の声が耳に流れてきた。

『エル・ニーニョとコンタクトを取りたいんだが』

『了解。こちらからの連絡をお待ちください』

無機質な声が響き、電話が切れた。南野がスマホをしまったのか、それ以上耳に音が流れてくることもない。

宮澤はイヤフォンを外した。

「エル・ニーニョってなんですかね？　例の、異常気象の原因だって言われるあれですか？」

椿に訊いた。

「エル・ニーニョは気象現象じゃなくて、坊やっていうぐらいの意味なんだけど……知らない方がいいと思うよ」

椿もイヤフォンを外した。

「どういうことですか？　椿さん、知ってるんでしょう？　教えてくださいよ」

「裏の世界では有名な殺し屋の通り名だよ。フィリピン人ってこと以外、容姿も年齢も不明」

「こ、殺し屋？　南野はなんで殺し屋とコンタクト取りたがってるんですか？」

「そんなの決まってるじゃないか。黒木と宮君を始末するためだよ」

「はい？　ちょ、ちょっとちょっと椿さん、なにしらっとした顔して言ってるんですか？　部下が殺し屋に狙われてるんですよ。なんとかしてくださいよ」

「なんとかって言われてもねえ。エル・ニーニョは神出鬼没で、狙撃、刺殺、毒殺と、殺しの手口も多彩なんだ。一度狙われたら守りようがないんだ」

「馬鹿言わないでくださいよ。ぼくには輝かしい未来と愛くるしい婚約者がいるんですよ」

「自分で言うかな」

「それぐらい言わせてくださいよ。とにかく、なんとかしてください。殺し屋に狙われることになったのは、業務上のことじゃないですか。上司である椿さんと、所属先である警視庁にはぼくを守る義務があるはずです」

宮澤は一気にまくし立てた。

「宮君もアンタッチャブルなんだから、殺し屋に狙われるぐらいのこと、名誉に思わなくちゃ」

「思いません、思いたくありません、なんとかしてください」

「わかったよ。有名な殺し屋だから、南野がすぐにコンタクトを取れるとは思えないんだけど……」

椿は思わせぶりに言葉を切った。

「なんですか？」

「なんとか手を打ってみるけど、しばらくの間は背後に気をつけるんだよ、宮君」

「は、背後？」

宮澤は思わず振り返った。

「宮君が死ぬのはしょうがないけど、千紗ちゃんの悲しむ顔は見たくないからね」

「なにを言ってるんですか。ぼくが死ぬのはしょうがない？」

「だって、ぼくらはアンタッチャブルだよ。大義のために死ねるのなら、本望じゃないか」

「大義ってなんですか、大義って？　そんなの、初耳です」

宮澤は席を立とうとする椿にしがみついた。

＊　＊　＊

くどいぐらいに確認行動を繰り返しながら特捜のオフィスに辿り着いた。

南野はまだエル・ニーニョとコンタクトを取っていない。それがわかっていても背筋が薄ら寒く感じる。

オフィスにいるのは綾野だけだった。さっきまでパソコンと格闘していたのに、今は袋菓子を頬張りながら自分のスマホを覗きこんでいる。ヘッドフォンを装着しているのは相変わらずだ。

「うぃーっす」

宮澤が手を振ると、綾野が顔を上げた。ヘッドフォンを外す。

「暇そうじゃないか」

「業務停止命令が出たの。ここのパソコンに触るの、厳禁」

「業務停止命令？　出川さんが死んだからか？」

「理由は知らない。でも、そうじゃないかな」

「馬場君は？」

「出てったきり、戻る気配なし。電話にも出ないし、メッセージもスルー」

「ふーん」

宮澤は首の後ろに手を当てながら自分のデスクに腰を下ろした。出川の遺体はまだ病院の死体安置所にある。警視庁の捜査一課は司法解剖にまわしたがっているが、上の方からストップがかかっているらしい。

「やっぱり、死因は特定させずに真相を闇に葬り去るつもりかな」

背筋を悪寒が駆け抜けた。完全に真相を葬り去るには、黒木と宮澤の口を塞がなければならないと芳賀は考えているのだ。

「冗談じゃねえぞ」

椿は自分がなんとかすると請け負ったが、とても信用はできない。自分の身は自分で守るしかないのだ。

「なにが冗談じゃないって？」

頭上から降りかかってきた声に我に返った。綾野が宮澤のデスクの脇に立っていた。

「いや、こっちの話だけど、綾野がパソコンから離れてる図って珍しいな」

「わたしも手持ちぶさた。ね、ドラえもんと会ったんだよね？」

「なんだよ、ドラえもんの話がしたいだけかよ」

宮澤は顔をしかめた。

「わたしのこと、なんか言ってなかった？」

「別になにも」

今度は綾野が顔をしかめた。

「ちょっと慌ただしかったからさ。あ！」

宮澤は声を張り上げた。

「なによ。急に大きな声出さないでよ。びっくりするじゃない」

「ドラえもんに渡してくれって言ってたあのＵＳＢメモリ、中身はなんだ？」

「教えてあげてもいいけど、あんたじゃ理解できないよ」

「教えてくれよ」

「見返りは？」

綾野は腰に手を当てて宮澤を見下ろした。

「ドラえもんのこと、なんでも教えてやる。どうだ？」

「いいよ」

「で、中身は？」

「わたしが開発したコード」

「お、おれにもわかるように話せよ」

「簡単に言うと、ハッキングするのに使うプログラム。腕利きのハッカーは、みんな独自のコードを使ってるの。どこをハッキングしてなにをするのかによってコードを書き換えたりして」

いまひとつ理解できないが、重要なのはそこではなかった。

「なんでドラえもんは綾野のコードを欲しがるんだ？」

「勉強のためだって言ってたよ。自分のやり方とは違うアプローチを知りたいって」

「普通、おまえらハッカーって自分のコードを平気で他人に見せたりする？」

「しない」

綾野は即答した。

「じゃあ、なんでドラえもんに？」

「ドラえもんのためならなんでもしてあげたいの」

綾野の目が輝いた。その目の奥に、宮澤は千紗と似たなにかを感じた。

「ちょっと待てよ、ちょっと待て」

宮澤は雑念を振り払い、意識を頭の奥に集中させた。

「特捜のサーバーシステムは綾野が構築したんだよな？」

「他のだれがやるっていうのよ」

「ハッカーからすれば、難攻不落の要塞？」

綾野の顔に不敵な笑みが広がった。

「わたしは黒衣の花嫁よ。わたしのシステムには何人たりとも勝てないわ。たとえ、外部デバイスにウイルスを仕込んでサーバーに接続しても、わたしのファイアウォールがすべてを跳ね返すのよ」

綾野の声のトーンが上がっていく。

「だけど、もし……」

「だけど、なに？」

「いや、なんでもない。少しだけ勉強になったよ。ありがとう。コーヒー飲む？」

「飲むけど、約束守ってよ。ドラえもんのことなんでも教えてくれるって」

「わかってるよ。コーヒー飲みながら話そう。ちょっと待ってて」

宮澤は腰を上げ、キッチンへ急いだ。

綾野は自信満々だ。しかし、椿が綾野のコードを利用したとしたら、その自信はいとも簡単に崩れるだろう。

問題は、椿が特捜のサーバーに潜入してなにをしたか、だ。

椿に綾野のUSBメモリを渡してほどなく、黒木が出川を殺した。

椿が特捜のサーバーから、黒木に偽の指示メールを出したとしたら……。

「まさか……」

淹れたてのコーヒーを運びながら宮澤は綾野に訊いた。

「もうちょっと訊いてもいい？」

「なに？」

「外部デバイスにウイルス仕込まれてもだいじょうぶって言ってただろ？」

「だから、それがなによ？」

「たとえば、USBメモリとか、タブレットとか、ウイルスが仕込まれてるやつと接続したら、それでおしまいなんじゃないの？」

「あんたたちのタブレットやわたしが使ってるパソコンの中身はやられちゃう。でも、サーバーはだいじょうぶなの」

宮澤は首を傾げた。綾野がわざとらしい溜息を漏らした。

「たとえば、出川があんたに仕事を命じるとするでしょ？　でも、あんたは外出してるの」

宮澤はうなずいた。

「すると、出川はわたしにあんたにメールを送るよう指示するわけ。なになにを何時までにどうこうしろみたいな」

宮澤はまたうなずいた。

「でも、そのメールはサーバー経由でしか送れない仕組みになってる。他にもいろいろあるんだけど、まあ、そんな感じ」

「要するに、無関係の人間が特捜のメンバーに偽のメールを送ったりすることはできないってことね？」

「それでいいよ」

綾野は侮蔑をあらわにして鼻を鳴らした。

「ありがと」

宮澤はコーヒーを啜った。

「それで、ドラえもんのことなんだけどさ――」

「悪い、おれ、急用思いだした」

綾野を遮り、マグカップをデスクに置いた。

「馬場君と連絡がついたら、おれに電話するように言っておいて。じゃあね」

「ちょっと、約束はどうなってんのよ」

「約束は守る。男に二言はない。でも、今は忙しいの」

宮澤はオフィスを飛びだした。

22

「あれが暗殺の指示を出しただと？」

椿源一郎がソファからずり落ちそうになった。

「まだそうと決まったわけじゃありませんよ」

宮澤は顔の前で手を振った。

「我が椿家は戦前、戦中、戦後と一貫して、国のために謀略に手を染めてきた。あくどいことだってしてきた。しかし、暗殺などという――」

「ですから、まだ確証があるわけじゃないんです。状況証拠だけですよ」

綾野のコードだ。椿は色仕掛けで綾野を籠絡してコードを手に入れた。なんのために？

特捜のサーバーに侵入するためだ。黒木に偽の命令を出すためだ。

出川を殺せ――椿が命じた。

そう考えれば、突然豹変した黒木の行動にも説明がつく。

だが、なんのためにそんなことを？

内調のオフィスを出たあとも、疑問符が頭の中で踊っていた。

「わたしの息子が、人殺しに関与するとは……」

「閣下、その件は、とりあえず、確証が得られるまでペンディングにしておきませんか？」

宮澤は言った。椿源一郎が咳払いをした。

「そ、そういうことにしておこう。これ以上考えると、熱が出てきそうだ」

「渡会さんに飲みものでも持ってきてもらいましょうか？」

「強いのがいいな。シングルモルトウィスキーをもらおうか」

「渡会さん」

宮澤はドアに声をかけた。すぐにドアが開き、渡会が顔を見せた。

「すぐにお持ちいたします、旦那様。他にご用はございませんか？」

「すぐに酒を持ってこい。余計なことはせんでいい」

「かしこまりました」

渡会はすぐにドアを閉めた。椿源一郎の機嫌が悪いことを察したのだろう。

「それで、官邸の盗聴の方はどうなったのかね？」

宮澤は記憶をたぐり寄せ、田部、芳賀、南野の会話を可能な限り再生した。

「まったく、小学生以下だな。こんな男に、優秀なわたしの後輩たちが振りまわされているとは……ゆるせん」

椿源一郎の目が吊り上がった。

「ずっと田部が話し続けていればもっと口を滑らせたと思うんですが、芳賀が途中で田部を追いだしてしまいまして」

「芳賀はこざかしい男だからな。結局、言質は取れなかったんだね？」

「ええ。ただ、暗殺の証拠にはならなくても、官邸を揺るがすことはできるかもしれません。椿さんのことだから、間違いなく録音してるでしょうし。元ＣＩＡはどうなりました？」

「安心したまえ。しっかりとあれに張りついておるはずだ。隙を見て、音声ファイルを手に入れることだろう」

「そう簡単にいきますかねえ。ご子息は、こっちはあれでも――」宮澤は人差し指を自分の頭に向けた。「めちゃくちゃ腕利きですよ」

「こっちは元ＣＩＡだ。心配には及ばん」

椿源一郎は肩書きに執着するタイプの人間のようだった。

「ま、その辺はけっこう椿さんも似てるよな」

宮澤は呟いた。

「なにか言ったか？」

「いいえ、なにも」

「なにか聞こえたような気がしたが」

「気のせいですよ」

愛想笑いを浮かべた瞬間、ドアが開いた。

「失礼いたします。シングルモルトウィスキーをお持ちいたしました。マッカランの五十年ものでございます」

「ご、五十年ものだと？　馬鹿か、おまえは。もっと安い、普通のウィスキーがあるだろう」

椿源一郎が渡会を睨んだ。

「それが、酒蔵（セラー）に残っているシングルモルトウィスキーはこれ一本でございまして」

「ふざけたことを抜かすな。酒蔵には何十本もあるはずだぞ」

「お坊ちゃまがすべて飲んでしまわれたそうです」

「あれが？」

「はい」

「何十本もあったウィスキーをひとりで？」

「はい。お坊ちゃまは底なしでございますから」

「そんなことはわかっている。だれも止めなかったのか？」

「酔ったお坊ちゃまを止めることができる人間など、この家には……いえ、この世にはおりません、旦那様」

椿源一郎は言葉を発する代わりに唇をねじ曲げた。

「いかがいたしましょう？　シングルモルトではなく、ブレンデッドウィスキーなら、お坊ちゃまの被害を免れておりますが」

「せっかく持ってきたんだし、これを飲みましょうよ、閣下」

宮澤は言った。マッカランの五十年ものというのがどれほどの価値を持つのかは知らないが、今飲まなければ一生飲めないだろうということだけはわかる。

「飲む気が失せた。酒の代わりにコーヒーをもらおう」

「ちょっと、閣下。せっかくなんですから、一杯だけでも飲みましょうよ」

「いらん。コーヒーだ、コーヒー」

「かしこまりました」

渡会が一礼して書斎を出ていった。

宮澤は唇を嚙んだ。先日のキャビアといい、今日のシングルモルトといい、わざと宮澤の目の前に持ってきているとしか思えない。こちらが涎をこらえているのを見透かして、なんだかんだと理由をつけて引っこめるのだ。

普通の人間ならそんなことはしない。だが、相手は椿の父親だ。疑う余地が十分にある。

「それで、なんの話をしておったかな？」

椿源一郎はわざとらしい咳払いをしながら話をもとに戻した。

「椿さんが盗聴した会話を録音しているはずだという話です」

「なんとしても、その録音データを入手しないとならんな。あれが持っていても役には立たん。わたしが持っていてこそ利用価値があるというものだ」

椿源一郎の顔に冷たい笑みが浮かんだ。椿とそっくりだった。

「元ＣＩＡに入手させるんですか？」

「そのつもりだ」

「そんな手間をかけなくても、うってつけの人間がいるじゃないですか」

「だれのことかね？」

「ほら、目の前に」

宮澤は自分を指差した。

「君か」

椿源一郎が鼻を鳴らした。

「だれよりも多くの時間を椿さんと過ごしているんですよ。椿さんの隙を突くのもぼくなら朝飯前です」

「ただでやるとは顔に書いていないな」

「あ、ばれちゃいました？　やっぱり」

「なにが望みだ」

「さっきのマッカランの五十年ものを一口……」

「あれは由緒あるホテルのバーなら、一杯十万は取られる代物だぞ」

「十万円ぐらい、安い買いものじゃないですか。政権交代。閣下や閣下のお友達のことをよく理解してくれる人間が総理になれば万々歳ですよね」

椿源一郎は苦虫を嚙み潰したような表情を浮かべた。

「元ＣＩＡはさぞ腕利きなんでしょうけど、椿さんが相手だといろいろ手間取ると思いますよ。でも、ぼくなら……」

宮澤は思わせぶりに言葉を切った。

ドアがノックされた。

「コーヒーをお持ちいたしました」

ドアが開き、トレイを手にした渡会が頭を下げる。

「さっきのマッカランを持ってこい」

椿源一郎が言った。渡会が目を剝いた。

「なんとおっしゃいましたか、旦那様？」

「耳が遠くなったのか？　マッカランを持ってこいと言ったんだ」

「ですが、あれは先ほど旦那様が――」

「言い訳は口答え」

椿源一郎が吠えるように言った。渡会が震えだした。

「申し訳ございません、旦那様。す、すぐにマッカランをお持ちいたします」

「コーヒーは置いていけ。わたしが飲む」

「はい？　で、では、マッカランはどなたが？」

「ぼくがいただきます」

宮澤はにやついた。

「宮澤様が？　マッカランを？　旦那様、お気は確かでございますか？」

「あ、その言い方、ひどい、ひどすぎる。ぼくに喧嘩売ってるんですか、渡会さん？」

「いえ、決してそのようなつもりはなく、ただ、わたくしは――」

「早くマッカランを持ってこい。昔はよくできた執事だったが、年を取るとやることなすこと遅いし、口にも締まりがない。そろそろ引退するか、渡会？」

「わ、わたくしは生涯、椿家の執事でございます、旦那様。どうか、馘だけは――」

「なら、仕事はちゃんとこなすことだ」

「はい」

渡会はトレイを置き、書斎を出ていった。

「まったく、あいつにはいつも苛々させられる」

椿源一郎は吐き捨てるように言った。

「閣下も椿さんも渡会さんに厳しすぎませんか？」

さすがに渡会が憐れに思えた。

「すぐ図に乗る性格なんだ、あの執事は。ときおり、厳しく躾けてやらんとな。あれも渡会には厳しいのかね？」

「はい。悪魔に思えるぐらいに厳しいですよ」

「同じことを考えているのだろう」

「と申しますと？」

「いびり倒せば、あれも辞めると言いだすかもしれん。そうなれば、若くて活きのいい執事を雇うことができる」

「ひどい。そんなことしなくても、解雇すればいいじゃないですか」

椿源一郎が顔をしかめた。

「わたしの祖父が渡会の父としょうもない契約を交わしたんだ。渡会家の人間は、自分から辞めると言いださないかぎり、椿家の執事として働き続けられる」

「なんでまたそんな？」

「祖父の秘密を渡会の父が知っていたのかもな。とにかく、理由はわからんが、我々椿家の人間は渡会を一方的に解雇することはできん。それもあって、渡会はよくつけあがる」

「けっこうこみ入った事情があるんですね」

椿源一郎が人差し指を唇に当てた。目はドアに向けられている。

次の瞬間、ドアがノックされて渡会の声が響いた。

「お待たせいたしました。マッカランの五十年ものでございます」

渡会が携えたトレイにはマッカランのボトルと水の入ったピッチャー、それにチューリップの形をした小さなグラスがふたつ、載っていた。

「あれ？　氷はないんですか？」

宮澤が言った。椿源一郎と渡会が露骨に侮蔑のこもった眼差しを向けてきた。

「な、なんすか、その目つき？」

「いいウィスキーに氷を入れるなど、邪道中の邪道でございます、宮澤様」

渡会が言った。

「スコットランドでそんなことをしたら袋叩きに遭うな」

椿源一郎が言った。

「そんな、大袈裟な」

宮澤はふたりの台詞を笑い飛ばそうとしたが、途中で笑い声をのみこんだ。

「じゃあ、ストレートか、水で割る。氷はなしだ」

「ストレートで飲むんですか？」

椿源一郎の言葉に、渡会が力強くうなずいた。

「じゃあ、氷なしの水割りで」

宮澤は手を揉んだ。

「少しでいいんだぞ、渡会。ほんの少しで」

椿源一郎が不機嫌そうな声を出した。

「天下の椿家当主がそんなケチくさいことを言ってどうするんですか。どばっと注ぎましょうよ、どばっと」

渡会の唇がゆがんだ。舌打ちをこらえたのだろう。

椿源一郎や渡会の態度などどうでもよかった。マッカランの五十年ものが飲めるのだ。

「それでは……」

渡会がトレイをテーブルに置いた。ボトルを手に取り、チューリップ型のグラスに中身を注いでいく。

「どばっとね。わかってます？　渡会さん、どばっと。閣下の許可は得てありますから」

渡会はウィスキーをグラスに三分の一ほど注いだ。

「え？　それだけ？」

「この手のものはがぶがぶ飲むものではありません。少しずつ味わいながら飲むのです、宮澤様」

渡会はウィスキーと同量の水を注いだ。

「どうぞ、お召し上がりください」

宮澤は手渡された水割りの香りを嗅いだ。

「なにこの香り？」

フルーティな香りが鼻腔を満たしていく。一口、啜った。

予想に反して、トロピカルフルーツのような味わいが口に広がった。

「ん？　んん？　パッションフルーツ？　なんでウィスキーがフルーツみたいな味になるんですか？」

「時間が魔法をかけたのでございます」

渡会が得意げに胸を張った。

「なに威張ってるんですか。これは閣下の酒。渡会さんのじゃないでしょ」

もう一口啜る。間違いない。パッションフルーツとそっくりな酸味と甘みが舌を刺激する。それが喉に達すると、雑味のない滑らかなウィスキーに戻って食道に流れ落ちていく。

「うんめぇ」

宮澤は感嘆した。

「そうでしょう、そうでしょう」

渡会が自分の子供が褒められた父親のように笑っている。

「閣下、こんな貴重な酒をありがとうございます。もう一杯、いいですか？」

「だめだ」

椿源一郎はにべもなく言い放った。

「そんなことおっしゃらずに、あと一杯だけ」

「だめだ。飲みたければ金を払え」

「そんな、天下の椿家の当主が客に金を払えだなんて」

「だめなものはだめだ。それ以上つけあがると、このわたしが本気で怒ることになるぞ」

「ご馳走様でした」

宮澤は椿源一郎に小さく頭を下げ、また水割りに口をつけた。

＊＊＊

宮澤は椿家の門の前で待っていたタクシーに乗りこみ、行き先を告げた。

唇を舐め、マッカランの余韻を味わう。

「旨かったなあ……それにしても、結局一杯しか飲ませてくれなかった。どケチなのはあの一家の血だな」

　宮澤はさりげなく後ろに目をやった。尾行してくる車がないことを確認してまた前を向く。

「なにがホテルのバーなら十万だよ。腐るほど金持ってるんだから、二杯でも三杯でも飲ませてくれたってバチは当たらないってのに」

　憤懣を吐き出しながら目を閉じた。睡魔が押し寄せてくるのに身を任せる。

　眠ったと思った次の瞬間、スマホの着信音が鳴った。タクシーは自宅のマンションにかなり近づいている。二十分近く寝ていたらしい。

「時間が経つの、早すぎないか？」

　スマホを手に取る。千紗からの電話だった。

「もしもし。もうすぐ着くよ」

「変な車がマンションの近くに停まってるの」

　千紗の切迫した声が耳に流れこんできた。

「はい？　変な車って？」

「夕方ぐらいから、黒いミニバンがマンションの近くで停まったり移動したりしてるんだって」

「だって？」

「パパが気づいたの。最初はただの思いこみだって笑ってたんだけど、パパに言われて見てみると、ほんとに黒いミニバンが、あっちに停まったりこっちに停まったりしてるのよ。うちのマンションの周りで」

背筋を悪寒が駆け抜けた。

背後に視線を向ける。やはり、尾行してくる車は見当たらない。やつらは感づかれたり、まかれたりする可能性のある尾行より、待ち伏せを選んだのだ。

「すぐ帰るから、鍵かけて、家から出ないで」

「うん、わかった。ダーリン、だいじょうぶよね？」

「おれがいる。安心しろ」

「ダーリン、素敵」

千紗の声が和らいだ。

宮澤は電話を切り、すぐに椿に電話をかけた。

「どうしたの、こんな時間に？」

「今、千紗から電話があって、うちのマンションの近くに不審な車両が居座ってるそうです」

「へえ。もう動いてるんだ。連中にしちゃやることが早いね」

「そんな暢気なこと言ってる場合ですか。あいつら、ぼくの口を塞ごうとしてるんですよ」

「相手は内調だよ。殺しのプロなんて抱えてないから心配しなくてもいいと思うよ」

「エル・ニーニョがいるじゃないですか」

宮澤は叫んだ。

「エル・ニーニョはフランスにいるってことがわかったよ。今日、明日にでも日本に来るってことはないから、心配いらないよ」

「でも――」

「宮君ひとりでなんとでもできるよ。宮君だってアンタッチャブルの一員なんだから」

「助けてくれないんですか？」

「そんなに言うならしょうがないな。行ってあげるよ」

恩着せがましい言い方だったが、ここはこらえるしかなかった。

「できるだけ早く来てくださいよ」

電話を切った。

「運転手さん、ここで停めて」

タクシーが停まったのはマンションまでは徒歩で三分ほどというところだった。支払いをすませてタクシーを降り、辺りの様子をうかがった。

不審な人物も車も見当たらない。

「よっしゃ」

両手で頬を叩き、気合いを入れた。腕まくりをして歩きだす。マンションへはタクシーを降りた通りを真っ直ぐ歩くだけだが、迂回して近づくことにした。通りを渡り、狭い路地へ入る。マンション前の道路と平行して走る大通りに出た。マンションの建つエリアを通り過ぎたところでもとの道路へ戻った。

マンションの前に停止している車はなかった。マンションの周りをぐるりと歩く。見つけた。マンションの南側面、区立公園の入口近くに黒いミニバンが停まっていた。スモークガラスのせいで中の様子はうかがえない。

宮澤は椿に電話をかけた。

「不審車両発見。あからさまに怪しいです」

「ナンバーは?」

ナンバープレートに記された文字と数字を読み上げる。

「すぐに照会するから待ってて。念のために言うけど、向こうに気づかれないでね」

「最後の台詞は余計です」

宮澤は建物の影からミニバンに目をやった。エンジンは止まっているが、中に人のいる気配がする。

「有限会社戸塚商事所有の車両になってる。この会社、内調のダミー会社だよ」

「ダミー？」

「元公安の捜査員なんかを表向きは普通のサラリーマンってことで雇って、裏でいろいろさせてるんだよ。内調の名前を出せないような仕事……といっても、たいした仕事じゃないけど」

「内調関係の車両ってことは、ますますやばいじゃないですか」

「心配ないよ。相手は内調だよ？」

「ぼくや椿さんはいいですけど、もし、千紗が狙われたりしたら……」

「それは確かに心配だね」

「でしょ？　なんとかしないと」

「もうすぐ到着するから。そこで待ってて」

椿が言った。

「ぼくのいる場所は――」

「見つけるからいいよ」

電話が切れた。

宮澤はスマホを上着のポケットに押しこんだ。

ミニバンはノーマルな車両に見える。公安の監視車両のような特殊な改造は施されていないようだ。

「まったくふざけやがって。現職のサツカンの命を狙うだ？　舐めんなよ」

「独り言はあんまりいい癖じゃないよ、宮君」

突然、背後から声をかけられて心臓が止まりそうになった。

「驚かさないでくださいよ」

「あの車だね？」

椿は宮澤の抗議を無視した。

「ええ、そうですけど」

椿はスマホを耳に当てた。

「ああ、椿です。今は区立公園の入口辺りに停まってる。準備はいい？　……じゃあ、よろしく」

「だれと話してたんですか？」

宮澤は電話を切った椿に訊いた。

「すぐにわかるよ」

「もったいぶらないでくださいよ」

「そのせっかちを直さないと、超一流の公安捜査員にはなれないよ」

なれなくてもかまわないし、なるつもりもない——宮澤は喉元まで出かかった言葉をのみこんだ。

「ほら、来た」

マンションのエントランスのある方角から、車椅子に乗った初老の男と、それを押す女が現れた。

「ち、千紗？　それにお義父さんも……」

椿が電話で話していたのは千紗だったのだ。

「どういうことですか、椿さん？」

「静かに」

ドスの利いた太い声で言われ、宮澤は口を閉じた。

千紗が車椅子を押しながら角を曲がった。ミニバンの脇を通り過ぎようとしている。

「千紗たちが襲われたらどうするんですか？」

「だいじょうぶだよ。連中の狙いは宮君なんだから。民間人にはよっぽどのことがないかぎり手は出さないさ」

椿の声は落ち着いていた。

「あ――」

宮澤は口に手を当てて出そうになる声を抑えた。浩介が膝に乗せていた巾着のようなものを落としたのだ。

「わざとらしい……」

手の隙間から声が漏れた。

車椅子が止まり、千紗が腰を屈めて巾着を拾った。立ち上がる際、千紗の手が微妙な動きを見せた。ミニバンのボディの底になにかを押しつけたように見えたのだ。

「なにやってんだよ、千紗？」

「発信器を取りつけるよう頼んでおいたんだ」

「頼んだって、いつの間に？」

「宮君からの電話の前に、千紗ちゃんからＬＩＮＥでメッセージが入ってね。事情が書かれてて、宮君がいつ戻るかわからないから不安だって。それで、駆けつけたわけ」

「じゃあ、ぼくが電話したときは？」

「千紗ちゃんたちと一緒だったよ。千紗ちゃんのお父さんも、宮君に迷惑かけたお詫びができるってやる気満々だった」

「勘弁してくださいよ。そういうこと、最初に言ってくれなくちゃ。なにが、あの車だね？　ですか。白々しい」

「あらかじめ説明してたら宮君、止めたでしょ？　千紗ちゃんが危険だからって」

「当たり前じゃないですか」

「危険はなかったんだからいいじゃない。ほら」

千紗が巾着を浩介に渡し、再び歩きだした。その態度は自然で堂に入っている。

近づいてくる千紗と目が合った。千紗はウインクをしてきた。浩介は強張った顔を真っ直ぐ前に向けている。

宮澤は唇を噛み、顔をしかめた。

千紗たちは素知らぬ顔で宮澤たちが潜んでいる四つ辻を通り過ぎていった。

「まったくもう……」

「それにしてもアマチュア丸出しだね。素人が車に細工してるのにまったく気づかないなんて」

「ですよね。あんなんで、本気で人を殺そうとしてるんですかね？」

「一部の官僚にとっては、総理君の言葉は絶対だからね。ま、今回は官房長官君だけど、実質的な権力握ってるのはどうやら官房長官君みたいだからね」

「総理君の好きにやらせたらやばすぎですよ。それより、このあとはどうします？」

「あれはただの発信器じゃないんだ」

椿の顔に悪魔のような笑みが浮かんだ。

「と言いますと？」

「今の自動車って、ほとんどがコンピュータで制御されてるんだよね。ってことは？」

宮澤は腕を組み、首を傾げた。

「ってことは？」

「腕のいいハッカーならハッキングできるってことだよ」

「それって、他人の自動車を遠隔操作できるってことですか?」

「宮君もわかってきたじゃない」

肩を叩かれた。スーパーヘビー級のボクサーのパンチのような衝撃だった。

「椿さん、力、加減してくださいよ。馬鹿力なんだから、ほんとにもう」

「今、ぼくのこと馬鹿って言った?」

椿の目が据わった。

「言ってません!」

「ほんとに?」

「神に誓って。馬鹿力と言っただけです」

「ならいいけど」

椿の目が和んだ。宮澤は体の力を抜いた。

「あとのことはぼくに任せて、宮君は家に戻って、千紗ちゃんたちを安心させてあげるといいよ。彼女たちもすぐに戻るはずだから」

「任せろって、なにをするつもりですか?」

返事の代わりに、椿の顔にまた悪魔のような笑みが浮かんだ。

なにも知りたくなくて、宮澤は椿に背を向けた。

23

千紗たちはすでに部屋に戻っていた。

「なんなの、あれは？」

帰宅の挨拶もそこそこに、宮澤はふたりに詰め寄った。

「椿さんに頼まれて……」

宮澤の剣幕に、千紗がうなだれた。

「椿さんは他人でしょ？　おれはおまえのなに？　婚約者だろ？　だったら、危険なことする前に、おれにどうすべきか訊ねなきゃ」

「だって、椿さんは危険だなんて言わなかったもん」

「もん、じゃないの。椿さんのことは信用しちゃだめ。わかった？」

「まあまあ、武君。そう、娘を責めないでくれ。実はおれが是非やりたいと椿さんにお願いしたんだ」

浩介が宮澤たちの間に割って入ってきた。

「お義父さんが？　どうしてそんなことを？」

「武君には迷惑をかけたからなあ。恩返しをしなきゃと常々考えていたんだよ」

「だからってわざわざこんなことをしなくても。警察の捜査っていうのは、時には危険を顧みずにやることだってあるんですよ」

「申し訳ない。軽率だった」

浩介が頭を下げた。

「ダーリン、もうゆるしてあげて。パパは本当にこれまでのことを反省してるの」

「ほんとかなあ？」

宮澤は不審の目を浩介に向けた。

「本当だ。すまなかった。ゆるしてくれ。このとおりだ」

浩介が床に手を突いて頭を下げた。まだ足取りは覚束ないが、日常生活では車椅子が必要ないまでに回復している。

「ああ、お義父さん、そんなことしなくても。やめてくださいよ。わかりましたから。ね？」

「わかってくれたならいいんだ」

頭を上げた浩介は満面の笑みを浮かべた。

「まったく、調子がいいんだから」

宮澤は呟いた。

「うん？　なにか言ったかね？」

「なんでもありません」

どうして自分の周りには異様に耳のいい連中ばかり集まってくるのだろう――宮澤はダイニングテーブルの下を覗きこんだ。

「千紗、椿さんはずっと居間にいた？」

「うん。どうしてそんなこと訊くの？」

テーブルにも椅子にも変わったところはない。

「トイレに立ったとか、食器棚や冷蔵庫に触れたとか？」

「そんなことはしてないと思うけど」

千紗が首を傾げた。

「そう言えば、おまえがお茶を淹れにキッチンに行っている間、あの人、テレビをいじっておったぞ」

「テレビですか？」

「ああ。今時４Ｋテレビじゃないんだとかぶつぶつ言ってたかな」

宮澤はテレビを点検した。本体の裏側に小指の先ほどの塊がくっついているのを見つけた。

「油断も隙もあったもんじゃない」

塊をテレビから剝がした。小さな立方体は盗聴器かなにかだろう。

「他にはなにも触ってませんか？」

浩介に確認した。浩介がうなずいた。

「なにかあったのかね？」

「なんでもありませんよ」

宮澤はとぼけた。

＊＊＊

シャワーを浴び終えて寝室に向かうと、千紗が布団をかぶって寝ていた。

「お疲れ」

宮澤も布団に潜りこむ。すぐに、千紗の手が股間をまさぐりはじめた。

「千紗、お義父さんがいるじゃないか」

止めようとして、千紗が全裸でいることに気づいた。宮澤の腕に押しつけられてきた胸の先端が固く尖っている。

「もう我慢の限界。千紗のあそこが、ダーリンのあれが恋しいってうるうるしてるの」

「その気持ちはわかるけど――」

「パパも猛反省してるから、もう盗み見や盗み聞きはしないわ。わたし、声出さないように我慢するから、お願い、ダーリン」

千紗は布団の中に潜りこみ、宮澤のショーツをおろしてすでに固くなりつつあったものを口に含んだ。

久々の刺激に下半身に電流が走った。

千紗の口が離れた。

「すぐに入れて、ダーリン。今すぐ犯して欲しいの。二回目はじっくりね」

「二回目？」

「お互いに溜まってるんだもん、最低でも二回はしなくちゃ」

千紗が布団をはねのけた。全裸の内股が粘つく液体でてかっている。

「よし。二回と言わず三回でも四回でも――」

宮澤は口を閉じた。なにかが聞こえたような気がしたのだ。

「どうしたの、ダーリン？」

不満げな顔つきの千紗に口を閉じろと合図をし、ショーツを引き上げた。

足音を殺してドアに近づく。

興奮した息遣いが聞こえた。

「なにが反省してるですか！」

叫びながらドアを開けた。

浩介が耳に手を当てて床に膝をついている。

「あ、これは違うんだ、武君。カーペットの上にゴミが落ちていて、それを拾おうとだね」

「いい加減にしないと、この部屋から叩きだしますよ」

「いや、だから、おれはただゴミを拾おうとしてただけだから。それじゃ、おやすみなさい」

浩介は宮澤に背を向けると、なにごともなかったかのようにソファへ向かい、横たわった。

「まったくもう……」

乱暴にドアを閉め、ベッドへ戻る。千紗は首まで掛け布団を引き上げ、涙ぐんでいた。

「千紗、泣かなくてもいいじゃないか」

「もういや。こんな生活、もういや」

「おれも嫌だよ。なんとか、お義母さんに機嫌を直してもらって、お義父さんには帰ってもらおう。な？」

宮澤は千紗を抱き寄せ、子供をあやすように頭を撫でた。

泣きじゃくる千紗をなだめ、やっと眠れると思ったらスマホに椿から電話がかかってきた。

「今から、寝ようと思ってたところなんですけど……」

「じゃあ、寝てもいいよ。その代わり、明日からも宮君の口を塞ごうとするやつらに狙われ続けることになるけど」

椿は他人事のように言った。

「なんなんですか？」

「外に出ておいでよ。面白いもの見せてあげるから」

「外？」

「連中、まだ宮君のマンション見張ってるんだ。今は真夜中だから、エントランスの向かいに車を停めてる。馬鹿だね。諜報機関関係者の風上にも置けないよ」

椿の声はかちんかちんに冷えた氷のようだった。

「で、どこに行けばいいんですか？」

「公園の入口近くに停めた車の中にいるから。裏口から出てくれれば連中には気づかれないよ。まったく無能丸だしなんだからさ」

「すぐに行きます」

宮澤は電話を切り、暗闇の中、手探りで服を掻き集めた。千紗を起こしたくなかったのだ。だが、それは虚しい努力だった。

「どうしたの、ダーリン？」

千紗が目を覚ました。

「ちょっと、椿さんに呼びだされて」

「椿さん？」

「うん。おれたちを見張ってるやつらを排除してくれるみたいなんだ」

「無茶はしないでね」

「わかってる」

宮澤は服を着た。着終えたところで千紗が後ろから抱きついてきた。

「ダーリンになにかあったら、わたし、耐えられないから」

「くーっ、可愛いこと言ってくれるねえ」

「冗談じゃないのよ」

「わかってる。宮澤巡査部長、必ず無事で帰って参ります」

宮澤は敬礼し、千紗の頬にキスをした。

後ろ手に寝室のドアを閉めた。浩介の鼾が聞こえる。

「いい気なもんだよな」

呟きながら居間を横切った。エレベーターで二階まで下り、非常階段と裏口を使って外へ出た。

公園の入口近くに白いプリウスが停まっていた。車内には人影がふたつ、認められる。

「ふたり？」

首を傾げながらプリウスに近づいた。運転席に座っているのはその大きさから見て椿だろう。助手席に座っているのは女だ。

運転席側の窓をノックする。窓が開き、椿が後ろに乗れと顔を動かした。助手席に乗っている女の横顔が見えた。

「あれ？　綾野？　おまえがどうしてここに？」

「いいから早く乗りなよ。いくら無能なやつらでも、こんな時間にこんなことしてたら気づくじゃないか」

宮澤は口を閉じ、後部座席に乗りこんだ。

「なんで綾野がいるんですか？」

「特捜は解散。わたしはお払い箱」

綾野が答えた。

「だから？」

「だから、ぼくと手を組むことにしたんだよ」

椿が言った。

「意味がわかんないすよ、意味が」

「お払い箱ってことは、口を塞がれるかもしれないってことじゃない。黒衣の花嫁の方が宮君なんかよりよっぽどやばい情報抱えてるんだから」

「それはそうですよね……」

「だから、ぼくと手を組んで、この件に関わってた内調の上層部から官邸から、根こそぎやっつけてやろうっていうわけ」

「根こそぎやっつけるって、どうやって？」

「まあ、見ててごらんよ」

椿は悪魔のような笑みを浮かべてプリウスのエンジンをかけた。綾野が膝の上に置いたノートパソコンのキーボードを凄まじい勢いで打ちはじめた。

椿はプリウスをマンションの真ん前に停めた。向かいに停まっているミニバンの車内に緊張が走るのが伝わってくる。

「いいよ」

椿が綾野に声をかけた。綾野がパソコンのエンターキーを押した。

ミニバンがタイヤのスキッド音を立てながら急発進した。

「なんですか？」

宮澤は思わず声を漏らした。

「車内の連中、今頃大慌てでだろうね。車が勝手に走りだしたんだから」

椿が子供のように笑った。

「どういうことですか？」

「車載コンピュータにハッキングして操縦系を乗っ取ったのよ」

綾野は恍惚（こうこつ）の表情を浮かべながら口を開いた。

「乗っ取る？」

「わたしとドラえもんには、こんなの朝飯前よ」

「車を乗っ取ってどうするつもりなんですか？」

「まあ、見ててごらんよ」

椿がプリウスをUターンさせてミニバンの後を追いはじめた。綾野がパソコンを操作した。ミニバンが対向車線に大きくはみだしていく。対向車線を走ってくるタクシーがクラクションを鳴らした。

綾野がまたパソコンを操作する。ミニバンがもとの車線に戻った。

「危ないじゃないですか。事故が起きたらどうするんですか」

「事故を起こしてやろうと思ってるんだよ」

椿が平然と答えた。

「椿さん！」

宮澤の叫びは、ミニバンが立てるけたたましい音に掻き消された。

ミニバンが斜行した。歩道に突っこんでいく。

「やめろ、綾野」

宮澤は綾野を止めようとしたが遅かった。ミニバンが歩道脇の電柱に激突した。耳障りな音を立てながらボディをガードレールに押しつけたまましばらく走り、やがて停止した。ボンネットが潰れ、フロントウィンドウに無数の亀裂が走っている。

「なんてことをするんですか、椿さん」

「だいじょうぶ。死なないように手加減してあげたから。ね？」

椿が綾野に微笑みかけた。

「ね」

綾野が椿の目を見て微笑んだ。

宮澤の背中を悪寒が駆け上がった。

「ね、じゃないでしょう、ね、じゃ」

「すぐにパトカーと救急車が来るから、そう怒らないでいいよ、宮君」

「はい？」

宮澤は耳を澄ませた。こちらへ向かってくる緊急車両のサイレン音が聞こえる。

「あらかじめ通報してたんですか？」

「宮君が車に乗ってくる前に、事故が起きましたってね。さて、あの車、なにが積まれてるのかな？　やばいものがあったら、ただの事故じゃすまないよね」

椿は嬉しそうに話しながら、事故を起こしたミニバンを追い越し、そのまま車を走らせた。

「本当に死んだりしてないでしょうね？」

「宮君も見てただろう？　そんなにスピードは出させてないよ」

「だけど……」

宮澤はリアウィンドウ越しに白煙を噴き上げているミニバンに目をやった。車内から人が出てくる気配はない。

運転席に視線を戻すと、椿が綾野にうなずいていた。綾野がキーボードを叩く。パソコンのスピーカーから音声が流れてきた。

『本当にやるんですか、先輩？』

三十歳前後の男の声だった。

『やるしかないだろう。上からの指示——いや、もっと上からの指示なんだからな』

続いたのは中年の声だ。

『でも、ぼくら、ただの公務員ですよ』

『公務員だからこそ、国の指示には従うしかないんだろう』

ふたつの声は震えていた。

「車内にはもうひとりいるんだけど、ずっとだんまりなんだ」椿が言った。「きっと、口も開けないほど神経が消耗してたんだと思うよ。ただの公務員がさ、人を殺せっていう命令を受けたわけだから」

「この音声、車内を盗聴したんですよね」

「うん。千紗ちゃんがグッジョブしてくれたからね。どう？　彼らには原因不明の交通事故に遭って、職務を遂行できなくなる方が幸せだと思わない？」

「思います、思いますとも。いやあ、さすが椿さん。やることが違うなあ」

宮澤は胸を撫で下ろした。綾野が鼻を鳴らした。

「それぐらい察しなさいよ。付き合い、長いんでしょ？」

「うるさいな。おまえは黙ってろ」

「ドラえもん、宮澤ごときがわたしに失礼な口の利き方する」

綾野が甘えた声を出した。

「あとでお仕置きしておくから、ここはこらえて」

「ドラえもんがそう言うならそうする」

宮澤は目を丸くして椿と綾野のやりとりを聞いた。

「そういうことで、邪魔者は片づいたし。あとは仕上げるだけだなあ」

椿が言った。

「仕上げるってなにを？」

宮澤は訊いた。

「それぐらい察しなさいよ」

綾野が同じ台詞を口にした。

「椿さん、なんか企んでます？」

「なにも」

椿の声は平然としていたが、横顔には禍々（まがまが）しい笑みが張りついていた。

「椿さん、だめですよ。絶対にだめです」

「だめってなにが？　ぼくはなにも言ってないよ」

椿は楽しそうにステアリングを操っている。間違いない。ろくでもないなにかを企んでいるのだ。

「それぐらい察しがつきますよ。ぼくだってアンタッチャブルの一員なんですから」

「宮君も成長したね」

椿が車を右折させた。

「そんな言葉じゃごまかされませんよ。なにをやろうとしてるんですか？」

「知らない方が身のためだよ。マンションの前で降ろしてあげるから、今夜は千紗ちゃんのそばにいてあげるといい。けっこう怖がってたからね」

「あ、思いだした」

宮澤はポケットをまさぐり、椿が仕掛けた盗聴器を取りだした。

「これはなんですか、これは？　相棒の家を盗聴しようなんて、どういうつもりですか？」

「ごめんごめん。公安捜査員の職業病なんだよ、これ。仕掛けられるチャンスに出会ったら、仕掛けちゃうの」

「それにしたって相棒の家を――」

「だから、ドラえもんは謝ってるじゃないの。ケツの穴の小さい男ね」

綾野が鼻を鳴らした。

「おまえは黙ってろ」

宮澤は目を吊り上げた。

「どうせ宮君にすぐに見つけられるだろうと思ってたし、もうやらないよ」

椿の言葉はこれっぽっちも信じられなかった。

「それより、ぼくは帰りませんよ。椿さんと一緒にいます」

綾野がわざとらしく鼻を鳴らした。

「あんた、人の恋路を邪魔するやつはなんとかっていうの、知らないの?」

「はい? 恋路?」

「そう。ドラえもんと黒衣の花嫁が手に手を取り合って共同作業を成し遂げるの。宮澤は邪魔。邪魔ったら邪魔」

「おまえの意見なんて聞いてないんだよ。椿さん――」

「はい、着いたよ」

椿は涼しい顔で車を停めた。宮澤のマンションの真ん前だった。

「一緒に行くって言ったじゃないですか」

「降りないと、大変なことになるよ」

突然、椿の目が据わった。泥酔したときと同じ目つきだ。

「な、なんなんですか、いきなり？」

「今、ぼくに必要なのは宮君じゃなくて黒衣の花嫁なんだ。だから、降りてよ。ぼく、宮君を傷つけたくないんだ」

言葉は柔らかかったが、恫喝に変わりはなかった。

「わかりましたよ。降りればいいんでしょ、降りれば」

宮澤は露骨に顔をしかめ、車を降りた。あの目つきをしているときの椿に逆らうとろくなことにならないのは心得ている。

すぐに車が発進した。宮澤は車の後ろ姿が視界から消えるのを待って、渡会に電話をかけた。呼び出し音が鳴っている間、タクシーを探して視線をさまよわせる。

空車のタクシーが宮澤の前に停まるのと電話が繋がるのはほとんど同時だった。

「こんな時間にどうされました？　宮澤様」

渡会の声は寝起き丸出しだった。

「閣下は起きていますか？　田園調布まで」

「田園調布の閣下というと、椿家ですかね」

運転手が言った。

「寝ていらっしゃるに決まっているじゃありませんか」

渡会が言った。

「そう、椿家。起こしてください。緊急事態です」

運転手に答え、渡会に話す。タクシーが発進した。

「こんな時間に旦那様を起こしたら、わたくし、殺されてしまいます」

「緊急事態です。椿さんがなにかやばいことをはじめてるんです」

「お坊ちゃまが……わかりました。わたくし、決死の覚悟で旦那様を起こして参ります」

「ぼくもタクシーでそっちへ向かってますから。よろしく」

宮澤は電話を切った。

「運転手さん、なんで椿家を知ってるの？」

運転手に聞いた。

「この業界じゃ有名ですから。お急ぎですか？」

「うん。できるだけ急いで」

「了解」

タクシーが急加速し、宮澤は後部座席で無様に転がった。

＊　＊　＊

椿源一郎は寝癖のついた頭でいかにもまずそうにコーヒーを啜っていた。パジャマにガウンを羽織っただけの姿だ。

寝不足の目は血走り、水分を失った肌はひび割れたようになっている。その容貌は数千年の時を生き長らえている妖怪のようだった。

普段は薄化粧を施しているに違いない。

「それで、あれがなにをしていると言うんだ？」

「総理の暗殺です」

宮澤は答えた。椿源一郎が噎せて咳きこんだ。

「なんだと？」

「内調の特捜が使っていた殺し屋が、丸山審議官の暗殺を勝手に取りやめて姿を消したじゃないですか」

「ああ」

「あれ、椿さんの仕業だと思うんです」

黒木への指令は、綾野が構築したサーバーからのメールで指示される。外部から指令を変えることは不可能なのだ。だが、椿は綾野を取りこんだ。

綾野が椿に渡したＵＳＢメモリが怪しい。

あれで、椿は特捜のサーバーに侵入できるようになったに違いない。そして、黒木に嘘の指令を送ったのだ。

「詳細は省きますけど、椿さんは殺し屋に偽の指示を出したと思われるんです」

「ターゲットを丸山から田部に変えさせたというのか？」

「はい」

「どうしてそう思うのかね？　ただ殺し屋に殺しをやめさせた。それだけのことじゃないのか。あれは警察官だぞ」

「椿さんの様子がおかしいんです。絶対なにか企んでますよ。それに、総理大臣の暗殺だなんて、あの人が好きそうなシチュエーションじゃないですか」

「まあ、確かにそうだが……田部が死ぬのなら、わたしにとっては悪いことではない。うん。今の話は聞かなかったことにしよう」

椿源一郎が部屋の隅で控えていた渡会に顎をしゃくった。

「宮澤様、タクシーをお呼びします。到着するまで、玄関ホールでお待ちになってください」

宮澤は退室を促そうとする渡会を睨んだ。

「ご子息が犯罪者になってもいいんですか？　椿家の歴史に泥を塗ることになりますよ」

渡会を睨んだまま、椿源一郎に言った。

「言葉を返すようだが、宮澤君。あれは非常に頭のいい男だ。今は現実と妄想の区別がつかなくなっているが、頭のキレは以前のまま。そんな男が、自分が捕まるようなヘマをするとは思えんのだがね」

「ぼくが椿さんを逮捕します。警察官として、犯罪を放っておくことはできません」

宮澤は直立不動の姿勢を取り、椿源一郎に向かって敬礼した。

「しかし、君は公安の捜査員だろう。公安なら、法に触れるような捜査をしたこともあるはずじゃないか」

「自分はもともとは捜査一課の刑事です。犯罪を見逃すことはできません」

「そういえばそうだったな……必ず捜査一課に戻してやると約束するから、あれのすることには関知するなと言ったらどうするね？」

宮澤は言葉に詰まった。

「どうだ？　わたしが本気で動けば、明日の朝には辞令が出るぞ。君の念願である捜査一課に戻れるんだ」

嘘ではないだろう。どの省庁に属していようがキャリアはキャリアだ。学閥などで縦横に繋がっている。椿源一郎が頭を下げれば、人事を握る警察庁幹部はすぐにそれに応じるだろう。

「捜一には戻りたいですが、自分の信念を曲げることはできません」

頭の奥で、馬鹿者と叫ぶ声が響いた。

「そうか。信念に従うというのは立派な生き方だ。だが、そうすると、二度と捜査一課には戻れんぞ。それどころか、離島や山奥の駐在に飛ばすことだってできる」

「わかっています。が、犯罪を見逃すことはできません」

「あのマッカランをボトルごと進呈すると言ったらどうする?」

喉が鳴った。あの馥郁(ふくいく)たる香り、絹のように滑らかな喉ごしをありありと思い出す。

「閣下、なにをしても無駄です。閣下が椿さんを止めないなら、ぼくが逮捕するだけです」

「なるほどな……渡会、覗き屋トムに連絡を取れ」

「旦那様、トムはまだ現場に復帰してはいないと思いますが。交通事故で植物状態になり、なんとか意識は戻ったものの、まだリハビリの最中と聞いております」

「覗き屋トム?」

「口答えをするな。意識があるなら、電話には出られるだろうが」

椿源一郎は宮澤の問いかけを無視した。

「は、はい。ただいま、電話をかけます」

渡会はジャケットのポケットからスマホを取りだし、椿源一郎に背を向けて電話をかけはじめた。

「まったく。何十年我が家の執事をやっているんだ」

椿源一郎は不機嫌そうに顔をしかめ、コーヒーを啜った。

「閣下、覗き屋トムというのは?」

「通り名だよ。本名はわたしも知らん。元CIAの腕利きエージェントで、今はフリーランスの何でも屋だ」

「元ＣＩＡというと、前にお話しになっていた？」

「あれとは別だ。トムは事故で長らく現場から遠ざかっていたからな。あっちの元ＣＩＡはすぐに尾行に感づかれてまかれたようだから、馘にしてやった」

「そうなんですか……」

電話が繋がり、渡会が相手と喋りはじめた。

「しかし、覗き屋トムなんて、通り名としてはあれですよねぇ」

「長年、諜報の世界で監視や盗聴を続けてきたせいで、覗き見や盗み聞きが癖になってしまったらしい。それで、自嘲をこめてそう名乗るようになったと聞いている」

「なるほど……」

宮澤は苦み走ったいぶし銀のような中年男を頭に浮かべた。

「旦那様、トムでございます」

渡会が椿源一郎に歩み寄り、スマホを手渡した。

「すまんが、少し席を外してもらえるかな」

椿源一郎の口調には有無を言わせぬ響きがあった。

「失礼します」

宮澤は一礼し、渡会と共に書斎を出た。

「閣下はそのトムってやつになにをやらせるつもりなんですか？　いくら腕利きか知らないけど、病み上がりなんでしょう？」

「いろんなところにコネのある人物なのです。お坊ちゃまの暴走を止めるための手助けになるはずです」

「じゃあ、閣下は椿さんを止めてくれるんですね？」

「宮澤様の、ご自身の信念に殉じようとするお姿に感銘を受けたのだと思います」

「そうかなあ」

宮澤は首を傾げた。

「ところで、マッカランの誘惑によく負けませんでしたね」

「確かにめちゃくちゃうまい酒でしたけど、警察官としての職責をなげうってまで飲みたいとは思いませんよ」

「さようですか。宮澤様はご立派です。わたくしなど、あんな申し出を受けたら、親でも売り飛ばすかもしれません」

「あれ？　渡会さん、あのウィスキーを飲んだことがあるんですか？」

渡会は突然首をすくめ、左右に視線を走らせた。

「わたくしとしたことが口を滑らせてしまいました……ここだけの話ですよ、宮澤様。実は、一度だけ、旦那様には内緒で試飲してみたことがあるのです」

「それって、執事としてはあるまじき——」

「至福の一瞬でした」渡会は宮澤の言葉を遮って続けた。「ウィスキーというのは命の水という意味だと聞き及んだことがございますが、あれはまさしく命の水。昨今売られているウィスキーとは比べものになりません」

「確かにそうですよねえ」

「どれだけ飲みたいと思ってもどうにもならないのです。なぜなら、もう作られてはいないからです。大量生産時代がすべてを変えてしまったのです……」

「蘊蓄（うんちく）はわかりましたけど、執事が閣下の大切にしている酒を盗み飲みしたことに変わりはないですよね」

宮澤は言った。

「み、宮澤様。盗み飲みとは人聞きの悪い……」

「だって、盗み飲みじゃないですか」

「宮澤様とわたくしは同志ではございませんか」

渡会が目を剝いた。

「同志って、なんの？」

「手に手を取ってお坊ちゃまと戦う同志です」

「そんな同盟、結んだ覚えはないですけどね」

「宮澤様——」

渡会が慌てて口を閉じた。書斎のドアが開いたのだ。

「もう、入ってもかまわんぞ」

椿源一郎が不機嫌な顔を廊下に突き出した。

「それじゃ、失礼します」

宮澤は書斎に入ったが、渡会は青白い顔をしてためらっていた。

「渡会、なにをしておる」

「あ、これは失礼いたしました」

「まったく、年を取れば取るほど使いものにならなくなっていくな、このポンコツめ」

椿源一郎は容赦なく渡会をこき下ろす。

「仕方ないよね。盗み飲みするような執事だもの」

宮澤は独りごちた。

「うん？　宮澤君、今、なにか言ったかね？」

椿源一郎が振り返った。その肩越しに、渡会が目尻を吊り上げている。

「いえ、なにも。それより、閣下、どうなりました？」

宮澤は慌てて話題を変えた。

「おお、トムの件だったな。引き受けるそうだ。少しふっかけられたが、この際、仕方あぐのだ」

「トムに会うといい。状況を詳しく説明し、なにをどうしたらいいのか、トムの判断を仰ぐのだ」

「ぼくはなにをすれば？」

「どこへ行けば？」

「一時間後に、荻窪の西田公園という公園の子供のおうちというところの近くで待っているそうだ。それでわかるかね？」

「西田公園なら、ぼくのマンションのすぐ近くですから……しかし、トムもあの近辺に住んでいるんですかね？　地元民以外にはあまり知られていない公園なんですけど」

「トムは神出鬼没だ。どこに住んでいるかはだれも知らん」

「そうなんですね。それじゃ、早速行ってきます」

「渡会、タクシーを呼んでやれ」

「かしこまりました」

宮澤は渡会とともに書斎を出た。

「宮澤様、滅多なことを口になさらないでください。閣下はお坊ちゃまに負けず劣らずの地獄耳なのでございます」

「すみません。つい、うっかり。それにしても、椿家の地獄耳体質はもはや超能力の域ですよね」

「そのとおりなのでございます」

渡会は溜息を漏らし、スマホでタクシーを呼んだ。

24

西田公園は荻窪駅から南へ十分ほど歩いた住宅街の中にある。日中も人の行き来は少ないが、夜になるとほとんどない。宮澤は周囲に気を配りながら子供のおうちへ急いだ。

「しかし、なんだってこんなところで……ん？」

薄闇の中、目が小さな建造物を認めた。近くにだれかがいる。

「約束の時間にはまだ早いけど……」

スマホで時計を確認した。わざとらしい咳払いをしながら歩き続ける。人影が宮澤の方を向いた。

「あれ？　もしかして、お義父さん？」

「やあ」

手にしたスマホの明かりが影の顔を照らした。間違いなく浩介だった。

「こんなところでなにをしてるんですか？　まだ病み上がりなんだから、早く部屋に戻ってください」

「いや、だから、わたしは――」

「ぼくはここで人と待ち合わせをしてるんです。こういう言い方はなんですが、お義父さんがいると邪魔なんですよ」

宮澤は浩介の背中を押した。

「千紗も心配してますよ。早く帰った方がいいですって」

「だから、わたしがトムだ」

浩介が宮澤の手を振り払った。

「はい？」

「わたしが覗き屋トムなんだ。椿閣下に仕事を依頼された」

「な、なにを言ってるんですか、お義父さん？　まさか熱でもあるんじゃ？」

宮澤は浩介の額に手を当てた。別に熱くはない。

「熱なんかないよ」

「でも……」

「理性的に考えなさい。どうしてわたしが覗き屋トムのことを知っているんだ？　わたし自身がトムだからだ」

宮澤は一歩あとずさり、しげしげと浩介を見つめた。どこからどう見ても、うだつの上がらない初老の男だ。

「これまで、妻はもちろん、千紗にも本当の姿は隠し続けてきた。まさか、君とこんなふうに仕事をすることになるとはな」

浩介の喋り方もいつもとは違った。

「本当にお義父さんが元ＣＩＡの凄腕諜報員なんですか？　とてもじゃないけど信じられませんよ」

「若いとき、アメリカに三年間留学したんだが、そのときにスカウトされたんだ。どこでなにをしていようがまったく目立たないという特技を買われてな。一年間、諜報員としてのイロハを徹底的に仕込まれて、それから現場に出た。韓国に中国、ソ連……ヴェトナムやインドでも仕事をしたよ」

記憶がぼんやりと戻ってきた。千紗から聞いた話では、浩介は小さな商社に勤めているはずだ。商社マンなら、頻繁に海外に行っても不思議ではない。

「千紗からわたしの仕事を聞いたことがあるかね？」

浩介が訊いてきた。

「商社にお勤めで、千紗が子供の頃は、しょっちゅう海外出張へ行っていたとか……」

「その会社もＣＩＡが用意したダミーだ。いわゆるペーパーカンパニーというやつでね。

実際の業務はゼロだ。ＣＩＡを辞めたあとでも会社は使わせてもらっている。この国は、どこで稼いでいくら税金を納めているかということに常に目を光らせているからね。サラリーマンであるという隠れ蓑（みの）が必要だったんだ」

「ちょ、ちょっと待ってください」

　宮澤は頭をひねった。

「ぼくの知っているお義父さんは、ちょっとスケベなおっちょこちょいで――」

「カムフラージュだよ。どこでだれの恨みを買っているかわからないし、身元だっていつばれるかしれたものではない。わたしは長いこと植物状態で、目覚めたあとも、体をまともに動かすこともできなかった。命を狙われたらおしまいだ。だから、あんな真似をしていたのさ」

「看護師のお尻触ったのも、ぼくと千紗のことを覗き見しようとしたのもですか？」

「まあ、覗き見の方は職業病というかなんというか……」

　浩介は頭を掻いた。

　椿源一郎も同じようなことを言っていた。トムは職業病が高じて覗きやら盗聴やらが趣味になってしまったのだ、と。

「本当にお義父さんが覗き屋トムなんですか？」

「そうだと証明しろと言われても、免許みたいなものがあるわけじゃないしね。ただ、そうだよ。わたしがトムだ。業界の何でも屋として知られている。このことはわたしと君との間だけの秘密だ。妻や千紗にはくれぐれも内密に頼むよ。いいね？」

「なんだかなあ……」

宮澤はぼやいた。公安に飛ばされ、椿の部下になった瞬間から、世界が自分の慣れ親しんだものとはまったく違うなにかに変容してしまったかのようだ。

「閣下からおおよその話は聞いたが、椿さんが殺し屋を使って総理の暗殺を目論んでいる可能性があるそうだね」

「そうなんです。なんとかして止めないと。だけど、椿さんが今どこにいるかもわからない状況なんですよ」

「それならすぐわかるよ」

浩介が上着のポケットからスマホを取りだした。

「ほら、見てごらん」

スマホの画面には地図が表示され、赤い輝点が明滅しながら地図の上を移動していた。

「この赤く点滅してるのが椿さんだ」

「なんで？」

「ほら、椿さんが君の部屋に来たときに盗聴器を仕掛けていっただろう？　わたしも同じことを彼にしたんだ。ＧＰＳ発信器付きの盗聴器を彼に仕込んだんだよ」

「いつの間に……」

「蛇の道は蛇と言うだろう。彼もわたしも諜報の世界にどっぷりと浸かった身。思考や行動様式が似通っているのかもしれないね」

「意味がわかんないですよ、もう」

宮澤は地図を睨んだ。表示されているのは渋谷区のようだ。画面の下半分のほとんどが代々木公園になっている。

「これは富ヶ谷の辺りですかね？」

「確か、田部総理の自宅もこの辺りじゃなかったかな？」

浩介の言葉に宮澤は目を剝いた。

「そうです、そうです。やばいなあ。今夜決行するつもりじゃないだろうなあ」

「とりあえず、現場へ向かおうか」

「じゃあ、タクシーを捕まえましょう」

「その必要はないよ。こっちへ来たまえ」

浩介に促され、公園を出た。路上に埃をかぶった黒いバンが止まっている。

「植物状態になってから手入れができなかったものでね。見てくれはわるいが、使い勝手のいい車だよ」

「どこにこんな車を保管してるんですか？」

浩介は宮澤の問いかけに思わせぶりなウインクで答えた。

「さあ、乗った乗った。あ、君は助手席じゃなく、後ろがいいな」

言われるまま、リアのドアを開けた瞬間、宮澤は息をのんだ。シートなどが取っ払われ、助手席側の一面に九つのモニタが並べられていた。モニタの下はコンソールになっていて、無数のダイヤルやスイッチが並んでいる。

まるで、公安の監視車両のようだ。

「なんなんですか、この車？」

「言っただろう。わたしは腕利きなんだ。腕利きは道具にもこだわるのさ」

運転席に座った浩介がエンジンをかけた。機器に電源が入り、どこかに設置されたスピーカーから聞き覚えのある声が流れてきた。

『宮君、怒るだろうなあ……』

椿の声だった。

「やりますね、お義父さん」

宮澤は思わず呟いた。

「これぐらい、朝飯前だよ」

車が動きだした。エンジンにも手が加えられているのだろう。見た目とは違って走りはパワフルだ。そして、浩介の運転技術にも目を見張る。加減速がスムーズな上にコーナリングも滑らかで、居住性の著しく低い後部に座っていてもストレスは感じなかった。ついこの前まで寝たきりだった人間の運転とは思えない。

「車に乗る前はどうなることやらと不安だったけど、一度身についた技術はそう簡単には忘れないものだね」

浩介が言った。

『あんなやつ、どうでもいいじゃん』

綾野の声が流れてきた。

『そういうわけにはいかないよ。宮君はぼくの相棒なんだから』

『あんな使えないやつが相棒だなんて、面倒くさくない？』

『宮君には宮君の特技があるんだよ。まあ、頭が固いのが玉に瑕だけどね』

『特技？　あいつに？』

綾野の甲高い声が車内に響く。

「綾野のやつ……」

宮澤は唇を噛んだ。

「しかし、椿さんという男は君のことを高く買っているようだね」

浩介が言った。

「そうなんですかねえ？」

「この世界ではいい相棒が持てるかどうかが肝心なんだ。わたしはずっと一人でやってきたから、それがよくわかる。できる相棒がいるかいないかで可能性が全然違ってくるんだ」

浩介の声は重々しかった。

「椿さんが君のことをいい相棒と思っているなら、君にとっても彼はいい相棒だと思うよ」

「勘弁してくださいよ、お義父さん。ぼくは一刻も早くあの人のもとから去りたいんですから」

宮澤は抗議の声をあげた。浩介が笑った。

「千紗も言っていたよ。なんだかんだいって、君たちはいいコンビだってね」

「だから、勘弁してくださいってば」

車が交差点を曲がり、浩介がエンジンをふかした。宮澤の声はその音に掻き消された。

＊　＊　＊

「GPSの位置情報が正しければ、椿さんはこの先の交差点を曲がったところにいるはずです」

宮澤はモニタを睨みながら浩介に告げた。車は閑静な住宅街を進んでいた。浩介が路肩に車を停めた。

行き交う車も人の姿もない。

浩介がいったん車を降り、後部に移動してきた。

「ちょっと様子を見てくるよ」

浩介はウィンドウの下に取り付けられた収納箱のようなものの戸を開けた。中はちょっとしたクローゼットのようになっており、衣類や帽子、眼鏡などが整然と並べられていた。

「これってもしかして……」

「そう。変装用具というやつだよ」

浩介ははにかみながら帽子と眼鏡を手に取った。帽子はハンチング。眼鏡は鼈甲縁だ。

「これでどうかな？」

帽子をかぶり、眼鏡をかけると浩介の雰囲気が一変した。うだつの上がらない初老の男が、どこかの大学教授か画家に見える。

「帽子と眼鏡だけでずいぶん雰囲気が変わりますね」

「小道具だけじゃなく、表情も変えるからだよ。ちょっと待っててくれ。決して車の外には出ないように。たとえ変装したとしても、彼は君にはすぐに気づくだろうからね」

浩介が車を降りていった。

「小道具と一緒に表情も変えるか……椿さんが人混みに紛れるのが上手いのは、そういうのもあるのかな？」

宮澤は首を傾げながら独りごちた。

盗聴器から流れてくるのは綾野がノートパソコンのキーボードを叩く音だけだ。ふたりとも、十分以上口を開いていない。

スマホにＬＩＮＥのメッセージが届いた。千紗からだった。

〈どうしよう。パパが部屋にいないの〉

千紗が目覚めたらしい。

〈心配ないよ。ちょうどおれが帰宅したら、お義父さん、眠れないみたいだったから、気分転換にと思ってドライブに連れ出してるんだ。あまり遅くならないうちに帰るから〉

宮澤は返信を打った。

〈よかった。お仕事で疲れてるのにありがとう、ダーリン。大好き〉

〈おれも大好きだよ〉

顔を赤らめながら大急ぎで文章を書き、送信した。浩介が戻ってくる気配がしたのだ。

スマホをポケットに押しこむと、ドアが開いた。

「ＧＰＳは正しい。彼らはあの角を曲がったところにいる。確か、この近くに……」

「総理の私邸があります」

「今夜、決行させるつもりだろうか？　総理は公邸ではなく私邸に戻るのか、わかるかね？」

「ちょっとお待ちを」

宮澤は渡会に電話をかけた。

「渡会さん、すみません、こんな時間に。閣下はまだ起きてますか？」

「眠れないとおっしゃいまして、マッカランをちびちびやりながら、古き良き時代の映画を見ておられます」

渡会は口惜しそうな声を出した。

「総理が今夜、公邸に泊まるのか私邸に戻るのか、わかると大助かりなんですが」

「映画鑑賞の邪魔をすると、こっぴどく叱られるのでございます」

「今すぐ確認してくれないと、もっとひどいことになりますよ」

息をのむ音が聞こえた。

「少々お待ちください」

渡会は震える声で言った。

「すぐに確認できるはずです」

宮澤は送話口を手で押さえ、浩介に告げた。

「閣下のところの執事は相変わらずかい？」

「渡会さんをご存知なんですね？」

浩介がうなずいた。

「閣下からの仕事の依頼は、常にあの執事が間に入る。なかなかのやり手だ」

「そうですか？」

宮澤はあからさまに顔をしかめた。

「お待たせいたしました」

渡会の声が返ってきた。微かではあるが、息が荒い。

「最近、かまってくれないと奥方が拗ねておられて、機嫌を取るために、頻繁に私邸に戻っているそうです。女房の尻に敷かれている愚か者だ、と、閣下はおっしゃっておられます」

「了解です」

宮澤は電話を切った。

「ここのところ、どんなに遅くても必ず私邸に戻っているみたいです」

「となると、今夜決行する可能性もあるな……暗殺者の名前は？」

「黒木です。元自衛官で……椿さんの偽の指令を信じて総理を狙っているはずです」

浩介は無言のまま、コンソールに設置されたノートパソコンを操作しはじめた。

「なにをしてるんですか？」

「知り合いに、黒木に関する情報を集めておくよう頼んである」

「知り合いですか……」

「現役の中国の諜報員だがね、金さえ渡せばいい仕事をしてくれる」

「中国の？」

宮澤は声を張り上げた。

「公安警察の人間だからといって、そう目くじらを立てることはない。これは公務ではない。そうだろう？」

「そうですけど……中国とかロシアとか北朝鮮って名前を耳にすると、尻がむずがゆくなってくるんですよ」

「君もいっぱしの公安警察官らしくなっているじゃないか。捜査一課なんかよりよっぽど水が合っているんじゃないのかね？」

「そんなことはありません。ぼくは生粋のデカです。ハムと一緒にされたんじゃたまらないですよ」

「黒木は渋谷の漫画喫茶に潜んでいるらしい」

浩介の言葉に、宮澤は口を閉じた。

「人手が足りないから、今もその漫画喫茶にいるかどうかは不明だが……」

「渋谷ってことは近いですよね、ここ」

浩介がキーボードを叩きながらうなずいた。

舌打ちをする。

「追加料金で最新情報に更新だと？　相変わらずがめついやつだ。ここは閣下に懐を痛めてもらおう」

宮澤はノートパソコンのモニタを盗み見た。浩介が漢字だらけの文章を打っている。

「お義父さん、も、もしかしてそれって中国語ですか？」

「相手は中国人だからね」

「中国語ができるんですね」

「中国語、英語、ロシア語、朝鮮語、ヴェトナム語、それにヒンディー語も少々」

「お義父さんって、凄い人だったんですね……」

「商売柄だよ。お、最新情報が来た……黒木は今、ＮＨＫの辺りにいるみたいだな。どうやら、こちらへ向かっている」

「マジっすか？」

「ただの下見か、それとも、決行するつもりか……椿さんがここにいるということは後者の可能性が高そうだね」

「どうします？」

「黒木という男の身柄を確保しよう。武器がなければ、椿さんだってなにもできないだろう」

「しかし、黒木は元自衛官で、格闘術にも長けているかも。お義父さん、もしかしてそっちの方も大丈夫ですか？」

「研修で護身術もみっちり叩きこまれたが、もう年だし、筋肉が萎えたままだ。ここは君に任せるよ」

「任せるよって、そんな……」

「千紗が、ダーリンはすごく強いのって言っていたが、あれは嘘かね？」

「嘘じゃありません」

反射的に答え、宮澤は慌てて口を閉じた。

「では、頼むよ。わたしは椿さんを見張っている」

「ぼくひとりで行くんですか？」

「ここにはふたりしかいない」

「ですよね」

宮澤は溜息を漏らした。拳銃はもちろん、特殊警棒も携帯していない。文字通り徒手空拳で黒木を制圧しなければならないのだ。

「お義父さん、なにか武器になるようなものは？」

「五十歳を過ぎてからは肉体労働は封印してるんだ」

「ですよね」

宮澤は諦めて車を降りて、ＮＨＫを目指した。歩きながら、腕や足の筋肉や関節を伸ばした。

「公安に移ってからは道場にもご無沙汰してるしなあ。体なまってるよなあ。それでも、おれがやらなきゃ。椿さんが犯罪者になるのをこの手で防ぐんだ」

握り拳で胸を叩き、気合いを入れた。

「よし、やってやる」

「やってやるって、なにを？」

背後から椿の声がした。

「つ、椿さん？　どうしてここに？」

宮澤は振り返った。

「さっき、ぼくの乗ってる車の様子を見に来た男がいてね。ただの通行人を装ってたけど、ぼくの目は騙せないんだな、これが。変装も上手だったよね。でも、あれは千紗ちゃんのお父さんだ」

宮澤は唾を飲みこんだ。

「どうしてわかったんだって顔だね」椿は得意げだった。「だって、千紗ちゃんのお父さんは覗き屋トムじゃないか」

「はい？」

「ここにはいろんな情報が詰まってるんだよ、宮君」

椿は自分の頭を指さした。

「で、でも、覗き屋トムはだれも素顔を知らないって……」

「ぼくをだれだと思ってるの？」

宮澤は言葉に詰まった。

「まあとにかく、千紗ちゃんのお父さんこと覗き屋トムが現れたとなると、宮君もそばにいるって考えるのは自然な流れだよ」

「椿さん、綾野を引っ張りこんでなにをするつもりなんですか？」

宮澤は腹をくくった。

「なにも」

素っ気ない言葉が返ってきた。

「そんなはずないじゃないですか。黒木がこっちに向かっています。田部総理がもうすぐ私邸に戻ってくる。そこを狙わせるつもりでしょう？」

「どうしてぼくがそんなことをするのさ？」

椿が笑った。例によって悪魔を思わせる笑みだ。

「黒木が暗殺に成功するにせよしないにせよ、政界には嵐が吹き荒れる。田部総理は死ぬか、生きていたとしても失脚する。そうなれば、現長官をはじめとする警察の官邸派のキャリアたちもただじゃすまない。狙いはそれなんじゃないですか？　官邸派のキャリアを一掃できたら、警察は三国警視総監とその一派が牛耳ることになる。そうなったら、椿さんも――」

突然、椿が拍手をはじめた。

ですか」

「黒木を確保しに行きます。田部を暗殺させるまでもなく、逮捕すればいいことじゃない

「馬鹿になんかしてないよ。それで、宮君はこれからどこに行くつもり？」

「馬鹿にしないでくださいよ」

「さすがに宮君だと思ってさ。ぼくのこと、ちゃんとわかってるんだ」

「なんの真似ですか？」

「それじゃなんだかつまらないんだよ」

椿が顔をゆがめた。

「つまる、つまらないの話じゃないですよ」

「逮捕したってさあ、どうせ官邸から横槍が入って、捜査もろくにさせてもらえないまま極秘裏に保釈ってことになるのが関の山だよ」

「だからって、暗殺を実行に移させるわけにはいきません」

「まったく、宮君の欠点は頭が固すぎることなんだよなあ」

椿が頭を掻いたと思った次の瞬間、宮澤は見えない圧力を感じた。とっさにあとずさったが、いつの間にか、椿が目の前にいた。一瞬の間に間合いを詰めてきたのだ。

「ぼく、オリンピック代表候補だったこともあるんだよ。柔道のね」

椿の台詞が終わる前に、宮澤は再び後ろに飛んだ。間合いを保たねば、椿の巨軀（きょく）に圧倒

されるばかりだ。

間合いを取ったつもりが、椿が前進してきてその間合いをまた詰められた。巨体に似合わぬ速さだった。

マジかよ——宮澤は今度は右に飛んだ。

椿がついてくる。間合いは同じままだった。

たいして動いているわけでもないのに息が上がりはじめていた。椿の威圧感から来る緊張のせいだ。

「ちょっと鈍りすぎなんじゃないの、宮君？」椿が嗤った。「警察官たるもの、日々、鍛錬にいそしまなきゃ」

「椿さん、いつ鍛錬なんてしてるんですか？」

左に動きながら言った。相変わらず椿は間合いを保ったままついてくる。

「ぼくには鍛錬なんて必要ないんだよ」

間合いを取るのは無理だった。ならば、死中に活を求めるしかない。宮澤は右足で椿の左膝のあたりを蹴った。椿がひるむ隙に間合いを取り直す算段だった。

だが、蹴った右足に想像外の衝撃が走った。ひるんだのは宮澤だった。椿はびくともしていない。

「いいアイディアだったけど、残念。相手はぼくだよ」

右腕を摑まれた。投げられまいと腕を引いた。腕が動かない。凄まじい膂力だった。

「ちょっと眠ってもらうよ。宮君が起きてると、いろいろ面倒だからさ」

椿の体が沈んだ——と思った瞬間、体が浮きかけた。腰を落として踏ん張る。椿が目の前から消えた。背後に重みを感じた。首に腕が絡みついてくる。

「投げ技より、締め技や関節技が得意なんだよ、ぼく」

首に絡みついた椿の腕に力が入った。

スリーパーホールドだ、やられた——そう思いながら、宮澤は闇にのみこまれていった。

25

「これが終わったら、ドラえもんとどこかに行きたいな」

綾野の甘い声が耳に流れこんできて、宮澤は意識を取り戻した。両手両足を拘束され、目隠しに猿ぐつわも嚙まされていた。背中に感じているのは車の後部シートだ。

宮澤は唸った。

「起きたみたいよ、この馬鹿」

綾野が言った。

「もうしばらく気絶している予定だったんだけどなあ。さすがの体力だね、宮君」

椿の声は楽しそうだった。

宮澤はまた唸った。

「なに言ってるかわからないわよ。どうせなにもできないんだから、無駄なことやめたら？」

宮澤は体をくねらせた。

「宮君、諦めが悪いね。静かにしてないと、もう一度落ちてもらうよ」

宮澤は動くのをやめた。

「そう。いい子だ」

「黒木が到着」

綾野の声のトーンが上がった。

「ライフルは大丈夫なんだよね？」

「ドラえもんに言われた通り、ダークウェブで調達したのを渡してある」

椿は田部総理を狙撃させるつもりなのだ。

宮澤はまた呻き、体をくねらせた。

なんとしても椿の暴挙を止めなければ。

「宮君、なにかをしようにももう手遅れなんだよ。黒木はね、もともとはスナイパーなんだ。狙撃手。身体能力を買われて特殊部隊に入ったけど、そこでますます狙撃の技術に磨きをかけたんだよ。百発百中。夜目が利くから、暗闇でも問題なし」

「でも、SPがついてるんでしょう?」

綾野が口を開いた。

「日本のSPなんて、夜間の遠距離からの狙撃なんて想定もしていないよ」

「そうなんだ」

ふたりの会話には緊張感の欠片もなかった。晩飯になにを食べるかを話しているかのように、総理大臣暗殺を語っている。

このままでは椿は総理暗殺の首謀者になってしまう。身動きが取れないとはいえ、傍観しているだけの宮澤も責任は免れないだろう。捜査一課へ戻ることなど夢のまた夢だ。

いい加減にしろ——怒り心頭に発して宮澤は思いきり体をくねらせた。

車体が揺れる。運が良ければ巡回中の警察官が不審に思うかもしれない。

「宮君、本気で怒るよ」

椿の声がした。ドスのきいた声だ。これほどまでに冷徹な椿の声を聞いたことはなかった。

宮澤は抵抗を諦めた。

いつもそうなのだ。いい線まで行くのに、最後の最後でしくじってしまう。小学校の運動会ではスタートからトップを走っていたのに、ゴール手前で転んでしまった。

高校のサッカー部では二年生の夏に県大会の決勝まで駒を進めた。宮澤はそれまでの四試合で六ゴールと絶好調だったが、決勝戦ではチャンスで外しまくり、試合も負けてしまった。

大学受験では絶対合格確実と太鼓判を押されていた大学の受験当日に寝坊をした。

警察に入り、苦労の末念願の捜査一課に配属はされたが、自分でホシを挙げたことがない。

すったもんだの挙げ句に千紗と付き合うようになり、結婚しようと腹をくくったのに、千紗の父親は凄腕のエージェントだという。

いつもそうなのだ。いい線までは行くのに、最後の最後でしくじってしまう。

椿が関わっていたことが露見すれば、宮澤も警察を追われるだろう。もともと厄介者だったのだ。これ幸いと首を切られる。

警察を辞めたらどうなるのだろう。手に職があるわけでもなし、不祥事を起こした警官をわざわざ雇ってくれるところがあるとも思えない。

しばらくは千紗に食わせてもらうことになるのだろうか。今のマンションも引っ越さなければならない。千紗の給料だけではとてもじゃないが、家賃をまかなえない——。

「なによこれ？」

綾野の甲高い声が車内に響いた。

「ハッキングされてる」

椿が言った。

「これ、わたしのパソコンよ。セキュリティは世界最高水準なの」

「それでも、ハッキングされていることに違いはない。犯人は……覗き屋トムだな」

ドアが開く音がした。間を置かず、すぐ近くのドアが開く。

「宮君、ちょっと失礼」

椿が上着やジーンズのポケットを探りはじめた。

「これだ」

椿が上着のポケットからなにかを取りだしていった。宮澤には身に覚えがなかった。

「ハッキングのためのデバイスかな？　こんなものは見たことがないよ。君はどう？」

「アメリカのハッカーから聞いたことがある。ＣＩＡが開発したんだって」

「トムが宮君のポケットに忍ばせたんだな。ぼくとしたことが――」

椿が言葉を切った。不穏な気配が近づいてきたと思ったら、耳障りな音がした。綾野の悲鳴が続く。地面になにかが倒れる音がした。椿が倒れたのだ。

「お嬢さん、静かに。危害を加えるつもりはないんだ」

浩介の声がした。目隠しと猿ぐつわが外された。

「遅くなってすまん。彼女のパソコンに侵入するのに思いのほか手間取ってしまってね」

宮澤は瞬きを繰り返した。いつの間にか黒装束に着替えた浩介が宮澤の顔を覗きこんでいる。

「お義父さん。助かりましたよ」

「こういうときはトムと呼んでくれないかな」

浩介は舌を鳴らしながら顔の前で人差し指を左右に振った。

「パソコンを置いて立ち去るなら、君は自由の身だ」

浩介が綾野に言った。

「ド、ドラえもんは死んだの？」

「ドラえもん？」

「死にはしないよ。スタンガンで気絶しただけだ」

宮澤は浩介が首を傾げる前に口を開いた。

「本当に？」

「本当だ」

「わたし、またドラえもんに会える？」

「さあね。それはドラえもんに訊いてみなきゃ」

「そ、そうよね……」

綾野はパソコンをシートの上に残して車を降りた。

「本当に死んでないのよね？」

「本当だってば。おまえもしつこいな」

「じゃあ、さいなら」

綾野が手を振り、踵を返した。宮澤は視線を浩介に戻した。前もって用意していたのか、椿の手足を結束バンドで拘束している。

「さて、彼を車に乗せるのは大仕事だな」

「確かに」

宮澤は浩介と力を合わせ、なんとか椿の巨体を車の後部座席に押しこんだ。それだけで息が上がる。

「お義父さん、じゃなくて、トム」

自分の言葉に尻の穴がむず痒くなった。

「なんだね？」

「黒木を止めないと。やつはまだ総理を狙っているはずです」

「それなら、こっちにはこれがある」

浩介は綾野のパソコンを手に取った。

「これで暗殺中止の指令を出せばいいのさ」

「できるんですか？　やっぱり、綾野のパソコンにハッキングしたのもトム？」

何度口にしても、尻の穴がむず痒くなることに変わりはなかった。

「そうだよ。今時のスパイはＩＴ機器にも精通していないとね」

浩介は運転席に座った。太ももの上でパソコンを操作する。

「おっと……これはやられた」

浩介が右手で自分の額を叩いた。

「どうしたんですか？」

宮澤は助手席に乗りこみながら訊いた。

「若い女の子なのにやるね。隙を見つけて仕掛けたんだな」

「だから、なにがどうなったんですか？」

「なんでもいいからキーを打つと、パソコン内部のデータが自動で消去されるようになっていた。黒木に暗殺中止指令を出すのは無理だね」

「どうして気づかなかったんですか」

「わたしも年だな。それとも、長らく植物状態にあったせいで勘が鈍ってるのかな」

宮澤は口を閉じた。事故のことを持ちだされたらぐうの音も出ない。

「とにかく、黒木を止めにいこう」

浩介が言った。

「どこに潜んでいるかわかるんですか？」

「このパソコンに侵入したときに、位置情報を確認しておいたんだよ」

浩介が言い終える前に車が急発進した。

「ちょっと飛ばすよ。時間があまりない」

浩介は芝居じみた笑みを浮かべてエンジンをかけた。

「これぐらい、どうということはないさ」

また尻の穴がむず痒くなった。

「さすが、トム」

＊＊＊

田部総理の私邸は高級住宅街のど真ん中にある。敷地も建物も立派だが、椿邸を知っている身には、どこかこぢんまりとして見える。門から家までは車用の道が整備してあり、玄関の前に車寄せが設けられている。

黒木が田部総理を狙撃するとすれば、車から降りて玄関に入るわずかな間だ。

「あのマンションの屋上だ」

浩介が田部邸から東に二百メートルほど離れたところに建つマンションを指さした。浩介の運転する車は小さな交差点で赤信号に捕まっていた。

「黒木はあそこに潜んでいる」

「ライフルを持ってるんですよね？」

「そうだろうな」

「どうやって阻止します？　こっちは丸腰ですよ」

「武器がないわけじゃないんだがな」

浩介が腰から拳銃を引き抜いた。

「お義父さん――いや、トム、拳銃なんてだめですよ」

「これはテーザー銃だよ」

テーザー銃は銃口から有線の電極を発射して相手の行動能力を奪う。いわゆるスタンガンの拳銃タイプだ。

「それだって、日本では銃刀法違反です」

「黒木を制圧するためだ。堅いことは言うな」

浩介が言った。状況が緊迫して、命令するような口調になっている。

「しかし……」

「ぐずぐずしていると、総理が戻ってきてしまうぞ」

信号が変わり、浩介がアクセルを踏んだ。

「わかりました。今夜だけは目をつぶります」

「そう来なければ」

「でも、テーザー銃でライフルに対抗するのは無理があるんじゃありませんか」

「だから、だ。君が黒木の気を引いてくれ。わたしが隙を突いてこの銃で黒木の動きを止める」

「ぼくが？」

「ほかに誰がいる」

「トムが黒木の気を引いてくださいよ。テーザー銃はぼくが――」

「君は愛する女性の父親の身を危険にさらしても平気なのか？　だとすれば、千紗との結婚は考えさせてもらわなきゃならんな」

「やります、やります。ぼくが黒木の気を引きます」

「そうしてくれ」

車のスピードが落ちた。黒木の潜んでいるマンションはすぐそこだった。

「ん？」

浩介がルームミラーに目をやった。後部座席から呻き声のようなものが聞こえた。椿が目覚めようとしている。やっかいな事態になりそうだった。

「トム、スタンガンを貸してください。もう一回気絶させないと」

「うむ」

浩介が左手で上着のポケットを探った。

「早くしてください」

椿の唸り声がまたした。今にも目覚めそうだ。

「待ってくれ。スタンガンの角がポケットの布地に引っかかって……」

車が揺れた。椿が寝返りを打った拍子に座席から落ちたのだ。

「トム、目を覚ましちゃいますよ」

宮澤の言葉が終わるのと同時に、なにかが引きちぎられる音がした。

「ほら」

浩介にスタンガンを渡された。宮澤は振り返った。

「宮君、ぼくにこんなことをして、ただですむと思ってる?」

椿が体を起こした。顔が憤怒に彩られている。

「ひぃっ」

宮澤はスタンガンを突きだした。手首を強い力で弾かれた。手の中のスタンガンがどこかに飛んでいった。

ちぎれた結束バンドが椿の手首に絡まっている。どれだけの馬鹿力だというのだろう。

「椿さん、落ち着いて。ね、落ち着いて」

「今までだれにもこんなことをされたことはない」

椿が口を開いた。地の底から湧いてくるような声だった。

車が停まった。

「ここは任せた。わたしは黒木を止めてくる」

浩介が車を降りた。

「そ、そんな……お義父さん、待ってください。トム、待て、この野郎」

浩介の姿はマンションの中に消えていった。

「宮君――」

椿が言った。

「な、なんでしょう?」

「絶対にゆるさないよ」

「ひぃっ」

宮澤は転げ落ちるように車を降りた。浩介のあとを追ってマンションの中に飛びこむ。椿は追いかけてこない。結束バンドで足を拘束されたままなのだ。

「まずいぞ、まずいぞ。どうする?」

宮澤はマンションの内部を見渡した。一基しかないエレベーターは上層階に向かっている。浩介が乗っているのだろう。

非常扉を見つけ、そちらに駆けた。マンションの屋上は八階だ。そこまで階段を駆け上る。椿のあの巨体では途中でへばるだろう。

非常扉を開ける前にマンションの入口に視線を飛ばした。椿が車を降りてこちらへ向かってくる。

その姿は怒れる大魔神そのものだった。

「ひぃっ」

宮澤は悲鳴に似た声をあげ、非常扉を開けた。上階に向かって階段が延びている。地下はないのだ。

全速力で階段を駆け上った。三階まで上ったところで息が上がった。踊り場で足を止め、階下の様子をうかがった。

重い足音が階段を上がってくる。椿だ。

「ひぃっ」

宮澤はまた駆けた。呼吸は荒れる一方で、体はすでに汗まみれだった。それでも、恐怖が足を動かしている。

怒り心頭の椿ほど危険な存在はない。これまでの付き合いでわかっている。怒り狂って父親ですら半死半生の目に遭わせた男だ。

だが、五階まで上ったところで膝が悲鳴を上げた。

「体が鈍ってる。普段から運動しなきゃ……」

腰を屈め、膝に手をつく。重い足音が一定のリズムで響いてくる。椿が休むことなく追ってきているのだ。

「マジかよ？　あんなでかい体でなんで階段駆け上がれるんだよ？」

宮澤は手すりを摑んで身を乗りだした。階下を見る。椿が憤怒の形相のまま階段を駆け上っていた。三階に達している。汗も搔かず、息も乱れていなかった。

「まるで化け物じゃないかっ」

叫びながらまた駆けた。

「待て、宮君。逃げても無駄だ」

怒りでひしゃげた声が下から追いかけてくる。

全速力で遠ざかりたいのに、足が重い。心臓が破裂しそうだ。

「宮君〜」

椿が宮澤を呼んでいる。尾を引く声が宮澤を鞭打った。

上へ、上へ、とにかく上へ。椿から逃げるのだ。あの声が聞こえなくなるまで駆けつづけろ。

「待て〜」

椿の声はつかず離れず追いかけてくる。その声に気を取られて、宮澤は階段につまずいた。踊り場まで数段、階段を転げ落ちた。

「いってぇ……」

腰に痛みが走った。

腰をさすりながら顔を上げると、椿が見下ろしていた。

「捕まえたぁ」

椿が言った。人をとって食う鬼のような形相に声だった。

「ゆ、ゆるしてください」

宮澤は反射的に顔の前で両手を合わせた。

「このぼくをあんな目に遭わせておいて、ゆるしてくださいとはいい度胸だね、宮君」

襟元を摑まれた。凄まじい力で引き上げられる。

「相棒だからってゆるされることじゃないよ。絶対にゆるさないからね」

椿の顔が目の前にあった。目が怒りで血走っている。

「違うんです、違うんです」

「なにが？」

「こ、これは閣下と渡会さんが……」

宮澤は脳裏に浮かんだ名前を口にした。嘘八百を並べ立てても言い逃れをしなければ、このまま足下のコンクリートに叩きつけられるだろう。理性を失った椿はブレーキの利かないトラックのようなものだ。

「パパと渡会が？」

「そうです。悪いのはあのふたりなんです」

椿が摑んでいた手を離した。宮澤は尻餅をついた。尻と腰に痺れが走った。

「痛いよぉ」

宮澤は涙声で呟いた。

「どういうことか説明してくれる?」

椿から殺気が消えていた。

「か、閣下に呼びだされて、田園調布のお屋敷に行ったんですよ。そしたら、閣下と渡会さんが、椿さんにお仕置きしたいから協力しろと迫ってきたんです。断ったらただじゃおかないぞって、あのときの閣下の顔つきといったら……」

「ぼくにお仕置き?」

もとに戻りかけていた椿の顔がまた引きつりはじめた。

「ええ、ええ」

宮澤は慌てて相づちを打った。

「ぼくは嫌だったんです。本当に嫌だったんです。だって、敬愛する上司であり、最高の相棒である椿さんをはめるなんて、ぼくにできるはずがないじゃありませんか」

「もっと詳しく」

「閣下がどういうわけだか椿さんが総理の暗殺を企んでいると感づいて、それを阻止して椿さんの鼻を明かしてやろうって言いだしましてて」

よ」

「多分、渡会さんがいろいろ嗅ぎまわってたんだと思います。それで、覗き屋トムを雇ったから、ぼくに助手をしろと。トムがお義父さんだってこともぼくは知らなかったんです

「総理の暗殺？」

「本当にパパと渡会が？」

宮澤はうなずいた。

「いつか、椿さんをぎゃふんと言わしてやるんだって、いつもふたりで話してました」

椿が鼻を鳴らした。

「ぼくをぎゃふんと言わせるだって？」

「ぼくは無理だって言ったんです。聡明すぎる椿さんなら、なんだってお見通しなんだからって。だけど、あのふたりは――」

「まったく馬鹿だなあ。総理暗殺？　ぼくがそんなことするわけないじゃないか」

「はい？　だけど、このビルの屋上で黒木が狙撃を――」

突如、階段を駆け下りてくる足音が響いた。

「覗き屋トムのお出ましかな」

椿が言った。

「トムが？　そんな馬鹿な」

浩介は屋上で黒木の狙撃を止めようとしているはずだ。こんなところに現れるはずがない。

「大変だ。屋上にはだれもいない。どうやらはめられたらしい」

浩介の声が響いた。覚束ない足取りで階段を下りてくる。まだ、足の筋肉が衰えたままなのだ。

足音が途中で止まった。

「そこにいるのは、まさか……」

椿に気づいたようだった。

「身構える必要はないよ、トム。君の正体はとっくに気づいてたんだから」

椿が言った。普段の口調に戻っている。

「やはり、そうだったか……君がテレビに盗聴器を仕掛けた仕種が不自然だったんで、もしやとは思っていたんだ」

浩介が踊り場に姿を現した。

「あなたがトムだっていう確信がほしかったんだよ。まさか、千紗ちゃんのお父さんが、とは思ったしね」

「だれにも素性を知られていないというのがわたしの強みだったんだが……なぜわかったのかね？　後学のために教えてもらいたいのだが」

「それは企業秘密ってやつだよ」

椿が嬉しそうに微笑んだ。

「そう簡単には教えてくれないだろうな。いや、しかし、さすがは椿警視。日本中のスパイたちが恐れる男だ」

「ぼくは警視庁公安のアンタッチャブルだからね。でも、覗き屋トムの正体を突き止めるのには時間がかかったよ。さすが、伝説のエージェントだ」

「それほどでも」

浩介は苦み走った表情で首を左右に振った。

「ちょっとちょっとちょっと」

宮澤はふたりの間に割って入った。

「ふたりで褒め合ってる場合じゃないでしょう。屋上が無人だっていうのはどういうことです？　黒木はいなかったんですか？」

「だれもいなかったよ。あのＧＰＳの位置情報はダミーだったんだ。やられたよ」

浩介が頭を掻いた。

「じゃあ、黒木はどこに？」

宮澤は椿に顔を向けた。

「知らない」

椿が言った。

「なに言ってるんですか。椿さんが知らないわけないじゃないですか」

「知らないものは知らないよ」

子供が歌うような口調だった。

「椿さん」

宮澤は椿に詰め寄った。

「事情はあったにせよ、相棒をひどい目に遭わせようとした君に、ぼくにものを訊く権利があるのかな？」

椿はしれっとしていた。

「椿さんが黒木を操っていることはわかってるんです」

「なんのことかな？　証拠でもあるの？」

宮澤は唇を嚙んだ。椿は徹底的にとぼけるつもりだ。こうなると埒があかない。

「そんなことより、ぼくにはやることがあるんだ。失礼するよ」

「やることって？」

「パパと渡会に落とし前をつけてもらわなきゃ」

「はい？　閣下と渡会さんに？」

宮澤は額に浮いた汗を拭った。汗は全身を濡らしていた。

「そうだよ。ぼくを馬鹿にしたらどうなるか、思い知らせてやらないと」

「なにもそんなことしなくても……」

「あのふたりを庇うの？」

椿の目尻が少しだけ吊り上がった。

「いえいえ、そんなつもりはありませんけど」

「だったら邪魔しないで。じゃあ、行くよ」

椿は踵を返し、階段を駆け下りていった。巨軀とは思えない軽い足取りだった。

宮澤は心の中で椿源一郎と渡会に謝った。

「ふぅ……」

気が抜けると、尻と腰の痛みがぶり返した。

「いてててっ」

顔をしかめ、腰をさする。

「大変な目に遭ったみたいだね」

浩介が心配そうに近づいてきた。

「殺されるかと思いましたよ。あの体で階段ならすぐにへばるだろうと思ってたのに、全然逆。逃げても逃げても追ってくる。まるでホラー映画ですよ。ああ、寿命が縮んだ」

「投げ飛ばされたのかね？」

「いえ。これは自分から階段でこけたんです」

「君らしいな」

浩介の表情がやっと緩んだ。

「それより、どういうことですかね。黒木がいないなんて。椿さんは、総理の暗殺なんて企んでないってすっとぼけてましたけど」

「念入りに仕組まれてたんだよ。おそらく、わたしが関わっていると知って、そんな手間をかけたんだろうが」

「仕組まれてた？」

浩介がうなずいた。

「わたしがあの女の子のパソコンをハッキングすることも織りこみ済みだったに違いない。嘘の情報を流し、自分で富ヶ谷に姿を現して、偽情報に信憑性を与えたんだ」

「どうしてそんなことを？」

浩介が首をひねった。

「そこまではわたしにもわからんよ。しかし、どうやら、今夜は何事も起こりそうにないな。家に戻ろう。千紗に手当てをしてもらうといい。あの子は子供の頃からその手のことが得意だったんだ。面倒見がよくてね。将来は医者か看護師になるんじゃないかと思っていたんだが……」

「ああ、世話好きの看護師なんてぴったりですね」

「君もそう思うだろう？　世話好きで、ちょっと淫らな白衣の天使。見たかったなあ」

「ちょっと、お義父さん。トムじゃなくなってますよ」

「これはすまん。どうも、事故に遭って以来、自分が自分じゃないみたいに思えることが多くてね」

「すみません。事故はぼくのせいです」

「いいんだよ。おかげで、千紗は生涯の伴侶に出会えたんだ。さあ、帰ろう。階段を下りられるかね？」

「ええ、なんとか」

宮澤は腰に手をあてがって階段を下りはじめた。

「そういえば、さっき、椿さんのことを日本中のスパイが恐れる男って言ってましたよね？」

「ああ。切れ者中の切れ者だった。中国や北朝鮮、ロシアはもちろん、日本に潜入している各国の工作員たちは戦々恐々としてた。実際、彼に正体を見破られて故国に帰ることを余儀なくされたスパイは星の数ほどいる」

「そうなんですか……」

「ただし、ああなる前の話だがね」

「ああはなっても、ときどき、その切れ者が顔を出すんですよね。一緒にいると、ほんとに疲れますよ」

「昔の彼を知っている者からすると、今の姿は痛々しいよ」

浩介は溜息を漏らした。

26

「一体なにがあったの?」

千紗が宮澤の腰に湿布を貼りながら訊いてきた。

「だからさ、お義父さんを車から降ろそうとしたときに滑って転んだんだよ」

宮澤は言った。どんな理由があるにせよ、千紗に嘘をつくのは心が痛んだ。

「運動神経のいいダーリンが?」

「お義父さんには気を遣うからね」

「それもそうね。でも、内出血起こしてるわよ。よっぽど強くぶつけたのね。これじゃ、しばらくお風呂には入れないかも」

「痛いのぐらい、我慢するよ」

宮澤は膝まで下ろしていたスウェットを引き上げた。

「だめよ。シャワーの代わりにわたしが綺麗にしてあげる」

千紗がこれ見よがしに舌を動かした。

「それはそれで嬉しいけど……」

宮澤は寝室の外の気配を窺った。鼾が聞こえた。浩介は狸寝入りではなく、本当に眠りこんでいるようだ。久々の工作活動でくたびれたのだろう。

「パパは寝ちゃったみたいだし。ね？　スウェット脱いで」

脱いでと言いながら、千紗は自分で宮澤のスウェットを下ろしはじめた。

「ダーリンは腰を痛めてるんだから動いちゃだめよ。全部わたしがしてあげる」

千紗は艶めかしく唇を舐めた。

＊＊＊

久しぶりの射精の余韻に浸りながらまどろんでいると、突然、ドアを激しく叩く音が響いた。

「な、なんだ？」

宮澤は跳ね起きた。千紗の姿はない。シャワーを浴びに行ったのだろう。

「武君、大変だ」

ドアをノックしているのは浩介だった。

また寝たふりをして聞き耳を立てていたのか——腹立ちに唇を嚙みながら、宮澤は千紗が枕元に用意していたパジャマを慌ただしく着こんだ。

「なんなんですか？」

怒気もあらわにドアを開ける。浩介は宮澤の顔にスマホを突きつけた。

「これを見たまえ」

宮澤は目をこらした。画面に表示されているのはニュースサイトだった。

〈芳賀官房長官、急死〉

見出しが目に飛びこんできた瞬間、息が止まった。

「これは？」

浩介に目を転じた。

「記事を読みなさい」

「は、はい」

浩介の語気の強さに押されて反射的に返事をし、宮澤は記事に目を通した。

〈今夜未明、官邸を出て帰途に就いていた芳賀友一官房長官が、車中で意識を失い、病院に搬送されたが死亡が確認された。死因はまだ判明していないが、事件性は低く、心筋梗塞などが原因ではないかと警察幹部は語っている〉

「トム——お義父さん、これは？」

千紗が家にいることを思いだして、宮澤は言い直した。

「してやられた」

浩介が唇を嚙んだ。

「椿さんの狙いは最初から官房長官だったたってことですか？」

「田部総理がお飾りだということは衆目の一致するところだ。現政権の中心は総理ではなく官房長官。官房長官がいなくなれば、今の政権は遠からず瓦解するだろう」

「つまり、椿さんはぼくたちに黒木は田部総理を狙うと思わせて、その実、芳賀官房長官の命を狙っていたってことですか？」

「そう考えれば辻褄が合う」

「いくらなんでもそこまでは……相手がロシアや中国の凄腕スパイだっていうのならまだしも、ぼくらは――」

宮澤は途中で言葉を切った。宮澤自身はともかく、浩介はそれこそ名うての工作員なのだ。

「そう。君が相手なら、あの男もここまで手のこんだことはしないだろう。君が相手なら」

「あ？　お義父さん、今、ぼくのことさらっと馬鹿にしました？」

「だが、閣下が動くときはわたしを使うということはあの男も承知だったはずだ。ここ数年、わたしは閣下の依頼しか受けてこなかったからね。盗聴だかなんだかはわからんが、閣下がわたしに依頼したことを知って、わたしの裏をかこうと手を打ったんだ。君だけならそんなことはしないだろうが」

「だからお義父さん、ぼくを馬鹿にしてますよね？」

「悔しいよ」浩介は宮澤の言葉を聞き流して続けた。「わたしともあろうものが、まんまとしてやられた。なんと切れる男だろう。本当に頭がおかしいのかね？」

「そこは微妙なんですよ」

宮澤は苛立ちを押し殺して言葉を継いだ。

「なにか、途轍もない考えを抱いているのかもしれないな」

「なんですか、途轍もない考えって？」

「わたしにはわからんがね。もしかすると、わざと狂ったふりをしているのかもしれない。そうじゃなければ、こんな緻密な作戦は立てられんよ。現政権が倒れれば、警察内部の力関係も変わってくるんだろう？」

宮澤はうなずいた。

「そうですね。大雑把に言うと、今の警察は警察庁長官一派と警視総監一派に分かれています。警視総監派はずっと劣勢だったんですけど、前に椿さんがいろいろ動き回って、形勢が逆転しそうになってるんですよ。警察のトップは警察庁長官ですけど、警視総監もそれなりの力は持ってますからね」

「で、長官派は政権にべったりなんだね？」

「ええ。警視総監は与党でも今は傍流に追いやられてる派閥と昵懇だそうです。派閥の長が警察官僚出身ですから。もし、政権が倒れて長官が失脚したら、次の長官はきっと警視総監の息がかかった人になるでしょうね」

そこまで言って、宮澤は言葉を切った。

「まさか、椿さんはそれを狙って？」

「わからんよ。椿さんは警視総監派なのかね？」

「ええ。警視総監は閣下の後輩ですし」

「内閣情報官はもちろん、長官の子飼いなんだろうね」

「もちろんです」

「もし政権がなんとか持ちこたえたとしても、内情の不始末の責任は取らなきゃならないだろうね。どっちにしろ、長官派には大打撃だ。その辺りに彼の目論見がありそうだな」

「本当にそうなんですかね？」

「彼を一番そばで見ているのは君じゃないか。君はどう思う？」

宮澤は首を傾げた。

「ただの変人としか思えないかなあ」

「あら、ダーリン。パパとなにを話してるの？」

千紗がバスルームから出てきた。バスタオルを体に巻いただけの姿だった。目がわずかに潤んでいる。おそらく、シャワーを浴びている最中に再び発情したのだ。もう一度宮澤に抱いてもらおうとバスルームを飛び出てきたのだろう。

「パパ、寝てたんじゃなかったの？」

千紗の目が吊り上がっていく。二度目のセックスを邪魔されたことに本気で腹を立てている。

「いや、自分の鼾で目が覚めてしまってな。そこにちょうど彼が出てきたから、つい話しこんでしまった」

「寝てなきゃだめじゃない。ダーリンは仕事で忙しいのよ。明日も早いんだから」

「あ、いや、千紗、お義父さんとは結婚式の話をしてたんだよ」

千紗の目尻が下がった。

「結婚式？」

「日取りとか、会場はどこがいいかとか」

「本当？」

「本当だよ」

宮澤は浩介に視線を飛ばした。浩介が小さくうなずいた。これで千紗の機嫌は直るだろう。

「わたしね、式は軽井沢で挙げたいの」

千紗が言った。

「軽井沢は金がかかりそうじゃん」

宮澤は応じた。長い夜はまだ続きそうだった。

ベッドルームからスマホの着信音が聞こえてきた。

「ちょっと失礼」

宮澤はふたりに断りを入れ、ベッドルームに戻った。枕元のスマホに手を伸ばす。渡会からの電話だった。

「あちゃ」

宮澤は顔をしかめた。窮地を脱するために、椿源一郎と渡会に椿の怒りの矛先が向かうよう仕向けたのだった。

おそるおそる電話に出た。

「宮澤様、この恨み晴らさでおくべきか――」

「すみません。ごめんなさい。ゆるして」

尾を引く幽鬼のような声に、宮澤は慌てて電話を切った。椿源一郎が無事なのかどうか、確かめる勇気はなかった。

「こんな時間にだれからの電話？　仕事？」

千紗の声が飛んでくる。

「ううん、間違い電話」

宮澤はスマホの電源を落とした。

27

椿は茫洋とした顔つきでパイプをふかしていた。

昨日、魔物のように階段を駆け上って宮澤を追いかけて来た人間と同じ人物とは思えない。

「椿さん、やってくれましたね」

宮澤は乱暴な足音を立てて椿に詰め寄った。

「なんの話?」

椿は煙を吐きだした。甘ったるい匂いが鼻腔に押し寄せてくる。

「なにって、田部を狙っているとぼくらに思わせておいて、本当は芳賀官房長官が狙いだったんでしょう? まんまとしてやられたって、お義父さんも頭を抱えてましたよ。だけど、本当に暗殺させるなんて、それでも警察官ですか!」

椿が右腕を伸ばしてきて、掌を宮澤の額に当てた。

「なにしてるんですか?」

「熱でもあるのかと思って」

「ありませんよ」

宮澤は椿の手を振り払った。

「とぼけようたってその手は通じませんよ。最初から芳賀官房長官が狙いだったんだ。そうでしょう？」

「だから、宮君がなにを言ってるのか、さっぱり理解できないよ」

「昨日、田部総理の私邸の近くでぼくを追いかけてきたじゃないですか。あれも作戦の内だったんですよね？」

「あれは、宮君が悪いんじゃないか。いたいけなこのぼくを気絶させたり、拘束したりして」

「だってそうでもしないと、椿さんを犯罪者にしてしまうと思ったからで――」

椿はまたパイプをふかした。

「ぼくはただ、黒衣の花嫁とデートしてただけだよ」

「そんな嘘が通じると思ってるんですか。極悪非道のハッカーと、総理私邸近くで深夜のデート？　あり得ないっす。絶対にあり得ないっす」

「ポケモンやってたんだよ」

椿はパイプの掃除をはじめた。

「ポケモン？」

「そう、ポケモン。あの近くにレアモンスターが出るって黒衣の花嫁が言うから。あれ？宮君、ポケモン知らないの？」

「名前ぐらいは聞いたことありますけど、でも、椿さんがそんなゲームやってるところ、見たことないですよ」

「そりゃあ、勤務中にはやらないからね」

宮澤は唇を結んだ。とぼけとおすつもりなのか、それとも本当にイカれているのか。真意を読み取ろうと目をこらしても、椿の顔は茫洋としてとらえどころがない。

「本当にポケモン？」

「うん、ポケモン。ほら、これが昨日捕まえたモンスター。レア中のレアなんだよ」

椿が差しだしてきたスマホの画面には、宮澤にはまったく意味不明の生物が映しだされていた。

「半年以上前からこいつを捕まえたくて都内をさまよってたんだよ。そしたら、黒衣の花嫁がいい情報を手に入れたって言うから――」

「黒木は？」

宮澤は椿の言葉を遮った。

「黒木？　だれ？」

「内調の特捜が使ってた元自衛官の殺し屋ですよ。芳賀官房長官を殺したのも黒木でしょう？」

　椿がまた手を伸ばしてきて宮澤の額に触れようとした。

「熱なんかありませんってば」

「だって、内調が殺し屋を使うとか、そんな荒唐無稽な話、熱でもなきゃ出てこないよ」

「椿さんとぼくで捜査してたじゃないですか。田部政権の頭痛の種になる官僚たちが不審死を遂げて、総理肝煎りの内調特捜が怪しいって。それで、黒木に辿り着いて――」

「あ、ごめん、宮君。三国ちゃんに呼びだし食らってたのを忘れてた。行ってこなきゃ」

「警視総監に？」

「またあとでね」

　椿は風のように部屋を飛びでていった。

「なんだよもう」

　宮澤は唇を嚙んだ。うまくはぐらかされたという感覚がいつまで経っても消えない。

　スマホを取りだし、捜査一課の元同僚に電話をかけた。

「宮澤だけどさ、ちょっと訊きたいんだけど、芳賀官房長官のコロシ、捜査はどうなってる？」

「コロシってなんだよ？」

　相手の声はのんびりしていた。

「まあ、コロシっていうか、不審死っていうか——」

「病死だよ、病死。臨場したサツカンや鑑識の連中は病死にしちゃ不自然なことがあるって報告あげてきたけど、刑事部長は聞く耳持ってなかったな。どうやら、上の方から病死で片をつけろって指示があったみたいだぜ。司法解剖もとりあえずやりましたって感じらしい」

「上の方って？」

「そんなの、おれが知るかよ。刑事部長の上っていったら、雲上人だ」

「じゃあ、帳場も立たないんだ」

「殺人事件でもないのに捜査本部設置する馬鹿がどこにいるよ。おまえぐらいだな。暇なハムと違ってこっちは忙しいんだ。切るぞ」

電話が切れた。

「昨夜の今日でもう病死に決定かよ」

宮澤はスマホを手にしたまま腕を組み、画面を睨んだ。

「そうだ。閣下はどうなってるのかな？　今朝の電話じゃ、渡会さんはかなりひどい目に遭ったみたいだけど。閣下ならなにか知ってるかも」

渡会の番号に電話をかけた。

「よく電話をかけてこられましたね」

電話はすぐに繋がり、渡会のしゃがれた声が耳に飛びこんできた。

「あれ？　どうしたんですか、その声？　風邪？」

「お坊ちゃまにラリアットを食らったのでございます。宮澤様がお坊ちゃまにわたくしたちを売ったせいですよ」

「ラリアット？　売ったなんて大袈裟ですよ。ぼくはただ――」

「この恨み、死んでも忘れませんからね」

「閣下は大丈夫ですか？」

「旦那様は病院です。お坊ちゃまに背負い投げで投げ飛ばされて、肋骨（ろっこつ）を三本折る重傷です」

「マジですか？」

宮澤は声を張り上げた。理性を失った椿の恐ろしさはわかっていたが、まさか、年老いた父親にそんな暴力を振るうとは――。

「ああ、そういえば、閣下は以前にも椿さんに投げ飛ばされたって言ってましたよね。失念してました」

「旦那様からの伝言です。貴様が捜査一課に戻れることは永遠にない。椿家にも永遠に出入り禁止だ」

「ちょ、ちょっと待ってください。誤解ですよ、誤解」

「わたくしもこれから病院に行って参ります。最後に、わたくしも宮澤様に言いたいことがあります」

「な、なんですか？」

「絶交です」

電話が切れた。宮澤は呆然としたまま、スマホを見つめ続けた。

28

芳賀官房長官が死んでからちょうど一ヶ月が経過した日、突然、椿に辞令がおりた。

〈警視庁公安部外事三課の椿警視を警視正に昇進させる。なお、椿警視正は現在の任務にとどまるが、警視庁公安部外事三課特別事項捜査係は警視総監直属の部署とする〉

「なんですか、これ」

椿が手にした辞令を読み上げ、宮澤は目を剝いた。

「だから、辞令だよ」

「椿さんが警視正？　特別事項捜査係が総監直属？」

「うん。三国ちゃんがそう言ってた」

「なんでですか？　手柄を挙げたわけでもないのに」

「三国ちゃんは昔からぼくのことを可愛がってくれてたからね」

「そういう問題じゃないでしょう。これ、論功行賞ですよね？　内調特捜の実態を調べて、芳賀官房長官を死に追いやって、それで、警察庁長官が失脚して、警察内の実権はすべて三国警視総監が握ったじゃないですか」

すでに、武部長官は年内の辞任を発表し、長官子飼いの小野寺官房長も外務省へ出向することが決定しているらしい。

次期警察庁長官は、三国警視総監の後輩である津村警視長だというのがもっぱらの噂だった。

「宮君、また熱があるの？」

「ありません！」

宮澤は叫ぶように言った。

「だいたいさ、ぼくのように有能なキャリアがずっと警視のままでくすぶっていたことがおかしいんだよ。ぼくを煙たく思う上層部の嫌がらせだよ。三国ちゃんが総監になって、ぼくはやっと自分のいるべき場所に戻ってきたのさ。それだけのことだよ」

「ああ言えばこう言う……」

「なにか言った？」

「別に、なにも言ってません」

「まあ、警視正になったって、嫌がらせが続くことに変わりはないんだよ。まだ、武部派のキャリアたちが居残ってるしね。だから、総監直属って形にして、ぼくに自由に仕事をさせようっていう三国ちゃんのささやかなプレゼントだよ」

「椿さんだけ昇進でぼくは巡査部長のままですか？　ずるいですよ」

宮澤は地団駄を踏みながら言った。

「そっち？」

椿が苦笑した。

「ぼくを警部補にしてくれてもいいじゃないですか。その方が、警視正の部下としても椿さんに箔がつきますよ」

「それもそうだけど、宮君、手柄挙げてないじゃないか」

「椿さんだって挙げてませんよ。なにか手柄を挙げたっていうんなら、どういう手柄か教えてくださいい」

椿の目尻が痙攣した。痛いところを突かれたのだ。宮澤はほくそ笑んだ。

「どうして黙っちゃうんですか？　どんな手柄を挙げて警視正に昇進したのか教えてくださいよ、ね、椿さん」

宮澤は椿の肩を叩いた。その瞬間、椿の顔色が変わった。

「ぼくに触ったなあああああああ」

椿が立ち上がった。宮澤はその場で腰を抜かした。階段で追いかけられたときの恐怖がよみがえる。

「ちょ、ちょっと、椿さん。すみません。迂闊でした。もう二度と触りませんから、ゆるしてください」

背負い投げを食らったという椿源一郎と、ラリアットをお見舞いされたという渡会の顔が脳裏をよぎった。あれ以来、渡会は宮澤の電話もメッセージも無視している。どれほどの目に遭わされたのか、想像するのも恐ろしかった。

「そんなに謝るならゆるしてやってもいいよ」

拍子抜けするような穏やかな声が椿の口から漏れてきた。

「はい？」

「その代わり、晩ご飯ご馳走してもらおうかな」

背筋を悪寒が駆け抜けた。

「晩飯ですか？　なにを食べたいと？」

「昇進祝いも兼ねてだから、やっぱり、ステーキかな。日本一美味しいステーキとそれにぴったりのワイン。どう？」

「勘弁してくださいよ。こっちは安月給で、千紗との結婚を控えている身なんですよ」

「宮君がぼくに触るから悪いんじゃないか。人に触られるのが大嫌いだって知ってるくせに」

「だからって、ン万円もするステーキなんて奢れませんよ」

「ワインをプラスすると十万円超えるよ」

「椿さん、ゆるしてください」

宮澤は顔の前で両手を合わせた。

「千紗ちゃんにお父さんの本当の顔を教えてやってもいいんだよ」

椿が言った。

「あ！　やっぱり、ちゃんとわかってるんじゃないですか。全然覚えてないふりして、やっぱり覚えてるんだ」

「そんなことより、どうする？　千紗ちゃんは実の父の素顔に戦慄を覚えるよ。それに、宮君、パパを怒らせたままじゃないか。このままじゃ、永遠に出世できないよ。ステーキ食べられたら、ぼくがパパを取りなしてやってもいい」

「恐喝ですよ、それ。現職のサツカンがそんなことしていいんですか？」

「ぼくは公安のアンタッチャブル、椿警視正だよ」

椿は真顔で言った。

「わかりましたよ。奢ればいいんでしょう、奢れば」

「ありがとう」

椿は顔をほころばせ、スマホを手に取った。だれかに電話をかける。

「もしもし、ぼく、ドラえもん。今夜、宮君が晩ご飯を奢ってくれるって。黒衣の花嫁も来る？」

うまい具合にごまかされた——そう思いながら、しかし、宮澤の頭の中は金のことでいっぱいだった。椿のことだ。ステーキだけで終わるはずがない。いったい、いくら用意すれば足りるのだろう。

「千紗にも叱られるよなあ……」

宮澤は溜息を漏らし、金を借りる当てを探すためにスマホのアドレス帳を開いた。


（了）

解説

城戸朱理

公安のアンタッチャブルが帰ってきた。前作『アンタッチャブル』を読んだときには、卒倒するほど驚いた。これが、絶望さえ滲むようなノワールの作家だった馳星周なのか？　舞台は警察、事件は大規模なテロなのに、なんとコメディ。あちこちでニヤリとしたり吹き出したりと、電車で読んでいたら怪しい人に思われかねない危険な本なのだ。危険な本は、読みだしたら止まらない本でもある。壮大な犯罪なのか、それとも壮大なイタズラなのか。作者が仕掛ける罠（わな）はあまりにも真に迫っていて、読者を作品世界に引き込んでいく。

その第二弾の本書、主な登場人物は前作『アンタッチャブル』と同じである。警視庁捜査一課の刑事、宮澤武巡査部長は非番の日に強盗殺人で指名手配されている男を見つけて、刑事の本能に突き動かされるまま、ＢＭＷで逃走する男を追跡した。その車に乗っていたのは強盗殺人の犯人ではなく、飲酒運転を免れるため逃げようとする一般人だったのだが。交差点に進入する直前、信号無視の自転車が飛び出してきて、宮澤は自転車に乗っていた浅田浩介を轢いてしまう。犯人追跡中で、浅田の信号無視という事案だけに、過失は問われなかったものの、浅田は意識のない植物状態となり、厄介者として、宮澤は捜査一課から公安警察に左遷される。殺人事件を扱う捜査一課と国家と国民の安全を保つべく、テロや過激派、外国の対日戦略に対応する公安では、同じ警察といっても活動の内容はまったく違う。捜査一課は叩き上げの刑事が集まるエリート集団だが、公安は別の意味でエリートの集まり、刑事から公安への異動は滅多にない。本来ならば栄転なのだが、それが左遷であるのはひとりの超エリートが関わっていた。それが椿警視である。

椿警視の父、椿源一郎は外務省のキャリア官僚でアメリカ大使をつとめ、官僚のトップである事務次官まで上りつめた。母方の祖父は流通業界の名物経営者。家柄と財力を兼ね備えたうえに、東大法学部を首席で卒業、さらには国家公務員試験Ⅰ種（現在の国家公務員総合職試験）までトップ合格というスーパーキャリア。しかもプロレスラーと見まごう巨体で押し出しもいい。ちなみに国家公務員試験Ⅰ種の合格者がキャリアで各省庁の幹部候補生となる。警視庁を始めとする都道府県の警察は地方公務員だが、キャリアは警察庁本庁に採用される国家公務員。警察組織の場合、キャリアは約六百人で、彼らが全国の警察官、約三十万人の上に立つことになる。椿警視も公安警察幹部として順調に出世し、熾烈(しれつ)な権力抗争を勝ち抜いて最終的には警察庁長官にまで上りつめるだろうと思われていた。ところが、思いがけない挫折が待っていた。

椿は三十歳のとき、結婚した。どこで知り合ったのか、相手は抜群のプロポーションの美人。ところが警察官は激務である。椿警視は切れ者だけに出世するが、出世すると仕事も増えていく。家庭を顧みず、仕事に邁進(まいしん)するうちに夫婦間には亀裂が生じたのも仕方がない。妻は離婚を望んだが、椿は妻に惚れているだけに離婚には応じない。ついに妻は浮気をする。しかも椿にばれるように、堂々と。相手は椿の同期で、真っ先に出世レースから脱落した落伍者。このあたりから、椿はおかしくなっていった。当時、椿はテロ対策に当たる外事三課(現在の四課)の管理官だったが、縄張りを無視するようになり、ロシアのテロ計画をキャッチしたとか、北朝鮮が対日テロを計画しているとか、上官の制止も無視して、大真面目に訴えるようになる。しかも頭がいいだけに、誰もが言い負かされてしまう。一年もすると誰もが椿の異常さに気づいたものの、公安のエースだっただけに極秘資料にまで目を通しているし、クビにするわけにはいかない。目の届かないところにやるのは危険すぎる。そこで、専門事項を持たない窓際部署の外事三課特別事項捜査係を作り、椿を飼い殺しにすることにした。ところが、椿は生き生きと勝手な捜査を続ける。彼にかかると誰でも北朝鮮のスパイだったり、大物テロリストだったりするので、始末に負えない。自称「公安のアンタッチャブル」。全館禁煙の警視庁で悠然とパイプの煙をくゆらせ、妄想をたくましくする。そう、宮澤巡査部長は椿警視のお守り役を押しつけられたのだ。

椿警視は、頭もいいし、巨体で週に三回、総合格闘技の道場マッスルビートに通い、全身が筋肉の鎧で覆われている。だが、彼が言うことは、妄想なのか、現実なのか、まったく分からない。つまり、事件が本当に起こるのか、それとも椿のたんなる妄想なのかが分からないまま物語は進んでいく。こんな警察小説がありうるのだろうか？　コメディかと思うとシリアスな展開を見せたり、シリアスかと思うととんでもないオチが待っている。そして、さらに悪いことに、あまりに込みいった計画を立案、実行する椿警視が本当に精神を病んでいるのか、それとも仮病なのかが分からないのだから、本当に始末に負えない。よく、こんな設定を思いついたものだと感心するしかないが、作者が「書くのが楽しかった。毎日毎日、パソコンを立ち上げて書きかけの小説のテクストを開くと胸が躍った」と前作について語っているように、本書も作者の書くことの喜びが読者にダイレクトに伝わってくる。そこがたまらない魅力になっている。

それに、もうひとり、忘れてはならないのが宮澤が起こした交通事故で植物状態となった浅田浩介の娘、浅田千紗だ。千紗は三十二歳、三軒茶屋で友人とガーデニングの店を経営している。示談で済んだとはいえ、千紗にとって宮澤は父親の仇。ところが千紗は酒乱のうえ淫乱と来た。チューハイ三杯で人が変わり「責任を取れ」と宮澤に迫る。「え、ええ。おれにできることならなんでもして償います」と答えた宮澤は千紗にラブホテルに連れ込まれ、一夜を共にすることに。さらに椿の画策で宮澤は千紗と結婚するという話を進められてしまうのだから、たまらない。親の仇は、いきなり「ダーリン」に変わり、千紗はいたるところで発情しては宮澤の仕事の邪魔をするようになるのだが、宮澤もまんざらではなかったりするのが微笑ましい。結局、宮澤は椿警視のみならず千紗にも翻弄される日々を送ることになる。

そして、当初からシリーズ化が構想されていた第二弾『殺しの許可証　アンタッチャブル2』は、なんと千紗の父、浩介が意識を取り戻したところから始まる。浩介が入院している西新宿の大学病院に向かう宮澤は、新宿駅西口で文科省の天下り問題で引責辞任した田中秀嗣前文部科学事務次官とすれ違う。田中前次官は若い男にぶつかられ尻餅をつくのだが、その後、新宿駅で突然倒れ、不審な亡くなり方をする。しかし、不審な死者は田中前次官だけではなかった。田部内閣が成立してから四年の間に、田部総理周辺のスキャンダルに関わって、四人が不審な死を遂げていた。田部は総理大臣になるとともに内閣情報調査室に内閣情報調査室特別事項捜査班を新設した。いわば、内閣情報調査室のアンタッチャブル。椿警視は事件の背後に田部総理が絡んでいるのではないかと疑う。宮澤はスキャンダルをもみ消すために殺人まで犯すのはあまりに現実離れしていると思うが、椿には逆らえない。椿は宮澤を内調の特別事項捜査班にスパイとして送りこむ。なんと、父の後輩で、前作の事件のあと警視総監に就任した三国武雄警視総監のコネを使って。椿は、三国が警視総監になってから、警視庁のあらゆる情報を入手できるようになっていた。これは、ますます恐ろしいことが起こるに違いない。しかし、今回はどうやら殺人事件から始まっているのだから、椿の妄想ではなく、本当に何か事件が進行中なのだろうと、読者は悩みつつもページをめくることになる。しかも、田部総理、勉強が苦手で漢字が読めず「云々」を「でんでん」と読み間違えたり、閣議決定で憲法解釈を勝手に変えたりと、どこかで聞いたことがある設定が物語に現実味と笑いを添えている。

田中前次官の検視結果は急性の心不全だったが、担当した法医学者は田部総理のご学友。疑いは深まるばかりである。宮澤は内調の特別事項捜査班、通称「特捜」に椿警視の思惑通り出向することになり、警察庁から内調に出向している腐れ縁の西川に連れられて特捜のオフィスに向かう。特捜は内閣府庁舎ではなく、JR新木場駅の高層マンションの一室にあった。合言葉は「中大兄皇子」。なんでだよと突っ込みたくなるが、オフィスは広い2LDKで、そこには公安と防衛省から出向した男ふたり、出川と馬場、そして場違いな二十代と思われる女がひとりいた。この女、綾野みゆきが曲者で、アイドル並みの美貌ながら、実は犯罪者。ハッキング能力を買われてスカウトされたが、ハッキングして人の秘密を探りあて、それをネタに恐喝を繰り返す恐ろしい女で、ダークウェブでの通り名が「黒衣の花嫁」。宮澤は彼女に婚約者がいると言っただけで、千紗のSNSはすべて乗っ取られて、宮澤と千紗の恥ずかしいラブラブのやり取りをネタに脅されることになってしまう。そして、椿はなぜか綾野のことに詳しかった。椿は子供のころからのゲーム好きが高じて、パソコンに精通し、実は伝説の天才ハッカー、「ドラえもん」という顔を持っていた。綾野にとって、ドラえもんは憧れの存在。ここから物語は思いがけない展開をするのだが、それにしても椿警視、地獄耳で物真似も得意、尾行と監視の達人で、そのうえ天才ハッカーと、能力だけならばスーパー公安警察官である。ただし、すこぶるケチで宮澤に食事の会計を押しつけるわ、泥酔して頻繁に暴れるわ、さらには妄想が暴走するわで、宮澤と椿家の執事、渡会はいつも振り回されていた。渡会執事は、登場人物のなかでいちばん悲惨かも知れない。

椿警視は田中前次官の死の真相を確かめるため、父親の力を使って文科省の幹部、丸山孝夫審議官に、田部総理がらみのスキャンダル、武江学園問題で、田中前次官と同じく自分も官邸からの圧力を感じていたと発言させる。その記事が新聞に掲載されるとメディアは騒然となった。椿は丸山審議官を囮にして、内調の特捜がどう動くのかを監視しようというわけだ。案の定、特捜のメンバーは丸山審議官を追っているらしい。この尾行のシーンは迫真だが、ふだんの特捜の活動は、デスクで新聞や雑誌に目を通し、それで間に合わない時は図書館に調べに行くという牧歌的なもの。脱力するようなレベルで、とても一国の諜報を担う部署とは思えない。

物語のもうひとつの軸となるのが目覚めた浩介である。千紗の母、恵子は、かたくなに宮澤と千紗の結婚を許そうとはしない。一方、浩介も、自分を殺しかけておきながら娘と半同棲とは何事かと激怒する。それどころか、性欲が抑えられず、看護師の胸やお尻を触りまくって病院を追い出されてしまい、宮澤と千紗のマンションに転がりこんで、あろうことか、千紗との結婚を許すかわりに宮澤と千紗の夜の営みを見せろと変態ぶりを発揮する。事故の後遺症で何かがおかしくなってしまったのか。ところが、椿源一郎に紹介してもらった脳神経科の権威は、浩介は病気なのではなく詐病、つまりは事故の後遺症にかこつけて性欲を爆発させていただけなのが判明し、妻の恵子は離婚だと騒ぎだす。まったく困ったものだが、もっと驚くのは物語の終盤で事件に絡み合いながら明らかになる浩介の正体だ。嘘だろうと叫んでしまったが、作者の高笑いが聞こえてくるような展開である。

それでも死者が出るし、椿警視は「黒衣の花嫁」綾野みゆきとタッグを組み、何かを企んでいる。事件の黒幕は田部内閣なのか、椿は何をしでかすのか。ジェットコースターのような展開は息もつかせない。そして、最終的に特別事項捜査係は警視総監直属となり、椿は警視正に昇進する。これから、どうなるのか不安と期待が募るばかりだ。

それにしても『アンタッチャブル』を発表してからの馳星周の多彩な展開には目を見張らざるをえない。直木賞を受賞した『少年と犬』は東日本大震災から熊本地震までの歳月で岩手県から熊本県まで旅をする犬が、各地でさまざまな人と出会って織りなされていく人間の群像が鮮やかだった。さらに今日の歴史学の成果を踏まえて、藤原不比等を描く『比ぶ者なき』から始まり、不比等の遺志を継ぐ藤原家の四兄弟が権力闘争を繰り広げる『四神の旗』、藤原仲麻呂の栄華と破滅をテーマとする『北辰の門』に至る藤原氏三部作は、これまでにない視点の歴史小説であり、作者の新たな境地を余すことなく示すものとなった。これから、馳星周がどんな顔を見せてくれるのか。そして、アンタッチャブル、椿警視正はどんな破天荒なことをやらかしてくれるのか。

宮澤武巡査部長は気の毒だが、期待せざるをえない。

（詩人）

本書の単行本は二〇一九年十一月に小社より刊行されました。
初出　『サンデー毎日』二〇一七年八月二十・二十七日号〜
二〇一八年十二月二日号

カバー写真　GettyImages
装　丁　フィールドワーク（田中和枝）

馳　星周（はせ・せいしゅう）
一九六五年、北海道生まれ。横浜市立大学卒業。九七年『不夜城』で吉川英治文学新人賞、日本冒険小説協会大賞、九八年『鎮魂歌　不夜城Ⅱ』で日本推理作家協会賞、九九年『漂流街』で大藪春彦賞、二〇二〇年『少年と犬』で直木賞を受賞。近年の主な著作に『アンタッチャブル』『ゴールデン街コーリング』『四神の旗』『黄金旅程』『月の王』『ロスト・イン・ザ・ターフ』『北辰の門』『フェスタ』などがある。

毎日文庫

◆◆◆◆◆◆◆◆◆◆◆◆◆◆◆◆◆◆◆◆◆◆◆◆

殺(ころ)しの許可証(ライセンス)　アンタッチャブル2

第1刷　2024年4月30日
第2刷　2024年7月 5 日

著者　馳星周(はせせいしゅう)
発行人　山本修司
発行所　毎日新聞出版
東京都千代田区九段南1-6-17 千代田会館5階
〒102-0074
営業本部：03(6265)6941
図書編集部：03(6265)6745
ブックデザイン　鈴木成一デザイン室
印刷・製本　光邦
　ISBN978-4-620-21068-1